POUR LE MEILLEUR ET POUR L'EMPIRE

James Hawes, né en 1960, a grandi dans le Gloucestershire, à Édimbourgh et dans le Shropshire. Il entre à l'université de Londres en 1987 et obtient un doctorat de philosophie sur Nietzsche et Kafka. Après avoir exercé des boulots en tout genre (comédien amateur, musicien dans le métro, représentant en ordinateurs, archéologue), il enseigne actuellement à l'université de Swansea. Son premier roman, *Une Mercedes blanche avec des ailerons*, a paru aux éditions de l'Olivier.

DU MÊME AUTEUR

Une Mercedes blanche avec des ailerons
Éditions de l'Olivier, 1999
et « Petite Bibliothèque de l'Olivier », n° 42

James Hawes

POUR LE MEILLEUR ET POUR L'EMPIRE

ROMAN

Traduit de l'anglais par Olivier Deparis

Éditions de l'Olivier

TEXTE INTÉGRAL

TITRE ORIGINAL
Speak for England
ÉDITEUR ORIGINAL
Jonathan Cape

ISBN 978-2-7578-0920-4
(ISBN 978-2-87929-490-2, 1re publication)

Une thèse révélatrice continue de circuler parmi certains des anciens membres, aujourd'hui frêles, du JIGSAW (Joint Intelligence Group for the Study of All-out War [1]) au sujet de la catastrophe de février 1958 : ce Comet IV maudit des dieux, disparu sans laisser de trace alors qu'il faisait route vers l'Australie avec à son bord ce que le *Times* de l'époque qualifia de « la fine fleur de notre jeunesse » (ainsi que sir William Penney, responsable du développement des explosifs à haute puissance auprès du gouvernement), peu de temps avant l'essai nucléaire Grapple Y qui devait avoir lieu sur l'île Christmas (suite aux essais Grapple et Grapple X de mai et novembre 1957). Incontestablement, la réaction des autorités en la circonstance fut curieusement plus discrète que lors des crashes des trois Comet I en 1953 et 1954, le porte-avions *Eagle*, fleuron de la marine britannique, ayant dans le dernier cas interrompu une visite protocolaire à Naples pour rechercher les débris. Voici ce qu'on raconte : la débâcle de l'affaire de Suez et les révélations désastreuses concernant Burgess et Maclean [2] auraient suffisamment détérioré les

1. « Groupe mixte de renseignements attaché à l'étude de la guerre totale », *jigsaw* ayant par ailleurs le sens de « puzzle », « jeu de patience ». *(Toutes les notes sont du traducteur.)*

2. Agents des services secrets britanniques dont la fuite à Moscou confirma qu'ils avaient travaillé pour l'Union soviétique pendant la guerre froide.

relations américano-britanniques pour que nos services secrets renoncent à mener une enquête qui risquait de montrer, d'une part, que nous avions utilisé un appareil de transport civil pour acheminer des composants de la bombe H et, d'autre part, que ce subterfuge déloyal avait été découvert par les Soviétiques, de plus en plus sûrs d'eux, et déjoué de manière radicale. Mais les spéculations de ce genre sont souvent plus divertissantes que fondées, et la discrétion du gouvernement face à cet événement n'est sans doute que l'expression instinctive d'un désespoir national général devant un nouvel exemple de l'incapacité britannique à rivaliser avec les États-Unis dans un quelconque domaine d'importance. Certes, en 1959, le Comet IVB devança les Américains de trois semaines en inaugurant la première liaison Londres-New York sans escale, mais cette victoire resta vaine : la même année, la BOAC achetait des 707 à Boeing et Macmillan s'abaissait à mendier des missiles sous-marins Polaris pour remplacer nos si fameux (et fort coûteux) bombardiers V, devenus obsolètes presque avant d'avoir été opérationnels. Les aigles et les trompettes avaient bel et bien déserté les cieux.

Richard J. Simpkins, *Comet Falling: Britain's Jetliner and the End of Empire,* Londres, 1998.

« Nous prions ici, dit-il en levant la tête, presque à la verticale, en direction de la montagne. C'est ici qu'elle nous parle. »

Depuis le jour de notre arrivée, je voulais aborder la question de la montagne. Impossible de la situer sur une carte. J'avais pourtant des cartes aériennes, les plus précises qui soient, mais sur toute la zone s'étendait un carré blanc portant l'inscription « masqué par les nuages ».

Edward Marriot, *The Lost Tribe: A Harrowing Passage into New Guinea's Heart of Darkness,* New York, Macmillan, 1996.

On peut dire qu'il y a *effondrement* « quand le gouvernement d'un pays n'est plus capable de se faire obéir » [...] il s'agit, avant tout, de l'effondrement du *moral*.

JIGSAW,
« Note sur le concept et les définitions de l'effondrement », juin 1960, cité par Peter Hennessy dans *The Secret State : Whitehall and the Cold War*, Londres, 2002.

I

IL LAISSE UN FILS

Papouasie-Nouvelle-Guinée, le lendemain de Noël

– On se redresse, Marley, fit l'officier aguerri, le ton bienveillant mais ferme.

Brian Marley cessa de pleurnicher, d'une docilité absolue malgré les circonstances. Il cligna plusieurs fois des yeux avec effort, son corps trempé et décharné parcouru de tremblements convulsifs, puis s'essuya le visage avec l'avant-bras et le revers de la main, étalant un mélange de sang, sueur, larmes, morve, sangsues, moustiques et autres répugnants petits arthropodes carnivores, suceurs de sel et de sang (dont de nombreux représentants d'espèces inconnues et menacées), en une couche un peu plus fine sur le nez et la bouche.

– Voilà qui est mieux. Et maintenant, on remonte son froc et on va leur montrer à ces salopards comment meurt un Anglais.

Brian Marley était pourtant l'unique Anglais présent, et il n'y avait aucun officier susceptible d'exercer un quelconque commandement ni personne à qui montrer quoi que ce soit. Seul dans cette forêt infernale, Marley se parlait à lui-même, avachi sur les talons comme un sac de chiffons, le pantalon au niveau des genoux, s'apprêtant à mourir à l'âge de quarante-trois ans.

– J'peux pas, souffla-t-il.

– Allons, mon gars, quand on prend encore la peine d'essayer de baisser son froc, même si on n'y arrive pas tout à fait à temps, c'est qu'on a encore du ressort. Alors pas d'excuses.

– Mais j'ai gagné, c'est moi le vainqueur du jeu, j'ai deux millions de livres qui m'attendent en Angleterre, merde, c'est tellement…

Puis, comme s'il pouvait en appeler à autre chose qu'à la jungle impassible, il lâcha dans un nouveau sanglot :

– Tellement injuste !

Les larmes lui revinrent alors aux yeux, irrépressibles.

– Injuste ? Qui a dit que la vie devait être juste ? On est là parce qu'on est là. Est-ce qu'il est question de justice dans la Bible ou dans le manuel du soldat ? Des clous. Allez, Marley, remonte ton froc, ramasse cette foutue caméra et pense à autre chose.

Marley tripota faiblement son pantalon et promena son regard trouble à la recherche de la caméra numérique satellite jaune vif, étanche et antichoc, qui ne l'avait pas quitté durant les six dernières semaines, et qui traînait à présent lamentablement sur le sol puant. À un mètre de lui. Hors de portée. Pouvait-il seulement la tenir sans trembler ? Ça ne servait plus à rien, de toute façon.

Il poussa un léger grognement et perçut le son mat et mort de sa voix solitaire, voilée par l'humidité de la végétation luxuriante, aussi nettement que s'il se trouvait dans un studio d'enregistrement. Sa tête partit malgré lui à la renverse, heurtant violemment le roc de la falaise. Il y prêta à peine attention. Une nouvelle horreur insectoïde non identifiée, d'une taille ahurissante et pleine de pattes, s'aventura sur son visage, mais il ne daigna la chasser mollement de la main que lorsqu'elle entreprit de lui fouiller la narine avec l'une de ses antennes. Ça lui était presque égal. La mort était une amie qui lui tendait les bras, la fin de ses tourments, comme s'il se glissait doucement dans des eaux chaudes et noires…

– Tu vas mourir, et alors ? Tu veux qu'on te donne une médaille ? Tout le monde va mourir, mon vieux, n'importe quelle secrétaire maniérée, n'importe quel chef de rayon lèche-cul. Toi, tu as de la chance. Combien de ceux qui ont laissé leur peau sur le *Hood*[1] ont pu s'occuper de l'avenir de leur fils avant de claquer ? Et lui laisser un message ? Hein ?

– Bon, bon, d'accord, grommela Marley à l'attention de son alter ego invisible, prêt à tout pour que ce dingue la ferme.

Il attendit que son corps soit pris de nouveaux tremblements pour se laisser tomber sur le côté et, profitant du peu d'élan ainsi gagné, il étendit le bras droit, ce qui lui permit de passer deux doigts dans la poignée de la caméra. Sa prise assurée, il amena l'appareil jusqu'à lui et le serra contre sa poitrine haletante. Puis il s'attela à la longue et apparemment impossible tâche de se relever.

– Voilà, Marley !

Si Marley ignorait *pourquoi* il s'était mis à se parler de la sorte, n'ayant jamais, ni de près ni de loin, fréquenté l'armée, il se rappelait en revanche *quand* il avait commencé à entendre cette voix. Ça l'avait pris d'un coup, sans prévenir, à la fin de la première semaine, après sa septième intolérable nuit de veille dans la forêt (les journées étaient affreuses, mais les nuits dépassaient l'entendement), alors qu'il était sur le point de renoncer brusquement à la possibilité de remporter *Une jungle d'enfer*. Ce matin-là, les hélicoptères étaient venus pour

1. Croiseur britannique coulé en 1941 par le *Bismarck* au large de l'Islande, provoquant la mort de 1 416 de ses 1 419 membres d'équipage.

la première fois confronter les six candidats au choix suivant, évidemment très dramatisé et donnant lieu à un suspense insoutenable : allaient-ils *vraiment* rester une semaine de plus dans cette forêt trempée, où il faisait chaud et noir comme dans un four, au milieu du vacarme inouï de millions d'insectes géants occupés à voler, chasser, copuler, se tuer et se dévorer les uns les autres (beaucoup d'entre eux ne crachant pas non plus sur les gros mammifères poilus), ou préféraient-ils rentrer immédiatement chez eux se faire soigner, dorloter, et retrouver un peu de santé mentale, consolés par les honneurs de la presse people ? Marley avait hésité, le stylo dans sa main transpirante, en regardant la décharge officielle qu'ils devaient tous signer chaque semaine avant que les hélicoptères les abandonnent à nouveau. En direct devant les caméras, il avait failli craquer. Quelle chance avait-il de gagner ? Pourquoi ne pas renoncer tout de suite, avant d'en avoir trop bavé pour rien ? Pourquoi ajouter plus longtemps l'humiliation publique au fiasco de sa vie privée ?

– *Alors, Brian, qu'est-ce que vous décidez ? Vous rentrez à la maison ? Ça vous dit, un bon bain chaud et une bière bien fraîche avec moi et les filles ? Il me faut une réponse, Brian… Chez vous pour Noël ou l'enfer dans la jungle ?*

Marley revoyait l'inepte présentatrice lui poser la question, sourire panoramique, dents blanches d'une perfection irréelle. Il revoyait ses seins débordant de son tee-shirt rose ridicule (*NPR*, y était-il écrit, en lettres à paillettes déformées par le renflement, chirurgicalement relevé et amplifié, de la chair comprimée dessous ; il s'était demandé ce que ça pouvait bien vouloir dire). Il allait céder quand la voix démentielle du militaire avait surgi dans sa tête.

– Ne la sous-estime pas, Marley. Elle essaie de te faire

craquer. Arrête de lui mater les loches. Pense à ton fils, mon gars. C'est quoi, une semaine de plus ?

Avant que Marley ait pu donner sa réponse, on avait décidé pour lui. Une concurrente, une petite coiffeuse sportive d'Édimbourg, avait jailli des broussailles en hurlant et en pleurant et s'était élancée vers les hélicoptères, dont les pales toujours en mouvement avaient failli la décapiter tandis qu'elle se jetait dans les bras des présentateurs radieux, encore secouée de hoquets violents et incontrôlables, s'étant réveillée avec un cancrelat de la taille d'une souris dans la bouche. L'émission démarrait fort ! Et du coup, dans la mesure où seul un candidat avait le droit de partir à chaque voyage, la place revenant au premier qui réussissait à grimper à bord, Marley avait été obligé de rester.

Depuis ce soir-là, il s'était instinctivement laissé envahir par cette étrange voix intérieure. Au début, il ne l'employait tout haut que pour se parler à lui-même, mais il l'avait rapidement adoptée pour s'adresser à la caméra qui, sept jours sur sept, vingt-quatre heures sur vingt-quatre, transmettait les horreurs de sa vie quotidienne aux spectateurs permanents d'*Une jungle d'enfer*. Il savait qu'il fallait être dingue pour parler tout seul comme ça. Il était tout à fait conscient que son cas relevait de la psychiatrie. C'était pourtant grâce à cette voix qu'il avait pu tenir le coup cette nuit-là, le cœur brisé par le mal du pays, ainsi que les jours suivants pendant qu'autour de lui, lentement mais sûrement, les autres perdaient la tête et le contenu de leurs intestins. Le temps que la deuxième occasion de partir se présente, une semaine plus tard, la Voix avait pris tout pouvoir sur lui.

Un à un, ses concurrents avaient jeté l'éponge, leur soif d'argent et de cette sainteté moderne, la célébrité médiatique, s'inclinant tôt ou tard devant l'indescriptible cauchemar de la forêt tropicale et de ses monstres rampants ou ailés. Ils avaient tous fini par être évacués dans un état d'effondrement mental et physique total (de grands moments de télévision !). Brian Marley, lui, obéissant à cette voix intraitable et néanmoins fraternelle, continuait même à se raser. Vraisemblablement, en cédant prématurément à la folie au lieu de lui résister dans un endroit résolument hostile à la vie humaine (la civilisation, n'en parlons pas), il avait choisi la bonne tactique.

Au bout de quinze jours, lors de la deuxième élimination, un beau et jeune comptable de Bromley adepte du parachutisme et apparemment dénué de toute émotion, avait dû être emmené de force, tellement occupé à tenter de s'arracher avec les ongles les vers qui grouillaient sous la peau de ses jambes qu'il s'était révélé incapable de se rappeler son nom devant les caméras et encore moins de signer la fameuse décharge. Voilà qui avait donné lieu à de belles images, comme le pétage de plombs, la semaine suivante, du troisième aspirant millionnaire, une fille robuste de Belfast, commerciale chez Lexus, élevée dans des camps de romanos et qu'on croyait indestructible ; on avait fini par la retrouver, grâce à sa balise de localisation radio, perchée dans un arbre, très convaincante dans son numéro de fausse blonde orang-outan. C'était aussi sa balise de localisation radio qui avait sauvé le quatrième partant, un bricoleur bavard du Yorkshire récupéré à moitié mort dans un marécage, un bras bouffé par les crocodiles et incurablement cinglé.

Les téléspectateurs britanniques étaient aussi captivés par ce théâtre de décadence et d'avilissement que l'avaient été les employés de bureau victoriens par les récits des colonies. Channel Seven battait des records d'audience, du jamais vu depuis l'époque où on n'avait le choix qu'entre deux chaînes.

Après cinq semaines de torture à n'avaler que du sel,

du pain, de l'eau et des pastilles de vitamine C, Marley ne pesait plus qu'une cinquantaine de kilos et il ne restait dans la course aux deux millions de livres que lui-même et un prof de Swansea, chauve, divorcé, la quarantaine, que Marley avait depuis longtemps identifié comme le plus dangereux de ses concurrents parce que, franchement, qu'est-ce que ça a à perdre, un quadra chauve et divorcé dans l'enseignement à Swansea ? Des gars comme ça, les armées devraient se les arracher pour former des commandos kamikazes. Tout au long de la sixième semaine, Marley et ce prof gallois avaient erré dans la jungle, chacun surveillant discrètement, à distance, le délabrement de l'autre, tout en se livrant en privé à ces entretiens devenus presque hallucinatoires avec un public fasciné. Le garde-chiourme intérieur de Marley avait continué sa besogne et enfin, enfin, c'était le prof qui avait craqué.

Marley n'était pas près de l'oublier, ce moment, ce moment glorieux quand, au retour des hélicos, le prof s'était mis à ramper en direction de l'aire d'atterrissage, secoué de sanglots reconnaissants, manifestement condamné à perdre la jambe gauche à cause de la gangrène. Marley avait observé la scène avec satisfaction, debout, en position de repos militaire, saluant les deux hélicoptères d'une main nonchalante. Il connaissait le règlement. Seul candidat encore en lice, il signerait une dernière fois la décharge officielle, on évacuerait l'enseignant gallois brisé et on le laisserait, lui, Brian Marley, pour une semaine supplémentaire, une semaine entière de solitude absolue dans la forêt, livré à lui-même et à son instructeur intérieur, avec sa caméra, de l'eau (ni pain ni vitamines pour cette dernière semaine) et de nombreux accus de rechange. Et les deux millions de livres en point de mire. On lui laisserait également une balise d'urgence grâce à laquelle il pourrait demander de l'aide à tout moment, tentation permanente de renoncer à la récompense. Mais Marley savait qu'il ne flancherait pas. Il avait regardé les hélicoptères descendre lentement vers lui. Il avait secoué la tête, amusé par les gestes frénétiques du prof de Swansea, qui, ayant enfin cédé à la douleur et au désespoir, semblait à présent terrifié à l'idée que ses sauveurs lui fassent tout à coup la mauvaise blague de repartir et de le laisser finalement mourir sur place.

– Je veux profiter de ma retraite, tu comprends, Marley, ça fait tellement longtemps que je cotise, tellement longtemps, toutes ces années à me fader tous ces petits cons, c'est que c'est une bonne retraite, en plus, rien à voir avec le secteur privé, je pourrai même manger au restaurant une fois par semaine pour peu que je découpe les bons de réduction dans les journaux. Reste crever ici si ça te chante, Marley, moi, je l'aurai, cette foutue retraite, et je serai chez moi pour Noël !

– Tu as bien raison, avait fourbement acquiescé Marley.

Lui, il était invulnérable : il ne pouvait prétendre à aucune retraite en Angleterre, et s'il ne gagnait pas ici, Noël ne serait pour lui qu'un long chemin de croix. Libre de tout espoir, il ne connaissait pas le doute. Une semaine de plus ici à endurer de simples souffrances physiques, ce n'était rien, rien du tout, comparé à l'interminable vie de honte et de regret à laquelle il semblait condamné dans ce qui se voulait son pays…

… fouetté par le souffle frais et régulier des rotors, il les voit descendre, aussi nettement que si la semaine était déjà passée, ils viennent le chercher pour le ramener, triomphant, vivant, propre et riche, auprès de sa mère et de son petit garçon, et de Consuela Martínez, bien assez tôt pour fêter enfin un vrai Noël dans une Angleterre où il se sentira enfin vraiment chez lui…

– Laisse tomber, Marley.
– Hein ? Quoi ?

Marley ouvrit les yeux et poussa un gémissement de consternation en s'apercevant qu'il était toujours en vie, toujours seul et toujours mourant.

– Inutile de remuer le couteau dans la plaie. C'est fini, tout ça.

– Je sais, dit Marley d'une voix rauque. C'est fini. Plus question de rentrer, maintenant.

C'était fini, en effet. Plusieurs jeunes présentateurs au sourire indélébile et deux équipes de tournage entières avaient péri, avec tout leur chargement d'eau, de vitamines et d'accus de rechange, sans oublier la balise GSM d'urgence, quand les deux hélicoptères de Channel Seven, se disputant les meilleures images de ce moment crucial tout en terminant leur descente, avaient réussi à se télescoper à une quinzaine de mètres au-dessus de Marley et du Gallois en pleurs. Marley avait regardé, incrédule, et, au début, presque avec colère, le spectacle irréel de ces deux appareils suspendus dans le ciel, ils étaient restés comme ça plusieurs secondes, deux immenses libellules d'acier passionnément accouplées, avant de piquer vers lui pour s'écraser en plein sur le système de radioguidage de l'aire d'atterrissage et sur le malheureux enseignant.

Marley n'avait pas eu le temps de se mettre à l'abri. Il avait été projeté en arrière par le souffle de l'explosion et à moitié grillé par la vague de chaleur extrême qui avait déferlé juste après. Il avait fui en courant comme un dératé, une traînée de fumée s'échappant de ses vêtements calcinés, accompagné par toutes les créatures capables de perception à des kilomètres à la ronde. Lorsqu'il avait trouvé le courage de revenir, il avait constaté que rien ni personne n'en avait réchappé. C'était à ce moment-là qu'il s'était aperçu que sa balise personnelle de localisation radio n'était plus à son poignet. Après vingt minutes de recherche acharnée, il l'avait retrouvée à l'endroit où il était tombé lors de l'explosion : fondue, déformée, détruite. Il avait calmement envoyé un long message vidéo grâce à sa caméra numérique et il était resté là, au milieu des débris fumants et des corps momifiés et tordus, pendant plusieurs heures, plus hébété qu'autre chose, certain de voir arriver les secours d'un instant à l'autre. Mais rien. Sa caméra ne pouvait qu'émettre, pas recevoir, et il n'avait aucun moyen de savoir qui récupérait, ou pas, ses films. Encore et encore il avait envoyé des images et des sons dans les cieux vides et implacables au-dessus de la petite clairière (*Qu'est-ce que vous faites ? Vous ne voyez donc pas la fumée ?*), jusqu'au moment où la nuit, si redoutable dans cette forêt, était tombée avec son habituelle brusquerie équatoriale. Tandis que les dernières lueurs disparaissaient, Marley avait imploré des yeux la trouée de ciel qui noircissait à vitesse grand V, à l'affût d'un avion ou d'un hélicoptère (*Ohé ! Il faudrait peut-être se presser un peu, les gars*), avant d'être chassé du lieu du crash par des hordes cauchemardesques de crocodiles énormes et affamés, tirés de leurs profondeurs jurassiques par l'odeur de la chair occidentale flambée. Voulant envoyer un dernier message (*Messieurs, vous seriez gentils de me téléporter*), il avait presque trop tardé : il n'avait finalement échappé à ces avides mâchoires préhistoriques qu'en grimpant désespérément dans des arbres infestés d'affreux serpents gros comme la cuisse, de moustiques, de tiques, de sangsues, de papillons de nuit géants et vrombissants, de grenouilles incroyablement venimeuses malgré leur petite taille et d'araignées larges comme des assiettes à pizza. Dans la plus totale obscurité, il avait progressé, poussant de petits cris de terreur préhumaine, s'élevant de branche en branche à la force des bras, se balançant parfois de l'une à l'autre par une brachiation vaine et involontaire au-dessus du vide enténébré. Il avait fini par tomber, mais au lieu de mourir, ainsi qu'il s'y attendait, il avait dégringolé Dieu sait combien de mètres plus bas dans un ravin boueux, était remonté à tâtons et, titubant, avait repris son errance éperdue à travers la forêt avant de sombrer dans un demi-sommeil frissonnant, perché au creux d'un gros arbre recouvert de vase.

Durant trois jours, sans aucune nourriture ni rien d'autre à boire que l'eau impure des marécages, il avait tenté de regagner à nouveau le lieu du crash, sachant qu'on monterait tôt ou tard une opération de sauvetage, mais en pure perte : il s'était retrouvé coincé dans une sorte de goulet très encaissé où sa caméra ne captait aucun signal. Et il ne savait pas du tout dans quelle direction aller : la forêt était si dense que même le brasier formé par deux hélicos bourrés de carburant, avec des flammes qui montaient jusqu'au ciel, devenait totalement invisible à plus de cent mètres. À deux reprises il lui avait semblé entendre d'autres hélicoptères, loin au-dessus de l'impénétrable voûte des arbres, cependant, avec le bourdonnement atroce et incessant des insectes, il se demandait s'il n'avait pas rêvé. De toute façon, il lui était impossible d'attirer leur attention. Dix fois il avait tenté d'escalader les arbres gigantesques pour atteindre la lumière, mais sans griffes ni queue préhensile, c'était physiquement impossible. À chaque fois il était tombé ou avait glissé le long du tronc en tremblant, convaincu que la mort l'attendait en bas.

Hier, la situation avait empiré. Hier, les pluies avaient commencé.

Les coups de tonnerre qui éclatent dans les cieux invisibles et inhumains et font trembler la terre, les gouttes qui martèlent la canopée avec un bruit insensé, à cent mètres au-dessus de la tête de Marley, tandis que des éclairs sans fin zèbrent l'obscurité feuillue ; les cataractes qui se déversent entre les arbres. Au début Marley s'était réjoui de pouvoir boire à nouveau. Puis il avait remarqué la vitesse incroyable à laquelle l'eau des marécages montait tout autour de lui. Il s'était frayé un chemin à travers la forêt en se débattant comme un forcené, assourdi et aveuglé par ce déluge, fou de fièvre et de peur, affamé, désespéré. Une fois les éléments calmés, il s'était retrouvé pris au piège entre des eaux en crue, infestées de crocodiles, et une immense paroi rocheuse presque verticale.

Ainsi donc aujourd'hui se tenait-il au pied de cette falaise vertigineuse qui ne laissait voir ni le monde ni le ciel, seul, perdu et mourant. Bizarrement, c'était la solitude qui lui pesait le plus. S'il avait pu avoir une main, peu importe laquelle, pour lui caresser les cheveux pendant qu'il mourait, il serait mort volontiers et sur-le-champ. Car s'il est vrai que nous naissons tous pour mourir, les humbles comme les puissants, peut-être ne sommes-nous pas taillés pour tenir longtemps tout seuls. C'est du moins ce que se disait Brian Marley, avec la clairvoyance exaltée de l'agonie. Et à présent, tandis que, enfin debout, il s'efforçait de ne pas chanceler devant la caméra, il rêvait non pas de moyens de s'en tirer mais d'images de mort heureuse, éclatantes, aguichantes, d'une intensité presque pornographique : un homme dans un lit à baldaquin, éclairé par des bougies, entouré de ses enfants et de ses petits-enfants ; un autre sous une tente de montagne en peaux de bêtes, veillé par des shamans et des parents en pleurs ; un autre dans un trou d'obus rempli d'eau, à qui ses camarades offraient une dernière cigarette. Et la plus singulière de toutes : un homme sur un lit d'hôpital, des jumeaux nouveau-nés dans les bras, et, autour de lui, son fils de cinq ans et sa jeune épouse, un jeune médecin à l'air compétent préparant une grosse seringue d'un opiacé aux reflets ambrés, un assureur déférent chargé de liasses de documents à l'épaisseur rassurante, ainsi qu'un prêtre de confession indéterminée, mais non minoritaire, administrant à l'oreille du mourant, bien au chaud dans son lit, les derniers sacrements avec des mots que jamais un prêtre n'a prononcés mais que tous pensent peut-être au fond d'eux. Des mots simples et doux qui se résumaient principalement à la même phrase répétée en boucle : « Bravo pour tout, Brian Marley, bravo pour tout… »

Marley revint à lui et à la réalité qu'il était seul et foutu. Il s'aperçut également que son instinct l'avait poussé à se recoucher dans la boue.

– Pas encore, soldat, pas encore, se lança-t-il de sa voix éraillée.

Sa mission était claire et simple : enregistrer un dernier message, puis grimper. Grimper, tout simplement, jusqu'à ce qu'il capte un signal, à moins qu'il ne tombe et meure avant. Peut-être trouverait-il un replat où mourir, là-haut, quelque part au-dessus de ces cimes odieuses qui tuaient le soleil. Si possible, il se collerait à la paroi, s'attacherait à des branches avec sa ceinture, enverrait son message et mourrait. Il se ferait bouffer par les oiseaux, bien sûr, mais au moins, comme ça, on ne retrouverait pas *rien* de lui. Car, si absurde que cela puisse paraître, il était horrifié à l'idée de se coucher dans cette fange infecte et de retourner simplement à cette matière liquide originelle, sous forme de viande en décomposition pour les crocodiles et les sangsues. Autant une fin céleste. Son dernier geste serait de défier la forêt qui avait eu sa peau. Revoir au moins la lumière.

– On va leur montrer, à ces salopards, hein, les gars ? Allez, on se dépêche.

– On se dépêche de faire quoi ?

– De mourir, Marley, de mourir. C'est pour ça qu'on est là, mon vieux.

– Ah oui, c'est vrai.

Submergé par un pur épuisement animal, il ne ressentait plus ni souffrance ni terreur. La situation était sans issue. Il ne lui restait tout au plus que quelques heures à vivre. Il n'y avait donc aucun espoir. Et, bizarrement, c'était préférable.

– Allez, allez, on bombe le torse, on rentre le ventre, et tout et tout.

Marley essaya de se tenir droit, sans s'appuyer à la falaise, mais il avait l'impression d'avoir des spaghettis humides et froids dans les bras et les jambes. Son ventre lui faisait l'effet d'un vieux filet de tennis pourri, détrempé et roulé en boule, menaçant à tout moment de se répandre au travers de son bassin distendu. Sa tête était comme remplie d'eau, abominable poids ballant au bout d'une pique ridiculement maigre. Ses yeux avaient de plus en plus tendance à se renverser à l'intérieur de son crâne. Même le sol fétide de la forêt semblait un lit accueillant. Il commença à s'écarter lentement des rochers et à se laisser partir en arrière, sur le point de retomber dans la boue verdâtre et chaude…

– Pas de ça, Marley.

– Hein ? Quoi ?

– Tu as encore oublié ? Enfin, Marley, c'est quoi, là, ce que tu as à la main ?

Marley baissa les yeux vers sa main droite.

– Ah oui, gémit-il, la caméra.

– Exactement. Tu dois encore penser à ton fils. Un homme ne peut pas rêver mieux. Tu vas pouvoir lui montrer ce que tu avais dans le ventre, comment tu as fait face. Tu vas pouvoir lui laisser de quoi être fier de toi. Un dernier témoignage. Et ne cherche pas à dire la vérité, c'est des conneries, tout ça. Il n'y a que les adolescents boutonneux et ces couillons de philosophes allemands qui s'intéressent à la vérité. La vérité, c'est les affaires du Tout-Puissant, pas les nôtres. Nous, on veut laisser à ton môme un bon souvenir de son papa, d'accord ? Alors reprends-toi. Tu accomplis cette dernière petite mission, et après je te laisse pioncer jusqu'à ce que l'archange Gabriel sorte son clairon.

Marley cligna des yeux. Oui. Un message à son fils. L'occasion de marquer une dernière fois le monde de son empreinte, de laisser une trace derrière lui. Il ne se réduirait pas à un éparpillement d'os moisis. Il serait une peinture à l'huile, une gravure sur marbre, un portrait en émail sur une pierre tombale. Il mourrait humainement, avec un nom et un visage, pas comme une bête sauvage.

– C'est ça, mon gars, prépare-toi.

Marley était père d'un petit garçon, Tommy, seul fruit de ses quarante-trois années passées sur terre, dont près de vingt-quatre d'activité sexuelle plus ou moins régulière avec un certain nombre de femmes. Ce n'était peut-être pas un rendement formidable. Cela pouvait paraître peu, comparé à un juif orthodoxe de New York, un bushman du Kalahari à peu près performant ou un fier et pauvre paysan des montagnes d'Afghanistan. Pas de quoi conquérir, bâtir et peupler des empires, d'accord. Pourtant, du moins était-ce l'impression de Brian Marley tandis qu'il se préparait inopinément à mourir, il y avait une différence radicale, en conclusion d'une nécrologie, entre *il est mort sans enfants* et *il laisse un fils*.

– Bien, Marley, voilà comment il faut réagir !

Quant à Consuela Martínez, que pouvait-il lui dire ? Rien. Il la connaissait à peine, elle n'était pour lui qu'un rêve impossible. Il ne l'avait embrassée qu'une fois ; lui laisser un message serait purement grotesque. Autant s'abstenir. Le rêve intime et impossible de ses yeux, de ses cheveux, de sa bouche, il le garderait pour son dernier souffle, sa dernière pensée. Il avait lu quelque part que la question de l'enfer et du paradis était déterminée par la dernière image ayant pris forme dans l'esprit du mourant : que votre dernière vision soit négative, qu'elle soit effrayante ou amère, et alors votre vie n'aura été qu'une progression logique et inéluctable vers l'enfer ; qu'elle soit remplie de lumière, d'amour et d'espoir, et le paradis vous est accordé d'office. Pourquoi pas ? En tout cas, c'était tout ce à quoi il pouvait se raccrocher, aussi ferait-il comme si c'était vrai : il enregistrerait son dernier message à son fils, puis il grimperait en direction du ciel jusqu'à ce que sa caméra capte un signal. Il appuierait sur ENVOYER et alors, une fois certain que ses derniers mots s'étaient envolés, numérisés et donc presque éternels, vers quelque satellite invisible en orbite, et que son petit garçon aurait un souvenir de lui, il s'agripperait à son rêve de Consuela, se laisserait tomber et mourrait.

– Allez, mon gars, on va leur en mettre plein la vue.

Marley réussit une fois de plus à se hisser debout et se cala les fesses contre la paroi. Avisant un petit arbre noueux à un mètre environ devant lui, il prit une profonde inspiration et, le regard fixé sur son pied droit, localisa au bout de quelques secondes les nerfs qui, on avait peine à le croire, reliaient ce pied à son cerveau. Il demanda au pied de bouger. Rien. Il se concentra encore, dévorant d'un œil ardent sa botte en lambeaux. Finalement, son pied frissonna et quitta le sol. Marley s'empressa de saisir d'un bras mental ce qui restait des muscles du mollet et lança le pied vers l'avant, puis commanda immédiatement à ce côté de son corps de suivre l'élan. Avec succès. Son corps avança vers l'arbre en chancelant et son bras droit, presque de son propre chef (*Bravo, bras droit !*), alla chercher le tronc fin et visqueux et lui permit de s'y retenir. De sa main gauche, il coinça la caméra dans un entrelacs de branches qui lui semblait adapté. C'était solide. Il baissa la tête et se repoussa lentement en arrière pour s'écarter du petit arbre, puis, peu à peu, la respiration sifflante, se redressa. Il regardait à présent la caméra. Elle avait l'air à la bonne hauteur. Il dérouilla ses épaules décharnées, se stabilisa sur ses hanches flageolantes, et tendit les deux mains devant lui. Il les vit, ses mains de vieillard, se poser sur le plastique jaune et chaud de la caméra, où il les força à rester tranquilles. Alors, avec infiniment de précaution, il ordonna à sa main droite de maintenir la caméra en place pendant que sa main gauche, plus faible encore, avait pour mission de retirer le précieux capuchon de l'objectif. Celui-ci tomba de ses doigts tremblants, aussitôt perdu à jamais dans le profond bourbier. Marley s'en fichait. C'était la dernière fois qu'il se servait de ce capuchon ; il était comme un héros de western ouvrant sa flasque de whisky et jetant le bouchon. Il n'en aurait plus besoin dans cette vie-là.

S'assurant une dernière fois que la caméra était bien calée, Marley fit péniblement et prudemment un pas en arrière, cherchant ses appuis sur le sol spongieux. Il glissa, grogna, se rattrapa, avant de se redresser à nouveau, adossé à la pierre. À travers les éternelles nuées de gros moustiques noirs et de ces horribles petites abeilles attirées par la sueur, il contempla l'œil vide et sombre de la caméra.

Là, éclairé par l'affreux demi-jour verdâtre de cette forêt immonde, il vit le reflet d'un immonde individu : lui-même, absolument méconnaissable. Un inconnu, hagard, la bouche ouverte, le visage ravagé et continuant de l'être sous ses yeux par mille mandibules anonymes, les cheveux collés par le sang en touffes fienteuses sur une tête qui n'était presque plus qu'un crâne. S'il mourait ? Bon Dieu, il pourrissait déjà. Il ne pouvait pas montrer ça à son fils.

– Non mais, regarde-toi. Un vrai monstre. Tu pourrais au moins fermer la bouche. Sergent, vous me décevez. Comment pouvez-vous laisser cet homme s'adresser à son fils dans cet état ?

Marley commanda à sa bouche de se fermer, et il finit par la voir lui obéir sur son terne reflet. Il eut le même sentiment de victoire que s'il venait de réussir à actionner une mâchoire cybernétique à distance, par sa seule volonté, devant une foule de journalistes scientifiques incrédules. Encouragé, ivre de joie face à cette preuve que son esprit pouvait, même à ce moment, exercer une forme de domination sur son précadavre en voie de biodégradation, il arrangea ses cheveux suivant un vague semblant de raie humanoïde et tenta de toutes ses forces d'imaginer le fils auquel il s'apprêtait à parler.

Ce n'était pas Tommy tel qu'il était aujourd'hui, un gamin de trois ans. Que peut-on expliquer à un gamin de trois ans ? À cet âge-là, on veut seulement savoir que Dieu est au ciel, que le père Noël est dans la cheminée et que la vie est un jardin de roses. Alors à qui Marley devait-il s'adresser ? À quel âge les garçons deviennent-ils des êtres sensés ? Quand Tommy serait-il capable de comprendre ? Les garçons n'ont pas de cerveau digne de ce nom avant vingt-six ans, n'importe quel statisticien en assurance auto vous le dira. Soit. Il imaginerait donc Tommy à vingt-six ans, l'écoutant en buvant tranquillement une bière dans un bon vieux pub traditionnel. Un homme prêt à écouter son père, à profiter de son expérience. Combien ça lui ferait, à Marley ? En quelle année serait-on ? Marley eut le tournis devant les dates de science-fiction appelées par ce calcul, et qu'il n'avait plus l'espoir d'atteindre.

Un couinement insistant, trop régulier pour être le

cri d'un animal inconnu ou un pépiement d'oiseau, empêcha Marley de s'évanouir une nouvelle fois. C'était la caméra, qui le suppliait électroniquement de lui redonner de l'énergie. REMPLACER BATTERIE, disait le message qui y clignotait désespérément. Marley répondit par un ricanement sardonique à ce pitoyable élan de geignardise high-tech.

– Cours toujours, ma vieille, s'esclaffa-t-il. T'as qu'à demander aux gars du matériel. Mais non, suis-je bête, ils sont tous morts ! Ha !

Il tendit lentement le doigt pour appuyer sur le bouton d'enregistrement, mais à peine l'eut-il touché qu'il retira son doigt, comme s'il venait de prendre une décharge.

Une peur nouvelle s'était emparée de lui, peur absurde et ridicule et pourtant plus terrifiante que toutes les horreurs de la forêt, peur qui, il en prenait maintenant conscience, rôdait depuis toujours dans les recoins inaccessibles de son esprit, guettant son heure, prête à bondir.

Comment parler ?

Comment Brian Marley parlait-il vraiment ?

Il cligna des yeux, tétanisé, tandis qu'autour de lui la forêt froide et délétère semblait retenir son souffle haletant.

Quelle était sa vraie voix ? Pas ce bougonnement militaire qui le faisait marcher à la baguette, bien sûr. Ce n'était pas le souvenir qu'il voulait laisser à son fils. Ce n'était pas son vrai visage.

Mais c'était quoi, son vrai visage ?

La voix grotesque, insouciante et faussement enjouée, avec laquelle il s'adressait à son patron ? Non. Ça c'était du foutage de gueule caractérisé. Quoi, alors ? L'accent qu'il prenait dans les pubs malfamés, quand il voulait passer pour moins petit- bourgeois qu'il n'était ? Ou celui qu'il se composait, pour la même raison, dans les restaurants chic ? Son ton guilleret quand il essayait de faire croire à sa mère que ça allait finir par marcher pour lui malgré le désastre absolu auquel ressemblait sa vie ? La ridicule voix traînante de la sous-élite estudiantine apprise à l'université et qui lui revenait en compagnie de ses anciens potes de fac ? Le pseudo-nasillement semi-transatlantique qui finissait toujours par le gagner après un contact prolongé avec des Américains ? La voix gutturale pathétique qu'il affectait lorsqu'il chantait des chants folkloriques dans des pubs réputés irlandais pour impressionner ses petites étrangères ? Les surréalistes inflexions hispanisantes dans lesquelles il s'était mis à glisser quand il parlait à Consuela Martínez ?

Quoi ? Comment ? Qui ?

Le corps de Marley était figé au pied de la falaise, mais son esprit chancelait, pris d'un vertige interne devant le gouffre noir et dénué de sens qui gisait en lui. Là où sa voix aurait dû être, là où lui-même aurait dû être, il n'y avait qu'un vide étourdissant.

Il lui fallait pourtant parler, ici et maintenant, ou bien mourir et se taire à jamais. D'ici à ce que Tommy soit en âge de comprendre, Marley serait poussière. Ce message serait tout ce qui resterait de lui. L'immortalité numérique ou le silence éternel : il fallait agir, bien et vite.

– Secoue-toi, Marley.

– Ta gueule ! Tu n'es pas moi !

Marley tenta désespérément de s'éclaircir la gorge et les idées, puis, gardant son doigt tremblant au-dessus du bouton au cas où, par miracle, il trouverait la tonalité authentique de lui-même, il essaya de commencer à parler à son vrai fils de trois ans à l'âge imaginé de vingt-six ans, se projetant de vingt et quelques années post-mortem.

Bon Dieu, si seulement il était irlandais. Un Irlandais, ça connaît le son de sa voix. Ou un Écossais. C'est facile pour eux. Un Gallois, peu importe. Quelqu'un qui sache comment il parle et qui le fasse sans réfléchir. Quelqu'un qui sache qui il est. Un habitant de Tyneside, de Liverpool, même de Birmingham, putain de merde, tiens, ça, *putain de merde*, ce n'était pas lui, ce n'étaient pas ses mots à lui, ça venait d'Irlande, d'Australie ou d'ailleurs, de quelqu'un d'autre, c'était appris, imité, emprunté. Un homme des cavernes, ça, ce serait vrai. Un bon primate sans cervelle. Il n'aurait qu'à regarder la caméra, sourire et faire au revoir avec la main. Que voulez-vous dire de vrai à votre petit garçon quand vous ne savez même pas si la voix et les mots que vous employez sont bien les vôtres ? Il n'avait rien à léguer à personne. Il allait simplement s'allonger un peu ici dans la jungle, voilà, c'était déjà mieux, et se fondre tranquillement dans le néant. Papa te dit au revoir. Papa fait au revoir avec la main, au revoir, au revoir…

– Papa, dit-il tout haut, imaginant la voix de Tommy en train de le pleurer.

Il entendit presque claquer ses paupières en ouvrant les yeux et se retrouva étendu sur le dos, protégé du soleil éclatant qui venait d'apparaître au bord de la haute falaise par un écran de fines feuilles sèches parsemé d'ombres. Il n'était pas ébloui. Il referma et rouvrit les yeux.

– Papa, dit-il à nouveau, en s'appliquant, l'ouïe soudain en éveil pour écouter le son de sa voix. Papa.

Il la tenait. Rien de feint, rien de mensonger. Une petite voix pure. Qui chantait. Papa. Marley contempla le soleil qui dardait ses rayons sur lui et déglutit avec précaution, soucieux de ne pas perturber la fragile harmonie vibratoire entre ses cordes vocales et mentales. Il entendait nettement claquer ses paupières à présent tandis qu'il clignait des yeux, n'osant y croire.

– Papa, répéta-t-il encore, et il appuya le majeur droit

sur la tempe, juste au-dessus de l'arcade, là où il lui avait semblé ressentir quelque résonance intime, comme pour bien ancrer ce ton et ce timbre à un point physique précis.

Le doigt toujours plaqué sur la fine peau de son crâne, lentement, très lentement, il se releva, sentant sa colonne vertébrale se redresser prudemment, vertèbre après vertèbre.

Enfin debout, il resta silencieux face à la caméra, sans lâcher du doigt ce point de son front où il avait senti l'écho d'une infime et néanmoins indéniable vérité sur lui-même. *Papa.* Il ferma les yeux. Le temps s'arrêta. Il respira, profondément, lentement, amplement. Dans les espaces infinis de son esprit, le mot grandit, engendrant une zone de calme et de paix. *Papa.* Il se remémora le chemin parcouru par sa pensée durant ces semaines passées seul et privé de sommeil. Inconsciemment, il eut un hochement de tête, comme un condamné fait signe à son bourreau, une fois en place sur le billot. L'heure était venue. Il rouvrit les yeux et tendit l'index de la main gauche. Le mécanisme à touches sensitives de la caméra s'enclencha avec un léger déclic. Les voyants s'allumèrent, clignotèrent. Comme à contrecœur, le petit produit miraculeux de l'âge de l'espace, perdu là dans cette forêt hors du temps tel un objet mystérieux tombé d'une lointaine étoile, fit savoir qu'il était à nouveau prêt, si temporaire que ce fût, à immortaliser la voix et le visage de ce qui était en passe de ne plus être Brian Marley.

– *C'est papa,* commença-t-il. *Je n'ai pas beaucoup de temps. Je, euh, écoute, je regrette de ne pas avoir pu passer Noël avec toi, mon grand. Mais bon, je voulais surtout t'expliquer pourquoi tu n'as pas de papa. De père. Merde, reprends-toi, mon gars, bon, bon, allez, je vais essayer, je…*

Il parvint bel et bien à se reprendre et à se redresser, et

finalement, malgré plusieurs moments d'affolement intestinal, cardiaque et lacrymal, il réussit à dire à son fils ce qu'il estimait important qu'il sache, sur lui et sur la vie.

Puis, agonisant, sa précieuse caméra sanglée au ventre, ventre qui lui faisait l'impression d'un sac accroché à son épine dorsale, il commença à escalader la paroi violine et nue de la Falaise.

Il était poussé par une étrange ivresse de douleur et d'épuisement et, tandis qu'il grimpait, il savait que ce sentiment de toute-puissance, de confiance absolue dans les prises de ses mains faibles et les appuis de ses pieds meurtris, n'était que l'expression d'un mépris de la mort. Il grimpait comme un gamin qui grimpe aux arbres sans se demander comment il va redescendre et qui, ne prenant jamais la peine de regarder en bas, ne connaît pas la peur. Être ainsi affranchi de tout avenir, il trouvait ça grisant : il n'avait qu'à penser à monter, et quand il n'en serait plus capable, ce serait fini. Plus besoin d'économiser ses forces, plus de stratégie à suivre, plus de risques à mesurer. Il grimpait, c'est tout, nul autre objectif, il n'était enfin qu'action et ne s'était jamais senti si profondément, intensément vivant.

– C'est bien, garçon, *per ardua ad astra* [1], hein ? Point ne désespère pour Johnny tête en l'air [2].

Marley s'arrêta, s'agrippa à une branche et, sans regarder en bas, alluma la caméra pour la énième fois. PAS DE SIGNAL, afficha-t-elle faiblement. Il l'éteignit donc à nouveau et reprit son ascension. À défaut de

1. « Surmonter les épreuves et gagner les étoiles », devise de la Royal Air Force.

2. Vers extrait de *For Johnny*, poème écrit par John Pudney, pilote de la RAF, au cours d'un raid aérien en 1941.

signal, il commençait au moins à faire plus frais, et l'air, baigné de soleil et enfin épuré du souffle étouffant de la forêt, permettait à Marley de respirer plus facilement. Pour la première fois depuis des semaines il voyait le monde autrement qu'à travers un rideau de moustiques, filtre permanent de petits points noirs tourbillonnants. Il gonfla ses poumons dans la lumière vivifiante et le silence bleuté, tendit ses mains l'une après l'autre, le plus loin possible, avec toute l'énergie dont elles étaient capables, et s'aperçut que ses forces n'étaient pas encore totalement épuisées. Il avait échappé aux ténèbres. Il était en route pour un aller simple vers le soleil. Au plus profond de son esprit, comme mise au jour, tel un fossile émergeant du sable, par l'érosion de l'existence, une image étrange se dessina : celle d'un homme dans la même situation que lui, un cosmonaute gravissant une montagne. Une image resurgie d'un passé oublié qui le ramena confusément à son enfance, les jours où il était malade.

Il grimpa, grimpa, s'arrêtant de temps en temps pour consulter sa caméra, haussant les épaules avant de repartir. Et pendant l'effort, tandis qu'il repoussait les limites de son corps, son esprit se promenait librement, allant et venant dans les souvenirs lointains et flous de sa mémoire labyrinthique. À travers ce brouillard, il grimpa, encore et encore.

Au terme d'une période indéfinie d'escalade acharnée, une demi-heure, une demi-journée, Marley vit, à une dizaine de mètres au-dessus de lui, à sa droite, ce qui avait l'air d'un replat, brusque surplomb d'assez gros buissons et de mousse qui devaient bien s'enraciner quelque part. Et derrière, sur la paroi, il devinait une fente, un couloir étroit qui s'enfonçait dans la roche. Un passage permettant de capter un signal, peut-être ? Sans compter que Marley avait besoin de souffler. Aussi commença-t-il à se hisser, d'une main puis de l'autre, dans cette direction.

Mais c'était comme si le simple fait d'entrevoir un but possible, l'ébauche d'une chose ne serait-ce que vaguement apparentée à de l'espoir, était au-dessus de ses forces. Entraîné par l'altitude dans une sorte de folie extralucide, il comprit qu'il était à présent vraiment au bout du rouleau, que d'une minute à l'autre son corps allait céder, s'éteindre comme une machine, lâcher prise et tomber. Tout à coup, il dut lutter contre la tentation de regarder en bas, et l'idée du vide lui souleva le cœur. Lorsqu'il atteignit le replat, il avait presque rendu l'âme. Un dernier sursaut poussif de ses jambes flageolantes lui permit d'y hisser un genou, puis assez de son poids pour franchir le rebord et basculer de l'autre côté sur le dos, pantelant sous les rayons brûlants du soleil, la poitrine à la peine, le cœur béant, prêt à en finir.

Il resta là un moment dans son petit nid douillet, étendu sur ce lit de mort ensoleillé, à la hauteur des nuages.

À tâtons, il mit la main sur la caméra. Il roula faiblement sur lui-même pour s'écarter de l'à-pic et se rapprocher de l'ombre fraîche des buissons, de sorte que, allongé sur l'épais tapis de mousse vert vif, il put lever la caméra vers le dôme infini des cieux, comme si la longueur ridicule de son bras était primordiale pour tirer l'éther de son mutisme étincelant et lui arracher un signal.

L'écran de la caméra s'alluma timidement. Alors, contre toute attente, le témoin de réception signal se mit à clignoter et le message suivant s'afficha : CHARGE BATTERIE RESTANTE 2 % PRÊT À ENVOYER.

N'osant plus respirer, Marley tendit l'autre main, et il allait appuyer sur le bouton qui devait envoyer à travers la stratosphère son message d'outre-tombe préenregistré, et grâce auquel sa voix et son visage devaient être numérisés pour l'éternité et gravés à jamais dans la mémoire de son petit garçon…

Quand il tomba.

Il se trouva que ce que Marley avait pris pour une saillie rocheuse était en réalité le sommet d'un ravin escarpé dont le bord, effilé comme une lame, était masqué par la mousse. Marley bascula de l'autre côté avec un petit cri plus proche d'un grognement de protestation contre une petite injustice que d'un hurlement de terreur mortelle.

Il passa les quelques secondes qui suivirent dans un tourbillon confus de surprise, mélange de glissade et de chute libre à travers des arbres de toutes tailles. Mû par un instinct profond, il se protégea les yeux avec les deux bras jusqu'au moment où, tandis que cette torture s'éternisait, il décolla carrément du flanc du ravin. À peine eut-il pris conscience en l'air que cet instant était le dernier qu'il s'écrasa sur un massif de buissons hauts et drus, percuta le sol avec une telle violence que son squelette entier parut se disloquer, roula plusieurs mètres sous l'effet de l'énergie renvoyée par l'impact, avant, enfin, de s'immobiliser.

Il demeura ainsi un long moment, le souffle coupé, ne percevant, à travers ses paupières closes, que la chaleur orangée du soleil.

Calmement, incroyablement, son système nerveux sortit de la torpeur où l'avait plongé le choc et amorça un redémarrage, s'autoanalysant pour mettre à jour les informations sur son état. Marley enregistra d'abord la présence de quelque chose de dur sous sa tête, une sorte de bosse pierreuse. Il bougea la tête avec précaution, comme un malade cherchant sans se réveiller une position plus confortable sur son maigre oreiller d'hôpital. Puis il cessa de bouger. Aucun doute possible : le sol sous sa tête était ferme, ni eau ni boue. Il sentit d'étranges parfums entêtants et boisés et une odeur de poussière chaude. Lentement, il commença à remuer les doigts, explorant cette solidité impossible au-dessous de lui. Il gratta doucement la terre avec les ongles des deux mains et la sentit fine, sèche et caillouteuse. Manifestement il n'était plus dans l'enfer de la jungle.

Refusant d'y croire, il resta immobile encore un peu, les yeux toujours fermés, léchant ses lèvres fendues. Le soleil traversa imperceptiblement l'écran orangé de sa non-vision tandis qu'il flottait dans un état de semi-conscience. Outre de puissants parfums herbacés il percevait des bourdonnements d'insectes, mais ce n'était qu'un fond sonore, de sympathiques ponctuations du silence, c'était même apaisant après l'horrible vrombissement de la forêt, incessant, rampant et dévorant. Au bout d'un moment, il sentit son esprit se défaire de la langueur qui l'engourdissait, comme une vallée libérée du brouillard par le soleil.

Sans nullement chercher à faire fonctionner ses neurones, il se mit à réfléchir à l'absurdité de sa nouvelle situation. Il se demanda tout d'abord si c'était là la preuve irréfutable qu'il était mort. Il envisagea la possibilité devenue rationnelle que le message de la Bible était à comprendre au sens littéral et que, passé de vie à trépas, il venait d'atterrir dans la chaleur poussiéreuse d'une sorte d'antichambre du Jugement, une oasis entre le Tigre et l'Euphrate, peut-être, ou sur les rives du Jourdain.

Il entendit alors un autre bruit, un bruit si saugrenu qu'il en conclut immédiatement que l'hypothèse de sa mort n'était plus seulement plausible, mais absolument certaine. Il ouvrit les yeux lentement, hésitant à découvrir cette seconde vie inattendue.

Aussitôt il fut aveuglé par les nuages blancs lumineux

qui remplissaient le ciel au-dessus de lui. Rapidement, instinctivement, il tourna la tête vers la source du bruit (se prouvant accessoirement que sa colonne vertébrale n'était pas brisée), et son regard rencontra une sorte de haie, un petit massif de buissons ou d'arbustes aux fleurs d'un rouge très vif. C'était de là que montait le parfum dont l'air était chargé. Marley ne voyait rien au travers, mais de derrière lui parvint à nouveau le bruit en question.

Bizarre, songea son cerveau. Marley n'avait jamais joué au cricket avec une vraie balle en cuir, une vraie batte et tout le reste ; il n'avait même jamais regardé un vrai match avec un intérêt conscient (à part au pub, en 1981, les dernières heures des exploits d'Ian Botham contre l'Australie, bien sûr). Il n'avait donc jamais entendu en vrai le célèbre bruit du saule frappant le cuir, ni le clapotis des applaudissements polis et connaisseurs d'un petit groupe de spectateurs anglais. Et pourtant, inexplicablement, il sut tout de suite que c'était précisément ce qu'il entendait.

Chtoc ! Clap clap clap clap.

– Bien joué, Hawkins.

Marley respira et sourit. C'était donc ça, la mort : le retour bienheureux à un foyer qu'on n'a jamais vraiment connu mais qui nous a manqué toute notre vie, la fin de toute cette nostalgie étrange et vague, cet appel qui ne cesse de nous hanter comme des ombres longues et immobiles un soir d'été solitaire. Le bien-être d'un shoot de morphine ultime délivré par l'acquis de l'imagination. Il laissa sa tête revenir face au ciel et referma les yeux. Adieu, adieu, adieu…

… À cet instant une agitation bruyante et pressée s'empara brusquement des buissons, et avant que Marley n'ait pu se situer suffisamment dans l'espace pour comprendre que l'auteur de ce bruit, qui ou quoi qu'il soit, lui fonçait droit dessus, il reçut un coup cinglant à l'oreille gauche et fut propulsé par la douleur en position assise.

À côté de lui se trouvait un objet d'un âge avancé mais dont la nature ne faisait pas de doute : c'était bien une balle de cricket.

Sans réfléchir, presque plus surpris d'avoir pu se redresser que d'avoir reçu, en pleine nature, une balle de cricket sur l'oreille, il ramassa la balle et la tenait donc dans sa main, où il la regardait, abasourdi, quand un jeune garçon d'environ quatorze ans, grand, mince, blond, les yeux bleus, la peau bronzée, surgit des buissons, vêtu d'un short long autrefois kaki et d'une chemise de coton blanc, tous deux abondamment rapiécés. En voyant Marley il s'arrêta net et ouvrit des yeux ronds. Avant qu'il n'ait retrouvé sa langue, un instinct poussa Marley à lui lancer la balle ; le jeune garçon la rattrapa d'un geste net, par pur réflexe, le regard toujours fixé sur Marley.

– Bravo, croassa Marley.

– Pardonnez-moi, monsieur, mais… vous êtes anglais ?

– Anglais ? Bien sûr que je suis anglais, Dugland. Lieutenant, mettez-moi ce jeune crétin aux arrêts.

Alors son corps et son esprit se déconnectèrent simultanément. Ses yeux se révulsèrent, ses épaules partirent en arrière et il entendit plus qu'il ne sentit le choc sourd de sa tête contre le sol pierreux, avant de basculer avec un sourire béat dans l'obscurité accueillante d'un puits sans fin, tandis qu'au loin résonnaient ces mots impossibles :

– Ça alors ! Hé, monsieur le Directeur, par ici ! Je crois que c'est un Anglais !

II

S'ENRICHIR
OU MOURIR EN ESSAYANT

Angleterre, sept semaines plus tôt

Brian Marley termina sa petite bière espagnole glacée et reposa lentement son verre, histoire d'avoir l'air détendu et de retarder d'une dernière seconde ou deux l'affreux moment où il lui faudrait dire au revoir à Consuela Martínez, moment où, accessoirement, il lui faudrait aussi tenter de l'embrasser, ce qui, vu la minceur de ses chances de succès, risquait fort de le couvrir de ridicule.

Tandis que le verre se posait irréfutablement sur la table, ne lui laissant plus aucune excuse pour ne pas agir, Marley se remémora fiévreusement tous les petits signes qu'il avait cru déceler jusqu'ici chez elle : ces infimes variations dans sa façon de marcher, de tenir sa tête, dans son regard et dans ses gestes, qui laissaient entendre, quand il passait ses longues soirées à les additionner, que la chose n'était pas impossible. D'ailleurs, ne l'avait-elle pas suivi dans ce bar pour boire un verre avec lui ? Mais, au-delà des conjectures, il lui fallait admettre la dure réalité des faits, à savoir qu'elle avait dix ans de moins que lui, qu'elle était belle et admirée, qu'il était son prof, merde, et que, de toute façon, elle devait rentrer en Argentine dans quelques semaines. La balance était catégorique : aucune chance. Il n'avait pourtant pas le choix, car s'il ne se jetait pas à l'eau maintenant, il ne le ferait plus jamais, ni avec elle ni avec une autre, il était déjà surpris d'éprouver à nouveau ces sentiments à son âge, sans doute serait-ce la dernière fois et…

… Et il ravala donc sa salive et planta ses yeux dans les siens. Elle contemplait sa bouteille de bière tout en lui parlant de son père.

Ce dernier, d'après ce qu'elle disait, aimait beaucoup les Anglais, en particulier les pilotes de la RAF qui avaient servi durant la Seconde Guerre mondiale, et en l'honneur desquels il arborait de fières moustaches. Il fréquentait assidûment la Royal Air Forces Association de Buenos Aires et racontait toujours volontiers ses combats, surtout aux micros de la BBC. Récemment, il avait accompagné le chef d'état-major de l'armée de l'air britannique à l'école de la Fuerza Aérea de Córdoba, où il avait évoqué le souvenir impérissable de ce gros navire anglais qu'il avait coulé au large des Malouines. Le colonel Martínez, expliqua Consuela, était souvent invité sur telle ou telle de nos bases pour parler de la guerre et voler « en touriste » (comme il se plaisait apparemment à le dire) à bord de nos chasseurs biplaces. Les jeunes pilotes anglais adoraient visionner les fameuses images filmées depuis son cockpit, l'entendre crier, vingt ans avant, à leur âge, *¡Gringo de mierda ! ¡Por la patria !* en se lançant dans un piqué suicidaire à travers un mur de balles traçantes, de missiles Sea Slug et autres projectiles antiaériens, et voir les obus tirés par les canons de son Mirage exploser dans l'eau avant de se resserrer sur l'objectif pour enfin embraser la frégate surchargée, mal défendue et trop faiblement blindée.

– Mais oui, je me souviens de ces images, commenta Marley. C'était ton père ?

– Oui. Qué il mé dit touyours, ma fille, qui d'autre qué

les Anglais peuvent mé comprendre quand yé lève mon verre y qué yé dis combien yé souis heureux d'avoir détruit oune dé leurs navires ?

– Oui, il doit avoir raison.

– Voilà, tou sais tout sour mon père.

– Eh oui.

Pas question d'attendre plus longtemps. Le silence risquait de tuer la dynamique ambiante. Son discours, Marley l'avait répété de nombreuses fois dans ses rêveries nocturnes (rêveries toujours respectueusement limitées à ces premiers instants). Il connaissait son texte sur le bout des doigts. Et c'était maintenant ou jamais. Allez.

– Je, euh… je pensais au, tu sais, le week-end « Oxford et Shakespeare », la semaine prochaine, tu sais, l'excursion de l'école.

– Oui ?

Elle leva les yeux vers lui, des yeux noirs dont la forme lui provoqua une bouffée de désir résigné.

– Je me demandais, tu viens bien ? Je te demande ça parce que j'ai vu, comme ça, par hasard, que ton nom n'était pas sur la liste.

– Yé crois qué oui, yé vais vénir. Cé toi lé professeur qui s'en occupe dé l'excoursionne ?

– Oui.

– Yé n'ai pas vu ton nom sour la liste pour s'inscrire.

– Non, je n'étais pas sûr de pouvoir me libérer, tu comprends, à cause de mon fils. Mais maintenant c'est bon. Je peux venir, je veux dire. Enfin, ce que je veux dire, c'est, oui, c'est bien moi qui encadrerai l'excursion du week-end prochain et est-ce que tu viendras ?

– Yé vais m'inscrire demain.

– Parfait. Très bien. Je pense que ce sera très… agréable.

– Yé pense aussi.

– Bon. Excuse-moi, Consuela, mais il faut que j'y vais, euh, non, pas « que j'y vais », attention, « que j'y *aille* », que j'aille chercher mon fils. Je l'emmène à la campagne ce week-end. Comme ça, je serai libre le week-end prochain, tu comprends ? Pour l'excursion.

– Yé pense qué tou es oune bon père.

– Ha. J'essaie. Bon, allez. Charlie, tu me mets ça sur ma note ? Faut que je file, et je suis un peu juste en liquide.

– Ça marche, Brian, sourit le jeune proprio décontracté du bar.

– Tou l'emmènes loin, ton fils ?

– Non, seulement dans le Kent.

– Ah, oui, lé yardin dé l'Angléterre.

– Mais je serai rentré lundi pour les cours, naturellement.

– D'accord.

– Bien.

Et c'est alors qu'il l'embrassa. Ce fut un peu plus bref et maladroit qu'il ne l'escomptait, et un peu moins bien centré sur les lèvres, mais bon, le résultat était là : il l'avait embrassée, et au moins en partie sur la bouche. Et elle ne paraissait ni choquée, ni dégoûtée, ni amusée, ni rien de ce qu'elle aurait pu paraître. En fait, elle avait plutôt l'air d'attendre la suite, comme s'il ne l'avait pas encore vraiment embrassée pour de bon. Il se leva donc avec un peu plus d'empressement que prévu, ce qui lui valut de se cogner les genoux, bien plus violemment que prévu, contre la table, et tourna les talons, se contentant d'un signe de la main avant de disparaître.

– Yé peux avoir oune autre margarita, s'il té plaît, Charley ? lança gaiement Consuela Martínez en tendant la main vers son petit sac de cuir.

– Pas de problème, fit le jeune proprio décontracté du bar.

À côté de lui, sa jeune épouse décontractée chargea bruyamment une compile de deep chill-out trance dans le lecteur de CD et alluma un bâton d'encens d'un air vengeur.

– Maintenant, pour elle, c'est plein tarif, lui siffla-t-elle sèchement à l'oreille.

– T'exagères ! Ça fait une heure qu'elle est là avec Brian.

– Et il a pris les verres sur sa note. Lui, il paie demi-tarif. C'est pour ça qu'il vient chez nous.

– Écoute, on va quand même pas doubler les prix d'un coup pour elle.

– On va se gêner ! Pourquoi on fait cinquante pour cent à Brian, à ton avis ? Pour qu'il nous amène ses étudiants, et que, eux, ils paient le prix fort, tu piges ? C'est ton genre, cette fille ? Elle est assez mince à ton goût ? Pas trop vieille ? Je croyais que tu préférais dilapider nos bénéfices pour les paumées jeunes et minces au nombril percé. Comme à Glastonbury l'année dernière.

– Attends, tu vas pas recommencer !

– Ça y allait, les burgers au tofu, le deuxième après-midi du festival, et toujours pour les petites camées squelettiques. Excuse-moi, mais depuis quand vous êtes copains, au juste, ce Brian et toi ? Il nous rabat de la clientèle, point barre. Des profs miteux comme lui, y en a plein les écoles de langues. Tu les connais : tous des pervers. T'es jaloux de lui, c'est ça ? Moi, un type qui se tape que des étrangères, je trouve ça louche.

– Ça va, ça va, le happy hour est officiellement terminé.

Consuela Martínez but son verre (*¡ Qué c'était bien trop cher !*), puis elle quitta le bar et gagna Trafalgar Square, où elle s'assit à côté d'un gros lion en bronze pour écrire une carte à son père. Lorsqu'elle l'eut postée elle passa par Whitehall pour admirer les beaux soldats de la Garde sur leurs chevaux, si anglais dans leurs armures étincelantes auxquelles ils imposaient une immobilité absolue, comme des statues dans un musée militaire.

– Pardon, pardon, bredouillait machinalement Marley aux innombrables inconnus qui le bousculaient dans l'escalator cliquetant du métro tandis qu'à la station Shepherd's Bush, sur la Central Line, il sortait des entrailles de la terre froide pour émerger dans la lumière grise de novembre.

– T'as pris quoi, mon gars ? lança quelqu'un, et Marley, en regardant autour de lui comme s'il se réveillait, s'aperçut qu'il se tenait du mauvais côté de l'escalator et souriait comme un idiot. S'il put sans mal remédier au premier problème, un pas rapide sur le côté le mettant à l'abri de toute nouvelle protestation, il n'en fut pas de même pour le sourire, qui, loin de se faire plus discret comme il le lui ordonna, menaça de lui échapper complètement pour se muer en rire aux éclats, voire en chant triomphal.

Il avait réussi. Il l'avait embrassée. Lui, l'humble Brian Marley, avait embrassé la divine Consuela Martínez. Incroyable. Depuis son divorce, il n'avait eu que deux ou trois petites aventures insignifiantes, mais à présent il avait embrassé Consuela, sans se faire rembarrer, et c'était comme si toute sa vie réapparaissait à la lumière d'une émotion dont il avait presque oublié l'existence : l'espoir.

Il progressa rêveusement parmi la foule, tout à cette sensation vaguement familière. Comme le soleil sur le visage. Il se revit tout à coup en petit livreur de journaux dans les années soixante-dix, poussant dans un parc au lever du jour une vieille voiture à bras grinçante, chargée de journaux du dimanche, l'univers presque monochrome, gris-bleu-vert et saupoudré de blanc, les rues alentour jonchées de sacs-poubelles givrés attendant d'être ramassés, les gros titres sur les journaux qui remuaient devant lui ne parlant que de grèves et de désespoir, alors que lui, les joues réchauffées par les premiers et faibles rayons jaunes du soleil, bercé par les coin-coin qui montaient de ce monde en dégel, essayait d'imaginer, la tête remplie de vagues rêves de filles, ce que seraient l'université et la grande inconnue de la vie à venir. L'espoir à l'état pur.

Il était si loin de Shepherd's Bush et de son immédiateté que lorsqu'une petite vieille fit un écart, se retrouvant en travers de sa route, il la remarqua si tard qu'il faillit lui rentrer dedans.

– Oh, pardon, marmonna-t-il.

Elle lui sourit. Peu à peu, il comprit qu'elle lui avait délibérément barré la route et que le haussement gai et interrogateur esquissé par ses sourcils délicatement maquillés lui était personnellement adressé.

– Excusez-moi, je peux, euh… ? commença-t-il.

Il s'aperçut alors qu'elle agitait quelque chose à son intention. Une boîte métallique percée d'une fente. Il baissa les yeux et vit le petit plateau en carton qu'elle tenait, garni de mini-coquelicots artificiels. Elle sourit à nouveau et leva le plateau d'un geste souple et engageant, presque aguicheur.

– Ah, ah oui, d'accord, dit Marley en riant, avant de tapoter instinctivement sa poche revolver.

Gling gling, firent les pièces dans sa poche, et le nouveau monde de bonheur qui l'entourait s'effondra de manière spectaculaire. Il cligna des yeux ; tout à coup, la station Shepherd's Bush n'était plus éclairée par le jour doré naissant de son esprit, mais par la vilaine lumière grise des néons.

– Vous voulez un coquelicot ? pépia la vieille avec confiance.

– Attendez…

Et avec un sourire triste, le rouge aux joues, il plongea la main dans sa poche. Feignant de se l'y être coincée, il fit fiévreusement défiler entre ses doigts les pièces de monnaie chauffées par son corps, afin de ne pas piocher une des quatre pièces de deux livres qui, il s'en souvenait maintenant avec horreur, constituaient l'essentiel de ce qui lui restait.

S'il donnait une de ces pièces-là à la vieille dame, il serait obligé de retourner au distributeur cet après-midi pour offrir un goûter à son fils, Tommy, dans un salon de thé, et il préférait éviter le distributeur avant que sa paye du mois prochain ne soit sur son compte, c'est-à-dire lundi, car, quand bien même il déclinerait l'aimable proposition qui lui serait faite de consulter son solde ô combien débiteur, il ne pourrait s'empêcher de penser au fait que même après avoir encaissé son prochain chèque il n'aurait pas, loin s'en faut, épongé sa dette en cours. Sans parler, terreur suprême, du risque omniprésent qu'il ait déjà atteint le plafond nouvellement rehaussé de son découvert autorisé (*Pourquoi attendre ? Faites-vous plaisir dès maintenant grâce à une extension personnelle de crédit !*), et que l'appareil lui rie au nez quand il demanderait à nouveau de l'argent qu'il n'avait pas encore gagné. Auquel cas il ne pourrait payer à Tommy qu'un Happy Meal dans un des McDonald's qui bordaient la M25 et serait condamné à le regarder s'empiffrer de graisse, de sel et de sucre en culpabilisant de donner ça à son petit garçon et en regrettant secrètement de ne pas avoir de quoi s'en empiffrer lui-même. Génial ! Et Noël qui approchait… Au moins il fallait qu'il rende son minable petit appart agréable pour Tommy, pour leur moderne et joyeux Noël d'aprèsdivorce. Puis il y aurait les soixante-dix ans de sa mère, ça se fêtait, ça, quand pourrait-il enfin faire quelque chose de vraiment bien avec elle, l'emmener en voyage dans un chouette coin, un coin qui lui plaise, croyait-il qu'elle allait vivre éternellement ? Et le pire de tout : le week-end prochain, il devait aller à Oxford avec Consuela Martínez, qui venait de le laisser l'embrasser, et il fallait, il fallait absolument qu'il puisse dépenser avec elle sans compter, non pas pour essayer de l'impressionner, elle n'était pas comme ça et lui non plus, mais rien ne l'horripilait plus que d'inspecter la carte à l'entrée des restaurants et de faire semblant de regarder ce qui avait l'air bon en ayant l'œil rivé sur les prix. Il avait joué ce jeu-là toute sa vie, littéralement et métaphoriquement, pas question de retomber dans les prétextes foireux qui consistaient à dire que, en ce qui le concernait, il n'avait « pas vraiment assez faim » pour prendre une entrée, que le vin de la cuvée du patron était « sûrement très bon », qu'il n'était pas « très gâteaux », pas avec elle, pas cette fois, cette fois c'était différent, forcément, cette fois…

– C'est très gentil à vous de vous être arrêté, claironna la vieille dame en lui épinglant prestement de sa main frêle la petite fleur de plastique et de papier au revers de la veste.

Il remarqua ses veines bleu pâle sous sa peau fine comme du film alimentaire. Il l'imagina debout toute la journée, dans l'indifférence générale. À ce moment-là, un bus rouge à impériale, un vrai, d'époque, avec escalier ouvert et receveur, passa dans un bruit de tonnerre devant lui, longeant lentement l'entrée de la station vers l'est, en direction du West End. En reflet dans les vitres de l'étage du bas, il vit défiler une suite de grandes images, comme un folioscope d'enfant : lui-même, devant la bouche de métro éclairée par les néons, un homme de quarante et quelques années, de taille et d'allure normales pour un Anglais, en veste de tweed, chemise de coton unie sans cravate, jean dénué de sigles ridicules, chaussettes foncées, chaussures de cuir marron d'assez bonne qualité avec des lacets et des semelles en bon état, se tortillant grotesquement, la main dans la poche, face à une petite vieille souriante qui secouait avec espoir une boîte destinée à recevoir des aumônes pour les mutilés de guerre.

La honte le submergea. Pas étonnant si le choix de la vieille dame s'était porté sur lui. Elle avait vu un Anglais ordinaire, un brave acheteur de coquelicots pour qui porter ces témoignages de solidarité est une seconde nature. Elle ne pouvait pas se douter, pas plus que Consuela tout à l'heure, que sa veste provenait d'une friperie et que l'ensemble de sa tenue était en fait une sorte d'uniforme, tous les professeurs d'anglais « langue étrangère » en activité de Bournemouth à Bangkok s'habillant ainsi. Impossible de savoir que s'il était encore en Angleterre, c'était seulement parce qu'il venait de se retrouver père célibataire à temps partiel d'un petit garçon de trois ans et que, ne pouvant abandonner son fils, il ne pouvait plus faire comme tous les profs d'anglais pour étrangers quand leur vie devient trop dure ou trop pesante, à savoir se tirer dans un nouveau pays où jouer à nouveau la carte anglophone. Rien ne laissait deviner qu'il n'était pas, en vérité, un gentil Anglais bien élevé qui travaillait à la London English School de Piccadilly uniquement parce qu'il aimait enseigner aux autres sa langue anglaise chérie, mais un misérable raté qui n'avait rien trouvé d'autre pour payer ses factures.

Le gros bus rouge passa son chemin, le dessin animé se termina, et Marley se retrouva planté là, à côté de la vieille dame, le regard perdu sur la rue, assommé par la vision d'une netteté aveuglante et sans pitié qui venait de lui apparaître de sa vie. Il avait embrassé Consuela Martínez pour des raisons totalement fallacieuses et espérait à présent, pour les mêmes raisons, coucher avec elle. Il n'était qu'un menteur, un fumiste, un minable.

– On donne ce qu'on veut, souligna la vieille d'un ton un peu pincé.

– Euh…

C'était peine perdue. Ne supportant plus la honte de ses efforts trop évidents pour choisir ce qu'il allait sortir de sa poche, il prit une poignée au hasard, pria, retira sa main et l'ouvrit. Puis il baissa les yeux. Au sommet du petit tas de monnaie cuivrée sans valeur qui remplissait sa paume et ne pouvait décemment servir d'aumône, trônaient, moqueuses, ses quatre grosses pièces de deux livres, argent et or, à découvert et immanquables.

– Ah, fit Marley, qui se résigna après une brève hésitation désabusée.

Il laissa tomber une des lourdes pièces par la fente de la boîte, d'où monta un tintement. Va pour McDonald's.

– Merci, sourit la vieille dame.

Avec une technique aussi bien rodée que n'importe quel vendeur de journal de rue, et portée par la conviction de la justice altruiste de sa cause, elle avait déjà tourné ses yeux et son sourire ailleurs pour battre le fer tant qu'il était chaud et profiter de ce moment crucial, comme tous les marchands ambulants du monde, à l'affût d'une proie parmi la foule de voyageurs pressés, qui, ayant assisté à la scène de la capitulation de Marley, serait susceptible de tomber sous le joug de son regard et de céder à son tour à la honte.

– Ah, fit à nouveau Marley, cette fois pour lui-même, avant de se mêler en hâte au flot des piétons.

Le petit coquelicot ornait maintenant le revers de sa veste, épinglé à la limite de son champ de vision, comme un écho narquois à son existence de pacotille. Après quelques pas, il s'arrêta brusquement sur le trottoir encombré, comme s'il venait de percuter un lampadaire qu'il n'aurait pas vu, provoquant une petite réaction en chaîne de collisions et de protestations. Présentant ses excuses à la cantonade, *pardon, je, euh, pardon, oh, excusez-moi*, il lutta pour rattraper sa descente en vrille existentielle. Il tenta désespérément de limiter les dégâts et d'éviter la catastrophe d'une dépressurisation, mais le souvenir de ce baiser le narguait, petite plume de vérité invulnérable qui chatouillait ses lèvres de menteur. Les faits étaient là. Il avait abusé de la confiance de son élève pour l'embrasser. D'accord, il parviendrait peut-être à se la taper (l'expression le fit tiquer) en continuant ses mensonges, et peut-être alors, *peut-être*, que l'impensable se produirait (ça arrive, sinon, il n'y aurait pas de vie sur terre au milieu d'un univers infini et glacial, perpétuellement brassé). Peut-être, si improbable que cela puisse paraître, manifesterait-elle l'envie de rester en Angleterre avec lui. Et alors ? Oh là là ! Il eut un frisson comme chaque fois qu'il pensait à son appartement d'Acton, dans lequel il avait mis toutes ses billes après son divorce et qui, vu le « fléchissement de la conjoncture » (ainsi que persistait à l'appeler le chancelier de l'Échiquier), valait à peine le prix qu'il l'avait payé l'année précédente. Il n'osait imaginer le désarroi dans les jolis yeux de la jeune femme quand il lui ouvrirait la solide porte en affreux PVC blanc, et qu'il lui dévoilerait la réalité de son existence…

Non, non, non. Il sortit son portable et se pressa d'appeler l'école, avant que de fourbes remords ne l'entraînent dans une délibération subtilement rationnelle dont, il en avait souvent fait l'expérience, ils étaient presque assurés de ressortir vainqueurs.

– Salut, c'est Brian. Écoute, je suis vraiment désolé,

mais bon, j'ai un problème de gamin, tu vois, et je dois me décommander pour l'excursion « Oxford et Shakespeare », le week-end prochain… Je sais, ça m'embête, mais vous trouverez sûrement quelqu'un pour me remplacer, quelqu'un qui a besoin de fric… Bon. Merci. Et pardon encore… Ouais, à lundi.

Il raccrocha et resta immobile sur le trottoir. Voilà. Une bonne chose de faite. Au prix d'un effort surhumain, s'aidant de tout son poids, il referma la porte sur le souvenir vain des yeux de Consuela Martínez. Les serrures et les pare-feu de son esprit grincèrent, claquèrent et tinrent finalement bon. Ouf ! Il respira profondément, puis partit d'un pas vif dans la petite rue en direction de chez sa mère, près de la BBC.

C'était ainsi qu'elle disait toujours, « près de la BBC ». Un peu, trouvait Marley, comme une vieille paysanne allemande avouant honteusement qu'elle a frôlé une fois le manteau de Hitler, ou comme un grand-père russe au visage parcheminé, usé par l'alcool et les intempéries, évoquant modestement le jour où, dans sa jeunesse, il s'est trouvé tout près de Staline. La mère de Marley n'avait jamais travaillé pour la BBC, n'était jamais intervenue sur son antenne ni même entrée dans un de ses bâtiments et passait un temps fou à critiquer ses dernières émissions, mais elle avait proscrit « ceux d'en face » pendant presque toute l'enfance de Marley (au début de laquelle on en était encore au noir et blanc) et elle avait conservé dans le pouvoir de cette institution, comme pour toutes les institutions du service public, une foi quasi religieuse.

Le service public nous avait fait gagner la guerre et c'était grâce à lui aujourd'hui que nous allions « nous en sortir ». Les tickets de rationnement nous avaient gardés en bonne santé, la BBC nous avait tenus informés et le gouvernement travailliste abolissait le Means Test, garantissant à nos parents de ne plus jamais devoir montrer le fond de leur culotte pour pouvoir bénéficier d'une aide pécuniaire. Mis à l'abri par l'État pendant le Blitz, on apprenait bien ses leçons et on allait dans un lycée public appelé « grammar school » (l'investissement des parents s'y limitait à l'uniforme), où on recevait une instruction à laquelle on n'aurait jamais eu accès autrement (grâce au décret de 1944), avant d'être admis dans une université moins accessible encore (qu'on intégrait grâce à une bourse), où on rencontrait une race de gens bizarres dont il était question dans les romans et dont on avait éventuellement entendu parler par une tante ou un grand-père ayant été domestique, les *rentiers*, on apprenait rapidement à parler comme il faut, c'était naturel, tout le monde s'y mettait, impossible d'y échapper, et enfin l'État vous donnait un emploi à la BBC, dans l'Assistance publique, l'Éducation nationale ou, comme pour la mère de Marley, l'administration, emploi hautement respectable et bien payé à une époque où, socialement, un simple comptable était nettement inférieur à un professeur de grammar school et où avoir un chéquier constituait un privilège de poids. On épousait un homme grand et fumeur de pipe qui avait été officier dans la marine (un des quelques anciens des grammar schools pris sous son aile par l'armée parce qu'il était titulaire d'un utile diplôme d'ingénieur en électricité et avait, au tennis, un assez bon revers en retour de service). Le couple travaillait, économisait, puis faisait l'achat d'un assez bel appartement en 1957, quand Shepherd's Bush était un quartier tout juste respectable et les prêts des choses impressionnantes et mystérieuses accordées après moult entretiens dans des bureaux discrets, par des directeurs de sociétés immobilières portant des montres de gousset. L'État vous donnait un coup de pouce, il permettait aux plus méritants de s'élever, récompensait l'effort. Pendant ce temps, les fainéants, les incapables qui ne pensaient qu'à la bière et au football continuaient de danser, boire et insulter leurs arbitres, tandis que les mollassons oisifs et inutiles issus de l'enseignement privé s'étiolaient face à « l'incandescence de la révolution technologique[1] » et disparaissaient dans la poubelle de l'histoire, leurs grandes maisons et leurs fortunes personnelles anéanties comme elles le méritaient par les impôts, et leurs collèges privés perdant logiquement leur absurde statut d'institution charitable. Plus rien n'empêchait vos enfants, héritiers de la victoire, de devenir les technocrates cultivés, les juristes mélomanes, les médecins amateurs de théâtre, les conférenciers passionnés de littérature et les mandarins polyglottes qui formeraient l'élite de, disons, 1984. Le mérite et l'instruction triompheraient. Et qui sait si, en habitant « près de la BBC », on ne permettrait pas à sa progéniture d'être touchée d'une manière plus directe, bien que plus mystérieuse, par la force diffuse et bienfaitrice de l'État ?

Ayant dépassé la BBC d'environ trois cents mètres, Marley arriva donc dans Godolphin Road, code postal W12, où il avait passé toute son enfance. Entre les âges de vingt-deux et trente-sept ans il s'était contenté d'une ou deux visites annuelles en donnant de ses nouvelles par cartes postales depuis tel ou tel pays, mais depuis son retour en Angleterre, avec la naissance de Tommy, il venait ici au moins une fois par semaine. Il avança lentement sur le trottoir, les yeux baissés, comme s'il cherchait un indice ancien qui lui permettrait de décrypter

1. Formule attribuée au travailliste Harold Wilson (Premier ministre de 1964 à 1970 et de 1974 à 1976), inspirée d'un discours qu'il prononça en 1963 et où il dénonçait la caducité de la pyramide sociale dans la conjoncture de l'époque.

sa vie, un plan griffonné quarante ans plus tôt sur un mur, peut-être, ou un nom oublié, gravé dans la brique.

– Bonjour, mon grand, lança gaiement sa mère devant l'escalier qui descendait à son appartement, situé au sous-sol.

Elle s'affairait avec sa poubelle, mais Marley savait qu'elle le guettait. Il était en retard, et en plus, il n'allait pas rester longtemps. Un sentiment de culpabilité lui pinça le cœur.

– Bonjour, maman.

Sa mère vint droit vers lui, galion maternel toutes voiles de tweed dehors. Elle le prit dans ses bras et le serra avec force contre sa volumineuse poitrine embaumée d'eau de toilette. Chose absurde, car il mesurait au moins trente centimètres de plus qu'elle, il se sentit complètement enveloppé. Le parfum sec et poudreux des cheveux courts de sa mère, blancs comme de la neige, qu'elle se coupait elle-même, se mêlait à la tiédeur rêche du tissu de sa veste. Il répondit à son étreinte et s'inquiéta, comme depuis quelque temps, de sentir ses os sous sa chair abondante mais qui se relâchait. Il s'efforça de ne pas reculer devant cet élan d'amour à peine contenu et déguisé en rire, tout en se soustrayant intérieurement au poids d'une dévotion exclusive qui, toute sa vie, avait menacé de l'engloutir sous un océan de dettes dont il ne pourrait jamais s'acquitter.

En 1967, le père de Marley les avait abandonnés pour aller vivre en Australie. La mère de Marley n'en avait parlé qu'une fois, ce jour mémorable au milieu des années soixante-dix où elle avait découvert, sous le lit de son fils de quatorze ans, des chaussettes souillées de sperme.

– N'accorde pas trop d'importance au sexe, Brian, lui avait-elle dit d'un ton léger. Ça n'en a pas tant que ça, tu sais. On peut très bien s'en passer. À écouter les gens de nos jours, on croirait qu'il n'y a que ça qui compte. Ton père nous a abandonnés parce qu'il a rencontré une jeune fille au pair en minijupe, une petite Norvégienne, et qu'il était terrifié à l'idée de ne pas profiter de la « révolution sexuelle ».

– Ah, avait dégluti Marley, que la honte écrasante, du haut de ses quatorze ans, n'empêcha pas d'être séduit par l'image.

À partir de là, Marley avait déduit par lui-même avec le temps que, dans la mesure où les années soixante n'avaient pas fait la part spécialement belle aux mères célibataires de trente et quelques années sans famille argentée, sa mère, encombrée de son fils chéri, avait eu peu d'espoir de retrouver un mari acceptable ou d'être promue justement selon ses seuls mérites. Quant au petit garçon lui-même, la volatilisation soudaine de son père ne lui avait laissé qu'un lointain souvenir de vide, l'esquisse anonyme, qui le hantait encore parfois quand il se couchait seul, d'une silhouette barbue et nimbée de fumée le prenant dans ses bras pour la dernière fois, essayant de lui expliquer l'inexplicable. Il se souvenait vaguement d'avoir crié *Pardon, papa, j'irai dans le train écossais la prochaine fois !*, ayant récemment contrarié son père en refusant de profiter du dernier voyage du Flying Scotsman[1] pour ne pas manquer l'apparition exceptionnelle des Daleks dans le nouvel épisode de *Dr Who*[2]. Sur quoi son père avait disparu pour toujours dans sa voiture bordeaux qui sentait le cuir et l'huile chaude. Le jeune Brian avait, pendant une durée aujour-

1. Littéralement, l'Écossais volant. Nom du train à vapeur qui reliait Londres à Édimbourg.

2. Série TV britannique diffusée de 1963 à 1989 sur BBC1. Les Daleks, sortes de poivriers à roulettes armés de rayons laser, sont les pires ennemis du Dr Who, extraterrestre voyageant à travers le temps et l'espace.

d'hui indéterminable, tenté d'entrer en contact avec papa au moyen de son talkie-walkie de *Lost In Space*[1] (*Authentique! Avec transistor électronique! Portée jusqu'à 500 mètres!*). Puis il avait renoncé, la vie avait repris son cours et l'histoire en était restée là.

Après ce revers décisif, Mrs Mary Marley (elle avait gardé le nom) n'avait entrepris aucune rénovation, ni de sa vie ni de son appartement de Shepherd's Bush. Le temps que le jeune Brian soit confié aux bons soins de la grammar school de Hammersmith, cartable en cuir au dos et souliers vernis sur l'escalator social naturel de l'État, les années soixante-dix avaient commencé et la mère de Marley, avec l'étonnement habituel qu'on ressent à ce moment-là, était entrée dans la quarantaine. Elle se consacrait à son travail de moins en moins respecté dans l'administration et répartissait le reste de son temps entre des amis du genre quakers, des réunions sur l'Afrique et (jusqu'en 1989) des correspondants en Allemagne de l'Est auxquels elle écrivait dans la langue internationale créée de manière idéaliste et devenue, avec l'avènement mondial de l'anglais, totalement superflue, l'espéranto ; le tout en se gardant de s'encombrer d'un nouveau mâle et de dépenser bêtement son argent dans de nouveaux meubles ou autres appâts de la société de consommation. Du coup, sa paisible demeure n'avait pas changé d'un iota depuis le milieu des années soixante, et tout son amour s'était concentré sur son fils unique.

La seule preuve tangible que Marley avait de l'existence de son père était une photo. Une photo en noir et blanc, dans un sous-verre, où on voyait un peloton de

1. Série TV américaine diffusée en Grande-Bretagne sur ITV de 1967 à 1970. Elle raconte les aventures de la famille Robinson qui, envoyée dans l'espace par les États-Unis en mission de colonisation, s'y égare suite à un sabotage.

marins défilant d'un air emprunté, le fusil sur l'épaule et les mollets recouverts de curieuses guêtres blanches, sur le pont d'envol d'un porte-avions. Une légende manuscrite, à l'encre noire effacée par le temps, indiquait: «Green Horse, HMS *Eagle*, Malte, Couronnement, 1953. Dieu bénisse la reine.» Mrs Marley l'avait accrochée en évidence près de ses plus belles porcelaines, à bonne distance des diverses photos coûteusement encadrées de son fils posant devant des objets culturels aisément reconnaissables, représentatifs de plusieurs continents. Chaque fois qu'elle recevait un visiteur chez qui elle soupçonnait de la condescendance sociale pour une femme qui n'avait terminé sa carrière qu'au grade d'«agent administratif échelon 4» et habitait un simple appartement à Shepherd's Bush (si près fût-il situé de la BBC), elle amenait habilement la conversation sur cette photo. Le visiteur se tournait alors comme il se doit pour y jeter un œil poli et demandait lequel était le père de son fils, à quoi Mrs Marley répondait triomphalement, d'un ton qu'elle voulait distrait:

– Lequel? Celui de devant avec le sabre, tiens!

– Ah. Mais oui, bien sûr. Finalement, Mary, je vais me laisser tenter par un autre sherry.

Peu après son dix-huitième anniversaire, alors que l'Australie était encore un endroit d'où les jeunes s'enfuyaient à la première occasion, quand le billet d'avion vous coûtait encore un trimestre entier de votre bourse d'étudiant mais qu'il y avait encore des bourses étudiants à claquer pour ce genre de folies, Marley, sans se démonter, avait carrément demandé à sa mère l'adresse de son père, et la lui ayant arrachée après une engueulade monstrueuse, la seule qu'il ait jamais eue avec elle, il était parti là-bas deux semaines avant sa première rentrée à la fac, pour rencontrer cet homme légendaire avec ses longues bottes, sa barbe et son sabre.

Il sut qu'il avait trouvé le bon bungalow de la banlieue moderne de Brisbane quand il vit, garée devant la porte, étincelante sous la lumière irréelle du soleil, la berline anglaise bordeaux qu'il sentait et entendait encore dans ses rêves, à jamais protégée désormais des hivers corrosifs de sa terre d'origine. Il s'avança doucement et en tapota la tôle brûlante avec retenue, comme s'il touchait la gaze d'une momie risquant de tomber en poussière sous ses doigts. Un homme grand et timide d'une bonne cinquantaine d'années, bien rasé, sortit de la maison.

– C'est une Magnette de 1957, lança l'homme, d'un ton fier bien qu'un peu méfiant, avec un accent australien marqué. Et c'est une première main.

– Oui, je sais. Vous l'avez achetée pour fêter ma naissance.

Marley aperçut en tournant la tête une femme blonde au teint bistre et à la mâchoire carrée, la quarantaine avancée, qui le regardait depuis la fenêtre de la cuisine. Avant même de revenir sur son père, il fut pris de vertige en se rendant compte que, aveuglé par Dieu sait quelle folie, il s'attendait à trouver ici la jeune Norvégienne de la légende, la bombe sexuelle aux mœurs débridées dont les charmes avaient poussé son père à quitter sa mère, le jeu obscur de ses fantasmes lui ayant fait associer à cette visite l'espoir de perdre son pucelage avant le début de sa nouvelle vie d'étudiant. Avant même que son père ne retrouve l'usage de la parole, la question de ce qu'il foutait là et de ce qui lui était passé par la tête avait commencé à se former dans l'esprit du jeune Marley.

– Ben merde, alors, avait enfin bredouillé son père. C'est toi, euh, Brian…

Et là, cet homme timide se pressa de le rejoindre et, à voix basse, sans se donner la peine de lui tendre la main, lui expliqua en louvoyant qu'il valait mieux que lui, Brian, ce fils retrouvé après tant d'années, se fasse passer pour un neveu, parce que sa femme d'origine norvégienne, sa femme à lui, son père, n'était pas *vraiment* au courant de son existence, l'existence de Brian, et que ça risquait d'être *mal pris* par elle et leurs trois ados robustes et bronzés qui détestaient les Rosbifs. Marley, la main toujours posée sur la carrosserie bordeaux cuite par le soleil, sentit son cœur s'engourdir, comme sa mâchoire chez le dentiste, mais il se contenta de hocher la tête, heureux d'une alliance secrète avec son père, même dirigée contre lui.

Au début, il attendit avec confiance le moment où, tard dans la nuit, à l'abri des regards, au travers d'un pugilat viril nourri par le whisky, il serait récompensé par la révélation d'un manque et d'un amour réciproques. Un face-à-face avec son père absent, une épreuve de force cathartique qui clarifierait tout et le remettrait d'aplomb pour la vie. Mais, tandis que les mensonges et l'infâme repas de viande s'éternisaient, il comprit peu à peu que son rapprochement avec l'intimité de cet Australien inconnu devait se limiter à découvrir que Frank Marley, apparemment atteint d'une peur irrationnelle et incurable de l'avion, était arrivé avec sa MG et toutes ses petites affaires sur un bateau d'immigrants voyageant aux frais de l'Australie, et que, vu la longueur et le coût prohibitif de la traversée, qui de toute façon ne se faisait quasiment plus par la mer, il n'avait pas la moindre intention de rentrer un jour en Angleterre, dont toute sa famille s'accordait à dire qu'elle ne valait plus un clou.

– Franchement, Brian, toutes ces grèves ! Bon sang !

– Ja, und l'inflazion, dix-sept pour zent ! Et la pluie ! Oh ! Che te ressers de la fiande ?

– Et le punk rock ? Ça te plaît, cette merde, oncle Brian ?

– Dis, oncle Brian, tu crois que l'Angleterre regagnera un jour un match de rugby ?

– Peut-être que cette Margaret Thatcher renversera la vapeur, Brian. Mais ça m'étonnerait. Pour moi, l'Angleterre est une vieille guimbarde bonne pour la casse, un point c'est tout. On peut s'estimer heureux qu'elle ne nous ait pas entraînés dans une guerre nucléaire où on aurait tous fini pulvérisés. Tu sais, euh, Brian, c'est pour ça qu'on est partis.

– À cause de la guerre nucléaire ?

– On pensait tous qu'on allait y avoir droit. Tu savais pas ? Je me souviens, quand je te tenais dans mes bras, enfin, tu sais, quand j'allais voir ta mère, ma sœur, quoi, tu me suis ? Bref. Qu'est-ce que je disais ? Ouais, je te tenais dans mes bras, chez ma sœur, on regardait une télé grande comme une feuille de PQ et on se demandait si c'était maintenant que ces couillons de Macmillan, Kennedy et Khrouchtchev allaient nous expédier dans l'au-delà. C'est en partie pour ça qu'on est venus s'installer ici, mon pote. Pas vrai, Gudrun chérie ?

– Ja, ja. Et ton père, Brian, il fait quoi, déchà, comme travail ?

– Ça dépend. Il voyage beaucoup, je le vois assez rarement.

– Bon, euh, merde, désolé, tout le monde, mais j'avais complètement oublié, j'ai promis à Stan Young de réparer le crochet de sa caravane. Faut que je me magne. Je ne rentrerai pas tard, ma biche. Excuse-moi, Brian, hein ? J'aurais aimé bavarder un peu plus. Mais j'imagine que tu es pressé de filer. C'est grand, l'Australie ; y en a, des choses à voir, en une semaine.

– Ouais, oncle Frank, vaut mieux que j'y aille.

Et c'est ainsi que Brian Marley, les yeux à présent dessillés, avait ramassé son sac à dos de l'armée pour aller dire au minable Frank Marley, soulagé, un au revoir joyeux à la porte du bungalow. Il était venu en pensant rencontrer un don Juan sans pitié, un personnage mythique qui (chose totalement impardonnable) avait bousillé la vie de sa mère, mais qui (ça, c'était fascinant) l'avait fait pour assouvir ses pulsions sexuelles exacerbées. Et qu'avait-il trouvé ? Une espèce de larve qui réunissait à lui seul tout ce qu'un homme mûr peut avoir de plus détestable pour un jeune de dix-huit ans : il avait eu peur, il s'était trompé, et il était marié avec une femme vieille, moche et ridée.

– Ah, au fait, Brian, une dernière chose.

– Oui ?

– Mets-toi à l'avant pour le retour.

– Quoi ?

– Dans l'avion. Mets-toi à l'avant. Paie ce qu'il faut, mon gars, peu importe le prix. Statistiquement, tu as plus de chances de survie. Cherche pas à avoir une place près des ailes, vers les sorties de secours, personne ne sort jamais par là. Tu sais où se trouvent les réservoirs d'un avion ? Eh ouais : dans les ailes ! C'est pour ça qu'on regroupe les rupins à l'avant, parce que c'est plus sûr, c'est tout. Quoique, même à l'avant, si ça se casse la gueule, les chances de s'en tirer sont maigres. Quant aux gilets de sauvetage, laisse-moi rigoler. Franchement, Brian, cite-moi un *seul cas prouvé* de quelqu'un qui a survécu à un accident d'avion grâce à son gilet de sauvetage. Qu'on me montre sur une carte où, au juste, on peut tomber dans la flotte entre ici et Perth. C'est des conneries, tout ça. Des conneries pour rassurer les gens. On se fout de leur gueule. Rien n'est moins naturel qu'un avion, et je sais de quoi je parle, je suis ingénieur ! Réfléchis un peu : t'as les flammes de l'enfer qui brûlent à trois mètres de tes fesses dans un tube à cigare bourré de kérosène, et la seule chose qui t'empêche de griller comme une saucisse, c'est une simple tôle en alu pas plus épaisse que ça, *ça*, bon Dieu. Et ce gros machin tire la langue pour se hisser en l'air, aaaaaaaah !, toute sa mécanique poussée au maximum absolu de sa tolérance parce qu'il a été conçu par une bande de comptables à la con, eh ouais, mon pote, afin de coûter le *strict* minimum nécessaire pour défier la loi de la pesanteur, avec des ailes si petites que sans une poussée de cinquante tonnes par moteur il serait pas plus aérodynamique qu'un âne mort. Tu te rends compte ! Qu'un rivet lâche, un seul petit bout de ferraille taiwanaise bon marché gros comme ça, qui a dû être rentré à coups de masse à la dernière minute, un vendredi après-midi, par un débile de seize ans en contrat d'apprentissage pendant que son chef était parti s'en griller une, et boum ! tout le zinc se retrouve à faire la queue pour prendre des cours de harpe. Pas moi, mon pote, pas Frank Marley, pas question que je monte là-dedans.

– Frank, allons, tu fas faire peur à ton nefeu.

– Pardon, Gudrun. Pardon, Brian. Je te dis ça, c'est, tu comprends… Bon. Faut que j'y aille. Chez Stan, ouais. Écoute, ça m'a fait plaisir de te voir, euh, Brian. Rentre bien. Et à l'avant, hein ?

– Merci, oncle Frank. Ça m'a fait plaisir, à moi aussi.

Marley était parti là-dessus et s'était bourré la gueule une semaine à Brisbane avec tous ceux qui voulaient bien l'accompagner, en se disant qu'il n'aurait jamais dû venir, qu'il n'aurait jamais dû voir son père sans barbe, qu'il n'aurait jamais dû remettre ses rêves en question, et en regrettant que son père ne soit pas mort au lieu d'avoir foutu le camp. Puis il avait repris l'avion pour affronter la réalité de l'Angleterre et de l'université.

Et à présent il avait la quarantaine, il était divorcé, fauché, et sa mère l'invitait à entrer chez elle, pour boire un verre de sherry.

Tandis qu'il s'enfonçait dans l'étroit couloir, un *doumf-doumf-doumf-doumf* régulier, sourd et insistant commença à se faire entendre, provenant de l'appartement du dessus. Puis, aussi subitement, plus rien.

– Ce sont les nouveaux voisins du haut qui s'entraînent pour ce soir, expliqua la mère de Marley. Ils vont s'y mettre pour de bon vers minuit, et ça continuera jusqu'à quatre heures.

– Dis donc.

– Inutile de monter, va.

– Comme tu veux, dit Marley, soulagé.

– Ils n'écoutent rien et personne ne veut intervenir. À quoi bon faire un scandale ? Ils ne pensent pas à mal. Ils ont dans les vingt-huit ans, de l'instruction, beaucoup d'argent, pas d'enfants, et ils ont l'air de trouver ça normal. Ne t'inquiète pas pour moi. Ce soir, je dormirai dans ta petite chambre, et j'ai des boules Quiès. Et notre Tommy adoré, comment va-t-il ? Mon pauvre chéri, tu as l'air fatigué. Tu vas pouvoir te reposer ce week-end, pour une fois ? Quoi, tu l'as *tout le week-end* ? Oh, cette femme est vraiment impossible ! Je peux t'aider ? Il est largement assez grand maintenant pour que je le prenne de temps en temps. Tiens, à ta santé.

– Un petit, c'est tout, je dois prendre le volant.

– Mon *pauvre chéri*.

Marley refréna une violente envie de s'apitoyer sur son sort. Rien qu'une fois, pendant cinq minutes, il aurait bien voulu pouvoir se laisser aller et se lamenter en se disant que s'il le faisait avec suffisamment de vigueur et de conviction, quelqu'un réglerait ses problèmes à sa place.

– Ça va, tu sais. Santé. Je suis content de te voir.

– Tout le plaisir est pour moi. Tu sais que tu peux me confier Tommy quand tu veux si tu as besoin d'une *petite pause*.

Que son fils s'occupe à trente pour cent de l'éducation de son propre enfant suscitait chez la mère de

Marley une vénération presque superstitieuse. De la même façon qu'elle avait jugé son ex-mari (et, par extension, l'ensemble de la gent masculine) irrémédiablement dévoré par la satisfaction de plaisirs égoïstes, elle considérait son fils comme un saint martyr de la cause paternelle. Plutôt qu'à la législation moderne sur la famille, elle attribuait cela aux qualités morales, innées et acquises, de Marley (dont elle pouvait, dans les deux cas, raisonnablement revendiquer une part de mérite). Elle avait également réussi à réinterpréter la vie de Marley avec un mépris cavalier à la fois pour la cause, l'effet et la chronologie, de sorte que s'il avait indéniablement échoué à faire quelque chose de sa vie, bien que diplômé de l'université de Durham, quand même (elle avait depuis longtemps perdu tout espoir qu'on lui donne un jour un quelconque *travail intéressant*), c'était entièrement la faute de *cette femme* qui, après lui avoir plus ou moins *forcé la main* pour qu'il la mette enceinte, l'avait *pratiquement* abandonné avec l'enfant.

– J'ai ressorti des albums et des jouets à toi de dessous l'escalier, et je l'attends de pied ferme. Regarde, ils sont là, je suis sûre qu'il va les adorer. Tu t'en souviens ?

– Je ne savais pas que tu les avais conservés.

– Tu vois, j'ai bien fait. Regarde. Les albums d'*Eagle*[1]. Le *Valiant*, le *Victor*[2]. Ce que tu pouvais les aimer, ces illustrés. Tiens, tes Action Men. Convaincant, cet uniforme allemand, non ? Et le soldat de la jungle austra-

1. Hebdomadaire pour la jeunesse, publié également annuellement sous forme d'albums, créé en 1950 par le révérend Marcus Morris en réaction aux violentes BD américaines qui dominaient à l'époque le marché britannique.

2. Même genre d'hebdomadaires qu'*Eagle*, publiés à partir de 1964, également compilés sous forme d'albums annuels.

lienne avec son petit lance-flammes. Je les ai tous gardés. J'ai vu des Action Men dans les boutiques l'autre jour et j'ai pensé à Tommy, mais ils sont très tape-à-l'œil de nos jours, très américains ; ceux-ci, c'est quand même autre chose. Je ne comprends pas pourquoi ils les ont changés. J'ai aussi tous tes petits soldats en plastique. La 8e armée, l'Afrika Korps. Tu adorais les aligner et les renverser avec tes billes, tu te souviens ? Qu'est-ce que tu veux ? Aujourd'hui, il n'y en a que pour ces horribles jeux vidéo ultraviolents. Oh, et là, tes livres du *Club des cinq*, tu passais des journées entières à les dévorer, tu te souviens ?

Marley se souvenait. Il contempla, stupéfait, la vieille malle de cuir remplie de livres et de jouets, ces vestiges de son passé, devenus des pièces de collection, qu'il n'avait pas revus depuis plus de trente ans et qui lui étaient sortis de l'esprit. Les dates figurant sur la reliure des albums suffirent à l'entraîner brusquement dans une mélancolie intense : 1965, 1966, 1967, 1968, ces années merveilleuses remplies d'étés où on pouvait faire du vélo, lire à longueur de journée et se construire tout un royaume dans une cabane branlante en haut d'un arbre, sans être perturbé par l'acné ou par de moites aspirations qu'on avait du mal à comprendre. Certains albums dataient même d'avant la naissance de Marley, longtemps, donc, avant qu'il soit en âge de lire, conséquence d'une habitude raisonnable de sa mère, héritée d'années de rationnement, qui consistait à chasser les vide-greniers pour faire provision de cadeaux bon marché : finalement, votre enfant avait quand même droit à Dan Dare [1] et compagnie, mais cela vous coûtait six pence au

1. Héros de la BD phare d'*Eagle*, dont l'action se déroule au début d'un XXIe siècle futuriste. Colonel des forces spatiales de l'ONU, Dan Dare sillonne l'univers en compagnie d'une série

lieu d'une demi-guinée. Marley sortit de la malle l'*Eagle Annual* de 1965 et le soupesa, comme s'il pouvait être plus lourd, ou peut-être moins, qu'il n'en avait l'air ; comme si le passé obéissait à des lois subtilement différentes de masse et de volume.

Avec cet album à nouveau dans les mains, il fut tout à coup submergé par le sentiment extraordinaire que cet instant était paradoxalement mille fois plus réel que tous ceux qu'il avait pu vivre au cours des trente-cinq dernières années. En quelques secondes les décennies défilèrent devant ses yeux, ces années de vie, de travail, de voyage, d'inquiétude, d'amour, de renoncement, et pourtant, comparé à cet instant, tout cela semblait dépourvu de substance. Il se revoyait comme si c'était hier plongé dans ce même album, assis en haut des marches devant ce même appartement, au soleil, avec les notes de « Yellow Submarine » qui résonnaient derrière toutes les portes sauf la leur (ce genre de musique n'était pas toléré chez sa mère), guettant en même temps du coin de l'œil dans la rue chaude une voiture bordeaux qui ne reviendrait jamais. Et il y avait autre chose. Quelque chose d'interdit, de menaçant. Avec un soin exagéré, il laissa l'album s'ouvrir au hasard et tomba sur un dessin qui l'avait hanté toute sa vie. Plusieurs images de cette époque étaient ainsi gravées dans sa mémoire : une carte de collection, éditée par une marque de chewing-gums, que lui avait donnée un garçon plus âgé, et qui, sous le titre « Brûlé vif », représentait un Allemand hurlant de douleur tandis que des soldats britanniques le passaient au lance-flammes avec un sourire cruel ; un étrange dessin au crayon d'une horrible sorcière, si

---

de personnages récurrents, dont Digby, son fidèle aide de camp grassouillet, avec pour ennemi principal le Mekon, dictateur vénusien.

crainte et détestée par le jeune Marley qu'il avait rageusement et vainement gribouillé toute la page de l'anthologie de poésie qu'elle illustrait ; un épisode bien précis de *Star Trek* où un monstre terrorisant prenait les traits d'une jolie femme pour dévorer les hommes qui l'embrassaient…

En l'occurrence, il s'agissait de l'introduction d'une aventure de Dan Dare, le dessin d'un homme entouré d'une foule, le doigt pointé vers un ciel en feu, proclamant : « Voici l'annonce de notre perte ! » Assis là, dans le salon de sa mère, Marley revécut la dernière fois où il avait repensé à ce dessin, découvert dans ce même salon vingt ans plus tôt, son cerveau mélangeant l'espace et le temps avec une aisance étourdissante : devant un garage en pleine campagne irlandaise, à la fin des années quatre-vingt, suite à une panne de voiture. Le garagiste était sorti comme une furie en criant : « Putain, les gars, vous êtes au courant ? Une bombe atomique vient de péter à Kiev ! » Marley se rappelait avoir regardé le ciel en s'attendant à le voir rayé de traînées vaporeuses, gagné par une terreur sourde tandis que le dessin en question lui revenait comme le souvenir d'une ancienne et inéluctable malédiction

– Et c'est quand même *bien mieux écrit* que ces horribles bandes dessinées modernes. Je suis sûre qu'il les adorera, lui aussi.

Marley s'arracha à ses divagations intertemporelles pour revenir au présent et prêta à sa mère une oreille distraite. Il ne savait comment lui expliquer que si lui-même aurait adoré récupérer ces bouquins et qu'ils méritaient qu'on en prenne soin (il s'appliqua à ne pas penser au prix qu'il pourrait en tirer), il ne tenait pas à ce qu'elle se lance là-dedans avec Tommy. Pour elle, tous les enfants auraient dû savoir lire couramment avant l'âge de quatre ans, et Marley la voyait déjà ânonner à

Tommy les dialogues des BD en lui montrant les mots avec son doigt. Il essaya de lui faire gentiment comprendre qu'il aurait sûrement la visite des services sociaux si Tommy parlait à son ex-femme et aux instits de l'école des histoires dans «les livres de papa» avec les Peaux-Rouges massacrés par les cow-boys, les indigènes enturbannés, dégommés à la Maxim, les scouts déjouant les plans diaboliques de terroristes malais aux yeux bridés, les amusants personnages noirs répondant aux noms de Bambou et Boula, qui parlaient petit nègre, et, tombant sous les balles des joyeux commandos, les petits jaunes mangeurs de riz (*Banzai! Arrgh!*), les grands blonds avaleurs de saucisses (*Achtung donner und blitzen! Eurgh!*) ou les vendeurs de crème glacée au chômage (*Mamma mia! Ouille ouille ouille!*).

Autant pisser dans un violon, bien sûr; aussi, après avoir écouté un bref exposé sur l'inexplicable insuffisance de sa retraite, le besoin urgent de mettre en place des cartes d'identité et la triste dégénérescence de la BBC, Marley embrassa à nouveau sa mère pour lui dire au revoir et à dimanche midi, moment où il rentrerait de chez ses vieux copains de fac dans le Kent avec le petit Tommy. Sa mère se souvenait d'avoir hébergé ces vieux copains autrefois (étudiants sans le sou, les amis de Marley avaient été bien contents de pouvoir dormir, même par terre, dans un appartement près de la BBC) et elle demanda de leurs nouvelles.

– Qu'est-ce qu'ils deviennent?

– Ils ont une entreprise de repassage dans le Kent.

– Oh, c'est bien.

– Ils gagnent beaucoup d'argent.

– Oui, enfin, il faut aimer s'occuper du linge des autres. Et ce Grant? Toujours pédéraste trotskiste?

– Plus trotskiste, non. Il produit la moitié des émissions de Channel Seven.

– *Channel Seven*, évidemment. Remarque, vu ce qu'est devenue la BBC, de nos jours, tout se vaut. Cette petite femme au visage sévère, toujours en jean, elle n'avait pas réussi à entrer à la BBC ? Elle aussi, elle était un peu trotskiste, non ?

– Tamsin. Elle est associée à Grant, aujourd'hui. Mais elle a arrêté les jeans, elle ne porte plus que du noir. Et elle milite beaucoup avec les nouveaux travaillistes.

– Et voilà. Des hommes dominés par leur entrejambe, qui se disent homosexuels parce qu'ils sont tout bêtement trop timides et trop faibles pour se trouver une fille correcte, et des garces carriéristes qui prétendent mépriser la morale bourgeoise, tout ça parce qu'elles n'en ont aucune.

– Euh, quoi, maman ?

– Et c'est des gens comme *ça* qui décident que les émissions pour les enfants de sept ans doivent montrer des adolescents incapables de s'exprimer, qui hurlent devant la caméra, et des films avec des filles à moitié nues au comportement suggestif. En tout cas, ce ne sont pas les enfants de sept ans qui décident de ce qu'il faut tourner et diffuser, tu es d'accord ? Ni nous qui payons la redevance. Enfin bon, je suppose que pour décrocher son premier emploi, ton Grant a été pistonné par un de ses *amis* ; quant à cette Tamsin, elle n'a pas dû hésiter à se montrer *gentille* avec quelques hommes. Mais ne t'inquiète pas, va, je suis sûre que tu auras bientôt ton heure.

– Ha, pouffa Marley, hésitant à prendre le temps de lui expliquer qu'à son âge, et avec son CV, il était peu probable qu'une spectaculaire justification rétroactive de sa vie l'attende, embusquée au détour d'un chemin.

Il se contenta d'un « À dimanche, maman », avant de lui sourire et de l'embrasser.

À sept ou huit kilomètres à l'est de Brian Marley, les trois hommes les plus puissants de Grande-Bretagne, qui, tous, pour parvenir à la place qu'ils occupaient à présent, avaient voué leur vie d'adulte au calcul, à l'intrigue et à l'ascension de pentes plus ou moins glissantes, soumettaient à leur grande expérience la question controversée de l'Union monétaire. Le Premier ministre pinçait distraitement les cordes de sa guitare en cherchant les difficiles mais efficaces accords augmentés (ou était-ce « diminués » ? il ne savait jamais si c'était l'un ou l'autre) de « Crazy », tout en considérant d'un œil sceptique le projet que son Directeur de la Communication et son Meilleur Ami (actuellement à nouveau Sans Portefeuille) lui avaient exposé, une vingtaine de minutes plus tôt.

– Un référendum tout de suite derrière Noël ? dit-il enfin. Vous êtes sûrs ? C'est une sacrée décision.

– Avec ça, pas de doute que ton nom entrera dans les livres d'histoire, dit le Meilleur Ami.

Et de préciser, avec un hochement de tête solennel :

– Une fois de plus, je veux dire.

– Mais je croyais que les référendums, c'étaient, euh, les conservateurs qui faisaient ça.

– Justement, dit le Meilleur Ami avec une patience d'ange. C'est notre stratégie, tu te souviens ? Ils vont être complètement déroutés.

– Cette bande d'abrutis, ricana le Directeur de la Communication avec son accent écossais à couper au couteau. Ils n'ont pourtant pas besoin de nous pour se bananer.

– D'accord, mais bon, une simple question : nous le gagnerions vraiment, ce référendum ?

– Fais-nous confiance, répondit le Meilleur Ami d'un ton un peu las. C'est infaillible. Les Écossais, les Gallois et les Irlandais du Nord voteront tous « pour » parce qu'ils sont tous persuadés qu'ils toucheront d'énormes subventions de la part de l'UE. Ils savent combien la république d'Irlande en a profité et nous allons laisser le champ libre aux nationalistes pour le leur rappeler.

– Attendez, j'ai oublié : ils vont *vraiment* toucher d'énormes subventions ?

– Bien sûr que non. Si ça a marché pour les Irlandais, c'est seulement parce qu'ils ont la cote auprès des Allemands et des Français. Les Allemands aiment les Irlandais parce que c'est le seul pays qui ne ressort pas les vieux dossiers qui fâchent à chaque fois que les Allemands en ont marre de tout payer ; quant aux Français, ils aiment les Irlandais parce qu'ils pensent qu'aimer les Irlandais nous dérange, nous. Non, non, aujourd'hui, les Français veulent que toutes les subventions aillent à la Pologne et à ces pays-là, pour qu'ils se tiennent à carreau. Les Gallois et les Écossais n'auront pas un sou. Mais ils ne se doutent de rien, bien sûr.

– Hé hé, rien de plus con qu'un tory en kilt.

– C'est pour ça, tu comprends, que nous n'avons pas à nous inquiéter du vote anglais, parce que le vote anglais n'aura aucune incidence. Quand les résultats tomberont, nous diviserons les suffrages pays par pays. Trois pays pour, un contre. Nous ferons alors remarquer qu'Élisabeth est la reine de « plusieurs nations unies par des liens historiques indissolubles », et patati, et patata. Elle adore ce genre de blabla, crois moi, et elle le dira à la télé si nous le lui demandons. Ça fera taire la presse populaire. On ne s'oppose pas publiquement à cette chère Babeth. Il ne nous restera plus qu'à expliquer que la Grande-Bretagne *dans son ensemble* a clairement voté pour l'Union monétaire. Et tu prononceras le discours que je t'ai donné sur « Comment l'Angleterre, championne de la liberté, pourrait-elle passer outre aux souhaits démocratiques de ses sœurs britanniques ? », tu vois lequel.

– Oh, oui. Je le répétais il y a encore quelques jours.

– Allez-y, patron, faites-leur le coup de « la princesse du peuple[1] ».

– Mmm. Vous saviez que c'était Willie Nelson qui avait écrit ce morceau ?

– Willie Nelson ? Sans blague, patron ?

– Vraiment ?

– Oui, oui, je vous assure. Moi aussi, ça m'a surpris. Et donc, vous êtes certains que l'Union monétaire est une bonne chose ?

– Comment pourrait-elle ne pas l'être ? Puisqu'elle nous donne plus de pouvoir ?

– Vous devez avoir raison. Et vous êtes absolument certains que les Américains sont pour ?

– Ils savent que nous serons toujours leurs meilleurs amis, soupira le Meilleur Ami. Ils veulent que nous gouvernions l'Europe pour eux.

– Les Ricains vous adorent, patron.

– Et ils savent que la Croatie, la Lituanie, la République tchèque, la Pologne, bref, tous *ces coins-là*, seront de notre côté. Ces pays rêvent tous d'avoir des bases américaines chez eux.

– Ouais. Ils ont une trouille bleue des Ruskoffs, ils ne font pas confiance aux Chleus et se foutent complètement des Frenchies.

– Mais les Américains nous laisseront bien garder nos sous-marins nucléaires ? Parce que, bon, bien sûr, j'aimerais autant que nous n'en ayons pas besoin, mais dans le monde où nous vivons aujourd'hui, la question

1. Formule utilisée par Tony Blair pour qualifier la princesse Diana dans le célèbre discours télévisé qu'il prononça à la mort de celle-ci en 1997, et dont on attribue la paternité à Alastair Campbell, alors directeur de la communication du Premier ministre (clairement caricaturé ici, ainsi que Peter Mandelson dans le rôle du « Meilleur Ami »).

n'est pas de savoir si ça nous plaît ou non de les avoir ; il nous les faut, vous êtes d'accord ? Et quand j'ai écrit ma lettre secrète aux commandants des sous-marins le lendemain de notre victoire, j'ai pris conscience, d'une certaine manière, de ma *responsabilité*, vous comprenez ? Un peu comme Churchill, finalement. Et puis ça nous met en position de force sur l'échiquier européen, non ?

– Oui, oui, oui, nous pourrons garder nos sous-marins nucléaires. Naturellement, nous ne pourrons pas nous en servir sans la permission des Américains.

– Loin de moi l'idée de m'en servir, vous pensez bien. Mais avec ces « États voyous », vous savez… Le Président me disait, pas plus tard que l'autre jour, enfin, il faisait nuit chez nous, bien sûr, il a fallu que je me lève de mon lit pour aller lui parler, il n'avait pas dû penser au décalage horaire, enfin bref, il me disait…

– … ça tombe sous le sens. Aujourd'hui aussi, d'ailleurs, il nous faut la permission des Américains.

– C'est vrai. J'avais oublié. Remarquez, je suppose que même Churchill, dès le tout début, secrètement, il dépendait des Américains, non ?

– Évidemment. Si je puis me permettre, je crois que le petit doigt se met *là*, en fait.

– Ah, d'accord. Donc, d'après vous, il faut y aller ?

– J'en suis convaincu.

– Et de toute façon, patron, que voulez-vous qu'ils fassent, les gens, si ça ne leur convient pas, hein ? Qu'ils votent conservateur aux prochaines législatives ?

– Ha ha ha !

– Hé hé hé !

– C'est certain, disait le Rédacteur en Chef Adjoint de l'*Intelligencer*, blond rondouillard au teint rougeaud, en regardant le livre posé sur le bureau du vieux Rédacteur en Chef.

Il n'y avait pas grand-chose d'autre à dire, pour être honnête, car c'était indéniable, c'était *certain* : une fois de plus, le Rédacteur en Chef avait vu juste.

– Tu comprends, Harry, dit ce dernier en tapotant le gros bouquin, je connais notre lectorat. Quoi qu'en pensent ces idiots du *Paper*, ce n'est pas parce que le parti ne ressemble plus à rien que nos ventes vont chuter. Au contraire. C'est précisément *parce que* le parti est dans les choux que nos lecteurs nous sont fidèles. L'*Intelligencer*, aujourd'hui, c'est tout ce qui leur reste. On pique même des lecteurs au *Paper*, tu sais. Pas étonnant ! Franchement, combien de gens dans ce pays sont des bobos d'Islington ? Ça gênerait qui si tous les chanteurs de pop anglaise et les jeunes artistes de café-théâtre se balançaient du haut d'une falaise ? Qui sont les plus de vingt et un ans qui s'intéressent au programme du dernier club underground à la mode, tu peux me le dire ? La plupart des gens se mettent en couple à trente ans et ils font des enfants. C'est vrai, quoi, combien y en a, des homosexuels, hein ?

– Eh bien…

– Je te parle pas des gars qui se sont pris un ou deux coups dans le cul ou qui en ont mis un comme ça en passant, ça arrive à tout le monde, ça a failli m'arriver à moi plusieurs fois à l'école, dans les deux cas de figure, d'ailleurs, tu as bien dû y avoir droit toi aussi à Eton, non non non, je te parle des *sodomites invétérés*, tu sais, ceux qui foutent toute leur vie en l'air parce qu'ils ne peuvent plus se passer de l'arrière-train des soldats ou de la bite des dockers ? Hein ?

– Euh… Vous pouvez répéter la question, chef ?

– Y en a combien, des gens vraiment comme ça ?

– Oh, pas beaucoup chez nos lecteurs.

– Exactement. La plupart des gens sont normaux, et ces gens normaux sont nos lecteurs. Je savais que ça leur plairait, tu comprends ? L'instinct.

Ça, c'était un beau livre grand format qui, à l'initiative du Rédacteur en Chef, était sorti juste à temps l'an dernier pour le rush de Noël. Le propriétaire du journal, qui résidait à Bahreïn pour des raisons fiscales, n'avait pas vu d'inconvénient à la publication de ce livre étant donné qu'elle ne lui coûterait pas un sou, s'agissant d'une réédition de notices nécrologiques de militaires (parmi lesquels de nombreux amis du Rédacteur en Chef) déjà parues dans l'*Intelligencer* et dont il détenait par conséquent les droits. Plusieurs compilations de ce genre étaient d'ailleurs sorties en poche, mais il s'agissait de petits bouquins sans prétention, des cadeaux bon marché promis à la poubelle une fois Noël passé. Cette fois-ci, on avait affaire à une apologie manifeste, un pesant monument à couverture cartonnée, clairement conçu pour survivre à ses acheteurs.

En regard de chaque nécro, illustrée, sur papier glacé, du portrait en uniforme de l'individu concerné, figurait une description historique de la bataille, ou du moins du théâtre des opérations, où le défunt avait gagné sa plus notable décoration, avec des photos et de courtes biographies de camarades qui ne s'en étaient pas sortis, le tout mis en perspective par des cartes et des textes savants sur le déroulement et la signification des événements. Préfacé avec grandiloquence par un romancier anciennement postmoderne de renommée internationale, l'ouvrage qui en résultait, luxueusement présenté et vendu à un prix substantiel, avait pour titre *L'Étoffe des héros*, et il avait surpris tout le marché de l'édition en se plaçant allègrement en tête des best-sellers cartonnés de la cruciale période d'avant Noël. Aucune enquête marketing n'avait pu établir avec certitude si

L'Étoffe des héros était acheté majoritairement par des personnes âgées nostalgiques ou par les jeunes, qui le lisaient ironiquement entre amis.

– De toute façon, l'ironie, c'est de l'envie déguisée, n'est-ce pas ? Alors qu'est-ce que ça change ?

– Rien, c'est certain.

Sans aucun doute, l'opération allait rapporter au propriétaire de l'*Intelligencer* quelques millions inattendus, et malgré les complications que cela représentait pour sa stratégie de minimalisation fiscale, il était satisfait. Du coup le Rédacteur en Chef avait décidé cette semaine-là de rempiler pour un an, au grand dam du Rédacteur en Chef Adjoint blond et rondouillard au teint rougeaud, pressé d'atteindre le sommet tant qu'il avait encore ses cheveux blonds et qu'il pouvait donc encore, malgré son teint rougeaud et ses kilos superflus, être considéré comme *jeune*. Il avait hâte de pouvoir donner à l'*Intelligencer*, comment dire ? un peu de pêche, quoi. Certes, il aimait beaucoup le Rédacteur en Chef, il lui devait tout, mais bon, n'était-ce pas la Bible qui disait qu'il y avait un temps pour tout ? Il commençait vaguement à comprendre les envies matricides qui avaient pu animer le futur Édouard VII aux alentours de 1895, ou celles qui animaient peut-être Charles à présent…

– L'instinct, répéta en riant le Rédacteur en Chef. Ça me vient comme ça, parfois. Tiens, c'est comme cette autoroute qui fait le tour de Londres, la M25, tu connais ?

– Oui, je connais.

– Je l'ai survolée l'autre jour avec un ami dans son petit avion. Je les ai vus, tu m'entends, je les ai *vus*, tous ces malheureux qui passent leur vie à tourner en rond dans leurs voitures tels des lemmings, en permanence au bord de l'épuisement et au comble de l'exaspération, de braves gars et de braves filles qui n'ont jamais eu besoin de grand-chose, seulement qu'on leur donne des ordres qu'ils puissent comprendre, et qui se retrouvent endettés jusqu'aux yeux, à se faire du mouron pour leurs mômes, leurs écoles et leurs retraites, et qui rêvent de choper les technocrates de Westminster par les couilles pour leur demander ce qui se passe. C'est eux, les hommes et les femmes qui nous lisent. C'est eux, notre tribu.

Le Rédacteur en Chef Adjoint eut un frisson en pensant aux petits hommes d'affaires de la grande banlieue sud et à ces horribles bonnes femmes qui habitent ces trous paumés et qu'on ne voit qu'aux réunions du parti conservateur. Si seulement ses lecteurs pouvaient être un peu plus… *glamour*.

– Et de belles filles sportives.

– Euh, pardon ?

– Il nous faut plus de belles filles sportives. Tu sais. Comme les Néo-Zélandaises. Des Sud-Africaines, peut-être, et tant mieux s'il y a un peu de café dans le lait, j'ai souvent trouvé que ça réussissait bien aux demoiselles, et pas que physiquement, moralement aussi, c'est mieux que ces affreuses Ricaines pleines de dents, avec des têtes de cheval. Ou alors de bonnes Anglaises traditionnelles, tu sais. Comme dans les poèmes de Betjeman. Pas des anorexiques de dix-sept ans. Dans les vingt et un ans. Des rameuses de Cambridge. Ou des violoncellistes, tu sais. J'ai toujours eu un faible pour les filles avec des violoncelles, j'ignore pourquoi. Des filles qu'on peut emmener partout, que rien n'effraie. Des demoiselles du Devonshire, par exemple. Tu vois ce que je veux dire. De bonne famille. Ça leur ferait du bien, à ces pauvres bougres qui passent leur vie sur cette M25 de malheur, non ? Ils ne demandent pas grand-chose, tu sais. Simplement qu'on leur donne le sentiment qu'il y a quelqu'un au gouvernail et que tout va bien. Des filles sportives en robe d'été, avec des violoncelles. C'est ça qu'il nous faut.

Le Rédacteur en Chef Adjoint eut un regain de vitalité en songeant à sa nouvelle assistante. Il ne la voyait pas jouer du violoncelle, mais elle était très sportive. Le bruit courait d'ailleurs qu'au lit elle recherchait avant tout la dépense physique.

– C'est certain, dit-il en se tournant rêveusement vers les eaux sombres et battues par la pluie de la Tamise.

– Papaaaaa ! hurlait Tommy, et Marley, qui s'efforçait de percer l'obscurité hivernale apocalyptique de la M25 à travers les trombes d'eau s'abattant sur son vieux pare-brise rayé et gras, sentit son cerveau se bloquer, paralysé par l'impuissance et la culpabilité.

Tout était sa faute.

Il avait oublié de tenir compte du temps qu'il fallait pour aller chercher Tommy le vendredi après-midi à l'école maternelle privée bas de gamme située près de chez son ex-femme, véritable parcours du combattant. L'école de Tommy avait pour clients des parents sans nounou, des gens ordinaires qui peinaient à joindre les deux bouts et dont les revenus justifiaient tout juste le coût d'une école privée. Comme Marley, le vendredi, ils tâchaient d'écourter leur journée de travail, au prix de ce qui représentait pour eux un sacrifice financier notable, dans l'espoir de récupérer leurs enfants suffisamment tôt pour ne pas se retrouver bloqués, comme aujourd'hui, dans les encombrements de la M25 par un affreux après-midi de novembre : ils arrivaient dans un état d'esprit guerrier, pleins de ressentiment, tous secrètement convaincus que s'ils parvenaient à repartir avec leur marmaille en devançant les autres de ce *petit rien* qui faisait toute la différence, ils pourraient gagner la destination qui était la leur avant que le reste du sud-est de l'Angleterre ne se mette en travers de leur route.

Marley, comme les autres, s'était garé en double file et, sous la pluie, durant dix minutes de plus en plus angoissantes, il avait échangé des petits sourires forcés avec les autres parents qui, tout en guettant discrètement l'arrivée d'éventuels contractuels, tendaient le cou pour repérer leurs enfants le plus tôt possible et leur faire des coucous joyeux mais insistants, *Allez, mon chéri, allez, viens vite, on se dépêche*, afin d'être les premiers partis. Ils n'allaient pas jusqu'à bousculer les gamins des autres, mais ce n'était pas loin. Marley avait réussi à récupérer Tommy assez rapidement ce jour-là, l'avait hissé par-dessus la tête de nombreux autres bambins avant de le faire pivoter et de le percher sur ses épaules, manquant de peu d'édenter plusieurs parents rivaux avec les petites mais solides chaussures de son fils, et il avait atteint sa voiture presque en *pole position* ; cependant, sous la pluie battante, il lui avait fallu vingt bonnes minutes rien que pour s'extirper de la circulation du quartier. Ces quelques rues résidentielles étroites constituaient le terrain où s'affrontaient tous les jours de fausses blondes artificiellement bronzées dans des 4 × 4 asiatiques indéformables, équipés de pare-buffles dont la seule fonction était de tuer à coup sûr les enfants qu'elles pourraient renverser, des mères écartelées entre travail et vie de famille, vêtues de tailleurs anthracite dessinés pour des femmes ayant un peu plus d'épaules et un peu moins de fesses, dans de maniables petites voitures françaises portant les cicatrices menaçantes laissées par des années de cette guerre, et des mâles préapoplectiques, commerciaux excédés dans leurs véhicules de fonction, qu'un chantage moral ou la loi avait obligés pour être ici à quitter le bureau de bonne heure, leur faisant perdre des marchés, nuisant à leur avancement et les privant du pot vital de fin de semaine et du dragouillage qui allait avec. Tous étaient absolument convaincus que leur temps précieux, leur formidable conscience professionnelle, leur niveau de stress, l'importance de leur carrière, l'essentiel cours de céramique ou de guitare dont le petit Hugo ou la petite Lætitia risquait de manquer les premières minutes, ou simplement la Mercedes dernier modèle achetée en leasing par leur employeur, les dispensait de toute considération pour la législation routière, ne parlons pas de courtoisie ni même de vie en société, et qu'eux seuls connaissaient, ou avaient le droit d'utiliser, tel ou tel soi-disant raccourci. Un baromètre psychique placé près de l'école aurait implosé sous la pression de cette haine secrète et infinie, ou fondu, dissous par les émanations acides et cancéreuses d'un égoïsme exacerbé, réduit à l'impuissance. Si les lois sur les armes avaient été les mêmes dans le Sud-Est anglais que dans le Centre-Ouest américain, plusieurs automobilistes auraient sûrement terminé la journée avec une balle dans la tête, abattus à travers leurs vitres teintées tandis qu'ils poussaient des cris muets et s'adressaient des gestes explicitement agressifs à cause d'une marche arrière intempestive, d'un demi-tour en dix manœuvres, d'une obstruction caractérisée de la voie ou de quelque autre ignominie qu'ils venaient de commettre eux-mêmes ou commettraient sans hésiter à la première occasion.

Ainsi, le temps que Marley atteigne la M25, tout le sud-est de l'Angleterre s'y trouvait également. Et à présent, Tommy avait envie de faire caca. Entre les sorties 22 et 23 de la M25, à cinq heures du soir un vendredi de novembre, alors qu'il faisait nuit noire, un temps de chien et un froid de canard. Autrement dit, au lieu de passer le week-end avec sa mère dans le confort douillet et féminin du tranquille appartement d'Ealing où il vivait la plupart du temps, Tommy avait été conduit sans raison par son père au cœur de l'horreur.

– Papaaaaa !

– Ça va, ça va, on peut s'arrêter là, regarde, là c'est bien, on peut faire caca, retiens-toi encore deux petites secondes, mon grand…

Tommy n'avait pas de couche « pull-up » sur les fesses parce que Tommy (âgé de trois ans et donc, de son point de vue, bien trop grand, même pour les couches de grands) s'y était opposé catégoriquement. Ne voulant pas commencer le week-end sur de mauvaises bases, Marley avait cédé en croisant les doigts. Et maintenant Tommy était en train de se chier dessus, il était hystérique, et aucun espoir d'arriver à temps quelque part où il y avait des toilettes, si suicidaire, voire infanticide, que fût la conduite de Marley.

Il consulta l'ensemble de ses rétroviseurs dégueulasses, se contorsionna pour jeter des coups d'œil derrière lui, puis, enfin, se risqua à rabattre sur la gauche sa vieille et vulnérable petite voiture japonaise, sans airbags ni freins ABS, en faisant des appels de phares et en klaxonnant pour se faufiler à travers la circulation échevelée, avant de s'arrêter sur la bande d'urgence.

– Bon Dieu, souffla-t-il tout haut, soulagé d'avoir réussi.

– J'y peux rien, papa ! cria Tommy.

– Non, non, non, mon grand, pas toi, t'inquiète pas, c'est pas grave…

Marley se libéra rapidement de sa ceinture de sécurité, se retourna et, sans quitter son siège, se pencha à s'en démettre les vertèbres pour détacher le harnais multiple de son fils, mais il dut bientôt renoncer face à la technologie moderne de sécurité automobile infantile.

Quelle connerie, ces trucs ! réussit-il cette fois à pester intérieurement, s'empêchant de hurler.

Lui, à l'âge de Tommy, il s'asseyait à même le plancher à l'arrière de la MG de son père, sans siège ni harnais, et il jouait de chaque côté du pont. Il sentait encore les vibrations et le bourdonnement de l'arbre de transmission, l'odeur de l'huile et du cuir, les tapis chauds et poussiéreux…

– Attends, mon grand, reste où tu es, une seconde, une toute petite seconde.

Marley était maintenant à cheval sur le frein à main et empêtré entre les sièges avant, tourné vers l'arrière, vers Tommy ; il se dégagea péniblement et ouvrit sa portière du revers de la main. La portière fut aussitôt entraînée par le vent et cogna contre les butées de ses gonds en tremblant. En une seconde, la température à l'intérieur de la voiture chuta de vingt degrés tandis qu'un crachin glacial envahissait l'habitacle.

– Bon Dieu de bon Dieu, jura Marley entre ses dents, avant de sortir à reculons en se râpant les tibias sur la tôle nue et cabossée qui encadrait la portière.

Toute la violence de la tempête et le bruit insensé de la M25 aux heures de pointe le frappèrent alors comme une vague scélérate en mer froide : la pluie et le vent s'engouffrèrent sous sa chemise et il se crispa, pris d'une répulsion instinctive et primitive, à la manière d'une limace flairant du sel. Il se retourna et se redressa en titubant, affrontant le vacarme et la pluie cinglante. Il resta ainsi un moment, paralysé, le visage offert aux éléments, stupéfait devant cet enfer vrombissant. Puis il ouvrit la porte arrière pour atteindre Tommy. Sur le visage de son fils, il lut l'impact de cet afflux de grisaille froide et bruyante : de la terreur pure. Un énorme semi-remorque surgit hors de la nuit dans la lumière halogène aveuglante et, pendant quelques secondes interminables, ce fut la fin du monde, quarante tonnes d'acier meurtrier passant avec fracas à un mètre de Marley et de Tommy, en projetant sur eux des gerbes de gouttelettes glacées. La petite voiture, pitoyable coquille de noix de tôle finement pressée, fut secouée, totalement impuissante. Tommy hurla.

– Aaaaaah !

– Allez, s'encouragea Marley, avant d'écarter les mains crispées de Tommy et de pousser fort sur son petit ventre pour enfin ouvrir complètement ses espèces de boucles de parachutiste.

Avec la détermination d'un accoucheur de fortune, il prit l'enfant dans ses bras et, alors qu'il se débattait et poussait des cris, le porta sous la pluie froide, dans l'obscurité déchaînée, traversée par les phares et le souffle terrifiant des voitures et des camions. Rien dans son évolution n'avait pu préparer Tommy à un tel spectacle et à de tels bruits. Il était hors de lui, déconnecté de la pensée et du langage, et criait, fou et aveugle, tandis que Marley le forçait à s'appuyer contre le métal glacé de la barrière de sécurité, pour s'accroupir sur le bas-côté et y déposer sa petite crotte dans la nuit furieuse et infinie, envahie par la mort. Durant toute l'opération, Marley le maintint fermement de peur qu'il ne parte en courant, comme un animal paniqué, et ne s'élance au milieu des quatre voies où le troupeau rugissant ne cessait de défiler, indifférent à leur sort. Les mains serrées sur les bras de l'enfant, il sentait sous sa peau douce et parfaite ses petits os fragiles. Tout à coup, il eut envie de pleurer ; la pluie aurait caché ses larmes.

Quand, enfin, Tommy eut terminé de chier et de crier, Marley le raccompagna à la voiture en le tenant contre lui, enveloppé de son corps trempé, vague tentative pour le protéger de la pluie. Tandis que son fils, à nouveau sanglé dans son siège auto, pleurnichait en appelant sa mère, Marley referma la portière arrière et resta un moment à côté de la voiture, assiégé par l'eau, le bruit et les lumières, désespéré, vieux primate mâle dégoulinant et débraillé dans un monde de métal en furie, la tête levée vers le halo spectral dont la pluie baignait les réverbères à vapeur de sodium, comme s'il implorait des dieux lointains et indifférents. Puis il cligna des yeux, revint tant bien que mal à la réalité, réinstalla ses fesses mouillées sur le siège conducteur, sourit à son fils qui continuait de brailler, lança un « Allez, c'est reparti ! » avec une jovialité excessive et avança doucement pour regagner le flot monstrueux de la circulation.

Tandis qu'il rentrait dans le rang de la folie culturelle automobile, Marley se remit en tête qu'il lui fallait se calmer, conduire prudemment et veiller à ne pas les tuer tous les deux, son fils et lui. S'il avait envie de jaillir du bord de la M25 pour se jeter sous les roues des camions qui arrivaient comme des boulets de canon, ce serait pour une autre fois. Et pourquoi pas, une autre fois ? La compagnie d'assurances ne pourrait jamais prouver qu'il s'agissait d'un suicide et non d'un simple accident de la route. Ainsi, au moins, Tommy serait à l'abri pour la vie. D'un point de vue strictement pratique, Marley avait finalement plus de valeur mort que vivant. Peut-être fallait-il qu'il s'achète un panneau amovible à coller sur la vitre arrière de sa voiture chaque fois que Tommy n'était pas avec lui : BÉBÉ PAS À BORD AUJOURD'HUI, FONCEZ ! Oui, mais pas cette fois. Allez. On se concentre. Marley ramena son cerveau vagabond en mode Survie Nocturne sur M25 et s'attela à la tâche de chanter pour endormir Tommy.

Un jour, dans un pub, une vieille chanteuse de jazz, mère bienheureuse d'une ribambelle de mômes, avait expliqué à Marley que les enfants des années soixante étaient les premiers de l'humanité à avoir grandi sans Dieu et sans berceuses, et que ce n'était donc pas étonnant s'ils se sentaient si paumés. Marley ne voulait pas que son fils se sente paumé plus tard, mais, déterminé par son éducation à ne pas croire en Dieu, il en était réduit aux berceuses et, n'en connaissant pas d'anglaises, il se rabattait sur les répertoires écossais et irlandais.

Il commença par « The Skye Boat Song » et enchaîna sur « Curragh of Kildare », fredonnement d'un Anglais seul dans la nuit noire et lugubre en compagnie de son petit garçon épuisé, sur la plus désespérée des routes, horrible ruban de bitume. Alors qu'il attaquait « Bonnie Charlie », il s'écria « Nom de Dieu ! » et s'agrippa au volant, frappé de terreur en voyant une rangée de quatre phares surpuissants foncer sur lui dans son rétroviseur, avec de grands coups de klaxon indignés. Il s'était déporté sans s'en apercevoir sur la voie rapide, obligeant une grosse Ferrari en pleine vitesse à faire un écart pour le doubler et à mordre le bas-côté, entraînée dans un dangereux slalom sur la chaussée glissante.

Les faisceaux des quatre phares entamèrent une danse folle tandis que le bolide filait à côté de Marley à plus de deux cents, klaxon et moteur hurlants : Marley, figé au volant, regarda avec angoisse les deux blocs rouges des feux arrière osciller au milieu des autres voitures sur au moins cinq cents mètres, provoquant une éruption de coups de klaxon, coups de frein, appels de phares et feux de détresse, avant de se stabiliser enfin pour se fondre dans la normalité insensée de cent autres petites boîtes de conserve lancées dans une course absurde à travers le vent, la pluie et l'obscurité, conduites par des individus repliés sur eux-mêmes dans leurs petits cocons de métal et de plastique à fermeture centralisée, la plupart écoutant le verbiage de quelque animateur radio, tous séparés de l'éternité par un simple éternuement.

– Espèce de cinglé ! vociféra Marley.

– Aaaaaah ! glapit le petit Tommy, brusquement tiré de son hypnose musicale et supposant instinctivement, en tant que jeune héritier de trois millions d'années d'évolution humaine ou protohumaine, passées en grande partie dans les savanes africaines, que le cri de son père était une mise en garde contre, au choix, un gros félin, une meute de canidés ou un clan rival de congénères, décidés à le tuer et/ou à le bouffer sur place.

– J'voudrais que t'aies une crise cardiaque et que t'en crèves ! lança Marley au chauffard qui ne pouvait évidemment pas l'entendre.

Ce qui *aurait pu être* lui semblait si présent, il éprouvait avec une telle acuité le sentiment troublant de cet univers parallèle juste derrière lui, qu'il avait presque l'impression qu'en regardant dans son rétroviseur il allait voir, s'éloignant à toute allure, sa propre voiture, avec Tommy et lui-même à l'intérieur, accidentée et fumante au milieu de l'autoroute.

– Non, papa, s'il te plaît, je veux pas mourir ! gémit la seule personne qui pouvait avoir entendu la malédiction proférée par Marley.

– Mais non, mon chéri, pas toi, pas toi. Pas toi. Lui. Oh, bon Dieu.

– Pourquoi tu veux que le bon Dieu meure, papa ?

– Mais non, allez, tout va bien, mon grand...

À l'intérieur de la grosse Ferrari rouge, le producteur vedette de Channel Seven, Grant Brodie, obligea sa main droite à desserrer l'étreinte désespérée avec laquelle elle étranglait le volant, ordonna à ses épaules de retrouver une position à peu près normale, et à son dos de se rappuyer au dossier. Il inspecta nerveusement ses énormes rétroviseurs étincelants, et ses non moins énormes angles morts. Puis il repensa à respirer. Ayant inspiré et expiré plusieurs fois, il baissa prudemment sa main gauche pour actionner les commandes au volant de son lecteur de CD, mettant fin au remix old skool de la musique de *Retour à Brideshead* qui passait en boucle dans les boîtes depuis quelques semaines et qui, à l'instant, avait failli accompagner son départ soudain et violent pour l'autre monde. Ce faisant, il se rendit compte qu'il avait toujours son téléphone dans la main et que la voix métallique de son interlocutrice continuait de bêler à l'autre bout de la ligne.

– Grant, t'es toujours là ? Grant ?

– Putain. Oui. Mais c'était moins une. La vache, Tamsin, j'ai vraiment failli mourir.

– Je sais, c'est la cata, hein ?

– Non, idiote, je veux dire que j'ai failli planter la voiture. Soixante centimètres de plus, et dans une semaine je me retrouvais dans une saloperie de cercueil, shooté au formol au milieu de pédales pleurnicheuses en train de chanter Judy Garland et Bellini.

– Enfin Grant, tout le monde sait que tu détestes Judy Garland ct Bcllini.

– Tu crois que ça les arrêterait ? Ne m'annonce plus jamais une nouvelle comme ça quand je suis sur la voie rapide.

– Comment je suis censée savoir que tu es sur la voie rapide ?

– Tamsin, je suis *toujours* sur la voie rapide.

– Ah oui, c'est vrai.

– Sauf quand je viens de frôler la mort parce que quelqu'un m'a appelé sur la voie rapide pour m'annoncer qu'on est dans la merde. Ça veut dire quoi, on a *perdu* un de nos candidats ?

– La grosse infirmière de Basingstoke. Elle est enceinte, cette conne.

– Quoi ? La salope !

– Je sais. C'est l'examen médical qui l'a révélé.

– Elle nous emmerde, celle-là, avec ses hormones.

– On ne peut vraiment plus la prendre, maintenant. D'après les avocats, c'est absolument impossible.

– Mais il nous faut six candidats. Tout est réglé sur ce nombre. On doit les emmener sur place la semaine prochaine. C'est dans la grille de Noël. Channel Seven a mis tout son système interactif de paris en temps réel là-dessus, ça leur a coûté une fortune. Tu te souviens des pénalités prévues si on ne livre pas ?

– C'est pour ça que je t'ai appelé sur la voie rapide, chéri.

– Tamsin, il faut qu'on se voie à la *première heure* demain avec une liste de remplaçants.

– OK, OK, chez toi, à la *première heure* demain matin.

– OK, va pour onze heures. Alors pas de poudre ce soir, hein, mamzelle Coco ?

– On peut toujours rêver. Mon peintre islandais est un vrai con en ce moment. Il s'est mis dans la tête qu'on allait « faire un bébé » tous les deux, du coup il a arrêté l'alcool. Ce qu'il peut être chiant quand il est sobre ! Au moins, quand il boit, on a parfois un créneau d'une dizaine de minutes entre la perte d'inhibition émotive et la perte de contrôle moteur. Mais bon, je suppose que si une fille veut un hétéro, il faut qu'elle soit prête à accepter une certaine licence autistique. T'aurais pas un plan sympa pour ce soir ?

– Un plan sympa ? Dieu t'entende, ma belle.

– Oh, Grant, j'aimerais tellement retrouver cette impression de sortir des sentiers battus, rien qu'une fois.

– Je sais. Je me souviens d'une époque où ça nous faisait vibrer de faire la tournée des boîtes à deux heures du mat'. On était sûrs de rencontrer des gens intéressants vu que tous les autres étaient couchés. Aujourd'hui, partout où tu vas, c'est plein de petits assureurs efféminés qui passent leurs nuits à se trémousser, et tu ne peux pas les regarder sans qu'ils se lancent dans des descriptions quasi mathématiques de ce qu'ils veulent que tu leur fasses et avec quel accessoire.

– Ça doit venir des excitants bon marché. Quand j'y pense, mon premier gramme de coke à la fac m'a coûté plus cher que ce que je paie aujourd'hui, et c'était y a presque, bref, y a vachement longtemps.

– Ouais, hein ? Tu sais, c'est effrayant, mais j'ai parfois l'impression qu'aujourd'hui tout le monde peut faire n'importe quoi n'importe quand parce qu'en fait, quoi qu'on fasse aujourd'hui, tout le monde s'en fout.

– Tu démoraliserais un régiment, dis donc. Toi, il faut que tu rentres à Soho, c'est urgent.

– Ça va pas, espèce de petit sac à merde ?!

– Oh là, pardon, je plaisantais !

– Pas toi, *lui*.

– Qui ?

Le *lui* en question était le chauffeur d'une petite Golf GTi rouillée, couverte d'autocollants et remplie de jeunes types à l'air mauvais, qui venait de se rabattre à moins d'un mètre de son pare-chocs avant. Il les voyait qui rigolaient, tournés vers lui. Incroyablement, les basses de la sono hypertrophique installée dans la petite voiture réussirent un instant à se faire entendre jusque dans la Ferrari de Brodie, pourtant isolée par un épais rembourrage.

– Grant ? Hou-ou ?

– Écoute, là, ça devient ridicule. Si je raccroche pas, je vais vraiment y passer. À demain, onze heures. *Avec des noms.*

Dans la vieille petite Golf GTi blanche et rouillée à cause de laquelle Grant Brodie venait de friser la crise cardiaque pour la deuxième fois de la soirée, l'air était saturé d'une fumée âcre et entêtante aux relents de fauve et de fumier, et le beat suramplifié de l'album de 50 Cent *Get Rich Or Die Trying*[1] faisait vibrer les panneaux en plastique de l'habitacle. Les occupants de la voiture étaient tous de jeunes Blancs au teint pâle, âgés de dix-sept ou dix-huit ans. Ils avaient passé la matinée à traîner dans des piaules pourries, loin de leurs familles décomposées, avachis sur des canapés achetés à crédit, à s'abrutir devant des jeux vidéo bourrés de scènes de massacre et de pornographie ou à se gaver de pubs vantant des biens de consommation qu'ils n'auraient jamais les moyens d'acquérir alors qu'ils étaient censés leur apporter à coup sûr le bonheur; l'après-midi, ils l'avaient consacré à soulever des poids et à suivre un cours de gym-combat dans la salle polyvalente de leur quartier, afin de préparer leurs corps à des efforts que la vie ne leur demanderait jamais. Et maintenant, ils étaient partis *s'éclater* en voiture. Dans leur imaginaire inondé de testostérone, leur voiture n'avait pas la fonction d'un moyen de transport, mais celle d'une arme leur permettant d'exhiber leur virilité, et dont le manque de prestige ne pouvait être compensé que par la témérité suicidaire avec laquelle ils en faisaient usage : c'était le seul moyen qu'ils avaient pour marquer de leur aigre urine d'adolescents ce monde qui ne les respectait pas. Alors qu'ils approchaient à présent de ce bref et vertigineux apogée de leur force physique, de leur puissance sexuelle et de leur indice musculo-graisseux, ils restaient en carafe à l'extérieur du grand Club de la Vie, à baver devant ce qui brillait en vitrine et à regarder de vieux cons dégarnis d'au moins trente berges monopoliser les belles bagnoles de sport, les belles gonzesses

1. Littéralement, « S'enrichir ou mourir en essayant », également le titre du chapitre.

genre top model, les plages immenses de sable blanc et autres lofts à partouze. Au demi-milliard d'années d'évolution présociale qui bouillait dans leurs veines s'ajoutait à présent le cri massivement hurlé à la jeunesse par le marketing moderne : *profitez-en maintenant tant que vous êtes jeunes et vifs*. Afin de montrer à quelle sous-tribu ils appartenaient quand ils se trouvaient dans des lieux par ailleurs socialement anonymes, où la musique était si forte qu'il était impossible de communiquer par la parole, tous arboraient diverses pièces d'habillement ostensiblement estampillées *NPR*, nom de la ligne de sportswear dessinée par Steve « Skagga » Tomb, le pape de ce qui déchirait chez les Ricains. Sur leurs tee-shirts trop grands, sur leurs pantalons trop larges, sur leurs casquettes, sur leurs sweats à cagoule anti-caméras de surveillance et sur leurs baskets à coussins d'air, c'était tout ce qu'on lisait, *NPR*, ce qui, bien sûr, veut dire *Ne Pas Réanimer* et si t'as besoin qu'on te le précise alors ha ! ha ! excuse moi eh bouffon mais qu'est-ce qu'on en a à foutre de ce que tu penses de toute façon, hein ? Hein ?

– Comment on lui a fait flipper sa race à l'aut' vieux chauve dans sa Ferrari !

– Yee-hah !

– Elle devrait être à nous sa caisse, putain.

– Le bouffon.

– Monte le son, on va leur déboucher les oreilles à tous ces vieux cons.

– Là, c'est mieux. Trop mortel, ooo baoooo. Bon, jamais tu le lâches, le pète, sale chacal ?

Dans sa petite chambre d'hôtel près de Paddington, Consuela Martínez était plongée dans des ouvrages sur l'Angleterre, achetés au rayon « Nouveautés culture &

vie pratique » d'une grande librairie d'Oxford Street. Il y était question de l'Église anglicane et du thé, de la Mini Morris et de l'agriculture, du paradoxe d'avoir inventé un jeu de plein air dont les parties s'étendent sur cinq jours dans un pays où il pleut tout le temps ho ! ho ! et du fait que l'un des plus vieux « collèges » d'Oxford s'appelle le New College ha ! ha ! ha !

Elle finit par poser son livre et s'assoupit, entraînée dans un rêve sur la grande armoire ancienne de son père. Une haute et sombre caverne en chêne remplie de vêtements anglais, de chaussures anglaises, de raquettes de tennis Dunlop Maxply signées Rod Laver et d'uniformes de cérémonie de la Fuerza Aérea (confectionnés par Gieves & Hawkes), où elle se cachait autrefois en imaginant, influencée par la littérature enfantine anglaise, que ces manteaux et ces vestes qui pendaient lourdement à leurs cintres dans cette odeur d'homme recelaient peut-être un passage vers un monde de princes et d'apparat. Ses molles inspirations somnolentes s'imprégnèrent des parfums de l'enfance, reproduits à la perfection par la magie de son cerveau : l'encaustique, le cirage, le cuir et le tweed. S'enfonçant dans le sommeil, elle rêva d'une cour d'écurie au milieu des prés, avec un homme grand et blond, en chemise de laine, qui l'enveloppait lentement, irrésistiblement, dans ses bras puissants, et elle se sentait comme enserrée par un grand chêne, ses longues jupes se soulevaient presque d'elles-mêmes…

Rien, dehors, ne perturbait ses rêves, ni les battements sourds de la musique, ni les coups d'accélérateur, ni les cris gutturaux de chimpanzés poussés par les jeunes Londoniens en guise de saluts.

À Sevenoaks, les vieux copains de fac de Marley étaient rassemblés autour de la cuisinière Aga.

Ils se fréquentaient depuis le début des années quatre-vingt. À l'âge de dix-huit ans, rares étant ceux, à l'époque, qui allaient à l'université, ils se pensaient tous vaguement promis à marquer le monde de leur empreinte d'une façon ou d'une autre. Après la fac, ils avaient tous traîné quelques années en se demandant de quelle façon, au juste, ils allaient pouvoir s'illustrer, puis ils s'étaient orientés vers des emplois classiques et sûrs. À présent dans la quarantaine, tous avaient encore des parents plus ou moins en vie, un ménage plus ou moins solide, des enfants plus ou moins en bas âge, et jusqu'ici, aucun n'avait connu pire malheur dans sa vie qu'un ou deux gros découverts bancaires, résultat de trop de sorties au pub et au restaurant, de vacances trop fréquentes et d'une tendance générale à dépenser à tort et à travers. Pour l'heure, tous debout dans la cuisine de leur hôte, ils buvaient du vin rouge d'une manière un peu réservée et se réchauffaient les fesses par groupes de deux contre le sèche-torchons de l'Aga. L'âge d'or de leur type d'emplois classiques et sûrs étant révolu (peu d'entre eux participaient réellement aux bénéfices de leur entreprise), leurs maisons étaient pour la plupart trop petites, trop modernes et trop bien isolées pour qu'on y installe une vraie Aga sans que tout le monde crève de chaud. Quelques-uns s'étaient récemment équipés de la nouvelle imitation officielle, qui consistait en une fine feuille de métal émaillée, astucieusement travaillée pour ressembler au devant d'une Aga. D'un réalisme étonnant, elle comportait même l'indispensable et authentique sèche- torchons réchauffe-fesses chromé (chauffé par résistances incorporées). Ce modèle était vendu par correspondance, exclusivement dans l'*Intelligencer*, à ces Anglais condamnés, par une extraction médiocre, des placements malheureux ou un mariage mal avisé, à vivre dans des habitations en dessous de la condition qu'ils estimaient être la leur, de sorte qu'ils aient au moins de quoi se réchauffer les fesses le soir venu pour se consoler. L'hôte de ce week-end, lui, dirigeait une entreprise qui faisait repasser par des Albanaises, dans une caserne de Maidstone approximativement reconvertie, le linge déjà lavé de presque tout Sevenoaks, il avait donc les moyens de se payer une vraie Aga et une maison assez grande pour l'y installer, et, bien sûr, il ne s'en était pas privé.

Les femmes des vieux copains de fac se retiraient, pressées d'aller se coucher. Dans un élan de pitié maternelle (quoique teintée de condescendance) envers ce Pauvre Brian Divorcé, elles lui avaient proposé (comme il l'avait espéré) d'intégrer Tommy à leur expédition «Femmes et Enfants» à Chitterlings, un site classé monument historique où les mômes étaient les bienvenus («La famille y vit toujours, s'était extasiée une des Femmes. C'est tellement agréable, avec les Beauvey, la famille de lord Maidstone, ça fait tellement... habité»). Tout était donc pour le mieux. Marley avait le champ libre ce soir pour picoler avec ses vieux copains et, ensemble, ils allaient pouvoir se bercer de l'illusion salutaire que leur vraie vie restait à venir, que les vagues émanations de leurs rêves s'apparentaient encore à de l'espoir, et que leurs bavardages en matière de culture et de politique avaient un intérêt quelconque.

Ces dames parties, ils se mirent à boire sérieusement. Dans un premier temps, ils se remémorèrent leurs extravagances d'étudiants à l'époque où les bourses existaient encore, leur haine de Mrs Thatcher et les cris de joie qu'ils avaient *presque* poussés quand l'IRA avait failli lui faire sauter la gueule, leur vie de bohème quand, à leur sortie de la fac, ils avaient tous pendant un ou deux ans systématiquement abusé des mesures de largesse sociale héritées de l'après-guerre, initialement mises en place pour préserver du dénuement les honnêtes travailleurs et leurs familles innocentes dans une période de crise économique. Ils rirent en se souvenant combien il avait été facile de toucher le chômage et l'allocation logement, le temps que se profile la carrière mirobolante qui vous attendait, *ne pas* en profiter passant pour de l'idiotie congénitale. Ah, les bougres, vraiment aucune morale ! Puis, après un court silence, un des vieux copains aborda le vrai sujet de la soirée :

– Alors, euh, c'est comment, Brian ?

– Quoi ?

– Tu sais. D'être divorcé.

– D'être célibataire.

– De reprendre du service.

– De retourner dans la mêlée.

– D'être libre.

– Eh bien, raconte. C'est comment ?

– Oh, vous savez, dit Marley.

– Toutes ces petites étrangères, hein ?

– Ah, soupira Marley, avant de contempler son vin.

Consuela. Le bordeaux Tesco's Finest eut tout à coup un goût de vieux frigo et Marley fut pris d'une envie incroyablement pressante de le balancer à travers la pièce et de hurler comme un loup.

– Hmm, se contint-il. Pardon, les gars, il faut que je… Un tour au petit coin, je reviens tout de suite…

Dans le silence neutre et apaisant des toilettes, il s'assit lourdement sur le couvercle de la cuvette, le derrière encore rayonnant de la chaleur induite par l'Aga, mais le cœur glacé par l'implacable tragédie de l'existence. Il songea à son avenir. Ce n'était que trop clair : dans son cas, il n'y avait plus que les petites annonces. Et pourquoi pas ? C'était une solution moderne à un problème moderne. Il les avait souvent parcourus le dimanche matin, ces petits textes où toutes les filles sont

« jolies » et tous les mecs « gd », et où tout le monde a un « bon niv. soc. cult. ». Peut-être que là, il pourrait être sincère, enfin, à peu près…

H 42 a prof multilingue gd non chauve possédant appart. div. (et rav. de l'être !), 1 charm. bbin (*quoi, « babouin » ? Non, ça n'allait pas*) bambin (3 a) en gard. alt., ch. F agr. (*non, on pouvait comprendre « agressive »*) agréable et dyn. 30-38 a (solvable de préf.) pour relat. sér. dont enf. et si vous avez déjà enf. très bien voire mieux pour Grande Famille immédiate (pas de grande histoire sans grande famille !) bon bon de la normalité c'est tout ce que je demande je sais que nous devrions tous baigner dans le bonheur avec nos petits apparts, nos plats individuels pour célibataires épanouis et nos cuisines suréquipées à coups de trois fois sans frais n'empêche que j'ai pondu cette annonce et que vous la lisez nous savons donc tous les deux que c'est du pipeau alors pour une fois soyons honnêtes et passons un gentil petit arrangement intelligent qui nous évitera à tous les deux de regretter de ne pas avoir eu (plus ?) d'enfants quand nous étions jeunes au lieu de foutre notre vie en l'air pour notre soi-disant carrière et nous condamner à passer les trente prochaines années à nous efforcer désespérément de croire que tout n'est pas perdu et que le cocon facile à nettoyer que nous nous sommes construit n'est pas notre enfer. Merci de joindre une photo récente. Réponse garantie avant Noël sauf aux vieilles, aux grosses, aux moches, aux connes et aux cinglées. Réf. 42 1/2.

Putain, soupira Marley. Enfin, merde, pourquoi n'y avait-il eu aucun esprit éclairé parmi ses aînés pour lui dire que c'était le droit qu'il fallait étudier à la fac ? Ce devrait être la litanie de tous les conseillers d'orientation : *fais du droit, fais du droit, fais du droit*. Encore incapable d'affronter ses anciens camarades, il prit le livre qui se trouvait sur l'habituelle pile des lectures réservées aux toilettes. C'était un gros bouquin intitulé *L'Étoffe des héros*. Il le feuilleta distraitement et se surprit à lire le récit d'un épisode de la bataille d'El-Alamein, où un moustachu au short flottant avait gagné la Victoria Cross à la tête de ses hommes, qui avaient résisté toute une journée, coupés du reste des troupes, contre les panzers.

> *Bien qu'à présent victime d'évanouissements, sa blessure à la tête lui ayant fait perdre beaucoup de sang, et en proie à des hallucinations, convaincu par moments qu'il défendait un port contre des navires ennemis, Turner insista pour qu'on le tînt informé du déroulement des opérations et, apprenant que trois tirs successifs avaient fait mouche, il s'écria : « Bravo, le coup du chapeau, le coup du chapeau ! »*

Marley s'arrêta à ces mots, au milieu de la page. Il connaissait cette anecdote. Il l'avait apprise il y avait longtemps, si longtemps que c'était comme s'il l'avait toujours connue. Il ferma les yeux, incrédule, tandis que la couverture d'un *Victor For Boys* (*chaque semaine, 6 p seulement*) lui apparaissait tout à coup, avec quelques dessins de la BD qui lui avait raconté, à l'âge de six ou sept ans, la glorieuse « Défense des tirailleurs pris au piège ». Non, il devait se tromper. Il tourna l'épaisse page de papier glacé. Le dur couvercle de bois de la cuvette lui donna l'impression de s'affaisser légèrement mais brusquement, et son estomac se souleva comme s'il était passé trop vite en voiture sur un dos-d'âne. Il ne se trompait pas, c'était bien les « tirailleurs pris au piège ». Qu'est-ce qui lui prenait ? Pourquoi sa tête était-elle remplie de noms et de batailles datant de vingt ans avant sa naissance ? Abasourdi, il se replongea dans le bouquin et lut comment d'autres hommes en short ridicule s'étaient illustrés. Malte. Italie. Normandie. Arnhem (*la contre-offensive fut menée à bien avec panache, à la baïonnette et à la grenade, sans se soucier des pertes, provoquant la débandade chez les SS*). Presque chaque épisode éveillait en Marley la résonance profonde et sourde d'un souvenir d'enfance…

– Hé, Brian, t'es tombé dans le trou ?

– Oh, pardon, je, euh…

Marley s'empressa de faire bruyamment semblant de s'essuyer et de brosser la cuvette, tira la chasse, puis, prenant le prétexte de sa dépendance bien connue à la nicotine pour s'isoler à nouveau, saisit un nouveau grand verre de vin en passant devant la table de la cuisine et traversa sans s'arrêter le groupe de ses vieux copains jusqu'au jardin.

Outre l'éternelle M25 qu'on entendait bourdonner au loin, ici tout était calme. Marley s'abrita confortablement de la pluie sous un petit arbre, alluma sa cigarette et but quelques grandes gorgées de vin. L'alcool commença à lui chauffer et lui picoter la tête. Caché dans le noir, il se tourna vers les lumières de la cuisine pour observer ses amis rassemblés autour de l'Aga. Quarante-trois balais, putain. Qu'avaient-ils accompli, eux et lui ? Il ne pouvait s'empêcher de repenser avec ironie aux nécrologies militaires et se rappelait combien tout ça l'avait fait rire dans les sketches des Monty Python et compagnie. Mais lui, quelle réussite avait-il tirée de sa vie, de cette seule et unique chance de profiter de l'existence ? Quelle offensive avait-il jamais menée à bien ? De quel ennemi avait-il jamais provoqué la débandade ?

BRIAN MARLEY (aucune décoration)
Brian Marley, décédé le week-end dernier lors d'une excursion reprogrammée en hâte à la découverte d'Oxford (et de Shakespeare), dans des circonstances encore mal définies mais certainement plus ridicules que tragiques, n'a jamais risqué sa vie pour un ami, son cœur pour une femme ou sa santé pour l'aventure. Né au début des années soixante, dans une période de paix et de prospérité sans précédent, Marley suivit des études universitaires durant lesquelles, bénéficiant inexplicablement d'allocations exemptées d'impôt, il put se soûler presque tous les soirs tout en épousant un certain nombre de causes alors en vogue, dont aucune ne lui valut jamais le moindre désagrément personnel et dont la plupart se révélèrent par la suite complètement à côté de la plaque, quand elles n'étaient pas inventées de toutes pièces par le KGB. Ayant décroché un inutile diplôme de lettres avec une mention médiocre, il consacra les deux décennies qui suivirent à enseigner l'anglais à travers le monde, en tant que représentant au rabais de la langue internationale américaine, et à courir après les étrangères, sans voir les années passer ni profiter des divers booms immobiliers qui se succédèrent dans son pays. À l'âge de trente-huit ans, il eut une liaison avec une Anglaise, Celia, rencontrée à l'étranger, sans doute la conséquence d'un mal du pays non diagnostiqué, à la suite de quoi elle se retrouva involontairement

enceinte et ils se marièrent. Incapable de se réadapter à la réalité de l'Angleterre, il divorça peu après leur retour (ni amant ni maîtresse en cause) et s'installa dans un petit appartement d'Acton avec son insignifiante collection de vestes de tweed d'occasion. À quarante-deux ans, il se prit d'une passion absurde pour une jeune Argentine et, conscient qu'il se fourvoyait et abusait de la confiance de la jeune femme, mais dépourvu du cran nécessaire pour résister à la propension au mensonge dont il avait fait preuve tout au long de sa vie, il lui brisa le cœur, ce qui ne l'empêcha pas de se retrouver seul et c'est bien fait pour lui. Ayant déçu sa mère, il laisse un fils, Tommy, qui dès son plus jeune âge a appris à le mépriser.

– Oh, et puis merde, lâcha Marley entre ses dents. Il écrasa sa cigarette sur le tronc de l'arbre, vida son verre et reprit le chemin de la cuisine pour aller se resservir.

Cependant, avant qu'il n'atteigne la porte, une silhouette jaillit de la maison et sortit dans le jardin en criant dans son téléphone, les revers immenses de son pantalon battus par le vent chargé de pluie, une chaîne pendante reliant sa ceinture à sa poche revolver. Il avait un grand verre de gin-tonic à la main, qu'il tétait avec la désinvolture d'un homme plutôt habitué à sniffer de grosses lignes de coke à Soho. Avant même que ses traits ne fussent révélés par la lumière, Marley sut que, de tous ses vieux copains de fac, il ne pouvait s'agir que de Grant Brodie.

– Non, non, non, Tamsin, tu débloques ou quoi ? On ne *peut pas* prendre quelqu'un qui a été militaire, peu importe combien de temps, ou qui a été soigné pour des troubles psychiatriques, tu connais le règlement. Il faut que ce soient des gens normaux. Des hétéros chiants et normaux qui bossent, avec des crédits sur le dos ! Bon, écoute, je rentre. Et mollo sur la poudre. Bon Dieu. Tiens, salut, Brian.

– Un problème ? demanda Marley en s'adressant aux lunettes de soleil qui se tournaient vers lui dans la pénombre, et dont les verres jaunes ne laissaient pas voir les yeux.

– Une émission qui se barre en couille. Donne-moi donc une clope.

– Je croyais que tu avais arrêté.

– J'arrête tous les jours, mon chou. Jusqu'à ce que le soleil se couche et que l'idée qu'on puisse *vouloir* vivre quelques années de plus me semble complètement absurde.

– Je sais ce que c'est.

– Ça m'étonnerait. Toi, le jeune chien fou qui ne pense qu'à rigoler ?

– Jeune ? Bientôt quarante-cinq ans, plus si fou que ça, et il y a bien longtemps que je ne rigole plus.

– C'est dur, hein ? J'aurai quarante-quatre piges le mois prochain. Je pensais donner une grande fête, et puis je me suis aperçu qu'après quarante ans, nos fêtes d'anniversaire ne sont que des répétitions de notre enterrement. On n'aura plus de nouveaux grands amis, on connaît déjà tous ceux qui viendront nous voir porter en terre ou incinérer. Regarde-les, tous, ils appellent ça une fête, mais ils tuent le temps, rien de plus. Une fête ? Et en l'honneur de quoi, tu peux me le dire ? Tout ça, c'est de la poudre aux yeux, une manière de tromper son ennui. De vraies fêtes, je n'aurai jamais de raison d'en faire. Pas d'anniversaires à organiser, pas de cadeaux de Noël à poser en douce le soir au pied du sapin. Je n'aurai jamais de remise de diplôme où aller ni d'exploits sportifs à encourager. Pas de belle-fille à accueillir ou de main à accorder. Jamais d'enfants à baptiser, encore moins de petits-enfants. Oh, j'irai sans doute encore à plusieurs centaines de *fêtes*, mais la prochaine cérémonie traditionnelle où j'aurai un rôle un tant soit peu central, ce sera mon enterrement, que ce soit dans trente ans ou la semaine prochaine.

– Ah.

– *Ah*, comme tu dis. La seule vraie réaction anglaise face à n'importe quelle émotion. Bon, je vais devoir te laisser, Brian. Vos petits culs à Aga sont bien jolis, mais la ville m'appelle. Tamsin n'est déjà plus bonne à rien tellement elle a pris de coke et je risque de paumer plusieurs centaines de milliers de livres si, lundi matin, je n'ai pas trouvé quelqu'un de parfaitement normal et de vaguement représentatif de la classe moyenne, qui soit à peu près sain d'esprit mais assez désespéré pour risquer sa vie pour de l'argent. Ça ne court pas les rues, crois-moi. Et puis j'ai besoin de cocaïne.

– Moi, je ne serais pas contre.

– Désolé, mais je n'en ai pas ici. Tant pis pour toi.

– Non, je veux dire que je ne serais pas contre le fait de risquer ma vie pour de l'argent.

– Pour ça, il faut de la hargne, mon chou. Allez, salut.

– Vous êtes tous persuadés que pour moi tout baigne, hein ? Eh bien, vous vous plantez, d'accord ?

– Mon Dieu, mais qu'est-ce qui te prend, Brian ? Ce n'est pas très anglais, ça, comme comportement.

– Aujourd'hui, je me suis aperçu que ma vie n'était qu'un tissu de mensonges. Tout ce qui me reste à faire c'est garder la tête à peu près claire et gagner du fric jusqu'à ce que Tommy soit indépendant, et ne pas être trop déprimant en sa présence pour ne pas le traumatiser avant qu'il quitte la maison. D'ici là, j'aurai presque soixante ans, pour moi les carottes seront cuites et un après-midi j'irai au pub et je n'en repartirai plus. Et si un jour j'arrive aux portes du paradis, au mieux saint Pierre me dira : « Très bien, monsieur l'Anglais bidon, aujourd'hui je suis de bonne humeur. Et si on faisait comme si vous n'aviez jamais existé ? » Voilà. Bon, allez. Mon verre est vide. Sois prudent sur la route, Grant. Et j'espère que tu trouveras quelqu'un pour ton truc.

– Attends. Laisse-moi te parler de mon émission.

– Excuse-moi, mais là, je n'ai pas très envie de t'écouter pérorer sur ta brillante carrière.

– On va larguer six Britanniques ordinaires dans la dernière jungle inexplorée du monde, et ce sera à celui qui tiendra le plus longtemps avant de devenir dingue ou de mourir. Ou de se faire bouffer.

– Bouffer ?

– Bon, entre toi et moi, le cannibalisme a plus ou moins disparu, je crois, mais on ne sait jamais. On découvre encore de petites tribus qui pensent que l'homme blanc n'est qu'une légende et pour qui le monde s'arrête à la dernière montagne qu'elles voient. Et qui se bouffent entre elles. Évidemment, on va exploiter le filon à fond, cela dit même en admettant que l'histoire des cannibales soit du pipeau, le risque de mourir, lui, est bien réel.

– C'est légal, ça ?

– Je reconnais qu'on pousse le bouchon un peu loin, mais qui ne tente rien ne s'en met pas plein les fouilles. Et chaque candidat devra signer un document officiel très clair où il s'engagera à renoncer à toute poursuite, et patati, et patata. Tout ça en direct devant les caméras, bien sûr. On fera monter la sauce, tu vois le genre : « Vous vous rendez bien compte de ce que vous faites, n'est-ce pas ? » Silence. Musique grave. « Vous avez bien réfléchi ? » Musique encore plus grave. « Vous risquez de mourir, vous savez ? » Trompettes synthétisées. « Et vous êtes toujours prêt à signer ? » Crescendo de la musique. « Vous voulez vraiment y aller ? » Et là, les poignées de main, on pleure, on se félicite, les présentateurs qui sourient, le tableau habituel. Puis en route pour la Papouasie-Nouvelle-Guinée. Nos hélicoptères viendront à la fin de chaque semaine, mais s'il se passe quoi que ce soit entre-temps, tant pis. Et pour être honnête, évidemment, tout ce qu'on souhaite, c'est que quelqu'un meure pour de bon. De préférence devant les caméras, en direct, le jour de Noël. Une grande première pour la téléréalité, comme on l'appelle. Pas toi, bien sûr, Brian.

– Moi ?

– Eh bien oui, je me disais que ça pourrait te tenter.

– Ben voyons, je vais affronter des légionnaires…

– Non, non, non, on ne prend pas ce genre de candidats.

– Je ne suis pas une célébrité, Grant.

– Justement. C'est tout l'intérêt de l'émission. Cette fois, on veut seulement montrer des Britanniques tout ce qu'il y a de plus normaux et ordinaires en train de, euh, de se délabrer. Pas de votes. Pas d'interviews. Pas de tâches de groupe à la con ni rien de tout ça. Seulement six Britanniques équipés de petites caméras numériques satellite, tous chacun de leur côté dans la jungle, et on voit combien de temps ils résistent en enfer à l'approche de Noël. Et des millions et des millions de gens qui parient des millions et des millions de livres sur le résultat. C'est là qu'il sera, le vrai magot.

– Vous avez vraiment besoin de quelqu'un ?

– Une connasse vient de nous faire faux bond et on commence la semaine prochaine. Un Anglais, prof, la quarantaine, pas en très bonne forme physique (excuse-moi, mais c'est la vérité), ce serait l'idéal. Tu as bien un crédit à rembourser ?

– Si j'en ai un ? Il m'étouffe complètement.

– Parfait, parfait. Et puis pour être honnête, tu es

tellement, comment dire ? tellement *anglais*, Brian. On a déjà nos régionaux réglementaires, notre Gallois qui parle tout le temps, notre mauvais coucheur écossais, notre mignonne petite Irlandaise et notre couillon du Nord avec son accent d'attardé. À ce niveau-là, on est complet. Maintenant, il nous faut un vrai Anglais. Il y a deux millions de livres à gagner, au fait. Net d'impôts.

– Putain.

– N'est-ce pas ? Et la gloire assurée, bien sûr.

– Et tout ce qu'on a à faire, c'est tenir plus longtemps que les autres ?

– Non, pas exactement. Quand il ne restera plus qu'un candidat, ce sera presque Noël, je te le rappelle, eh bien, ce candidat pourra soit repartir avec cent mille livres, soit rester tout seul une semaine de plus, *la semaine de Noël*, avec sa caméra, des accus de rechange, du sel, de l'eau et une balise de secours, rien d'autre. On s'est dit que cent mille, c'était le bon chiffre : c'est suffisant pour être tenté de rentrer chez soi, mais pas tout à fait pour changer de vie éternellement, en tout cas plus aujourd'hui. Qu'est-ce que t'en dis ? Et les gens qui ont misé sur le dernier candidat ont le choix, eux aussi : ils peuvent empocher leurs gains tout de suite ou les remettre en jeu. Si notre champion tient sept jours de plus il gagne ses deux millions de livres et ceux qui ont misé sur lui touchent le pactole. Mais s'il rappelle les hélicos avant la fin du temps réglementaire, s'il rate ses petits entretiens interactifs, pour quelque raison que ce soit, mentale ou médicale, il repart avec *que dalle*, et ses parieurs perdent tout. C'est pas de la télé, ça ? La cupidité contre la peur et la faiblesse, en gros. La plus vieille recette dramatique du monde. Tu sais, même si tu ne gagnes pas, tu seras dans tous les journaux pendant une semaine ou deux. Et puis il faut voir le bon côté des choses : ça te fera l'occasion d'arrêter la clope et l'alcool pendant quelques semaines. Franchement, tu connais un autre moyen d'y arriver ? Ça va, Brian ?

Marley sentait le froid envahir sa peau, et il se dit qu'il avait dû virer au blanc. Quelque chose venait de lui retourner les intestins et de vider sa chair et ses nerfs de tout son sang pour faire refluer celui-ci, par les vagues successives d'un mécanisme primitif de protection, vers ses organes internes. C'était l'adrénaline, cet incomparable shoot de substance chimique fabriquée par le corps lui-même, cocktail intraveineux de peur et de désir qui infusait dans le cœur de Marley depuis qu'il avait embrassé Consuela Martínez ; ce froid brûlant qui peut d'un coup prendre vos veines d'assaut et vous glacer le cuir chevelu, et qui vous dit gravement au fond de vous que le bruit inhabituel que vous venez d'entendre n'est rien d'autre que le destin qui frappe à la porte de vous-même.

– Oh là là, mais tu es sérieux, dis donc.

Et Marley ne put que confirmer d'un hochement de tête.

Consuela Martínez hocha la tête, les yeux baissés vers son cappuccino dans la cafétéria des étudiants de la London English School. Marley s'apprêtait à rouvrir la bouche. Il était déjà bien lancé et son discours était fin prêt. Il allait lui parler longuement, lentement, solide comme un roc, rempli d'avenir et de certitude, comme on devrait toujours parler à celle qu'on aime.

Puis elle releva les yeux vers lui. Marley sentit un vertige spirituel s'emparer de lui en les regardant, ces yeux noirs, profonds et mystérieux comme le puits d'un château en ruine, et où tourbillonnaient des flots d'émotion le condamnant à la noyade.

– Tu comprends, le problème, c'est que, bon, bredouilla-t-il après s'être éclairci la voix avec peine.

– Oui ?

– Je, eh bien, en fait, si je ne peux pas venir à l'excursion « Oxford et Shakespeare », c'est que, euh… Parce que j'en avais vraiment envie, tu sais. D'Oxford, je veux dire. Et de Shakespeare, bien sûr.

– Et moi y'avais envie dé voir l'Angléterre, avec toi.

– Oui. Ah, bonjour, Graziana, bonjour, Shukiro, je suis à vous dans une seconde.

– Tou es trop occupé pour nous accompagner à l'excoursionne ?

– Non. Enfin, oui. Je, écoute, Consuela, je, je vais devoir m'absenter pendant quelque temps.

– Tou t'en vas dé l'école ?

– Oui.

– Ah. Qué c'est dommage.

– Tu trouves ? Enfin, oui, je sais, c'est dommage. Bref, ce que je voulais te dire, c'est que, euh, eh bien, je suis sûr qu'on va vous trouver un autre professeur très bien. Mieux que moi. Plus jeune, je veux dire, ha ha, plus, plus marrant. Pour vous montrer Oxford.

– Et Shakespeare.

– Oui, lui aussi.

– Tou pars pour longtemps ?

– Oh, six ou sept semaines. Je serai peut-être de retour avant Noël, mais rien de sûr. J'espère que non, en fait.

– Tou vas donner des cours ailleurs ?

– Penses-tu. C'est pas que je n'aime pas ce que je fais ici, hein, mes cours, avec toi, et avec les autres aussi, bien sûr, mais bon, là, c'est autre chose. C'est, comment dire ? une chance unique.

– C'est quelqué chose d'important.

– Mais toi, tu, euh, ton stage, il se poursuit bien après le nouvel an, non ?

– Si yé réviens.

– Il *faut* que tu reviennes.

– Tou crois, Brian ?

– Tu as fait tellement de progrès en anglais, je veux dire, si tu ne reviens pas, eh bien, je, tu, tu vas tout perdre. Ton anglais.

– Oui.

– Ce serait trop bête.

– Brian ?

– Oui ?

– Après Noël, quand tou réviendras dé ta chance ounique, tou réviendras nous donner des cours ici ?

– Eh bien, je ne sais pas trop. Pour les cours, je veux dire.

– Ah.

– Non, non, évidemment que je reviendrai. Pour dire bonjour. À la classe. Et à toi. Voir comment vous allez. Comment va votre anglais. Tout ça. Bon, oui, qu'est-ce qu'il y a, Kazuo ?

– J'ai renseigné ma fiche d'inscription, ô mon professeur. J'espère qu'elle n'est pas erronée.

– Bon, bon, montre-moi… oui, c'est parfait, parfait, ah, non, là, tu t'es trompé de date, Kazuo, ha ha. C'est 77 qu'il faut écrire, pas 87, tu ne peux pas être *né* en 1987, ha ha. Oh, mais si, pardon, bien sûr que si. Excuse-moi. Oui, c'est très bien. Parfait. Tu veux bien dire aux autres que j'arrive ? Merci. Oh, merde, écoute, Consuela, je voulais seulement que tu saches, mais bon, il vaut mieux que j'y aille, mes élèves, tu comprends.

– Oui, tou dois y aller. Ils espèrent leur professeur.

– Attendent, Consuela. Attendent.

– Ah, oui. Qué c'est difficile. Qué c'est lé même mot pour nous en espagnol : *esperando*, ils attendent, ou ils espèrent.

– Oui, je sais. J'ai toujours trouvé ça, euh, mignon.

– Oui. Mainténant, tou vas partir, et yé vais attendre et

espérer qué yé té réverrai. Est-ce qué c'est amousant comme plaisanterie, Brian ?

– Oui. Très amusant. Bon, eh bien, euh, à bientôt, dans sept semaines. J'espère. Et j'attends, ha ha. Au revoir.

– À la prochaine fois.

– Oui.

Marley se leva en réussissant habilement à ne presque pas se prendre les pieds dans sa chaise et s'empressa de disparaître.

Après son départ, Consuela resta un long moment devant son cappuccino auquel elle n'avait pas touché. Une grosse larme se forma sur ses cils noirs, et quand elle fut trop lourde, elle tomba. La jeune femme la vit traverser la croûte humide de sucre brun, le nuage de chocolat en poudre et la mousse de lait, puis regarda le tout se refermer lentement, ne laissant aucune trace du passage salé de sa larme.

Les larmes du petit Tommy ruisselaient sur son visage. Sans prendre la peine de se détourner, comme le font les adultes pour préserver leur amour-propre, en espérant qu'on ne s'apercevra de rien, il regardait son père en face, les yeux grands ouverts, à croire qu'inconsciemment il tenait à ce que Marley voie toute la souffrance et le désespoir dont il était une nouvelle fois la cause. Marley, incapable de le supporter, répondit à cette manifestation intemporelle de deuil et de solitude de la seule façon possible, avec les enfants comme avec les adultes, en prenant son petit garçon dans les bras et en le serrant contre lui. Tommy finit par retrouver la force de parler :

– Pourquoi tu seras peut-être pas là pour Noël, papa ?

– Écoute, Tommy, c'est un peu compliqué. Peut-être

que je pourrai être là. Mais de toute façon, le père Noël viendra. Et je serai là après le Nouvel An, ça, c'est sûr. Et à ce moment-là, tout ira bien mieux.

Marley serra l'enfant un peu plus fort et regarda par-dessus sa petite épaule en direction de la femme, de plus en plus une étrangère pour lui, du ventre de laquelle son fils était sorti.

– Bien, bien mieux, ajouta-t-il.

– *Six semaines*, mima-t-elle des lèvres, silencieuse, furieuse.

– *Peut-être sept*[1].

– *Mais qu'est-ce qui se passe ?*

Marley ne voulait pas le lui dire. Il ne voulait le dire à personne. Mais, derrière le dos de Tommy, il frotta le pouce contre l'index, de ce geste éternel qui signifie « beaucoup d'argent ».

– D'accord, soupira-t-elle.

– Je vais partir quelque temps, maman. Je risque de ne pas être là pour Noël. J'ai un gros coup à jouer. Une chance unique.

Dans l'appartement du dessus, résonnait à nouveau un boum-boum d'une régularité obsessionnelle, musique tout droit sortie d'un ordinateur.

– J'ai toujours su que tu aurais ton heure, mon grand, dit Mrs Marley sans poser de questions, comme si elle préférait garder la chance unique de son fils dans l'heureux domaine de l'abstrait, plutôt que de la disséquer au risque de s'apercevoir qu'elle n'était finalement ni si unique que ça, ni pour tout dire vraiment une chance. Ne t'inquiète pas pour moi, je me débrouillerai.

– Merci, maman.

1. En français dans le texte.

Marley leva son verre de sherry. Tandis qu'il le vidait, il regarda une fois de plus les silhouettes noires et blanches figées qui défilaient indéfiniment sur le porte-avions depuis longtemps mis au rebut, et le barbu botté qui tenait son sabre en l'air.

III

QUARANTE-CINQ ANS D'INTERVALLE

Voyez-vous, mes amis, chacun de nous a, dans son *sub*-conscient, une image de son Moi au maximum de ses capacités. Notre corps se dégrade, tandis que notre esprit, qui reste orgueilleux, s'obstine à nous ramener au temps où nous étions jeunes et forts, et où nous avions le plus d'*impact sur le monde*. Moi-même, quand je me réveille le matin, j'ai souvent du mal, l'espace de quelques secondes, à me défaire complètement de la douce illusion que j'ai environ vingt-cinq ans, alors que j'en ai environ trois fois plus [*rires*]. Il s'agit là sans doute d'un déguisement nécessaire à notre santé psychologique, mais cela ne cache-t-il pas une vérité plus profonde ? *Sub*-consciemment, oui, nous serons toujours jeunes et forts, mais qu'en est-il de notre *in*-conscient ? Qu'en est-il des influences, dont nous ne gardons qu'un vague souvenir, du tout début de notre jeunesse ? Nous sommes les enfants de nos parents à tous points de vue, car le monde dans lequel ils nous ont élevés était le leur, pas le nôtre. Dans la réalité, nous sommes peut-être tous vieux [*fusent des « Non, non ! », « Parle pour toi, Carl ! » ; rires*]. Dans notre *sub*-conscient, nous sommes tous jeunes et pleins d'espoir. Pourtant il se peut que dans notre *in*-conscient, dans cette salle des machines secrète de notre Moi, nous soyons tous d'éternels petits enfants, prisonniers des suppositions et des idées préconçues de la génération précédente, de ses peurs et de ses visions. Comme ces généraux bien connus, c'est plus fort que nous, il faut que nous prenions part à la guerre d'hier. Ce ne serait sans doute pas un problème si nous vivions dans un monde où rien ne changeait sauf les saisons, et où la seule sagesse dont nous ayons besoin était celle qui nous est transmise par les lois et les contes. Mais aujourd'hui nous sommes tous de petits Christophe Colomb qui nous embarquons sur des mers inexplorées, les cartes inutiles de nos pères, bonnes à jeter aux quatre vents. Notre psyché ne peut pas suivre, elle est à la traîne, une génération derrière, accrochée aux rives connues d'une terre plate mais rassurante. Voilà peut-être pourquoi notre vie moderne nous donne si souvent l'impression de n'être qu'un rêve, tandis que nous suivons nos ancêtres sur le chemin de l'éternité [*rires, applaudissements, pluie de « Bravo ! »*].

Carl Jung,
discours impromptu pris en notes
par le Pr Charles Nicholson
lors d'un dîner donné en l'honneur de Jung
à Londres, à la Royal Society, en 1960.

Janvier, en Angleterre

Noël, à présent, n'est plus qu'une méchante ombre sur la balance de la salle de bains et sur l'encours de la carte de crédit. L'hiver, déchaîné, fait rage, un souffle polaire venu d'une banquise à la fonte trop rapide déferle en rugissant sur des mers désertées par les poissons et avaleuses de navires, et cingle d'embruns glacés la face des vertes falaises celtiques et des fjords nordiques gris, avant de poursuivre sa course tumultueuse à travers les terres gorgées de sang du Vieux Continent, où chaque champ cultivable, chaque arpent d'herbage et chaque ville défendable se souvient, dans ses pierres et dans ses os, du cri des armées, du son du canon, du fracas des armures.

Dans les régions du Nord et les plaines enclavées de l'Est, on puise tristement dans les réserves qu'on a pu constituer, mentalement et physiquement, pour résister aux envies de suicide et d'abus d'alcool face au froid et au manque de lumière, tandis que sous les cieux plus cléments du pourtour méditerranéen, les millions de litres annuels de crème à bronzer, de pisse et de merde ont fini à nouveau par se disperser dans les eaux haletantes et battues par la pluie, les hôtels et les restaurants se préparant paresseusement à faire peau neuve pour le printemps prochain. Quelque part entre ces deux extrêmes de latitude et donc de style de vie, dans la partie basse de la plus grande île d'un archipel de taille moyenne situé au nord-ouest de la masse continentale eurasiatique, territoire d'un pays plat et surpeuplé, autrefois puissant, partagé entre la prudence d'une Europe maintes fois violée et la suffisance d'un Nouveau Monde venant tout juste de perdre sa virginité, le jour d'un nouveau dimanche se lève sans guère d'espoir.

Au-dessus de ce pays, l'Angleterre, le soleil n'est qu'un gringalet jaunâtre planqué derrière des nuages gris-vert, qu'on peut facilement regarder sans lunettes et qui ne fait presque pas d'ombre. Et c'est parti pour de nombreuses mornes semaines, les chances d'avoir avant Pâques autre chose comme météo que de la neige fondue et de la pluie en rafales étant proches de zéro. Dans les agglomérations urbaines déshumanisées, métastasées de zones piétonnières, des chewing-gums écrasés forment des chemins de taches à perte de vue, témoins ineffaçables, telles des éclaboussures de sang gris sans vie sur les dalles de béton gras d'une scène de crime, comme si toute la population avait été exterminée trois jours plus tôt, surprise par des hélicoptères de combat alors qu'elle consommait tranquillement, décimée à la mitrailleuse, rassemblée en tas, empaquetée à la hâte dans des cercueils modulables et déposée par bennes entières dans des fosses creusées au bulldozer. Ne subsistant dans les centres commerciaux fermés qu'une torpeur grise fluorescente : les frêles néons des grands magasins, pareils à des réverbères mal réglés, éclairant péniblement dans la sinistre lueur du petit jour les vitrines aux rideaux de fer baissés, comme à court d'énergie après avoir brillé inutilement toute la nuit, criant avec acharnement à une société qui, à force de dépenser honteusement, sous couvert d'une équité illusoire, de l'argent qu'elle n'a pas, commence à prendre vaguement conscience que sa dette s'alourdit et qu'un jour il faudra payer l'addition : *RIEN AU COMPTANT DERNIÈRE DÉMARQUE -10 % ON Y VA ON Y VA -20 % RIEN À PAYER AUJOURD'HUI TOUT DANS SIX MOIS UN AN TEG ZÉRO -30 % ÇA NE SE RATE PAS ÇA NE DURERA PAS ÉTERNELLEMENT LIQUIDATION TOTALE DERNIÈRE DERNIÈRE DÉMARQUE AVANT LA FIN DU MONDE*, ces messages racoleurs tapissant avec une hystérie à peine contenue les centres pratiquement indifférenciables de diverses prétendues villes, de Plymouth à Newcastle.

Le colonel de l'armée de l'air argentine Achilleo Martínez, lui, venait d'atterrir non pas en Angleterre mais à Londres, la capitale incontestée de l'Europe du Nord.

Il n'était pas du tout gêné (professionnellement, il y était même plutôt favorable) par les forces militaires imposantes déployées alors à l'aéroport d'Heathrow. S'il y en avait qui trouvaient cette présence d'hommes armés contraire aux traditions anglo-saxonnes de liberté, le colonel Martínez n'était pas de ceux-là. Il n'admirait pas l'Angleterre pour la largeur d'esprit et les bonnes manières que lui prêtaient certains. ¡ Non ! Il savait que les Anglais se comportaient comme des Anglais parce qu'ils se l'imposaient et qu'au fond d'eux c'étaient des fous furieux qui n'aspiraient qu'à terroriser la planète. Avant de devenir des Anglais, ils avaient été des pirates et des barbares. À présent, c'étaient des pirates et des barbares bien élevés et en costume de laine. Le monde s'y laissait prendre. Mais pas le colonel Achilleo Martínez, ha ha ! Non, non, s'il admirait l'Angleterre, ce n'était pas pour sa soi-disant liberté mais pour le fait que, dans l'histoire, elle avait toujours réussi à terminer du côté des vainqueurs. Quant à la liberté, le colonel

Martínez pensait, à l'instar de Goethe, qu'un peu de « non-liberté » est préférable au foutoir.

De toute façon, alors que, déposé sur Piccadilly par son taxi, il se remettait en marche avec ses gros et vieux bagages (il n'aimait pas les valises en plastique à roulettes), il était hors de question qu'il laisse de basses considérations conjoncturelles troubler son séjour à Londres, où il était venu consoler sa fille bien-aimée de la perte de son Anglais.

¡ Bien sûr que non ! Qui s'intéresse à ces choses-là ? Qui laisse les affreux déserts hérissés de barres HLM autour de Madrid entamer sa joie d'arriver au Prado ? Est-ce que les kilomètres carrés de néant bétonné nuisent au charme de Paris ? Non, non, nous avons tous nos lieux de prédilection et nos attentes, et tant que notre place Saint-Marc est là pour défier les eaux, peu importe le spectacle hideux de la route qui mène à notre Venise.

Pour le colonel Martínez, Londres était une ville fortifiée dont les points de démarcation, Colonnes d'Hercule hors desquelles il n'avait aucune envie ni raison de s'aventurer, étaient le British Museum, Oxford Circus, Westminster Bridge, le virage d'Aldwych, Buckingham Palace et Marble Arch, et le cœur, l'United Services Club, où il avait réservé une chambre pour la nuit auprès d'un sympathique lieutenant-colonel de la RAF. Et rempli qu'il était par l'espoir légitime de retrouver intacts ces repères fondamentaux, les signes d'un possible changement superficiel ne lui faisaient ni chaud ni froid.

¡ Sa pauvre Consuela !

Il les avait regardées, les émissions qu'elle avait enregistrées, où on voyait Mr Brian Marley dans la jungle. En effet, il parlait comme un vrai Anglais, pas étonnant que ce soit lui qui ait gagné face à cette bande de chiffes molles. Un homme. Un homme qui avait un fils, avait dit Consuela. Le colonel Martínez soupira. Ils n'avaient échangé qu'un baiser, d'après sa Consuela. ¡ Quel dommage qu'ils n'aient pas fait l'amour ! Un enfant pour sa Consuela, pour la consoler, un petit-enfant pour lui, qu'il aurait pu prendre dans ses bras. Un petit-enfant moitié argentin, moitié anglais. Un beau mélange. Bien sûr, ç'aurait été encore mieux s'ils s'étaient mariés d'abord, mais il se serait fait une raison. Avec les filles, au moins, on sait qui sont ses petits-enfants. Ah, là, Whitehall. Non, rien n'avait changé. Tout allait bien.

– Et donc, d'après vous, c'est bon, alors ? Le résultat des référendums ? Des referenda ? C'est positif, à votre avis ?

– Du tonnerre, patron.

– Absolument parfait.

– Mais, euh, les *contre* en Angleterre ont été, euh, comment dire ? très *majoritaires*, il me semble. Non ?

– Ouais, d'accord, mais, et en *Grande-Bretagne*, patron ? Hé hé !

– Tu comprends, il faut ramener les résultats *par pays*, comme nous l'avions prévu. L'Écosse, le pays de Galles, l'Irlande du Nord, dans ces trois pays-là le « oui » l'emporte haut la main. Autrement dit, la *Grande-Bretagne* s'est prononcée très nettement *pour* l'euro, à trois contre un. Une écrasante majorité.

– Hé hé !

– Oui, ça paraît assez, euh, *convaincant*, présenté comme ça, n'est-ce pas ?

– Tout ce qu'il y a de plus convaincant.

– On n'a plus qu'à remporter les législatives. Après, on pourra faire tout ce qu'on veut pendant cinq ans de plus en emmerdant la terre entière.

– Nous allons gagner, c'est sûr ?

– Quelle question ! Naturellement. Ceux qui votent

pour nous ne voteront jamais pour les autres, et il nous suffit de faire rebasculer en notre faveur vingt de leurs sièges naturels. À ce propos, j'ai déjà demandé au chancelier de baisser l'impôt sur le revenu.

– Ah. Très bien, merci. Donc, euh, on reste sur début mai pour les élections ?

– Tout à fait. Et nous aurions sans doute intérêt à resserrer la vis en matière de criminalité, tu ne crois pas ?

– D'accord. Et que faisons-nous pour, euh, les *causes* de la criminalité ?

– Oh, inutile de s'embêter avec ça.

– Hé hé !

– C'est dommage que ce Marley n'ait pas pu aller jusqu'au bout, dit le Rédacteur en Chef. Il avait l'air d'en avoir dans le ventre. On lui consacre un sujet ? Tous les petits canards parlent de lui.

– Bien sûr. Je vais envoyer quelqu'un interviewer sa vieille mère. Elle habite près de la BBC, à ce qu'il paraît.

– La pauvre. Tous ces bars à vin remplis de sorcières décharnées et stériles en manteau noir et de gitons au crâne rasé en pantalon ridicule. Enfin. Il faut que je me sauve. Si on a besoin de moi cet après-midi, envoie ma voiture à l'United Services, d'accord ?

– Tout devrait bien se passer, patron.

– Je sais, je te fais confiance, Harry.

Mrs Mary Marley tenait son petit-fils sur son large genou. Si elle avait vécu sa vie d'adulte dans un climat de paix prudente, elle avait, enfant, esquivé les V1 pétaradants à Cricklewood, entendu les tirs des canons antiaériens, senti les explosions des bombes antianglaises, vu des maisons brûler, respiré l'odeur de la mort sur le chemin de l'école, lorsqu'on la faisait passer en hâte devant les nouvelles ruines fraîches de la nuit précédente, et observé en silence les tasses de thé qu'on apportait, tintant sourdement sur leurs soucoupes bon marché, aux destinataires blêmes de sinistres télégrammes.

À son tour elle avait bu ses tasses de thé et pleuré, seule dans son coin, les entrailles déchirées par l'éternelle injustice d'un enfant qui meurt avant l'un de ses parents. Mais à présent elle avait repris le dessus, et elle regardait, avec cette forme de mépris de ceux qui ont connu la guerre, son ex-belle-fille verser publiquement des larmes de gratitude.

– Maman doit retourner travailler, Tommy, renifla la mère de l'enfant.

– Tout se passera bien, pas vrai ? rétorqua la grand-mère.

– On pourra rejouer avec les petits soldats de papa ?

– Bien sûr. Et on pourra lire ses livres.

– Je ne sais pas comment j'aurais fait sans vous, Mary. Je suppose que l'argent de la télé va bientôt arriver, mais en attendant…

– Vous vous seriez arrangée autrement. On trouve toujours une solution. Mais la famille, ça sert à ça, ma chère. Allez, filez. Ah, et n'oubliez pas, ma chère, vous êtes divorcée, vous savez.

– Au revoir, maman.

– Au revoir, Tommy.

Snif.

– Mamie ?

– Oui, mon chéri ?

– Je suis triste que papa soit mort, mamie.

– C'est normal, mon grand. Moi aussi. Il va nous manquer. C'était quelqu'un de bien. Enfin, c'est la vie, il faut faire avec. Alors, on essaie de les trouver, ces petits soldats ?

Mary Marley prit la petite main du garçonnet et le conduisit à la vieille malle de cuir remplie des vieux livres et des vieux jouets de Brian. Ses mains froides à elle se réchauffèrent au contact retrouvé de cette chair vivante en pleine croissance, cette confiance absolue tournée vers l'avenir, et elle se délecta du bonheur rassurant de sentir la vie, une vie directement et indéniablement liée à la sienne et même dépendante d'elle à présent, se développer, suivre son cours, marcher à nouveau à ses côtés, chaque jour plus grande. Cela faisait des années qu'elle n'avait pas éprouvé ce sentiment et il lui avait manqué. Mais c'était reparti pour un tour. D'une certaine manière, c'était même mieux que du temps où Brian était là, quand elle se demandait sans arrêt s'il aurait jamais son heure. Oui, tout allait très bien se passer.

– Je m'en fous, qu'on le retrouve pas, Grant. Plus on met de temps pour le retrouver, lui ou son corps, plus il y a de suspense. On va dépasser les vingt-cinq millions de téléspectateurs ce soir pour la première d'*Une jungle d'enfer 2 : opération sauvetage*. Et vu la faible cote que Brian avait au départ, tu imagines combien Channel Seven a dû engranger sur les paris. On va se goinfrer.

– Pauvre Brian. C'était un copain, quand même.

– Bon, d'accord. Mais réfléchis : tu as mis son gamin à l'abri pour le restant de ses jours. C'est lui qui va toucher les deux millions, maintenant.

– Oui, c'est vrai. C'est pour lui qu'il a fait tout ça, tu sais.

– Quel con.

– Peut-être. Mourir par amour, ça t'en bouche un coin, hein ? Ça a de la gueule, je trouve.

– Question de goût. À choisir, je préférerais crever en me faisant défoncer par un bel Allemand, après m'être enfilé un bon gros rail de coke.

– Ouais, t'as raison.

– Eh, George, on peut changer de chaîne ? Je voudrais voir le truc de la jungle, là.

– Tu te souviens, avant Noël ?

– Ha ha ha ! Putain, les hélicos !

– Ouais, putain ! Boum !

– T'as vu sa tronche à la pétasse de la télé quand elle a compris qu'elle était niquée ?

– Ha ha ha !

– Ça, ils ont bien grillé, toute cette bande de pouffes et de pédés.

– Ça, oui. Ça va peut-être recommencer, on sait jamais. Une pinte pour tout le monde, Macksie ?

– À ton avis ? Pourquoi il faut toujours que tu poses la question quand c'est à toi de payer ta tournée ? Envoie la marchandise.

– T'imagines le pauv' mec qui s'est retrouvé là-bas tout seul comme un con ?

– Il l'a cherché, aussi.

– Peut-être qu'il est toujours vivant.

– Crever là-bas. Tout seul. Putain. Il a tenu la distance, en tout cas, y a pas à dire.

– Timbré, le vieux.

– Je me demande s'ils ont retrouvé son corps. T'imagines dans quel état il doit être ? Putain.

Brian Marley était étendu, sans mouvement.

Son corps avait cessé depuis quelque temps de se débattre et de se tortiller et n'était plus animé que par le faible halètement de sa respiration automatique, parcouru de petits ruisseaux de sueur rafraîchissante, tandis que Marley lui-même, son essence inconsciente, spectrale et désincarnée, errait confortablement dans une sorte de pénombre, tel un plongeur sous-marin en apesanteur, hors du temps, flânant parmi les récifs aux contours vagues de la mémoire ou du pressentiment.

Libre de tout ancrage, son esprit remarquait à peine les levers et couchers de soleil qui se succédaient à une vitesse inhabituelle et ne prenait conscience que par instants de son enveloppe charnelle allongée, semblait-il, sur un lit, sous des couvertures. Et chaque fois qu'il se sentait sur le point de remonter enfin vers la vive lumière bleue de la surface, il se laissait retomber, ou plutôt s'en donnait l'ordre, avec douceur, une douceur extrême, et replongeait dans le calme des ténèbres.

Cette fois, lorsqu'il retrouva la pureté obscure du monde des rêves, lui apparut l'image de flocons de neige s'abattant sur son pare-brise, c'était la nuit, il était au volant d'une vieille voiture, et les fins essuie-glaces argentés ne dégageaient en bourdonnant que de petits arcs noirs sur le fond de poudre blanche à l'extérieur. Marley, avec ses yeux d'enfant, contempla ce souvenir oublié jusqu'au moment où, hypnotisé par les flocons sans fin, sa vue se brouilla et le pare-brise disparut. Les petits points blancs n'étaient plus de la neige qui tombait, mais des étoiles arrivant à toute vitesse sur le vaisseau spatial qu'il commandait, vaisseau à bord duquel il voyageait sans relâche à travers un univers exhalant une drôle d'odeur de vieux tapis et d'huile chaude. Il s'abandonna à sa chute vertigineuse vers l'infini et à la somnolence avec la volonté d'un enfant un peu souffrant prêt à tout pour se convaincre et convaincre sa mère qu'il ne peut pas aller à l'école aujourd'hui, et qu'au lieu de passer la journée assis à un petit bureau, risquant à tout moment d'être surpris par le professeur en train de rêvasser, il vaut mieux qu'il reste à la maison, à tourner une fois de plus des pages bien connues, « Cet *Eagle Annual* appartient à Brian Marley, Noël 1966, Grosses bises, Papa et Maman », « Ce *Victor Book For Boys* appartient à Brian Marley, Noël 1968, Grosses bises, Maman ».

– Maman, murmura-t-il.

– Eh, bonjour, Jungle Jim, dit en riant une voix de femme.

– Nous sommes tous bien installés ? Alors commençons, pensa tout haut Marley, aussi épuisé et soulagé que le commandant d'un sous-marin Trident en entendant à nouveau BBC Radio 4 après une angoissante journée d'immersion silencieuse.

Il se blottit sous la couverture. Il reconnut le contact de la laine légèrement râpeuse sur le lobe de ses oreilles, sentit la délicieuse bande soyeuse de l'ourlet lui glisser sur la joue. Des mains étrangères ramenèrent le drap et la couverture un peu plus bas, le bordèrent plus fermement dessous.

Enfin chez soi.

Il permit à ses paupières de s'entrouvrir brièvement, pour vérifier. Durant ce court instant, il aperçut à moins de dix centimètres de son nez la laine grise de la couverture et, cousue dessus, une petite étiquette carrée qu'il connaissait bien, qu'il avait toujours connue : l'étiquette du programme de fabrication utilitaire en vigueur pendant la guerre pour économiser les matières premières. Il l'avait vue souvent sur les couvertures de sa mère et nulle part ailleurs. À l'arrière-plan, son coup d'œil éclair enregistra le dos et les lettres caractéristiques d'un album d'*Eagle* au milieu d'autres livres dans une petite bibliothèque.

Parfait. Il était donc chez lui, en train de se réveiller. Il n'était pas perdu dans une horrible jungle, en train de mourir et de rêver à son enfance chez sa mère, mais se trouvait bel et bien chez sa mère et rêvait qu'il était en train de mourir, perdu dans la jungle. Peut-être, d'ailleurs, était-il toujours un enfant. Quel bonheur ! Quel bonheur que d'avoir à nouveau sept ou huit ans ! Six ans, même. Je crois qu'à partir de maintenant j'aurai toujours six ans. Rebonjour, papa. Ce serait tellement bien. Peut-être que rien ne s'était encore passé. Peut-être que cette fois il prendrait le Flying Scotsman, que papa ne serait pas en colère contre lui et ne partirait pas. Peut-être que tout n'était pas encore allé de travers.

De travers ?

Quoi ?

Qui ?

Combien d'années ?

Qu'est-ce qui était allé de travers, quand et pour qui ?

Il l'ignorait. Quelque part, dans les sombres profondeurs de son être, il en avait en tout cas la certitude : la personne qu'il était, quelle qu'elle soit, avait connu des mésaventures. Il y avait eu injustice, échec, désespoir. Il ne voulait pas en savoir plus. Quoi qu'il ait pu arriver à qui que ce soit, cela n'avait plus d'importance. Ce n'était jamais arrivé.

Sa décision était sans appel. On était à nouveau samedi, un samedi au milieu des années soixante. Un long samedi avec son père et sa mère pour lui tout seul. Chacune de ses petites mains tenue par une main ferme qui le soulevait dans les airs tous les trois pas, des voix riant et bavardant au-dessus de sa tête, un interminable samedi de pigeons, de parcs et de musées, de « soucoupes volantes » à la poudre de fruits et de chips avec le sel à part dans des petits sachets bleus, de gros bus rouges aux receveurs enjoués, avant d'être entraîné dans une course effrénée, bringuebalé à une hauteur délicieusement vertigineuse sur de solides épaules masculines (le contact animal du tweed sur ses petites cuisses nues en culotte courte, le frôlement primitif d'une barbe contre ses fins mollets), afin de rentrer à temps pour *Dr Who*, et de se cacher les yeux avec une terreur ravie à l'apparition des Daleks ou de regarder bouche bée des soldats britanniques d'une bravoure imbécile tomber en hurlant face à l'envahisseur : robots argentés sortis des égouts de Trafalgar Square, mannequins tueurs s'animant horriblement dans les vitrines des magasins ou monstres indistincts apparaissant fugitivement dans les galeries du métro londonien. Ou peut-être enterrait-on sir Winston Churchill aujourd'hui, raison pour laquelle il n'avait pas école. Ou était-ce le soir et lui avait-on donné la permission de se coucher tard pour voir, en noir et blanc, Manchester United remporter la finale de la coupe d'Europe face aux Portugais du Benfica, assommés par Georgie Best à la fin des prolongations ? Ou s'étaient-ils rassemblés tous les trois devant leur poste à l'image vacillante pour regarder des hommes faire des bonds incroyables sur la lune ?

Des seins.

Doux petits seins, parsemés de taches de rousseur et d'une beauté irréelle, se balançaient doucement juste devant ses yeux, sans soutien-gorge, à l'intérieur d'un chemisier fin, presque transparent, à moitié déboutonné, tandis que celle qui le bordait terminait sa tâche. Marley eut l'impression que tout son sang refluait vers sa bite et son cerveau, et, dans un sursaut de lucidité, il comprit tout à coup que, quelle que fût son identité exacte, il n'avait rien d'un enfant innocent, et que cette femme n'était pas sa mère. Il leva le regard et découvrit les yeux bleus, joyeux et souriants, d'une jeune femme.

Elle avait les cheveux courts, blonds, grossièrement coupés et très bouclés, la peau bronzée, les dents blanches, les sourcils non épilés, et aucune trace de maquillage. Sa main énergique tenait fermement celle de Marley. Plus qu'humain, son air était celui de la vie incarnée.

– Heureuse de vous voir de retour parmi les vivants. Je suis George.

– Ckcrchar, fit Marley.

– Mon vrai nom, c'est Georgina, bien sûr, mais tout le monde m'appelle George.

– Glrrrg, fit Marley.

Elle se pencha pour déplacer l'oreiller, et Marley vit sous son corsage ses jeunes seins recommencer à s'agiter librement. À présent pleinement conscient et donc à nouveau sensible à la honte, il s'empressa de détourner son regard vers le haut.

Au-dessus de lui se trouvait un plafond de planches à la peinture verte usée. Un soleil d'une force et d'une blancheur inconnues à Shepherd's Bush l'éblouissait à travers de petites fenêtres en bois à guillotine. Dehors, tout près de là, il entendit un coup de sifflet, le bruit caractéristique d'un ballon de rugby qu'on frappe avec le pied et les cris d'un groupe de jeunes joueurs qui s'élancent à sa poursuite, encouragés par des voix masculines plus graves.

Marley sentit l'affolement lui monter à la gorge, et il se figea. Tout cela n'avait pas de sens. Il avait complètement perdu la boule, c'était évident.

– Il est vivant, mademoiselle ? monta une voix de jeune garçon.

– Oui, Hawkins, il est vivant, répondit la fille.

Tournant la tête avec prudence, très inquiet de ce qu'il allait trouver, Marley vit un gamin d'une dizaine d'années, blond, bronzé, vêtu d'un short large et d'une vieille chemise de coton blanc toute racommodée. Il était coiffé d'une casquette d'écolier. Pieds nus, assis en tailleur à même les lattes du plancher au chevet de

Marley, il était manifestement occupé à nettoyer un fusil ancien mais bien entretenu et s'était interrompu pour dévisager Marley. Marley le regarda en clignant des yeux. La fille partit d'un pas décidé, pieds nus, en oscillant vivement des hanches, et gagna une porte peinte en vert grande ouverte, qui allait et venait au gré du vent. Elle se tourna vers l'extérieur où la lumière du soleil, bien qu'éclatante, était étrangement diffuse.

– Tom ! lança-t-elle. Hé, Tom !

– Oui, George ? répondit une voix plus distante.

– Il revient à lui. Il faudrait aller chercher le Directeur.

– J'y vais. Navré, les gars.

Un long et strident coup de sifflet retentit. Marley déglutit avec peine et, se rallongeant lentement bien à plat sur son petit lit, en étreignit le froid cadre de fer de toutes ses forces jusqu'à ce que ses doigts blanchissent, comme si le sommier aux ressorts grinçants menaçait de céder et de le précipiter dans un gouffre sans fond. Les battements de son cœur lui ébranlaient le sternum, terrifié qu'il était par la certitude de sa folie absolue.

Il se tourna à nouveau vers le gamin. Ce dernier tripotait machinalement le petit boulon qui servait de lest à sa ficelle de nettoyage, les yeux levés vers lui, fasciné, en haleine. Un autre gamin identiquement vêtu, les cheveux châtains et la peau plus foncée, fit irruption dans la baraque et vint s'asseoir à côté du premier. Tous deux regardèrent fixement Marley.

– C'est vrai que vous êtes anglais, monsieur ? pépia le premier. Au fait, moi c'est Hawkins et lui c'est Crompton Minor. C'est Beauvey qui vous a trouvé et *lui* dit que vous parlez anglais, mais c'est un vrai crétin, on ne peut pas lui faire confiance. Alors c'est vrai, monsieur, vous êtes anglais ?

– Auerghhh, fit Marley.

– Tu te rends compte, s'il est anglais, ça veut dire que le Directeur avait raison depuis le début, dit l'autre.

– Évidemment qu'il avait raison, Crompton Minor, sale petit bolchevik. C'est le Directeur, il a toujours raison.

– Oh, pardon, Hawkins.

Marley regarda alors autour de lui, glacé d'épouvante. Il s'aperçut qu'il était étendu sur un vieux lit de camp métallique dans un coin d'une grande baraque de bois. À côté de sa tête, fixée au mur de planches, une affiche encadrée montrait des bombardiers en action. « Les briseurs de barrages reviennent… forts comme Vulcain ! » y était-il écrit en grosses lettres, tandis que, en plus petit, on vantait l'armement de l'Avro Vulcan (« Un seul Vulcan, chargé d'armes nucléaires, a une puissance de frappe supérieure à la totalité des bombes larguées par les 7 366 Lancaster produits pendant la Seconde Guerre mondiale ») ainsi que ses performances (« Traverse l'Atlantique en moins de trois heures »). À l'autre bout de la baraque, une petite estrade. Au-dessus de celle-ci, au milieu, deux cannes de bambou croisées servaient de hampes à deux grands drapeaux exactement de la même taille, l'un britannique et l'autre australien, dont les rouges avaient viré au rose et les intenses bleu marine au bleu ciel, comme des fanions effilochés et roussis de régiments depuis longtemps absorbés ou dissous, pendus dans l'air stagnant, poussiéreux et sentant l'encaustique d'une petite église de la campagne anglaise. Entre ces deux drapeaux, trônait un portrait défraîchi de la jeune reine Élisabeth en compagnie de son fringant duc d'Édimbourg et, au-dessous, une plaque commémorative en bois gravé et très orné couverte de noms.

Marley se tourna vers la porte ouverte, où la jeune femme se tenait dos à lui, face à la lumière vaporeuse du soleil, appuyée, bras croisés, au chambranle. Derrière elle, à l'extérieur, il découvrit une plaine ensoleillée, une savane sans relief d'à peine plus d'un kilomètre de largeur, bordée de hautes falaises. La lumière qui baignait cette plaine était vive, chaude et verticale, mais elle semblait étrangement voilée, ses ombres étaient estompées, ses rayons n'étaient pas aveuglants. Sous ce drôle d'éclairage, Marley distingua en clignant des yeux un petit complexe de baraques de bois et, à une vingtaine de mètres de la porte, la moitié de ce qui était manifestement une paire de poteaux de rugby. La femme se retourna vers lui, toujours appuyée au chambranle, et sourit. Les bouclettes de ses cheveux blonds scintillèrent dans le halo terne qui entourait ses petites oreilles, et des pointes de bleu firent rire ses yeux.

– On se réveille, Jungle Jim ? lança-t-elle.

Incapable de trouver une réponse un tant soit peu en rapport avec la question posée par cette apparition, essayant de se raccrocher aux lois de la possibilité et donc à la réalité et donc à la raison, Marley détourna la tête. Le mur opposé de la baraque était percé de deux fenêtres à guillotine peintes en vert. À travers, la même étendue d'herbe dorée, presque dépourvue d'arbres, s'offrit à sa vue, sauf que, de ce côté-là, la montagne abrupte était encore plus proche. Au sommet de celle-ci, sur les rochers dentelés qui en hérissaient la crête, brillaient comme une étoile les neiges d'un glacier équatorial, enrubanné de brouillard blanc. Et au pied de la montagne, sa tôle, bien que déformée, renvoyant malgré tout la lumière du soleil, gisait la carcasse squelettique d'un avion de ligne, un quadriréacteur, le nez écrabouillé contre le roc, comme une fléchette géante de papier d'argent.

Marley écarquilla les yeux. Dans les profondeurs de ses souvenirs d'enfance, *ajustez et collez pièce n° 32 (verrière du cockpit) sur le fuselage*, miraculeusement et instantanément, son cerveau localisa et alla chercher une donnée parmi les millions de celles stockées apparemment inutilement depuis la naissance par la mémoire vive du cortex masculin. De la même façon insensée qu'il était encore capable d'identifier à trois cents mètres dans son rétroviseur – sans aucune volonté de sa part, comme ça – une Ford Cortina E de 1969, ou de faire la différence, sans réfléchir, du premier coup d'œil, entre la photo d'un Panzer III ou d'un Spitfire I et celle d'un Panzer V ou d'un Spitfire XII (pourquoi, bon Dieu ? pourquoi ?), il s'aperçut qu'il savait à présent, avec une certitude absolue et absurde qui avait quelque chose de terrifiant, que l'avion dont il voyait l'épave était un De Havilland Comet IV.

Marley resta songeur devant les restes de cet appareil antédiluvien. Il était moins frappé par le spectacle en lui-même, si étonnant fût-il, que par la vision intérieure qu'il suggérait en lui, précédée de l'écho caverneux des souvenirs enfouis resurgissant à la surface : *son père, qui l'aidait à construire la maquette de cet avion précis, sa voix qui parlait tout bas, sa main qui tremblait...*

Puis ce murmure des profondeurs du passé fut soudain couvert par un bruit confus de voix et de pas immédiats qui se rapprochaient très vite. Marley se retourna aussitôt vers la porte, saisi d'une angoisse extrême. Quels démons sa folie manifeste avait-elle encore invoqués ?

Les pas et les voix étaient presque à la porte.

Marley fit un bond en arrière et se cacha à moitié sous sa couverture en voyant les visages de cinq ou six enfants apparaître au même moment à la petite fenêtre à côté de son lit, le nez écrasé contre la vitre, les yeux fixés sur lui. On frappa alors sèchement mais poliment à côté de la porte sur le mur de planches, et un homme à peu près du même âge que Marley, pieds nus mais rasé de près, les cheveux courts, vêtu d'un vieux blazer et d'un short long à revers, passa devant la jeune femme pour entrer dans la baraque, une pipe éteinte entre ses lèvres souriantes, la main tendue devant lui.

– Ça va, George ? Bonjour, mon vieux. Alors, la forme ? Hawkins, dépêchez-vous de nettoyer ce maudit fusil et rangez-le. Les garçons et les armes, hein ? Je me présente : Devereux, Tom Devereux. Le surveillant. Alors comme ça, vous avez fini par vous en sortir, hein ? Bravo. Comment va l'Angleterre ?

Marley regarda bêtement la grande main ferme et bronzée qui lui était tendue. Puis, démuni, il leva la tête vers les yeux de son propriétaire, des yeux d'un bleu vif. Ceux-ci se rétrécirent légèrement et la main se retira promptement.

– Hmmm, fit l'homme.

– Ckrekrch, fit Marley, avant d'essayer désespérément d'atteindre la timbale d'eau sur sa table de chevet.

Derrière l'homme, l'encadrement de la porte était à présent rempli de jeunes visages impatients des deux sexes et de tous âges.

– Alors, monsieur, il l'est, monsieur, il est anglais ?

– Franchement, Hawkins, je n'en suis pas sûr.

Mais s'il l'est, monsieur, est-ce que ça veut dire que nous avons fini par battre les rouges, monsieur ?

– S'il l'est, monsieur, allons-nous rentrer en Angleterre maintenant, monsieur ?

– Pourrons-nous aller au cinéma en Angleterre, monsieur ?

– Et à l'Oval [1], monsieur ?

– Et à Twickenham [2] ?

1. Mythique terrain de cricket londonien, où est installé le Surrey County Cricket Club.

2. Stade de rugby de la banlieue sud-ouest de Londres, antre du rugby à XV britannique.

– Et à Brooklands[1] ?

– Je vous ai demandé de rester dehors, Johnson-Smithers. Sortez, vous tous.

– Aïe, hou, aïe, pardon, monsieur.

– Excusez-les, les bougres, ils crèvent d'envie qu'on leur parle du pays. Comme moi, du reste. Moi aussi, je suis né ici. Ce que nous savons de l'Angleterre se limite aux photos et aux articles des Livres de l'Avion, vous comprenez. Alors, mon vieux ? Vous avez retrouvé votre langue ?

– Excusez-moi, monsieur, mais physiquement, il n'a pas l'air anglais, monsieur, en tout cas il n'est pas comme sur les dessins.

– Mmm. Eh bien, vérifions. Crompton Minor, apportez-moi *Les Peuples de l'humanité*, je vous prie.

– Tout de suite, monsieur.

Silencieux, avec une fascination mêlée d'effroi, Marley regarda le gamin courir jusqu'à la petite bibliothèque au coin de la pièce, où Marley avait aperçu plus tôt l'album d'*Eagle*. Ses rayons étaient garnis d'une Bible épaisse et d'un petit choix d'ouvrages que Marley, de plus en plus horrifié, reconnut également immédiatement : à côté de l'*Eagle Annual* n° 7 (où Marley savait avec une précision troublante quelle aventure de Dan Dare il trouverait), il y avait l'*Eagle Sports Annual 1958*, un *I-Spy*[2], le *Boy Scout Annual* de 1958 accompagné de son équivalent féminin, l'album des guides, et le *Wonder Book of*

1. Circuit automobile près de Weybridge, au sud de Londres, premier autodrome artificiel et permanent au monde, inauguré en 1907.

2. Collection britannique de petits livres éducatifs pour enfants (vendus séparément puis compilés sous forme d'albums), populaires dans les années 1950-1960, inspirés d'un célèbre jeu enfantin consistant à deviner à l'aide de son initiale un objet parmi ceux visibles sur le lieu où l'on se trouve.

How and Why[1]. Parmi ces ouvrages, le gamin choisit un gros volume intitulé *Les Peuples de l'humanité*, qu'il apporta à l'homme.

– Je vous remercie, Crompton Minor. Nous allons bien voir. Où est-ce, déjà ? Ah, voilà, nous y sommes. Hmm. C'est difficile à dire, si l'on s'en tient à la morphologie. Anglais ? Je ne sais pas. En tout cas, il est « blanc à peau claire », ça, au moins, nous en sommes sûrs. Vous savez, les enfants, ces dessins ne donnent que des indications d'ordre général. Qu'en pensez-vous, George ?

Le livre passa au-dessus de la tête immobile de Marley, devant ses yeux écarquillés et terrifiés. Lorsque la jeune femme le prit dans ses mains, Marley découvrit la page à laquelle il était ouvert. On y voyait une série de dessins représentant les visages d'hommes de différentes races, accompagnés des légendes suivantes : « Anglais », « Nègre », « Coolie, Inde du Sud », « Chinois », « Blanc à peau claire », « Blanc à peau foncée », « Égyptien de l'antiquité » et « Juif ».

– C'est délicat, j'en conviens, Mr Devereux. Toujours est-il que je suis certaine de l'avoir entendu dire à l'instant : « Nous sommes tous bien installés, alors allons-y », or c'est bien ainsi que le Directeur nous dit toujours de commencer quand nous racontons nos histoires aux petits, n'est-ce pas ?

– En effet, George. D'autre part, les enfants, le simple fait qu'il soit arrivé jusqu'ici, au sommet de la Grande Barrière, en solo et sans équipement, *laisse entendre* qu'il s'agit d'un Anglais, ou du moins d'un colon

1. Littéralement, « Le Livre merveilleux du comment et du pourquoi ». L'une des nombreuses encyclopédies pour enfants publiées à partir des années 1920 par les éditions londoniennes Ward Lock.

d'extraction britannique. Ce qui revient au même, bien entendu.

– Demandez-lui, monsieur, demandez-lui qui a remporté la régate Oxford-Cambridge cette année, monsieur.

– Les Australiens ont-ils repris les Cendres[1], monsieur ?

– Battons-nous les Gallois au rugby aujourd'hui, monsieur ?

– Comment se débrouillent les Jaguar au Mans, monsieur ?

– Demandez-lui si ce sont nos bombardiers V qui ont battu les rouges, monsieur, je parie que oui.

– Avons-nous à présent une colonie sur Mars, monsieur ?

– Charles est-il roi aujourd'hui, monsieur ?

– Vous allez arrêter, bande de poisons ? Cet homme a besoin de calme, je vous l'ai déjà dit. De toute façon, nous ne savons toujours pas s'il est anglais ou non.

– Mais monsieur, monsieur, Beauvey a dit que, oh, euh, pardon, monsieur…

– Beauvey est un lourdaud sans cervelle qu'il convient de corriger par principe à la moindre occasion, Hawkins. Comme vous tous, comme tous les garçons de toutes les races, dans tous les pays du monde et depuis toujours. Le Directeur arrive, je vous conseille donc de la mettre en sourdine si vous ne voulez pas prendre six coups de canne chacun. Tiens, le voilà. Nous allons être fixés.

Des rires et des cris de légère douleur montèrent tandis

1. Nom du trophée imaginaire en jeu dans les rencontres Angleterre-Australie au cricket. Suite à une défaite cuisante des Anglais en 1882, le *Sporting Times* avait publié une notice nécrologique annonçant que le cricket anglais était mort et que son corps serait incinéré et ses cendres transférées en Australie.

que la foule massée à la porte s'écartait, les garçons se pressant d'ôter leurs casquettes pour céder le passage à un homme dont l'âge se situait quelque part entre soixante et quatre-vingt-dix ans, grand, le menton rasé de près mais arborant une splendide moustache d'une blancheur de neige, si longue et touffue qu'elle rejoignait presque ses cheveux poivre et sel, courts et drus. Ses yeux étaient les plus verts et les plus inquiétants que Marley eût jamais vus. Il portait un long pantalon blanc et un vieux tricot de cricket presque plus reprisé que tricoté. Pieds nus, il avait dans une main une canne de maître d'école, manifestement usée par le temps et l'usage, avec laquelle il distribuait de petits coups vifs devant lui, au hasard, à la hauteur de ses genoux, s'ouvrant machinalement un chemin à travers les cuisses des filles et des garçons gloussants et glapissants; dans l'autre main il tenait un étrange objet jaune vif que Marley avait l'impression d'avoir déjà vu quelque part. À sa suite, un groupe d'hommes apparemment un peu plus jeunes, eux-mêmes suivis par d'autres, dont Marley estima qu'ils devaient être de son âge à lui. Les enfants finirent par être chassés par un groupe de jeunes adultes d'une vingtaine d'années. Tous étaient rasés de près, et tous portaient un blazer.

– Alors, Devereux ? demanda l'homme aux cheveux blancs.

– Toujours rien de sûr, monsieur.

– Mmm. Il semblerait que cette chose soit une sorte de mini-caméra sophistiquée. Il est peut-être américain. Ils ont toujours toutes sortes de gadgets sur eux, ils ne peuvent pas s'en passer, ces abrutis. Mais vous dites qu'il a parlé d'un lieutenant, Beauvey ? Vous en êtes sûr, mon garçon ?

– Oui, monsieur, certain, monsieur, enfin, presque, monsieur.

– Voyez-vous, George, ma chère, les Américains n'ont pas de lieutenants, ils ont des *lou*tenants[1].

– Vraiment, monsieur le Directeur ? Quelle drôle d'idée. Et je suis pratiquement sûre qu'il a dit *maman* hier.

– Certes, George, mais il a très bien pu dire *mama*, *mutti* ou *mamma*. Ils en viennent tous là, vous savez, à la fin. Retenez bien cela, messieurs. J'ai vu beaucoup d'hommes mourir, des blancs, des jaunes, des marron, des noirs et divers mélanges intermédiaires, courageux, certains, il y en a même deux dont j'ai dû abréger les souffrances, des hommes à moi, à moitié coincés dans un Sherman en feu en Normandie. J'en étais où, George ?

– Aux mères, je crois, monsieur le Directeur.

– Ah, oui, merci, ma chère. Oui, tous ces malheureux qui mouraient. Eh bien, qui est-ce qu'ils réclamaient ? Pas leur femme, pas leur bonne amie. Toujours leur mère, à la fin, toujours leur mère. Retenez bien cela, messieurs. Bon, laissez-moi essayer. Poussez-vous. Écoutez-moi, mon vieux, nous avons besoin de savoir si, oui ou non, vous êtes anglais. C'est simple, comme question. Alors je vous écoute : nom, grade et tout le bazar.

Marley resta interdit devant les yeux verts lumineux posés sur lui. C'était comme s'ils l'appelaient depuis un rêve, depuis un endroit où il n'était jamais allé mais qu'il connaissait comme le fond de sa poche. Cependant, impossible de répondre. Il ne savait pas. Il ne savait rien sinon qu'il était complètement fou. L'homme fit claquer sa canne sur sa cuisse d'un air menaçant.

– Bon sang ! Beauvey, approchez, mon garçon. Êtes-vous *vraiment* sûr qu'il a dit qu'il était anglais ?

1. Les Britanniques prononcent *lèftènante* et les Américains *loutènante*.

– Absolument, monsieur, hein que vous m'avez dit que vous étiez anglais, monsieur, dites-leur, monsieur, sinon je vais passer pour un crétin, les autres ne vont pas arrêter de se payer ma tête et le Directeur va me punir, je vous en *prie*, monsieur, allez-y, monsieur, je m'appelle Beauvey, vous vous souvenez, je vous ai trouvé pendant le match, le lendemain de Noël.

– Un petit effort, Jungle Jim.

Marley regarda le jeune homme désespéré et se concentra de toutes ses forces. Il avait envie de l'aider. Il regarda l'homme aux cheveux blancs. Il avait très envie de calmer ces yeux verts étincelants, de les rendre plus doux et approbateurs. Il regarda la fille. Il avait très, très envie de lui faire plaisir. Elle hocha doucement la tête, haussa les sourcils d'un air encourageant. Marley remplit péniblement ses poumons d'air et leva un bras décharné.

– *Beau-vey ?* ânonna-t-il en pointant un doigt tremblant.

– Oui, oui, c'est moi, il comprend, monsieur le Directeur, je vous l'avais dit, Mr Devereux.

– Il se peut qu'il répète, monsieur.

– C'est vrai. Allez, mon vieux, vous avez dit « Beauvey ». Eh bien ?

– Allez, mon soldat blessé. Attendez, je vais vous redresser un peu.

Marley se laissa faire. Elle recula de quelques pas. Il tourna la tête de droite et de gauche en remuant muettement les lèvres. Tous les regards étaient braqués sur lui. Il ferma les yeux et leva instinctivement la main pour réclamer la patience et le silence de son auditoire. Dans l'obscurité où le plongèrent ses paupières, à l'abri des visions irréelles qui l'entouraient, il réfléchit : *Beauvey*. Il avait déjà entendu ce nom-là quelque part. Il ne savait ni où ni quand. Du brouillard qui voilait son esprit émergea non pas une pensée, non pas une identification consciente avec le monde, mais une simple phrase, une suite de mots dénuée de sens. Quand elle finit par sortir de sa bouche, ce fut avec une netteté impeccable, d'une voix que Marley ne reconnut absolument pas mais qui, bizarrement, était profondément sienne :

– Les, les, les Beauvey habitent toujours Chitterlings, vous savez.

Des acclamations envahirent la baraque. Marley retomba lourdement sur son lit, essoufflé par l'effort qu'il venait de fournir, jetant des regards désespérés vers l'homme aux cheveux blancs et aux yeux verts, pour voir s'il était content. Et la fille ? Elle semblait l'être. Elle accourut pour lui éponger le front.

– Bravo, Jungle Jim. Vous êtes donc bien anglais !

– Je vous l'avais dit, monsieur, il est anglais, ça alors, monsieur, mon grand-père disait que son père à lui, en Angleterre, allait devoir vendre Chitterlings pour payer ses impôts à cause des socialistes et…

– Taisez-vous, taisez-vous, Beauvey.

– Oh, euh, pardon, monsieur.

– Devereux, George ? Un mot en privé, je vous prie.

– Monsieur ?

– Monsieur le Directeur ?

Ils parlèrent à voix basse, juste au-dessus de la tête de Marley. Si terrifiante qu'elle fût, la situation avait pour ce dernier quelque chose de rassurant, comme s'il n'était plus responsable de rien, même plus de sa propre vie. Tout reposait entre les mains du vieil homme aux yeux verts.

– Écoutez-moi bien, je veux qu'on empêche les enfants de l'approcher. Tous les enfants. Sinon, on ne pourra plus les tenir. C'est dangereux pour le moral. Il faut que nous sachions où en est l'Angleterre, et si on sait que nous sommes ici, afin de décider de la conduite à tenir.

– Bien, monsieur.

– Ne vous inquiétez pas, monsieur le Directeur. Je vais rester ici pour m'occuper de lui.

– C'est bien, ma petite George. Il y a une chose qui m'échappe : si l'Angleterre s'en est sortie, comment se fait-il que les indigènes ne le sachent pas ? Ils n'ont rien dit là-dessus. L'information serait déformée, bien sûr, comme toutes celles qui passent par ces crétins, mais ils auraient entendu parler de quelque chose. Il se peut très bien que l'Angleterre soit devenue un désert radioactif et que nous ayons survécu dans un coin de l'Australie ou de la Nouvelle-Zélande. Non, non, il faut absolument que nous soyons fixés avant de laisser les nôtres s'exciter à l'idée qu'ils vont rentrer au pays. Ça pourrait mal tourner.

– Absolument, monsieur.

– Oui, monsieur le Directeur.

Avec rapidité et efficacité, l'homme et la femme firent sortir la foule de la baraque, fermèrent la porte et tirèrent les stores. Une fois certain qu'on ne pouvait plus l'entendre, le Directeur se tourna à nouveau vers Marley.

– Quoi qu'il en soit, vous, vous êtes là, hein, mon vieux ? Je suis Quartermain, le Directeur de ce camp. Alors comme ça, vous avez vaincu la Grande Barrière, hein ? C'est ainsi que nous l'appelons, voyez-vous ? Bravo, je ne pensais pas que c'était possible, je l'avoue. Elle est raide, la bougresse. Dieu sait combien de nos hommes sont morts en essayant de la descendre. Combien, selon vous, Devereux ?

Le plus jeune se tourna vers les noms inscrits sur l'espèce de retable en bois au-dessous du portrait de la reine et plissa les yeux.

– Morts en s'attaquant à la Grande Barrière, monsieur le Directeur ? Oh, je dirais treize ou quatorze, d'une manière ou d'une autre, au fil des ans.

– Tant que ça ? Vous en êtes sûr ? Eh bien, dites donc,

ça en fait, hein ? Les malheureux. Mais vous, vous avez réussi, pas vrai ? Bravo. Alors ?

– Alors quoi ? répondit Marley.

– Eh bien, l'Angleterre. Comment va-t-elle ?

– L'Angleterre ?

– C'est bon, les enfants sont partis, maintenant, vous pouvez parler. Qu'est-il arrivé ? Ç'a été très méchant ? Combien de temps ça a duré ? Avons-nous gagné ? Y a-t-il des renforts qui vous suivent ? Où sont vos camarades ? En bas, dans la jungle ?

– La jungle ? Oh, non, pas la jungle, je vous en prie, je ne veux pas y retourner. Mon Dieu, les autres, oh, seigneur, ils sont tous morts.

– Morts ? Tous ? Ce sont les rouges qui les ont eus ?

– Nos hélicoptères, ils se sont écrasés, ils ont brûlé, je me suis enfui, j'ai…

– Sale coup. Personnellement, je n'ai jamais aimé ça, les hélicos. Mais racontez : est-ce que l'Angleterre… ?

C'en était trop pour Marley. Il défaillit à nouveau et dégringola de son lit, se retrouvant sans connaissance sur le plancher d'une propreté impeccable. La dernière sensation qu'il perçut fut celle d'un bras passé sous sa nuque, le bras puissant d'une dénommée George…

– Tu comprends, papa, je n'arrive pas à croire qu'il soit mort. Je sais qu'il ne l'est pas.

– Ah, Consuelita, tu es comme ta mère ! Quand je me suis écrasé au large de la Géorgie du Sud, tout le monde m'a cru mort. Tout le monde sauf elle. Dans l'eau, pendant deux jours, j'ai pensé à elle. C'est ce qui m'a gardé en vie. Ça et Notre Dame de la Mer, bien sûr. Jusqu'à ce que les Anglais me sortent de l'eau comme un poisson, ha ! ha ! raide comme de la morue salée ! Ah, le thé au rhum de la Navy, chaud et sucré !

Le miracle de la force recouvrée, du sang qui se remet à circuler ; l'émerveillement devant le monde qu'on touche, qu'on sent, qu'on voit à nouveau. Oui, mais où était-il ? Qui était-il ? Marley avait souvent connu des phases troublantes de mises en sommeil de sa conscience en dessoûlant (surtout en milieu d'après-midi, après un déjeuner bien arrosé), cette sensation affolante d'être vide, hors du temps et de l'espace, mais cette fois c'était différent.

Si c'était ça, la folie, c'était un état incroyablement réconfortant, étrangement familier, rassurant. Pour ne pas dire plaisant. Son esprit s'était tout simplement retiré d'un combat inégal, rendant à son corps l'autorité qui lui revenait naturellement. Pour une fois, c'était son corps qui harcelait son esprit d'exigences, et non l'inverse. Pendant des années, son cerveau surmené d'hyperprimate, assailli sur toutes les fréquences par le charabia frénétique du troisième millénaire, avait imposé sans répit à son pauvre corps tendu à l'extrême ses inquiétudes, ses peurs, ses projets et ses espoirs. À présent, depuis ce qu'il avait de plus basique et de plus primitif, sa chair, son sang, ses os, déferlaient sans fin des vagues d'hormones et de phéromones, substances chimiques fabriquées par lui-même et porteuses d'un message simple et néanmoins impérieux à l'attention de sa conscience épuisée : *Écoute, t'as essayé et t'as pas tenu le coup, alors t'es gentille, tu la fermes, tu nous lâches et tu me laisses, moi, ton corps, me retaper.*

Le cerveau de Marley ne s'était pas fait prier et s'était désactivé pour se mettre en veille. Il continuait de remplir ses fonctions de base, mais guère plus : le cœur de Marley reprenait chaque jour un peu de vigueur, ses poumons respiraient un peu plus profondément à chaque nuit qui passait, son estomac acceptait des cuillerées de plus en plus nombreuses, bientôt de petits bols, des soupes à base de gibier et de légumes étranges que George lui apportait au lit.

Il s'obstinait cependant dans sa léthargie et, un jour, après une durée indéfinie, le Directeur et Devereux revinrent le voir.

– Écoutez, mon vieux, dit le Directeur, vous avez l'air de reprendre du poil de la bête et il faut absolument que nous sachions. Comment va l'Angleterre ? Vos gars vont-ils venir ? Pensez-vous qu'ils vous recherchent ? Certains de nos hommes ont cru entendre des hélicoptères au-dessus de la jungle. Alors ?

Marley plongea à nouveau son regard dans les yeux verts du Directeur. Ils ne lui faisaient à présent plus peur du tout. La douleur et l'horreur qu'il avait vécues en bas, dans la jungle infernale, l'avaient conduit à un tel état d'épuisement qu'il était comme anesthésié et prêt à tout : devenu insensible à son sort, il avait décidé de se placer en spectateur par rapport à ce monde impossible, comme s'il l'observait depuis une agréable planète voisine. Aussi, bien que disposé à faire plaisir dans la mesure du possible, sourit-il sans aucune crainte.

– Pardon ? Qui pourrait me rechercher ? Je suis désolé, mais je n'en ai aucune idée.

– Je suppose que vous ne vous rappelez toujours pas votre nom ?

Marley secoua la tête d'un air contrit, quoique avec fermeté. Il savait qu'il avait eu un nom, oui, et qu'il avait un passé, mais, curieusement, il n'avait aucune envie de s'y intéresser. Il savait que s'il laissait son regard se voiler pour le tourner vers l'intérieur, il finirait par retrouver son identité au milieu des broussailles obscures et épineuses de son esprit meurtri. Il distinguait clairement le chemin de lui-même, la piste qui menait au seuil de la mémoire. Mais ce n'était pas le portail d'un jardin lumineux qu'il y avait au bout, plutôt la porte d'une cave sentant le moisi, une grosse porte de fer rouillé, entourée d'un haut mur de vieilles briques délabrées, hérissé de verre brisé, envahi de ronces humides et ternes, chargées d'immondices. Un bon coup d'épaule ouvrirait cette porte, il le savait, cependant quelque chose lui disait que ce qu'il y avait derrière n'était pas un endroit agréable. Ça puait la culpabilité, l'échec et le désespoir. L'idée de ce qu'il pouvait y avoir là lui donnait le frisson. Il n'avait aucune envie d'y aller. Il se détourna donc de cette porte, concentra son regard sur l'extérieur, retrouva les yeux verts étincelants et sourit aux visages pleins d'espoir penchés sur lui.

– Je vous l'ai dit, je ne me souviens de rien. Je suis vraiment navré.

– Bon, mais de quel foutu régiment êtes-vous ? Ça, vous vous en souvenez, quand même !

– Moi ? Militaire ? Vous croyez ?

– À vous entendre, ça semblait pourtant clair.

– C'est possible.

– Bon sang, ça fait presque cinquante ans que je tiens cet endroit à bout de bras en attendant que des Anglais arrivent jusqu'à nous, tous les jours j'attends, je regarde nos jeunes vieillir et nos belles grisonner, je m'acharne à nous éviter la ruine pour qu'un jour nous puissions tous rentrer chez nous, en Angleterre. Et maintenant, vous voilà, et après tout ce temps vous êtes infoutu de nous dire quoi que ce soit sur le pays. Si je m'écoutais, je…

Les yeux verts s'embrasèrent et Marley fut pris à nouveau d'une peur instinctive en les regardant, ces yeux qui, il le sentait, avaient vu souvent la mort.

– Je vous en prie, je regrette, je fais ce que je peux, ne me renvoyez pas dans la jungle, je vous en prie…

– Moi, je le crois, monsieur. Il est en état de choc.

– Mais oui, mais oui, vous avez raison. Pardon, mon vieux. Quelle guigne !

Le Directeur lâcha le bras de Marley. Ce dernier se recroquevilla sous ses couvertures tandis que le Directeur et Devereux entamaient un aparté.

– Qu'allons-nous faire, monsieur ?

– Je ne sais pas, Devereux. Je ne sais vraiment pas. Même s'il y a bel et bien d'autres gars dans le coin, avec des hélicos, et même s'ils le recherchent, rien ne nous dit qu'ils nous trouveront, sous ces maudits nuages.

– Si seulement nous avions une radio en état de marche, hein, monsieur le Directeur ?

– Oui, mais ce n'est pas le cas. Vous, là, en attendant de retrouver votre nom, nos scientifiques ont-ils mis au point un système pour localiser des individus depuis le ciel, à travers les nuages ?

– Pardon ? Qui a quoi ?

– Allez au diable ! Combien de cartouches nous reste-t-il, Devereux ?

– Trente-six, monsieur. De quoi tenir deux saisons de chasse, en admettant qu'elles soient toutes en bon état, mais c'est tout. Certains de nos jeunes, ceux qui ont cru entendre des hélicoptères, commencent à dire qu'il faudrait tirer nos munitions en l'air au prochain bruit.

– Non, non, les gars dans les hélicos n'entendront rien à moins qu'on ne les touche. Ça fait du boucan, ces engins-là. J'ai vu des hommes tirer en l'air en s'agitant comme des derviches pour se faire remarquer par des hélicos, et ça n'a jamais rien donné. Très mauvais pour le moral. Et si nous gaspillons nos munitions et qu'ils ne nous entendent pas, et ils ne nous entendront pas, que ferons-nous, hein ? Là, nous serons vraiment dans le pétrin. Allons, Devereux, c'est trop risqué. Nous nous en sommes toujours bien sortis pour l'instant, d'une manière ou d'une autre.

– Grâce à vous, monsieur.

– Je n'ai fait que mon devoir, Devereux. Laissez-moi réfléchir. Oui, aucun doute. Il va falloir lever le camp. C'est nous qui devrons les trouver.

– Vous voulez faire descendre toute la Colonie dans la forêt, monsieur ? Par la Porte ?

– À votre avis ? Nous n'allons pas rester assis sur nos gros derrières maintenant que nous savons qu'il reste des Anglais quelque part. Nous devons les rejoindre.

– Oui, bien sûr, monsieur. Nous mettons-nous en route immédiatement ?

– Non, non, Devereux, réfléchissez. C'est la saison des pluies, en bas. Il faut attendre qu'elle se termine, et faire des provisions.

– Une grande chasse, hein, monsieur ?

– Exactement. Il nous faudra un maximum de vivres si nous emmenons les enfants dans la jungle. Tous ne survivront pas. C'est aux enfants que je pense. À l'arrière-garde. Et il faut préserver le moral des troupes. C'est toujours un problème, le moral, quand les gars pensent qu'ils vont rentrer. Ils n'ont pas tenu jusque-là pour y passer juste avant la quille. Il faudra surveiller les jeunes. La chasse leur fera du bien.

– Mais ce n'est pas la saison de la chasse, monsieur.

– Cette fois, nous devrons improviser. Combien de temps nous faudra-t-il pour franchir la gorge ?

– Mes hommes peuvent mettre en place un pont de corde en deux jours.

– Bravo. Eh bien, allons-y, allons rassembler nos troupes. Quant à vous, mon vieux, qui que vous soyez, dépêchez-vous de retrouver vos esprits, d'accord ? Le plus tôt sera le mieux.

– Je vais essayer, euh, monsieur le Directeur.

Sur quoi les deux hommes sortirent, et Marley referma les yeux.

Il passa les jours qui suivirent à se complaire dans un demi-sommeil languissant, comme un malade qui vient de sortir de réa, qu'on pourra bientôt venir voir normalement et qui peut envisager avec confiance le jour où ce désagréable bracelet d'hôpital ne sera plus qu'un souvenir anodin fixé au frigo par un aimant, un rappel à moitié ironique de la mort à venir, qu'on finit par ne plus remarquer et par jeter sans y penser à la poubelle. Il restait au lit et mangeait ce qu'on lui apportait, dormait quand il en avait envie, lisait distraitement de temps en temps, instinctivement conscient qu'il était tout à fait en droit, médicalement et moralement, de s'accorder un peu de vacances.

Le soir, George venait lui apporter des couvertures supplémentaires et le border.

Ça, c'était le meilleur moment. Les nuits étaient étonnamment froides : tous les soirs, lorsque le soleil équatorial plongeait d'un coup derrière les montagnes, cessant d'illuminer et de chauffer le glacier aveuglant, les nuages semblaient se fondre en une brume d'encre à travers laquelle on apercevait parfois des trouées noires d'une pureté absolue, vierges de toute lumière artificielle, vertigineuses d'étoiles disposées en constellations que Marley n'avait jamais vues. Ces étoiles brillaient avec un tel éclat que, pour la première fois de sa vie, il avait l'impression de vraiment contempler le cosmos dans l'infinité de ses trois dimensions. La tête de George, dont la forme gracieuse se découpait devant la fenêtre sans rideaux de la baraque, sur le fond étincelant de ces astres inconnus, était l'image sur laquelle il fermait les yeux chaque soir, avant de céder sans délai à l'épuisement et de sombrer dans un néant réparateur…

… Ah, être *bordé* à nouveau, sous le sourire d'yeux bleus joyeux qui ne recelaient aucun secret et n'avaient besoin de rien…

Un après-midi où tout était calme, c'était peut-être le troisième jour, peut-être le sixième, ou, qui sait ?, le soixantième, Marley, allongé sur son lit dans son état somnolent habituel, lisait paresseusement l'*Eagle Annual* de 1958, et constatait qu'il le connaissait bien. Le sentiment de l'immensité du monde oublié présent dans sa tête lui donnait un peu le vertige tandis qu'il tournait les pages, sachant à l'avance à peu près tout ce qui allait arriver à Harris Tweed, agent secret, et à Dan Dare, pilote du futur. Agréablement groggy, et plus que jamais convaincu que sa présence ici n'était qu'un rêve (ou même le rêve d'un rêve), Marley termina son aventure de Dan Dare, tourna une page ou deux, puis contempla rêveusement la « prise secrète » avec laquelle Jim Laker avait battu les Australiens en 1956. Quelque chose dans le dessin l'interpellait. Tandis qu'il le regardait, ses paupières commencèrent à se fermer, et il sentit ses doigts se recroqueviller en repensant à une lourde, trop lourde et trop grosse balle de cricket, sa petite main dans une main plus grande, une voix riant à son oreille, le tuyau d'une pipe pointé vers cette même illustration, une main lui ébouriffant énergiquement et tendrement les cheveux, des poils de barbe chatouillant sa petite nuque…

– *Chtac !*

– Bien joué, Eagleton.

Dehors, les plus jeunes des garçons commençaient une partie de cricket. Marley tourna son album pour mieux profiter de la pâle lumière du soleil et apprécier pleinement le dessin au crayon de « l'usine de plutonium de la Grande-Bretagne », qui, à n'en pas douter, produirait une énergie si bon marché d'ici environ 1972 qu'elle fournirait à la ménagère britannique une électricité quasiment gratuite, tout en dotant notre armée d'une puissance de frappe suffisante en cas de besoin. Ce dessin était suivi d'une bande dessinée sur les vaillants rebelles des Highlands en 1745 (on insistait lourdement sur le fait que les méchants habits rouges étaient des mercenaires allemands et non de « vrais Anglais »), et d'un article éducatif (apparemment souvent consulté) sur la façon de planter une tente.

Marley fut interrompu par l'entrée d'un homme imposant d'une soixantaine d'années, vêtu d'une robe ecclésiastique raccommodée mais fluide et d'un faux col propre bien que cabossé.

– Bonjour, mon vieux, dit l'homme.

– Bonjour, mon révérend, répondit machinalement Marley.

– Ah ! Vous reconnaissez la soutane ? Alors, la mémoire vous revient ?

– Pas vraiment. Je me suis simplement dit que vous deviez être le pasteur. Ce n'est pas le cas ?

– Eh bien, en général, on m'appelle Padre, c'est vrai. Vous savez, comme chez les militaires. Mais en réalité je ne suis le pasteur de rien du tout, ha ha ! Je ne suis que le type qui lit la Bible au Rassemblement. Et qui s'occupe des enfants de chœur, bien sûr. Bref, où en étais-je ? Que lisez-vous, dites-moi ? Ah, oui, l'*Eagle*. Très pratiques, ces petits bouquins. J'ignore ce que les Fondateurs auraient fait sans eux. Les gars qui vont à la chasse se servent de ces croquis pour construire leurs ponts de corde, par exemple. Bon, il serait peut-être temps de vous lever, qu'en pensez-vous ? Allez, soldat de Jésus-Christ.

– Non, rétorqua Marley d'un ton rebelle.

– Bon. Vous ne vous rappelez toujours pas votre nom, je suppose ?

– Non, dit Marley, souriant mais ferme. Je regrette. Mais ça viendra, j'en suis sûr.

– Vous vous souvenez de ce que vous faisiez ici ?

– Navré.

– Vous a-t-on envoyé à notre recherche ?

– Je ne crois pas. Mais je suis heureux de vous avoir trouvés.

– Je vous comprends. Vous êtes bien anglican, au fait ?

– Oh, oui, répondit Marley sans même réfléchir à la question.

L'espace d'un instant il eut la vision, avec les odeurs et les bruits, d'une vieille église, il devait avoir huit ans, il portait une chemise qui le démangeait, un short et une cravate, et attendait, debout, que l'orgue ait terminé son introduction.

– *For all the saints, who from their labours rest*[1], entonna-t-il doucement.

– Ah, c'est l'un de mes préférés !

– Je crois que j'aimerais qu'on le chante à mon enterrement.

– Rassurez-vous, ce n'est pas pour cela que je suis ici. Vous allez beaucoup mieux, vous savez.

– Je me sens mieux, en tout cas.

– À la bonne heure. Mais vous devez vous poser des questions, hein ? Sur la Colonie. Ça doit vous faire un drôle d'effet.

– Oui, sans doute.

– À nous aussi, remarquez.

– J'imagine.

– Le Directeur a toujours dit que l'Angleterre s'en sortirait d'une manière ou d'une autre, ne serait-ce qu'au Canada ou en Nouvelle-Zélande. Un grand homme, le Directeur. Nous serions tous allés à vau-l'eau sans lui. Je n'étais que l'un des enfants, à l'époque, dans l'Avion.

– Ah bon ? dit Marley d'un ton vaguement intéressé, avec la condescendance de l'alité légitime.

1. « Pour tous les saints, qui se reposent de leur labeur ». Chant liturgique anglican.

– Je devais entrer à Christchurch[1] l'année suivante, en cinquante-neuf. Avec une bourse d'organiste. J'aurais préféré être là-bas. Mais les voies du Seigneur sont impénétrables et peut-être vais-je enfin pouvoir y retourner. Vous êtes d'Oxford, vous-même ?

– Pardon ?

– Oxford ? L'université ?

– Je ne sais pas. Oxford ? C'est bizarre. Le nom me dit quelque chose. Des collèges et des cours carrées ?

– Oui, voilà !

– Je connais cet endroit. Je le connais bien. Il me semble que je le faisais, euh, visiter à des gens.

– Peut-être êtes-vous un *don* ? Vous savez, un professeur d'un des collèges. Vous ne croyez pas ?

– Je n'en sais rien. J'aurais lieu de m'en réjouir, apparemment.

– Vous pouvez le dire, mon vieux.

– Mais je ne pense pas. En revanche, je suis bien allé à l'université quelque part. Ça ne me revient pas, je regrette. Il me semble que j'étais soûl la plupart du temps.

– C'est bien Oxford, alors.

– Peut-être. Je sais que j'ai de vieux amis d'université. Ma présence ici est due à l'un d'eux. Un homosexuel.

– Non ! Vraiment ?

– Oui, et il y en a un autre qui repasse du linge.

– Il repasse du linge ? Et il est allé à l'université ? Mon Dieu, le pauvre.

– Il le donne à des Albanais dans une caserne de Maidstone.

– Maidstone, occupé par les Albanais ? Des diplômés

1. L'un des collèges de l'université d'Oxford, du nom de la cathédrale qui s'y trouve.

d'université qui leur lavent leur linge ? Quelle horreur, le Directeur ne s'en remettra pas. Mais comment êtes-vous arrivé jusqu'ici ? Qui vous a envoyé ? Faites-vous partie d'un réseau de résistance ?

– Je ne sais plus, désolé.

– Les Albanais, mon Dieu, pauvre Angleterre. Peut-être vaut-il mieux que nous restions ici, finalement.

– Ça a l'air très agréable, ici.

– Oui. Agréable. C'est le mot. C'est très agréable, en effet. Tout de même, nous avons eu une sacrée chance.

– Que voulez-vous dire ?

– Eh bien, je ne suis pas un expert en statistiques, mais quand un coucou se fait abattre comme nous dans les montagnes, ça ne doit pas être souvent que la plupart des passagers s'en sortent indemnes.

– Abattre ?

– Un chasseur rouge. Un Mig-17, d'après le Directeur, et je lui fais confiance. Ou est-ce 19 ? Ça doit être inscrit dans le Livre, de toute façon. Bref, il était là, nous l'avons bien vu, le salopard, il a surgi de nulle part et nous est tombé dessus comme le roi d'Assyrie fondait sur Juda, il y a eu des tirs, une explosion terrible, un bout d'aile a été emporté, des flammes ont jailli, et nous avons plongé. « Plus près de toi, mon Dieu », et cetera. Il y a de quoi réveiller le papiste qui sommeille en soi, je le confesse, pardonnez-moi le jeu de mots. Je me demande bien comment le pilote s'est débrouillé pour garder le contrôle de l'engin ; cela dit, il avait piloté des Lancaster tout au long de la dernière guerre, il était rentré de Berlin sur deux moteurs avec la moitié de son équipage en moins, un gars bardé de décorations, on peut donc supposer qu'il n'était pas manchot. Et pendant que nous plongions, le Directeur n'a pas bronché ; il restait là, droit comme un i, et disait aux enfants d'arrêter de pleurer, de se comporter comme des Anglais et de se préparer à l'impact. À cette époque-là, il n'était pas le Directeur, simplement le professeur d'éducation physique, mais nous, les garçons, nous avions beaucoup de respect pour lui, car il avait la Military Cross, et c'est lui qui a pris les choses en main. Donc, nous étions là, qui descendions à toute allure…

– Mais pourquoi vous a-t-on abattus ?

– Bonne question. Nous n'étions qu'une joyeuse bande de garçons et de filles en route pour le grand jamboree des collèges privés du Commonwealth à Adélaïde, rien à voir avec des combattants. Franchement, est-ce qu'on peut considérer des collégiens en prépa militaire comme une unité de combat ?

– Sans doute pas.

– Mais je suppose que pour ces salopards impies, pardonnez mon araméen, tout ce qui battait pavillon britannique était bon à canarder en temps de guerre.

– Pardonnez-moi, mais je ne comprends pas, enfin…

– … Oui, ça tient vraiment du miracle, je crois qu'on peut le dire. Nous plongions droit sur les montagnes. J'apercevais le glacier à travers les nuages. C'est magnifique de là-haut, vous savez. Angélique, même. Je n'étais pas mauvais en géographie et je savais qu'il n'existe que trois glaciers équatoriaux au monde, et je me rappelle très clairement m'être dit, bon, au moins nous allons nous écraser dans un endroit un peu, eh bien, vous savez, *extraordinaire*. Le Directeur a pris alors le micro et il nous a fait un discours de toute beauté, je m'en souviens encore mot pour mot, après toutes ces années. Il a dit : « Je regrette, les enfants, je crois que c'est la fin, il est temps de prier avant de passer l'arme à gauche. Hélas, nous n'aurons pas pu participer à la bagarre, mais parfois c'est comme ça, on n'y peut rien. Mais vous êtes de braves garçons et de braves filles, et ne vous en faites pas, l'Angleterre s'en sortira, elle s'en sort toujours, et nos bombardiers V vont les dérouiller, ces salauds de rouges. » L'instant d'après, nous étions au milieu des montagnes, en plein dans les nuages, « Entre tes mains je remets mon esprit », et cetera, prochain arrêt, le paradis. Et tout à coup, vlan ! nous sommes sortis des nuages et nous nous sommes fracassés au sol dans un raffut de tous les diables. Et nous en avons presque tous réchappé. C'est vraiment un miracle, je suis d'accord avec vous. De quoi vous ranimer la foi. Les malheureux qui étaient à l'avant, eux, ils y sont tous passés, bien sûr.

– Mon père disait toujours que c'est l'avant l'endroit le plus sûr dans un avion, dit Marley, sans comprendre d'où ça venait.

– Ah oui ? Il disait ça ? Il était dans la RAF ? s'enquit le Padre, plein d'espoir. Vous vous souvenez ? Faites un effort, mon vieux, nous voudrions tous *tellement* que vous vous souveniez. Nous mourons d'envie de savoir ce qu'est devenue l'Angleterre.

Marley fronça les sourcils. Des lambeaux de mémoire troublèrent un bref instant le calme de son esprit désert, pareils aux fils isolés d'une toile d'araignée, seulement visibles lorsque le soleil s'y reflète, et qui lui auraient effleuré la joue un matin oublié de septembre, une journée radieuse où partout de petites araignées sortent de leurs œufs et tournoient en l'air, portées par le vent…

– La RAF ? Non, je ne crois pas que mon père était dans la RAF. Mais il avait quelque chose à voir avec les avions. J'avais une photo, j'ai dû la perdre. Attendez, j'y suis. Il était dans la Navy. Oui, il était sur un porte-avions. Un porte-avions qui s'appelait l'*Eagle*. Comme ce livre. Ça, je m'en souviens. Il avait un sabre.

– Oui, naturellement. Et ?

– C'est tout, je regrette. Je ne me souviens que de ça : il avait un sabre et une barbe, et il m'a dit un jour que c'était l'avant l'endroit le plus sûr dans un avion.

– Eh bien, oui, en règle générale, je suis d'accord, sauf quand le nez de l'avion s'encastre au pied d'une montagne, comme ce fut notre cas, vous l'avez sans doute remarqué.

– Oui, ça paraît logique.

– Avouez que c'est dommage pour les gars dans le cockpit, vu le brio avec lequel ils nous avaient posés, mais je suppose qu'ils avaient bien profité de l'existence, et nous continuons de leur porter un toast chaque année pour l'anniversaire de la reine. Et un jour, ce qui reste de l'Angleterre entendra parler d'eux. Bref, nous nous sommes retrouvés ici. Et en effet, c'est un endroit agréable. Je ne connais pas le Kenya. Et vous ?

– Le Kenya ? Non, je ne crois pas.

– Ah. Eh bien, le Directeur y a passé quelque temps, pour y mettre les indigènes au pas, et il dit que le climat ici est le même que dans les meilleurs coins du Kenya. Tout à fait adapté aux Blancs, pas comme cette maudite jungle, hein ? Vous en savez quelque chose. Affreux, cet endroit. D'ailleurs, euh, qu'y faisiez-vous ? Vous vous souvenez ?

– Je ne veux pas y retourner. Je ne veux pas retourner dans la jungle. Le Directeur ne va pas m'y renvoyer, hein ?

– Mais non, mais non, il n'en est pas question, mon vieux. Restez calme.

– Je ne me souviens de rien !

– Chut. Ça viendra, mon vieux. Nous avons essayé de la traverser, nous, la jungle, oui, il le fallait bien, il fallait bien essayer de regagner l'Angleterre, ou du moins l'Australie. Vous savez, pour participer à la bagarre contre les rouges.

– Ah bon ? Oui, sans doute.

– Certains de nos gars ont essayé de descendre la falaise, là où vous êtes monté. Aucun n'a réussi. Dieu sait comment vous avez fait.

– Moi, je montais. C'est sûrement plus facile.

– Oui, sûrement. Mais eux, il fallait qu'ils descendent, vous comprenez.

– Pas moi.

– Mais non. J'en ai vu tomber quelques-uns moi-même. Des garçons solides. Il existe néanmoins un autre chemin pour descendre, un seul, un défilé entre les montagnes, nous l'appelons la Porte, je vous montrerai quand vous irez mieux. C'est ce qui nous permet de rester en contact avec les indigènes. Malheureusement ça débouche sur une affreuse pente boueuse de plus d'un kilomètre, et en bas on se retrouve au beau milieu des marécages les plus épouvantables qu'on puisse imaginer. Aujourd'hui, nous n'y envoyons que nos jeunes hommes vigoureux, à la saison de la chasse. Ils doivent y être, en ce moment. Au début, bien sûr, nous avons essayé de partir par là, tous ensemble, vous comprenez, il fallait que nous essayions de regagner l'Angleterre, pour participer à la bagarre, mais c'était peine perdue, vous savez combien c'est horrible en bas, nous ne parcourions que quelques centaines de mètres par jour, pas plus, c'était la saison des pluies, comme en ce moment, nous n'avions pas de quinine, certains se faisaient choper par les crocos et…

– Ah ! Les gens des hélicoptères. Les morts. Les brûlés. Les crocodiles, oui, les crocodiles les ont dévorés, eux aussi…

– Chut, arrêtez, mon vieux. Voilà. Calmez-vous. Bref, nous étions là, qui tombions comme des mouches, perdus au milieu de nulle part, avec en prime les indigènes qui nous tournaient autour pour capturer les traînards. Pour les manger, vous comprenez.

– Les manger ?

– Oh, oui, ils sont tous cannibales par ici, quand l'occasion se présente. Certains plus que d'autres, mais aucun ne rechigne à croquer du voisin de temps en temps. Vous avez eu une sacrée veine de ne pas finir en rôti, accompagné de ce qui tient lieu à ces petits barbares de Yorkshire pudding. Pour la plupart, le Directeur nous a ramenés en un seul morceau, mais de justesse. Une sale période, ces premiers mois. Je m'en souviens comme si c'était hier. Nous en avons perdu, du monde. La malaria, les infections. Nous pensions que nous allions tous y passer. Il y avait des enterrements tous les deux jours. Malgré tout, grâce au Directeur, nous avons tenu le coup jusqu'à ce que ça s'arrange. Et puis, à cette époque, nous espérions toujours être secourus. Mais personne n'est venu. La guerre, naturellement. Du coup, le Directeur a jugé qu'il valait mieux nous installer pour le long terme et prendre notre mal en patience ici, au cas où l'Angleterre aurait besoin de nous plus tard, après la guerre.

– La guerre ?

– Ç'a été *vraiment* dur ? Ils ont eu Londres, je suppose. Comment la population s'est-elle comportée ? S'est-elle laissé abattre ? Ça m'étonnerait. Enfin, ça a dû pas mal barder s'il vous a fallu tout ce temps pour arriver. Alors ? Les retombées radioactives ont tout ravagé ? Vous venez d'Australie ?

– Excusez-moi, je me sens un peu, je suis complètement, je ne comprends pas, je ne me sens pas très bien, j'essaie mais je n'y arrive pas. Rien à faire. Vous ne laisserez pas l'homme aux yeux verts me renvoyer dans la jungle, n'est-ce pas ? Avec les crocodiles et les araignées ? N'est-ce pas ? Vous ne laisserez pas les cannibales me manger ?

– Ah, George, vous voilà, je voulais simplement…

– George, par pitié, dites-lui, dites à l'homme aux yeux verts que je ne veux pas retourner dans la jungle, je ne sais rien sur aucune guerre, je ne veux pas y aller, je suis bien ici, c'est agréable, je veux seulement qu'on me laisse lire, je ne me souviens de rien, s'il vous plaît, bordez-moi, je…

– Là, là, Jungle Jim. Pour l'amour du ciel, Padre, laissez-le tranquille. Vous ne voyez pas qu'il n'est pas encore en état ?

– Pardon, George. J'étais venu voir comment il allait, c'est tout.

– Son état s'améliore, mais il a besoin de calme, voilà comment il va.

– Oui, je comprends. Bon, mon vieux, si vous avez envie de bavarder… Bon, allez, je file. Passez donc à la chorale, nous chanterons votre cantique si vous voulez… Allez, au revoir.

– Oh, George. Je me souviens des crocodiles.

– Chut. Ne faites pas attention à lui. Franchement, je me demande bien pourquoi nous avons besoin d'un de ces célibataires endurcis pour se balader en nuisette et soûler nos garçons de paroles, en tripotant ceux qu'il trouve à son goût, mais d'après le Directeur il y a les mêmes en Angleterre, alors il faut lui faire confiance. Vous avez vraiment des hommes comme ça en Angleterre ? Pardonnez-moi, voilà que je m'y mets à mon tour. Nous sommes tous un peu perturbés en ce moment, avec le départ des chasseurs. Vous comprenez, ce n'est pas leur habitude d'aller chasser en janvier, et cela fait des années que le Directeur ne les a pas accompagnés. Il doit préparer quelque chose d'important. Mais c'est dans notre intérêt, j'en suis sûre. Il sait toujours où est notre intérêt. Tout va bien se passer. Allez, plus de questions. On se repose, maintenant, d'accord ? Vous en avez assez fait.

– C'est vrai, George ?

– Oui. Vous avez besoin de vous reposer.

Se reposer.

Ce verbe sonnait comme une mini-berceuse.

Se reposer.

Marley tint la main de George et vida ses poumons dans un long frisson qui sembla lui ôter toute douleur. Il avait le droit de se reposer. Il en avait assez fait pour l'instant. Elle l'avait dit, elle, cette robuste inconnue dont la main fraîche posée sur son front l'aidait à se laisser glisser avec délectation dans un sommeil paisible. Il en avait assez fait, enfin.

– Merci, dit Marley en souriant, tandis que son corps s'écrasait peu à peu sur son lit, comme chargé de lest, gagné par une douce torpeur.

Alors qu'il replongeait dans cette obscurité bénie, il murmura :

– George, je me souviens, à présent. Les pasteurs. Oui, le Directeur a raison, nous avons bien des pasteurs en Angleterre. Ils parlent à la radio tous les matins, *et ils parlent, et ils parlent, et ils parlent*... George ?

– Chut.

– Bonne nuit, George.

– Bonne nuit, Jungle Jim. Reposez-vous, maintenant.

– C'était *vous*, colonel, *vraiment* ? Quel dommage ! Si j'avais su que vous étiez à Londres, j'aurais fait venir un de mes gars pour vous interviewer pour l'*Intelligencer*. Vous savez : vingt ans après, les ennemis réconciliés, et cetera. Alors comme ça, c'était vous ?

– Qué oui, c'était moi, sir James. Y yé vous lé dis dé tout mon cœur, yé souis particoulièrement fier d'avoir coulé oune navire *anglais*.

– Naturellement, tiens. Je me souviens des images. Du sacré beau boulot, même si j'aurais préféré que ce soient nos artilleurs qui vous descendent, bien sûr. Ça alors ! Et mademoiselle est votre fille, je présume ? Bonjour.

– Bonyour, sir James.

– Beau brin de fille, colonel. Bravo. Ça nous change de toutes ces citadines pâlichonnes. Et que cette robe est gaie, rien à voir avec ces anorexiques en noir. Mais vous avez l'air triste, ma chère.

– C'est son ami, sir James. Son ami anglais. Qué il est mort en Papouasie-Nouvelle-Guinée.

– Yé né crois pas qué mon Brian est mort, sir James.

– Les femmes, sir James !

– Comment ? Pas le gars de la télé ? Personnellement, je ne regarde pas beaucoup la télé, mais j'ai entendu parler de lui à la TSF. Allons, allons, ma chère, ne pleurez pas. Il avait l'air d'un brave garçon. Un peu excentrique, mais bon, on peut en dire autant de Paddy Leigh Fermor[1] et de tous ces gars-là, et ils n'ont pas hésité à payer de leur personne quand on a eu besoin d'eux. Cette fois, je n'y tiens plus, il faut absolument que je vous emmène dîner. J'insiste. Ma chère, vous vous assiérez à côté de moi, d'accord ? Bravo, mon cher colonel, *bravo*.

– Venez, Jungle Jim, dit George en garant d'un air décidé un vieux fauteuil roulant à côté du lit de Marley.

– Je ne veux pas, se rebella ce dernier.

– Allez, pas de discussion. Il est temps de vous laver. C'est excellent pour le moral. Et puis vous sentez mauvais. Comme disait notre chère intendante : on ne peut pas se contenter éternellement de faire du FDMP.

– FDMP ?

1. L'un des deux officiers des commandos britanniques parachutés en Crète en 1944 pour enlever le chef local de l'occupation allemande. Aidés de résistants crétois, et après un long périple avec leur prisonnier dans les montagnes, ils furent récupérés par un sous-marin de la Navy.

– Oui, vous savez : figure, dessous de bras, minou et pieds.

– Ah, fit Marley en s'efforçant de limiter ses pensées concernant George à la figure et aux pieds.

– Allez, nous allons vous sortir de votre trou. Amusant, ce vieux fauteuil roulant, n'est-ce pas ? Il appartenait à un personnage important présent dans l'Avion, un civil haut placé au ministère de l'Approvisionnement, d'après le Livre. Contrairement à lui, son fauteuil ne se trouvait pas à l'avant, c'est pourquoi, contrairement à lui, le fauteuil a survécu. Comme vous pouvez le constater. Allez, grimpez. Voilà, très bien.

Ainsi Marley fit-il sa première sortie hors de la baraque, son refuge où régnait la pénombre, et déboucha dans la douce clarté du monde extérieur, assis dans un vieux fauteuil roulant en rotin, poussé par George.

Il était on ne peut plus conscient des seins de la jeune femme derrière lui, à quelques centimètres de ses oreilles. Ils lui lançaient des appels venus du fond des âges. Marley tenta de se forcer à penser à autre chose. Le problème, c'est que son esprit ne contenait apparemment rien d'autre : presque totalement dépouillé de souvenirs, celui-ci n'était qu'un jouet en état d'apesanteur, attiré çà et là par les champs d'attraction qu'il rencontrait sur son passage. Tels que les vieux albums de gamin dans lesquels il s'était plongé. Ou les seins de George.

– Alors, que pensez-vous de cet endroit ? s'enquit cette dernière.

Marley regarda autour de lui. Il voyait à présent la raison pour laquelle la lumière du soleil était ici étrangement diffuse. C'était à cause des couches de nuages qui se déversaient sans fin du glacier, à l'ouest de la plaine. Cette masse blanche lumineuse tourbillonnait à moins de cinq cents mètres du sol, déchirée en lambeaux par les vents qui soufflaient à différentes altitudes, mais il restait toujours au moins une couche pour masquer le soleil.

– Il n'est pas beau, notre ciel ? dit George en bringuebalant Marley sur le terrain dur et inégal. Nous pouvons les remercier, ces nuages, parce que, sans eux, les Fondateurs seraient tous morts. Ils se dissipent à moitié la nuit, ce qui explique pourquoi il fait assez froid le matin, et ça aussi, ça nous arrange, parce que ça oblige les affreux petits insectes à rester en bas. Je suppose qu'autrement, nous aurions tous attrapé la malaria, heureusement ces vilaines bestioles ne résistent pas aux gelées nocturnes que nous avons parfois, et de toute façon, vu qu'ici il ne pleut pour ainsi dire jamais, ils n'ont pas assez d'eau pour se reproduire. De l'eau, nous, nous n'en manquons pas.

En effet, Marley apercevait à présent une petite mais puissante cascade qui tombait du flanc abrupt de la montagne, dans un bassin rocheux pas plus grand qu'une grosse piscine gonflable de jardin, en soulevant des nuages de gouttelettes. Le bassin se vidait par une crevasse obscure où l'eau disparaissait, poursuivant sa course sous terre.

Près de cette petite nappe d'eau se dressait une étrange construction en forme de ruche, manifestement constituée de terre séchée et de bouts de bois, haute d'environ trois mètres et percée d'une entrée basse et arrondie. On aurait dit un tombeau à coupole. À côté, deux fillettes de sept ou huit ans entretenaient un feu d'où, avec précaution et à l'aide de tenailles, un gamin d'une dizaine d'années tirait des pierres chauffées au rouge pour les placer à l'intérieur de la cahute.

– Cela dit, continua George, je suppose que tous ces nuages nous rendent invisibles depuis le ciel, même si tout est rentré dans l'ordre en Angleterre. La nuit, nous voyons des lumières se déplacer à haute altitude, comme parmi les étoiles. D'après le professeur de sciences il pourrait s'agir d'engins spatiaux, et nous nous demandons toujours s'ils sont anglais. C'est le cas ?

Marley l'écoutait à peine. Il était gagné par une excitation absurde et néanmoins totalement irrépressible tandis que son fauteuil roulant, poussé par l'ombre d'une belle et solide jeune femme s'exprimant avec un accent qui, alors qu'il ne l'avait jamais entendu, lui était tout à fait familier et auquel il trouvait quelque chose d'attirant, cahotait sur le sol accidenté. Pourquoi la manière dont elle parlait lui faisait-elle cet effet-là ? C'était comme si tout ce qu'elle disait avait une valeur supérieure. Sans qu'il comprenne pourquoi, le fait de recevoir simultanément des messages de diminution physique, de statut privilégié et de désir sexuel lui donnait l'impression d'être un prince arabe, privé par une vie d'excès de la capacité de marcher, mais pas de sa libido, emmené en fauteuil roulant par une jeune princesse blonde en direction des lanternes éclairant sa tente garnie de tapis et de voiles…

– Quoi ? Oh, euh, pardon ? bredouilla-t-il.

– Non, non, c'est ma faute, vous n'êtes pas encore prêt. Comment le seriez-vous, mon pauvre ? Vous avez vraiment failli y passer, vous savez, il s'en est fallu de peu. Mais vous reprenez du poil de la bête, à présent. Nous avons tout le temps de parler de l'Angleterre. Bon, allez. Rasage, et ensuite au bain.

– Rasage ?

– Eh bien, oui, nous ne sommes pas à la Navy, ici. Pas de barbe. Tenez. Attention, c'est de l'acier suédois et Tom Devereux l'aiguise régulièrement.

La bulle fantasmatique de Marley fut percée par l'apparition d'un rasoir à manche, ainsi que par le ton très terre à terre de George. Il leva la tête, erreur stratégique qui rapprocha son visage du corsage de la jeune femme, au point d'en frôler les boutons.

– Vous pouvez vous débrouiller seul, à votre avis ?

Il essaya de se concentrer sur la lame étincelante, mais son regard restait bloqué à la hauteur de ses yeux, sur l'apparence incroyablement lisse, les courbes insupportables, de la peau qu'on apercevait entre les boutons. Il avait envie de gémir.

– Je n'en suis pas sûr, réussit-il à articuler.

– Mieux vaut me laisser faire, alors.

Il ne protesta pas. George s'éloigna, et Marley se renfonça dans son fauteuil et ferma les yeux, s'efforçant, pour ne pas penser à la bagatelle, de s'intéresser à la terne lumière orangée qui entrait à flots à travers la peau de ses paupières. Au bout de quelques minutes, son radar repéra le bruit des pas de George qui revenaient derrière lui. Il eut aussitôt la chair de poule. Puis, alors qu'il ne s'y attendait pas, il sentit sur son visage le contact doux et crémeux du savon, dont les mains de George enduisaient sa barbe. L'effet de surprise court-circuita ses ardeurs.

– Oui, gloussa-t-elle, nous avons du savon très correct. Les Fondateurs ont mis paraît-il des années à trouver la bonne formule, mais, Dieu merci, ils ont tout inscrit dans le Livre, et les filles en font aujourd'hui à tour de bras. C'est un savon à base de cendres, de graisse et d'huile végétale. Il semblerait qu'il ait aussi de légères vertus antiseptiques. Voilà qui est mieux. Maintenant, mettez la tête en arrière et restez comme ça. Ne bougez plus.

– D'accord.

Marley se tint immobile pendant que la fine et dangereuse lame lui glissait en vibrant le long de la gorge et de la jugulaire, autour de la bouche, près du menton, sur les joues, emportant sa barbe crasseuse où s'étaient, lui semblait-il, cristallisées les années. Il sentait les seins fermes de George, calés contre ses épaules. Il gardait les yeux fixés sur la peau soyeuse au creux du coude de la jeune femme, s'interdisant de penser à ses seins tandis qu'elle faisait chanter et virevolter la lame autour de lui. Il ne pouvait s'ôter de l'idée la profonde et absurde certitude que toute transgression serait aussitôt punie de mort. Mais il ne pouvait pas non plus s'empêcher de sentir les tétons de George contre ses omoplates et ses doigts sous son menton. Et il était complètement impuissant devant la délicieuse odeur de transpiration, une odeur de sel et de cendres, de paprika, que dégageaient, sous les parfums boisés et fruités du savon, ses aisselles non rasées.

– Mon Anglais, dit-elle doucement, d'un ton rêveur, la bouche si proche du sommet de sa tête qu'il eut l'impression que sa voix, au lieu de traverser l'air pour parvenir à ses oreilles, était le murmure sombre et profond d'une flûte qui lui vibrait directement à l'intérieur du crâne. Quel âge avez-vous, Jungle Jim ?

– Je ne sais pas. Une trentaine d'années, je pense. Non, je me trompe, je dois avoir quarante ans.

– Vous savez, je préfère de loin les hommes de quarante ans. Les jeunes sont trop folâtres. Ils fricoteraient avec tout ce qui bouge s'ils en avaient le droit. Ils ne l'ont pas, bien sûr, pas avant d'avoir obtenu leur blazer. Le Directeur les occupe grâce au sport et à la chasse. Bref, je préfère les hommes mûrs.

– Ah.

– Voilà, c'est terminé. Alors ? C'est agréable ?

Marley se caressa le visage. C'était presque miraculeux, comme s'il avait retrouvé une peau neuve, brillante, élastique et jeune, resplendissante de vie, d'espoir et d'avenir.

– Oui, très. C'est très agréable. Merci.

– Au bain, maintenant. Ou plutôt, à la hutte de sudation. Le Directeur a découvert ça quand il était en Malaisie. C'est très tonifiant. Tout est prêt, Jameson Major ?

– Oui, miss Harcourt, répondirent en chœur les deux fillettes et le gamin transpirant et rouge de chaud.

– Bravo. Allez, Jungle Jim, en avant.

– Mais…

– Allez, debout.

Elle l'aida délicatement à se lever. Il eut peur de tomber et s'agrippa à son bras comme un vieillard malade, en rougissant de honte. Il se stabilisa, les larmes aux yeux de se voir si faible, et repoussa les bras de George avec agacement.

– À la bonne heure ! s'écria-t-elle. Un vrai Douglas Bader[1].

Marley réprima une bouffée de fierté absurde. Bien en appui sur ses pieds, il redressa le dos avec précaution et se sentit grandir d'une bonne dizaine de centimètres. Sa poitrine lui sembla moins lourde, il respira plus facilement.

– Là-dedans ? s'enquit-il en pointant le doigt vers l'entrée basse et arrondie de la hutte obscure.

– Vous allez y arriver, vous pensez ?

– Bien sûr.

– Bon, il vaut mieux que je passe d'abord.

Il la vit s'accroupir avec agilité, puis s'étirer pour se glisser à travers le trou noir à la manière d'une loutre. Il jeta un coup d'œil circulaire. Les deux fillettes et le gamin le regardaient attentivement, avec cet air curieux et entendu des enfants qui ne comprennent pas exacte-

1. Pilote de la RAF qui, bien qu'amputé des deux jambes au début de sa carrière, s'illustra par de nombreux actes d'héroïsme durant la Seconde Guerre mondiale.

ment ce qui se passe, mais qui savent pertinemment que ce n'est pas de leur âge.

– Besoin d'un coup de main ? lança George à l'intérieur, la voix à présent lointaine.

– Ça va, dit Marley, la sienne rauque.

– Prenez votre temps, rien ne presse.

Il considéra la petite entrée sombre et arrondie. Elle avait l'air vraiment très basse, et l'obscurité qui régnait au-delà vraiment très obscure. Avec beaucoup de prudence, il courba le dos et se baissa pour s'agenouiller péniblement, avant de se mettre à plat ventre, position où il se sentit un peu ridicule et vulnérable.

Il était sur le point de ramper tant bien que mal en direction de l'obscurité qui l'appelait quand un petit tas de vêtements féminins, jetés de l'intérieur, lui atterrit sur le visage et sur les épaules.

– Oh, pardon ! lança George depuis sa planète lointaine et assourdie.

– Ah, fit Marley, ne sachant quoi dire.

Le contact de la rayonne sur sa joue, cette texture étrange, froide et lisse, le propulsa à nouveau dans un tourbillon temporel et le renvoya vers son passé incertain. Sans le vouloir, il sentit l'odeur de la petite culotte de George, encore empreinte de la chaleur de sa peau. Il baissa la tête, comme s'il capitulait, et les vêtements tombèrent sans bruit devant lui, insoutenable cascade de féminité. Il ne pouvait pas entrer là-dedans. Pas avec elle. Pas dans l'état où il était. Mais il n'avait pas le choix. Désespéré, il essaya de gagner du temps :

– Faut-il que je, euh, me déshabille ici ?

– *Pas devant les enfants*[1], répondit-elle en riant.

– Ah, oui, bien sûr.

Il cligna plusieurs fois des yeux, puis se résigna. Se

1. En français dans le texte.

concentrant pour ne penser à rien, il rampa par-dessus le tas de vêtements et pénétra dans le trou noir et tiède.

Lorsqu'il eut engagé la tête et les épaules à l'intérieur, il se heurta à un mur de chaleur et la sueur lui envahit aussitôt le visage et le cou. Obstruant l'entrée avec son corps, il ne voyait absolument rien dans la hutte.

– Venez, gloussa George.

Comme venue de nulle part, sa voix était à présent distincte et légèrement amplifiée, totalement désincarnée dans l'espace invisible et voûté sous lequel se trouvait Marley. Luttant contre une terreur animale face à cette obscurité informe, il prit une grande bouffée d'air, un air chaud et sec : il eut l'impression de respirer un épais nuage de gaz rouge. Il se traîna plus profondément à l'intérieur en redoutant l'inévitable moment où sa main rencontrerait le corps nu de George. En fait, c'est sa main à elle qui l'arrêta en se posant sur son épaule. Une main fraîche et très lourde.

– Attention aux pierres, lui dit-elle. Elles sont brûlantes.

La main fraîche le guida avec fermeté jusqu'à un endroit où elle lui fit clairement comprendre de s'arrêter. Elle disparut alors, et il se retrouva à nouveau seul dans l'obscurité. Mais il sentait la présence de la jeune femme près de lui, une masse d'un noir plus intense que le noir ambiant.

– Voilà. Vous pouvez vous déshabiller, maintenant.

– Bon. Euh, bon, d'accord.

Il se débattit à l'aveuglette avec ses vêtements, en limitant ses mouvements au minimum pour ne pas la toucher accidentellement et qu'elle se méprenne sur ses intentions. Il ferma les yeux, exaspéré, tandis qu'il essayait vainement de retirer son pantalon.

– Besoin d'un coup de main ? demanda-t-elle gaiement.

– Non, hou là là, enfin, non, ça va. Voilà.

Il rouvrit les yeux avec soulagement une fois son pied gauche enfin extrait de son slip. À présent, il commençait à y voir quelque chose, à la faveur du petit faisceau de lumière qui entrait par la porte arrondie.

– Jetez tout dehors, dit-elle, et sans se retourner, il s'empressa de balancer son linge sale par l'ouverture éclairée. Jameson Major ?

– Oui, miss Harcourt ?

À l'intérieur de son antre chaud et feutré, Marley entendait à peine la voix du gamin.

– Demandez aux filles de faire bouillir tout ça avec du savon, voulez-vous ?

– Oui, miss Harcourt.

– Maintenant, dit George à Marley, venez vous allonger.

– Bon.

Il se prépara mentalement avant de se retourner, en se disant qu'il ne s'agissait au fond que d'une jeune femme nue. Rien que de très normal et naturel. Puis il tourna la tête et découvrit George, nue, jeune et féminine, qui lui souriait sans rien dire, à demi éclairée par la faible lumière extérieure et le lent rougeoiement des pierres. Cette vision le frappa comme un coup de karaté à la gorge.

– Il y a un tapis de mousse ici, venez.

– Euh, oui.

Tout à coup il sentit sur lui le contact de la forêt, de la boue, de la mort imminente. Il eut l'impression de dégager une odeur de viande pourrie. Il gagna rapidement à quatre pattes le tapis de mousse à côté d'elle, horriblement conscient du balancement ridicule de ses testicules. En hâte, il s'allongea à plat ventre, pressé de cacher son sexe entre ses jambes en attendant de se calmer.

– D'abord, nous allons simplement transpirer un peu.

– D'accord.

Marley transpira. La sueur lui dégoulinait du cuir chevelu et des épaules et lui tombait de chaque côté du cou, de grosses gouttes qui le chatouillaient et formaient une petite flaque au creux de ses reins. Il rassembla toutes ses forces pour faire abstraction de la présence de cette belle, mince et robuste jeune femme nue, allongée tout près de lui. Mais une seule vie d'Anglais, c'était peu pour lutter contre quatre cents millions d'années de conditionnement évolutif.

Puis elle s'anima d'un air décidé. Aussitôt, les défenses de Marley s'écroulèrent et furent balayées. Sa poitrine se comprima pour contenir les élancements de son cœur. Il resta allongé sur le ventre, les muscles contractés, le sexe dans un état de révolte douloureuse contre le tapis de mousse inflexible, les yeux farouchement écarquillés dans la pénombre rougeoyante, n'osant les cligner de peur d'être trahi par un bruissement de cils. Tout son corps silencieux était comme recouvert de petits capteurs sensibles aux sons et aux mouvements, qui scrutaient l'obscurité avec le plus vieux des sixièmes sens, le désir.

Aucun doute : elle se dirigeait bien vers lui. Elle s'était levée. Il entendit ses muscles travailler et la mousse respirer doucement. Il détecta la légère vague d'air chaud qu'elle avait provoquée en se levant. Il entendit et sentit ses pas étouffés. Qui se rapprochaient. Sentit l'infime augmentation de chaleur due à la proximité de son corps. Elle était maintenant toute proche de lui. La terre vibra alors légèrement tandis qu'un pied se posait de l'autre côté de Marley. Un seul. Il se concentra sur son radar secret, incrédule. Il n'y avait qu'une explication possible : elle se tenait au-dessus de lui, les jambes écartées. Il déglutit avec peine, pris de vertige à l'idée de ce qui, dans ce cas, devait se trouver à un mètre environ au-dessus de son dos. Silence. Il l'entendait, là-haut, qui respirait. Il était aussi vulnérable qu'un guerrier à terre sur un champ de bataille préhistorique : il sentait avec précision le point de chair tendre entre ses épaules où elle allait plonger sa lance de bronze.

Elle tendit à nouveau légèrement et distinctement les muscles. Une nappe de chaleur corporelle se rapprocha des reins de Marley. Puis, avec stupéfaction, il la sentit s'agenouiller, sentit la tiédeur ferme et douce de ses cuisses contre ses hanches, sentit les poils doux de son pubis s'étaler paresseusement sur ses fesses. Le sexe de Marley tentait de le soulever ou de s'enfouir dans le sol. Quelque chose allait devoir céder…

… puis une sensation de raclement lui envahit la colonne vertébrale et le tira brusquement de sa langueur.

– Aïe !

– Nous faisons comme les Romains, voyez-vous.

– De quoi parlez-vous ? souffla Marley.

Il se demandait s'il devait avoir des visions d'orgies débridées ou de tortures horribles. Ou les deux.

– Nous nous raclons la peau avec des os. C'est très efficace.

Elle ajouta en riant :

– Dommage que nous n'ayons pas d'huile d'olive.

Marley plongea alors dans une félicité ahurie tandis que George lui lavait les épaules et le dos. Afin de ne pas être repris d'une incontrôlable érection qui flanquerait tout par terre, il s'efforça de faire fi des vœux extravagants de ses foutus fantasmes et de concentrer tous ses nerfs sur ce qui était effectivement en train de se passer. Sur l'instant présent.

Il sentit, sentit, sentit, et cessa de penser. Il était non pas lui-même, non pas un homme ayant un passé et un avenir, mais une simple surface, une sculpture géodésique creuse, faite de peau et d'os, une vaste galaxie d'influx électromagnétiques minuscules qui s'allumaient çà et là pour former des supernovas infiniment petites, en allant et venant comme des éclairs sur le réseau duveteux et vibrant de ses nerfs. Son monde s'arrêtait aux circonvolutions douces et fluides des mains savonneuses de George dans ses cheveux, sur sa nuque, lui frottant les épaules, massant, appuyant, pressant, et aux longues et fermes frictions avec lesquelles elles alternaient, presque douloureuses, mais sur cette frontière étrange où presque douloureux veut dire infiniment agréable, lui récurant la peau, ôtant la crasse et tous les maux, délogeant l'espoir, l'inquiétude, la peur de mal faire. Il était conscient du corps de George à cheval sur son dos, mais ne le percevait plus avec urgence ou envie, on aurait dit que tout son bas-ventre s'était transformé en une masse de cire chaude onctueuse. Il sentit à nouveau le racloir lui parcourir le dos avec de grands arcs de cercle, décrire des ovales plongeants sur ses omoplates et ses flancs, lui remonter le long des jambes avec des mouvements de peigne, amples et souples, comme si George inscrivait des symboles sacrés sur sa peau vive. Tout était dénudé, décrassé, nettoyé, rendu à l'état neuf.

Puis à nouveau ces mains, ces mains savonneuses, puissantes et habiles, qui descendaient en tournoyant doucement le long de sa nuque, de ses épaules, de son dos, du bas de son dos.

Tout en bas de son dos.

Plus bas.

Entre ses jambes.

Marley ouvrit des yeux affolés.

Elle lui savonnait le cul. Les couilles. La bite. Le faisait maintenant délicatement rouler sur le dos. Mettant son érection à découvert. Il s'assit, comme s'il espérait se cacher en se courbant en avant.

– Excusez-moi, George, je ne voulais pas…
– Oh, ne vous inquiétez pas. C'est tout à fait naturel.
– Ah bon ?
– Eh bien, oui, non ?
Il y eut un long silence, un silence pesant qui envahit l'obscurité et le cœur de Marley. Puis elle se pencha lentement vers lui et lui mordilla l'oreille. Et d'une main solide, venue de nulle part, lui étreignit le sexe.
– Mon soldat blessé. Mon vrai Anglais, mon Anglais d'Angleterre.
– George.
– Quand nous rentrerons chez nous, vous me montrerez l'Angleterre ?
Il caressa ses épais et courts cheveux blonds et s'émerveilla devant la douceur de ses joues, la finesse de son crâne, la beauté de ses petites oreilles, le duvet clair au-dessus de sa lèvre supérieure. Alors qu'il se livrait à cette exploration, elle le fit lentement rebasculer sur le dos.
– Trafalgar Square, murmura-t-elle, comme si elle psalmodiait une incantation mystérieuse, la Garde à cheval, Whitehall, le palais de Westminster.
Il sentait la mousse chaude et humide sous ses fesses, les cuisses de George contre ses flancs, sa main qui le guidait vers le haut, lui faisait délicatement franchir ses lèvres douces, il était maintenant en elle, glissait maintenant en elle comme si tout ça, cet instant, lui et elle, eux, devait durer toujours.
– Windsor, Oxford, Stratford-upon-Avon, susurra-t-elle en se cambrant au-dessus de lui, sombre silhouette de beauté, le visage à demi éclairé par la diffuse lumière extérieure. Les falaises de Douvres, le cheval blanc d'Uffington, Stonehenge.
Elle le plaqua au sol et s'allongea presque sur lui ; c'était elle à présent qui dirigeait le va-et-vient, elle qui glissait en lui, non lui en elle.

– Du sang neuf, dit-elle d'une voix haletante. De notre vieux pays.

– George, oh, George.

– De notre vieille Angleterre. Oh, le mur d'Adrien et le mur d'Offa, le lac d'Ullswater, les collines de Long Mynd, les gorges de Symond's Yat.

– Oh, George.

Marley n'écoutait pas ce qu'elle disait, il s'en foutait. Pendant qu'elle déclamait sa science livresque de la géographie britannique, son ode à sa patrie inconnue, lui se contentait de répéter son nom encore et encore, comme une prière. Il étendit les bras telles des ailes et poussa un long cri grave, tandis que son corps, soudain embrasé par un rythme nouveau, commençait à se liquéfier.

– La tour de Londres, le pont de la Tour, le château de Camelot, la forteresse de Tintagel, Glastonbury, Avalon, Land's End, John O'Groats, Jean de Gand, cet autre Éden[1], Covent Garden, Holborn…

– … George…

L'harmonie s'établit, la consonance parfaite ; la note se prolongea, intense et claire. Marley écarquilla les yeux, foudroyé par la joie, et il la vit se redresser brusquement à nouveau, ses reins jeunes et puissants cambrés, la bouche ouverte, tache plus obscure dans la pénombre. Il sentait en elle jusqu'au moindre relief, jusqu'à la paroi de muscle tendre au fond, contre laquelle il butait. Le regard accroché à son visage, à l'affût, frustré par le manque de lumière, il criait, toute la souffrance de l'existence concentrée dans sa frustration, il jouissait, jouissait, jouissait en hurlant, l'étroit jet de sperme jaillissait comme une vague déferlant du plus

1. Formule tirée du célèbre monologue patriotique de Jean de Gand, duc de Lancastre, dans *Richard II* de Shakespeare (acte II, scène I), et par laquelle est désignée l'Angleterre.

profond des muscles de ses cuisses, le vidant de la moitié de son être en giclant avec des spasmes qui semblaient ne jamais devoir cesser. Au moment où il jouissait, il prit le visage de George entre ses mains et plongea un regard avide au plus sombre de ses sombres yeux bleus, étourdi par un tourbillon de sentiments : désir farouche, joie violente, triomphe et gratitude, stupéfaction totale. Il vit alors les yeux de George se voiler et se perdre dans le vague, ses jeunes sourcils non épilés se froncer et, alors qu'elle rejetait la tête en arrière, il s'abîma dans le puits noir sans fond de sa gorge béante en criant : « George, George, George ! », à quoi elle répondit : « White City, Shepherd's Bush, Holland Park, l'Angleterre, oh, l'Angleterre ! Oh ! »

– C'était lequel, votre mari, Mrs Marley ? demanda le jeune reporter de l'*Intelligencer* en regardant la photo jaunie.

– Lequel ? dit Mary Marley avec un rire joyeux.

Elle le trouvait plutôt sympathique, ce garçon, même si, naturellement, elle avait tenu à lui préciser qu'elle-même lisait le *Paper*, qu'il en avait toujours été ainsi, et que jamais, au grand jamais, elle n'achèterait son « torchon tory » à lui.

– Lequel ? Celui de devant avec le sabre, tiens !

– Bien sûr, Mrs Marley, pardonnez-moi. Suis-je bête ! C'est parfait. Vraiment parfait. Oh, euh, léger, cette fois. Hou là ! Bon, euh, merci. Santé.

– Quoique aujourd'hui, le *Paper* ne vaille plus grand-chose.

– Ça vous gênerait beaucoup si je mettais ça dans mon article ?

– Criez-le sur les toits, je vous en prie.

– Aaah ! cria Marley, happé par la cascade glacée qui dégringolait de l'incroyable glacier équatorial, situé à des centaines de mètres au-dessus d'eux.

George le poussa brutalement, il tomba en avant et fut englouti sous l'eau froide et profonde du bassin. Elle l'avait amené là encore mal réveillé, titubant, les genoux encore faibles, ébloui par le soleil. Il se relevait à présent en soufflant et en braillant, frigorifié.

– Bleurgh, oh, bon sang, ouah, oh, George !

– *Pas devant les enfants*[1], dit-elle en souriant, tandis qu'il tentait maladroitement de l'enlacer, et elle sortit du bassin en sautillant pour aller rapidement s'envelopper dans une vieille serviette élimée, avant d'en tendre une autre à Marley.

Il s'en saisit, étonné d'y voir l'étiquette de fabrication utilitaire qu'il avait connue enfant.

– Elle doit avoir près de cinquante ans, cette serviette.

– À la guerre comme à la guerre, gloussa-t-elle. Il y avait beaucoup de serviettes et de linge dans l'Avion, Dieu merci, mais je ne sais pas combien de temps encore nous aurions pu nous en servir. Nous n'en aurons peut-être plus besoin, maintenant. Si l'Angleterre s'en est sortie, je veux dire.

Marley se blottit dans sa serviette, le souffle court, paralysé par le froid, et il sourit à George. George lui sourit à son tour. Il vit briller ses yeux, et tout son cœur et son esprit se mirent à rire, à sourire, totalement ouverts à elle. Il contempla avec émerveillement et adoration ses cheveux et son visage recouverts de gouttes d'eau et, sans aucune arrière-pensée, sans intention ni calcul, il tendit la main pour lui toucher le visage. Il se sentait délicatement mais irrésistiblement poussé vers ses lèvres…

1. En français dans le texte.

– Tenez, dit-elle en riant, et elle lui jeta une pile de vêtements bien pliés, d'un kaki complètement passé.

Marley l'attrapa machinalement et sentit sous ses doigts la vieille toile de coton lisse et fine, presque polie par l'usure. Une étiquette à l'intérieur du short portait l'inscription FABRIQUÉ EN RHODÉSIE DU SUD.

– Ce sont des vêtements qui viennent de l'Avion, bien sûr. Mais la bonne qualité, ça dure, si on est un peu soigneux, pas vrai ?

– Il faut croire.

– Allez, mettez tout ça.

Elle dénuda d'un coup Marley de sa serviette, faisant aussitôt de celle-ci un paravent pour le cacher aux enfants qui gloussaient. Marley enfila avec peine le short et la chemise. Les jambes du short lui arrivaient presque aux genoux.

– C'est la bonne taille, dit George. Vous retrouvez figure humaine. L'uniforme vous va bien, enfin, comme à tous les hommes, n'est-ce pas ? Allez, à mon tour. Vous m'aidez ?

Elle se retourna en lui donnant un coin de sa serviette à elle et se glissa avec adresse dans une robe courte autrefois imprimée de grosses fleurs rouges.

– À nouveau présentable, dit-elle en riant. Bon, vous pouvez marcher, on dirait.

– Oui, je crois, confirma Marley en tâtant le sol dur de ses pieds nus. En fait, je me sens en pleine forme. Comme neuf.

– Vous vous souvenez de quelque chose, maintenant, Jungle Jim ?

– De tout. De chaque seconde.

– Non, je parlais de la guerre et de l'Angleterre.

– Non, dit gaiement Marley.

Il ne se souvenait de rien et n'avait aucune envie de se souvenir de quoi que ce soit. La porte restait fermée. Pas de passé, merci, et pas d'avenir non plus. Tout ce qu'il voulait à présent, c'était rester ici dans ce petit paradis et être avec George.

– Tant pis, ça finira bien par vous revenir.

– On peut retourner dans la hutte ?

– Non, pas maintenant. Je vais vous faire visiter.

– D'accord.

– De là-haut, on voit toute la Colonie.

Elle lui fit escalader un gros rocher de trois, quatre mètres de haut, elle bondissant comme un jeune chien, lui, se traînant disgracieusement mais joyeusement derrière. Grotesquement essoufflé, il atteignit le sommet aplati du rocher chauffé par le soleil et se tint à côté d'elle, retrouvant son sourire béat, irradié par l'aura de vie pure qu'elle semblait dégager.

Devant lui, baigné par cette étrange lumière sans ombre, s'étendait un panorama d'ordre. Des rangées de petites baraques, leurs toits composés de gigantesques feuilles de bananier, formaient deux avenues d'une rectitude parfaite, avec au milieu trois baraques plus grosses et une tente d'autrefois, la seule existante.

– Vous reconnaissez ? demanda-t-elle.

– Quoi ?

– La disposition.

– Non. Je devrais ?

– Tout le monde ne fait-il pas du latin en Angleterre ? Je croyais que si.

– Je ne sais pas. Qu'est-ce que le latin vient faire là-dedans ?

– Eh bien, d'après le Directeur, nous nous sommes inspirés d'un camp fortifié de la légion romaine. Nous avons le cinquième livre de *La Guerre des Gaules* de César, celui qui traite de l'Angleterre, enfin, de *Britannia*, comme on devait dire à l'époque, et il contient la description d'un camp de la légion, avec un dessin. Le

Directeur a dit aux Fondateurs de le reproduire. Et c'est ce qu'ils ont fait. La tente est celle du Directeur, bien sûr. Il préfère la toile. Un amour, cet homme, tout le monde l'adore. Là, c'est la baraque principale, c'est là qu'on vous a installé. Nous l'appelons l'*aula max*. Venez, il est temps de passer à la visite.

Marley redescendit tant bien que mal du rocher derrière George, et ils avancèrent dans la plaine aride en direction du campement.

– Vous les avez trouvées où, toutes ces baraques ?

– Oh, elles étaient dans l'Avion, démontées. Les Fondateurs devaient les installer en Australie pour le grand jamboree des collèges privés du Commonwealth. La petite à côté de l'*aula max* est celle où nous préparons la pénicilline.

– La quoi ? s'enquit Marley, le regard rêveusement perdu sur la gorge de son guide.

– Vous savez, le nouveau médicament miracle. Les Fondateurs avaient avec eux le *Wonder Book of How and Why*, heureusement. Parmi eux, il y avait le professeur de chimie. Avant de mourir, il a réussi à mettre au point un moyen de fabriquer une sorte de pénicilline avec de la farine de taro.

– Avant de mourir ?

– Oui, d'un mal qui n'entrait pas tout à fait dans le champ d'action de la pénicilline, est-il indiqué dans le Livre.

– Quel livre ?

– Le Livre. Notre Livre. Mais oui, pardonnez-moi, vous ne savez pas. C'est un livre où nous écrivons tout ce qui se passe, voyez-vous. Le temps qu'il fait, où en sont nos provisions, comment nous nous en sortons, ce que trament les indigènes, les naissances, les morts, les mariages, les notices nécrologiques, les bonnes actions de chacun, qui gagne au cricket, qui s'est illustré à la chasse, enfin, tout. Le Directeur en lit un extrait chaque jour au Rassemblement. Pour que nous n’oubliions pas, vous comprenez ? Il dit toujours que c’est la vraie différence entre les indigènes et nous. Eux oublient. Ils ne sont pas plus sots que d’autres, vous savez, quand ils ne sont pas trop occupés à s’entre-dévorer ou à faire des singeries pour plaire à leurs petits dieux absurdes et à leurs shamans ridicules, et ils sont capables d’apprendre assez vite, mais ensuite ils oublient leurs connaissances, parce que, ne sachant pas écrire, ils ne peuvent pas se les transmettre. Tout ça se retrouve mélangé dans des mythes et des légendes bizarres. Pour eux, tout ce qui est antérieur aux souvenirs du plus ancien du village appartient pour ainsi dire à la préhistoire. Du coup, chaque génération doit tout réapprendre depuis le début. Ce qui vaut mieux pour nous, je suppose. Nous, en revanche, nous n’oublions pas. Nous écrivons tout, et nous nous souvenons. C’est ainsi que nous savons tout sur l’Angleterre, même s’il n’en reste qu’une demi-douzaine parmi nous qui l’ont réellement connue. Nous n’avons pas oublié. Et c’est aussi grâce à cela que nous savons faire des choses comme préparer la pénicilline. Une chance pour vous, Jungle Jim.

– On peut retourner dans la hutte, maintenant ?

– Eh bien, dites-moi, quelle ardeur ! Rangez cette main.

– D’accord, dit gaiement Marley.

– Non mais ! Diable, est-ce que tous les hommes en Angleterre sont comme vous ?

– Non, dit Marley d’un ton assuré.

– Ah, la mémoire vous revient donc ?

– Non. Je le sais, c’est tout.

– Mon Dieu. Bon, nous y retournerons peut-être plus tard, dans la hutte. Si vous êtes sage.

– Je serai sage. Voyez-vous, George, j’ai lu un jour

quelque part, je ne me rappelle plus où, que l'on sait quand on est vraiment heureux parce que si on l'est, on voudrait que l'instant que l'on vit se répète éternellement. Que le présent dure à jamais, quoi.

– Quelle drôle d'idée. Enfin, au moins nous savons que l'Angleterre est toujours là. Nous devrions y parvenir, d'une manière ou d'une autre. Vous voyez ce petit bois là-bas, là où la montagne se renfonce ? C'est dans cette direction que se trouve la Porte.

– Ah oui, le Padre m'en a parlé.

– C'est par là que les chasseurs descendent dans la forêt. C'est terriblement dangereux, paraît-il, autrement nous irions tous. Moi, bien sûr, je n'en ai aucune idée car la zone est interdite aux enfants et à nous, les filles.

– Interdite ? Mais pourquoi ?

– Pourquoi ? Eh bien, je l'ignore. C'est comme ça. Parce que le Directeur le dit, je suppose. Seuls les hommes en âge de chasser ont le droit d'aller dans les bois. Ils vous y emmèneront sans doute plus tard. Le Directeur appelle ça le Club de la Porte, il dit que les hommes ont tous besoin d'un endroit où se retrouver entre eux. D'après lui, la plupart des hommes en Angleterre fréquentent des clubs et des endroits de ce genre, où seuls les hommes ont le droit d'aller. Tous nos livres en parlent, eux aussi. Le Directeur dit que le premier endroit où il ira quand nous rentrerons sera son club, un endroit du nom de Pall Mall. Je trouve ce nom terriblement drôle, pas vous ? Pall Mall. Vous connaissez ? Fréquentez-vous un club vous-même ?

– Je ne me souviens pas vraiment. Il me semble être allé un jour dans un club réservé aux hommes, avec un ami à moi qui s'appelle Grant. Mais je ne crois pas que ça m'ait beaucoup plu.

– Oh, je suis sûr que la Porte vous plaira. Tenez, voici

la petite classe des garçons, c'est le cours d'histoire. Bonjour, Mr Givvens.

– Bonjour, George, répondit un homme entre deux âges, coiffé d'un mortier et portant une toge par-dessus sa chemise et son short long, une dizaine de jeunes garçons assis en tailleur face à lui. Bonjour, mon vieux, ça va mieux ? Vous avez meilleure mine, en tout cas. Nous sommes sur Nelson, aujourd'hui. Alors, les enfants, pouvez-vous dire à notre nouvel ami quelle est la mission de l'Angleterre ? Tous ensemble…

– *Civiliser, protéger les faibles et répandre la liberté, monsieur.*

– Très bien. Et nul n'a plus œuvré pour cette grande cause que l'amiral Nelson. Crompton Minimus, si vous vous étiez gratté le nez de la sorte en tant que matelot sur le gaillard d'arrière de l'amiral Nelson, il vous aurait fait donner douze coups de chat à neuf queues. Heureusement pour vous, je suis plus clément, et de moi vous ne recevrez que deux coups de ceci.

– Aïe, ouille, pardon, monsieur.

– Qui peut dire à notre visiteur quelle est la date de la bataille de Trafalgar ?

– 1805, répondit Marley, surpris par une petite et fugace unité de mémoire qui réussit à s'échapper de son esprit barricadé.

– Formidable ! s'écria le professeur.

– Le vaisseau amiral de Nelson s'appelait le *Victory* et Nelson est mort au moment de la victoire, touché par une balle de mousquet française. Avant la bataille, il a envoyé un message par signaux disant « L'Angleterre compte sur chacun pour faire son devoir », et ses dernières paroles ont été « Grâce à Dieu, j'ai fait mon devoir ». Oh, pardon, je ne voulais pas vous interrompre, je vais…

– Non, non, c'est parfait. Vous voyez, les enfants : *voilà* ce qu'il faut retenir de l'Angleterre. Bravo, mon vieux. Allez, ça va, ça va, laissez notre visiteur partir, je suis sûr qu'il vous racontera tout bientôt. On regarde devant soi ou c'est six coups de canne pour tout le monde. À présent, examinons la disposition des forces engagées à Trafalgar. L'ennemi, vous le savez, était numériquement supérieur, mais Nelson avait l'avantage du vent…

– C'était très bien, dit George. Alors ça y est, vous vous souvenez ?

– De ça, c'est tout, répondit Marley, lui-même abasourdi. Ça m'est revenu d'un coup.

– En tout cas, bravo. Voici nos plus jeunes brutes.

Elle montra du doigt un enclos fermé par une palissade peu élevée, en partie ombragé par l'un des rares arbres de la plaine. À l'intérieur jouaient une vingtaine d'enfants qui devaient avoir entre un et trois ans. À l'entrée, assise en tailleur, une gamine d'une dizaine d'années lisait *Le Club des cinq contre-attaque*.

– Tout va bien ? lança George.

– Oui, miss Harcourt.

– Bientôt l'heure de nourrir les bêtes, n'est-ce pas ?

– Oui, miss Harcourt.

– Là-bas, vous avez les terrains de cricket, de rugby, de football et de hockey. Là, c'est le dortoir des garçons, et là, celui des filles. Les petites baraques sont celles des adultes.

– Les enfants ne vivent pas avec leurs parents ?

– Eh bien, non, pas vraiment. Tant qu'ils sont au sein ils restent avec leur mère, bien sûr, dans la baraque des mères et des nourrissons. Les femmes s'y entendent bien toutes ensemble, et il y règne une assez bonne ambiance. On ne laisse personne *seul avec un bébé*, naturellement. Mon Dieu, quelle horreur !

– Oui, dit Marley, et il chancela un instant, aveuglé par les phares d'un énorme camion traversant bruyamment son esprit, tandis que, seul sous une pluie glacée, il serrait désespérément dans ses bras un enfant qui criait…

– Tout va bien ? Jungle Jim ?

Marley rouvrit les yeux et battit des paupières. La vision avait aussitôt regagné l'obscurité de sa vie oubliée, ne lui laissant qu'une vague impression de bruit fracassant, de lumière et de détresse.

– Oui, oui, pardon, je, euh… vous disiez donc qu'on ne laisse pas les femmes seules avec les enfants en bas âge ?

– En aucun cas. Ensuite, les enfants grandissent et, naturellement, ils ne *vivent* pas vraiment avec leurs parents, non. Ce n'est pas la même chose en Angleterre ? Je croyais que si. N'envoie-t-on pas tous les enfants en pensionnat, en Angleterre ?

– Je, je ne me souviens pas.

– C'est pourtant ce que laissent entendre tous les livres que nous possédons.

– C'est sans doute le cas, alors.

– Oui, je suppose. Les enfants sont beaucoup plus heureux entre eux, vous ne croyez pas ? Comment s'amuseraient-ils s'ils étaient constamment avec leurs parents ?

– Je ne sais pas.

– Et comment diable les parents trouveraient-ils le temps de mener leur vie ? Ce serait stupide.

– Oui, vous avez raison.

– Bon, là, nous avons le champ de tir à l'arc. Le Directeur maîtrise à peu près toutes les armes, et les manuels de scoutisme qui se trouvaient dans l'Avion nous ont montré comment fabriquer d'assez bons arcs. Du coup, nous apprenons tous le tir à l'arc. C'est d'autant plus utile depuis quatre ans, depuis que nous manquons de munitions pour les fusils.

– Des munitions ?

– Eh bien, les officiers de la prépa militaire en avaient emporté pas mal dans l'Avion, étant donné que les Australiens utilisent des munitions américaines.

– Ah ?

– Oui, apparemment. Le Directeur les a rationnées très strictement, mais la réserve n'était pas inépuisable.

– À quoi vous servent-elles, ces munitions ?

– À chasser, bien sûr. Comment croyez-vous que nous nous nourrissons ? Les garçons apprennent à chasser dès qu'ils savent marcher. La plupart d'entre eux sont capables de tirer correctement à l'arc dès l'âge de trois ans et… Jungle Jim, vous êtes sûr que ça va ?

– Trois ans ? George. Oh, mon Dieu. J'ai un fils ! Il a trois ans ! Il s'appelle Tommy.

Marley sentit son cœur s'illuminer en revoyant rire son fils tandis qu'il le tenait en l'air au-dessus de sa tête. Un fils. Tommy. Ivre de joie, il prit George par la taille et la fit tournoyer.

– J'ai un fils, chez moi, qui va bien, en Angleterre !

– En Angleterre ? Alors l'Angleterre s'en est sortie ?

– Sortie ? Oui, oui, l'Angleterre, euh, est l'Angleterre.

– Bravo, Jungle Jim !

– Attendez. Chut, s'il vous plaît, George. Ça me revient. Oui, oui, j'étais avec lui, sur une autoroute.

– Une quoi ?

– Une autoroute. C'est, euh, une espèce de grand-route très large.

– Comme les autobahn, vous voulez dire ? Il en est question dans le *Wonder Book of How and Why*.

– Oui, voilà. Quelque part près de… Sevenoaks. Oui, c'est ça.

– Sevenoaks. Ça aussi, j'en ai entendu parler. Quel nom charmant. Y a-t-il réellement sept chênes là-bas [1] ?

1. « *Seven oaks* » veut dire « sept chênes ».

Nous en avons parlé en géographie. C'est une région et une ville du Kent. « Le jardin de l'Angleterre ». N'est-ce pas ?

– Oui, le Kent, oui, oui…

– Et il y a des autobahn dans le Kent aujourd'hui ? Eh bien dites donc, nous avons du retard à rattraper. Ainsi, votre fils à trois ans ?

– Oui, trois ans. Il s'appelle Tommy et… Oh, mon Dieu, et moi je m'appelle Brian. Brian Marley.

– Brian. C'est un joli nom.

– Je suis divorcé.

– Ah, parfait. Autre chose ?

– Non. Rien. Enfin, si. Je crois que j'ai quelque chose qui s'appelle un crédit hypothécaire.

– Qu'est-ce que c'est ?

– Je ne me souviens pas très bien. Pas quelque chose d'agréable, *a priori*.

– Le Directeur nous a parlé un jour de l'Angleterre qui avait hypothéqué son empire pour vaincre les Fritz. Et Beauvey Senior dit que sa famille a dû hypothéquer sa maison en Angleterre à cause des socialistes. Ils n'ont pas l'air très sympathiques, ces socialistes. Ce sont peut-être eux aussi qui ont obligé votre père à hypothéquer votre maison de famille ?

– Peut-être. Je ne sais pas.

– En tout cas, je suis navrée que vous ayez cette chose, quoi qu'elle puisse être, mais je suis ravie que vous vous rappeliez votre nom. Et je suis si contente que vous ayez un fils. Bonjour, Brian Marley.

– Bonjour, George.

– Ça veut dire que votre sang a fait ses preuves, vous comprenez.

– Pardon ?

– Oh, c'est ce que dit le Directeur. Oh là là, j'ai hâte de voir sa tête quand ils rentreront de la chasse et que je lui apprendrai que l'Angleterre va bien ! Il a toujours soutenu que nous rentrerions un jour. Vous voyez ? Il finit toujours par avoir raison. Au fait, Brian…

– Oui ?

– Eh bien, je me disais, puisque le Directeur n'est pas encore rentré, et que nous ne pouvons évidemment pas annoncer la nouvelle à quelqu'un d'autre avant lui, eh bien, nous pourrions peut-être retourner dans la hutte de sudation, qu'en pensez-vous ? Histoire de fêter ça, entre nous. Si vous êtes d'accord, bien sûr. Vous l'êtes ?

– Oui, oui, absolument, George. Oh, oui, allons-y.

Marley se sentit à nouveau poussé vers les yeux et les lèvres de George et se rapprocha d'elle comme involontairement, ses pieds glissant sur la terre. Mais elle l'arrêta.

– Mince alors, regardez, voilà du monde qui entre dans la hutte.

– Oh, m… mince alors.

– Brian, je n'ai pas du tout envie d'attendre pour retourner fricoter, et vous ?

– Non. Moi non plus.

– Bon. Dans ce cas, nous n'avons qu'à aller *juste avant* la Porte. Dans les bois. Je sais que c'est interdit, mais les chasseurs sont tous partis, et personne ne s'aventurera là avant leur retour. Venez. Je ne déteste pas enfreindre les règles de temps en temps. Je trouve que cela rend la vie plus, eh bien, vous savez, plus amusante. Allez, venez. C'est très calme dans les bois. C'est là que j'ai fricoté pour la première fois, d'ailleurs.

Marley se laissa prendre par la main et ils s'élancèrent sur la terre chaude et rude en direction du petit coin de forêt desséchée.

– George, je me demandais, euh, est-ce que vous, euh, fricotez avec quelqu'un d'autre ?

– Pas en ce moment. Je suis un cas à part, voyez-vous,

car je ne suis pas mariée. Je suis la vieille fille de la Colonie.

– Vous n'êtes pas vieille.

– J'ai vingt-huit ans, vous savez.

– Pourquoi n'êtes-vous pas mariée ? Vous êtes très belle.

– Et vous, vous avez perdu la mémoire. Voyez-vous, le Directeur a décidé qu'il fallait évidemment maintenir les institutions civilisées, le mariage et cetera, pour éviter toute complication à notre retour en Angleterre. Mais ensuite, quand il a compris que nous allions rester coincés ici quelque temps, il s'est aperçu que nous étions peu nombreux, trop peu en tout cas pour permettre à des hommes et à des femmes de se passer la corde au cou si ce n'était pas pour procréer. Le Directeur, le Padre, la Bible ou nos livres sur l'Angleterre, tous sont d'accord là-dessus : se marier, ça sert à faire des enfants. Sinon, à quoi ? Le Directeur a donc décidé qu'il fallait essayer d'abord. C'est pourquoi, quand une fille arrive à l'âge de dix-huit ans, elle fricote pour la première fois. Nous appelons ça « faire son *coming-out* ». C'est bien ce qu'on dit en Angleterre, n'est-ce pas ?

– Mais, euh, avec un garçon de son âge, je suppose ?

– Mon Dieu, non. Je vous l'ai expliqué : les garçons n'ont pas le droit de fricoter avant d'avoir obtenu leur blazer, et ils ne l'obtiennent jamais avant au moins vingt et un ans. Voilà, nous y sommes.

Ils venaient d'atteindre la lisière du bois qui menait à la Porte. Comme hésitant à franchir cette frontière, ils s'arrêtèrent instinctivement. George se tourna vers Marley, le visage empourpré, la bouche entrouverte. Il posa une main sur sa joue. Elle y ajouta sa main à elle, par-dessus celle de Marley, et baissa un instant les yeux, avant de les relever.

– Voyez-vous, Brian, il semblerait qu'avec moi ça ne fonctionne pas. Les enfants, je veux dire. Voilà pourquoi je peux fricoter avec qui je veux. C'est assez amusant, nous n'avons pas à nous méfier des maladies que pourraient attraper les hommes ou ce genre de choses. D'après le Livre, un des hommes de l'Avion en avait une, de maladie, une saleté attrapée en Orient, mais le Directeur a fait en sorte qu'il ne la propage pas.

– Comment ?

– Je ne sais pas. Le Livre dit simplement qu'« une action appropriée fut promptement menée ». C'est ce qui compte, n'est-ce pas ? Comme ça, il n'y a plus de maladies qui traînent, et je peux fricoter avec qui je veux. Ce qui, en soi, n'est pas désagréable. Mais ce ne serait pas plus mal si ça fonctionnait. Vous n'êtes pas d'accord ?

Il plongea son regard dans ses yeux bleus et se vit, avec une clarté limpide, marchant à côté d'elle dans une rue anglaise ensoleillée et bordée d'arbres, saluant joyeusement de la main des voisins occupés à tailler leurs haies et à laver leurs voitures, Tommy, en short long gris, chaussettes hautes et sandales, courant après un jeune chien autour du gros et haut landau Silver Cross que George poussait en riant devant eux…

– Si. Si, ce serait bien. Ce serait très bien.

– Ah, tant mieux. Parce qu'on ne sait jamais, n'est-ce pas ?

Il se pencha pour l'embrasser. Glissa une main sous le fin coton de sa robe.

– Miss Harcourt ! Miss Harcourt !

Des bruits de branches cassées parcoururent un massif d'arbustes à la lisière du bois, et un garçon de quatorze ou quinze ans apparut en haletant, courant vers eux sans s'inquiéter des éraflures qui lui zébraient le visage, les bras et les jambes. Il serrait dans ses mains une vieille paire de jumelles militaires déglinguées.

– Miss Harcourt, miss Harcourt, hé, miss Harcourt, ils reviennent !

– Les nouvelles sont bonnes, Mainwearing Minor ?

– Épatantes ! « Pertes minimes, chasse bonne », annonce le Directeur. Voilà qui fait foutrement plaisir, n'est-ce pas, monsieur ? Oh, pardon, miss Harcourt, je ne voulais pas jurer. Enfin, bon, le Directeur a décidé qu'un jamboree aurait lieu ce soir.

– Merveilleux. Eh bien, qu'attendez-vous ? Allez vite prévenir les autres.

– Oui, miss Harcourt, euh, dites, miss Harcourt, vous êtes très belle aujourd'hui, euh, vous n'allez pas à la Porte, n'est-ce pas ? Ça ne me regarde pas, bien sûr, mais je croyais qu'il n'y avait que nous, les garçons, qui avions le droit d'aller là-bas et, oh, euh, pardon, miss Harcourt.

– Vous n'avez pas encore gagné votre blazer, Mainwearing Minor. Vous avez peut-être commencé à vous raser et à faire les rêves que vous savez, mais il y a encore beaucoup de choses que vous ignorez sur ce qui se passe entre les hommes et les femmes, croyez-moi. Maintenant, taisez-vous et filez, compris ?

– Oui, miss Harcourt.

– Bon, nous avons intérêt à nous dépêcher, s'ils reviennent, n'est-ce pas ?

– Comment a-t-il su qu'ils revenaient ? Comment sait-il ce que le Directeur a dit ?

– Grâce aux signaux par héliographe, bien sûr. Tout est expliqué dans les livres des scouts.

– Mais oui, bien sûr.

Tandis qu'ils pénétraient dans l'ombre fraîche du bois, George se tourna vers Marley et le détailla d'un regard bienveillant mais critique.

– Nous allons devoir vous trouver d'autres vêtements. Vous ne pouvez guère venir au jamboree avec cette chemise, n'est-ce pas ? Vous devez être à peu près de la même taille qu'Armstrong. Il a cassé sa pipe en emmenant la dernière chasse et son blazer n'a pas été attribué depuis. Tout de même, c'était amusant, n'est-ce pas ? La hutte de sudation ?

– Oui, très amusant.

– Ne vous inquiétez pas pour votre fils, vous le reverrez bientôt. Quand nous rentrerons en Angleterre. C'est sûrement un bon petit gars.

Ils se trouvaient à présent sous les branches basses des petits arbres secs de la savane. George pivota prestement pour s'adosser à un tronc. Marley s'avança vers elle, déjà plongé dans le bleu sombre de ses yeux, toute autre pensée s'évanouissant soudain comme un restant de brume en mer un matin de canicule. George se cala solidement contre l'arbre, écarta légèrement et délicatement les jambes et, basculant le bassin vers l'avant dans un mouvement à peine perceptible mais époustouflant, se mit en appui sur l'arrière des cuisses. Dans le silence total qui suivit, Marley releva lentement la robe de la jeune femme, et sous le bruit des battements de son propre cœur il entendit, ou crut entendre, le murmure du vieux tissu glissant sur la peau incroyablement lisse entre les cuisses de George. C'est alors qu'elle lui dit :

– Brian, qui est Consuela ?

Marley sentit comme une décharge électrique tandis que toute sa conscience repassait instantanément de son bas-ventre à son cerveau.

– Vous avez prononcé son nom, quand vous luttiez contre la mort. Plus d'une fois, Brian. Est-ce celle que vous aimez ? Je ne suis pas sûre que ça me gêne, en fait, mais il vaudrait mieux que je sache, n'est-ce pas ?

– Consuela ?

– Ah, j'avais donc raison. C'est votre compagne. Est-elle anglaise ? Eh bien ? Hé ho ! Brian ? Je veux être fixée, c'est tout. Suis-je simplement votre Jungle George ? Allez-vous me laisser tomber arrivés en Angleterre ? Pour cette Consuela ?

Consuela.

Pendant un instant ce nom n'évoqua pas une image claire, mais seulement quelques petites parties d'un tout : des yeux noirs, des cheveux bruns, une demande secrète, un appel sourd et puissant comme un écho dans les collines un calme soir d'été.

Puis tout revint en bloc.

Une violente vague froide s'abattit sur les barrages de l'esprit de Marley et fit céder toutes ses défenses, un raz de marée arctique de souvenirs froids et nets. Dans le jardin ensoleillé du présent, la porte fut arrachée, et derrière surgit l'amer passé. Marley se vit cramponnant un petit garçon qui pleurait en chiant sous la pluie dans le noir, éclairé par des phares aveuglants qui filaient à toute allure, ses cris noyés dans un torrent de bruit fracassant. Il se souvenait maintenant très bien qui il était en Angleterre. Il ne s'en souvenait que trop bien, de ça et de tout le reste.

Il était prof. Même pas un vrai prof. Un prof pour étrangers.

Dans sa tête, une horrible porte anti-effraction en PVC blanc s'ouvrit, révélant un affreux petit appartement et, dans les moindres détails, insoutenablement, la réalité le rattrapa. Il fut percuté de plein fouet par sa pauvreté et les angoisses qu'elle lui inspirait, son non-statut social, ses échecs innombrables, son manque total de charisme et de volonté, ses tentatives pathétiques pour remplir son rôle de père, l'épave qui lui servait de voiture. Consuela ? Une gamine qui l'avait embrassé parce qu'elle ne savait rien de lui. Ce nom n'était synonyme que de bassesse et de mensonges. Et à présent qu'il se souvenait qui il était, il découvrait qu'il allait perdre George, sitôt qu'ils seraient rentrés en Angleterre. Il ne valait rien et ne vaudrait jamais rien. Il n'était venu ici que pour échapper à lui-même, et pour mourir.

– Je vois, Brian.

– Non, George, ce n'est pas ça, je ne l'ai embrassée qu'une fois, je vous le jure, j'ai décidé de ne pas coucher avec elle, elle doit être partie maintenant, c'est, c'est, bon sang, je me souviens, de tout, je…

– Qu'y a-t-il, Brian ?

Comment lui expliquer, à cette fille joyeuse aux yeux bleus qui ne connaissait que cet éden impossible, le sentiment de tristesse, de culpabilité et de mal-être qui l'avait poussé à participer à ce jeu télévisé ? Elle ne comprendrait jamais – pourquoi le devrait-elle ? – le désespoir absolu qui lui avait fait risquer sa vie uniquement pour participer à une émission ridicule, une vie si dénuée de sens et remplie de honte qu'il avait failli la foutre en l'air, qu'il avait failli *mourir*, dans le simple but pitoyable de passer à la télé et d'avoir une chance de gagner deux…

Gagner ? Deux ? Deux ?

– Oh, mon Dieu, George. Oh là là ! Je me souviens !

– Vous m'avez fait peur, Brian. Ravie de vous revoir. Jungle Jim, eh bien, oooh, mais qu'est-ce qui vous prend ? s'étonna George, tandis que Marley partait d'un rire long et sonore en la soulevant du sol, serrée dans ses bras et embrochée sur sa bite.

Il l'appuya contre l'arbre avec plus de force. Une lumière dorée semblait baigner le monde devant lui, comme si le soleil avait percé les nuages d'un ciel d'orage, ramenant le chant des oiseaux et rendant l'air plus frais et plus léger. Mon Dieu, comment avait-il pu oublier ?

Les deux millions de livres.

Il avait gagné.

Ses deux millions de livres, qui l'attendaient, en Angleterre.

Il allait s'en tirer. Il allait pouvoir rentrer chez lui. Il rentrait millionnaire ! Terminé, l'appart de merde à Acton et les problèmes de fric par-dessus la tête ! Tout était bien qui finissait bien : sa vie d'errance et d'échec, qui avait l'air autrefois d'une progression logique vers la misère absolue, apparaissait à présent comme un voyage tortueux mais inéluctable à destination de la gloire et du bonheur. Bon Dieu, il avait raison depuis le début. Sa mère aussi. Il avait bien fait, finalement, de ne pas s'emmerder à étudier le droit ou la comptabilité, bien fait de ne pas chercher un emploi stable à vie après la fac, bien fait, contre toute attente, de ne pas se saigner aux quatre veines dès l'âge de vingt ans pour rembourser un crédit immobilier monstrueux, bien fait de larguer tant de filles et de se faire larguer par tant d'autres, bien fait de quitter l'Espagne pour rentrer en Angleterre, bien fait de divorcer et de tout plaquer. Bien fait, même, de s'accrocher. C'était comme s'il l'avait su. Sa mère, elle, n'en avait jamais douté. Et finalement, si invraisemblable que cela paraisse, elle avait vu juste.

Brian Marley avait fini par avoir son heure.

– Brian, c'est, mmmm…

L'espace d'un instant, tandis qu'il s'enfonçait avec force en George, il revit le visage de Consuela et fut bêtement gagné par un sentiment de culpabilité. Dont il se débarrassa aussitôt. Il l'aimait bien, Consuela, d'accord. Mais entre elle et lui, il n'y avait eu qu'un petit baiser. Il n'était pas fait pour affronter ce feu obscur. Il était né pour la glace éclatante de l'Angleterre. Pas pour des yeux noirs qui vous attiraient en eux comme les puits des châteaux en ruine, mais pour des yeux d'un bleu pur qui rejetaient systématiquement toute considération ennuyeuse, toute contrariété, toute pensée non anglaise. Plus jamais il ne s'aventurerait dans une forêt sombre et semée de mines, en quête d'échos de vérité. Maintenant qu'il avait trouvé ses marques, enfin, il n'allait pas passer sa vie paumé dans un continent de bouclettes brunes, de peau foncée et d'émotions débordantes, vierge de tout chemin battu et où il ne se sentirait jamais chez lui. Il allait vivre dans un endroit où il savait exactement comment se comporter, enfin, un endroit pour lequel il avait été préparé dès la naissance : c'était un *vrai* Anglais à présent.

Les vrais Anglais ne parcourent pas le monde à la recherche des secrets de leur existence, ni ne s'absorbent dans des yeux noirs et mystérieux qui vous racontent des histoires abracadabrantes, des yeux qui seraient vite déçus quand ils remarqueraient l'absence de feu en face pour leur répondre. Les Anglais dignes de ce nom ne cherchent pas d'indices pour comprendre ce qui se passe là-dedans, dans ce machin que nous appelons notre moi. Oh, non. Les vrais Anglais s'en gardent bien. Ils savent qui ils sont. Eh bien, oui. C'est simple. Ce sont des Anglais. Et en tant qu'Anglais, ils ont des petites amies blondes qui ne leur demandent aucun engagement affectif, des filles belles à regarder qui couchent facilement, cuisinent sur des Aga et, conscientes que les hommes sont différents, ne sont jamais « déçues » et ne les font pas se sentir coupables. Les Anglais *ne connaissent pas* la culpabilité. Ils ne remettent pas en question leur place sur terre ni leur droit à y flâner en prenant du « bon temps ». Ils ont des amis qui, au volant de voitures silencieuses, se rangent dans des allées au gravier crissant quand le soir tombe et que les hirondelles cèdent la place aux chauves-souris dans la pénombre des vieux arbres, des amis grands et sereins qui apportent du bon vin et se rassemblent autour de longues tables dans de vastes cuisines. Ils se couchent quand il leur plaît, se réveillent de même et font l'amour à leur guise dans de grands et larges lits blancs aux draps raides et propres. Ils emmènent enfin leur mère dans des endroits agréables, ont des maisons spacieuses avec de grands jardins où jouer avec leur fils, des maisons situées dans des quartiers qui dépendent des meilleures écoles – mais non : qu'est-ce qu'ils en ont à foutre, les vrais Anglais, de la carte scolaire ? Eux, ils envoient leurs enfants dans des écoles privées, bien sûr. Et les font garder par des nurses. Ils sortent au restaurant sans se poser de questions, ignorant tout de la prudence honteuse et accablante des fauchés permanents. Ils vont à Brisbane si ça leur chante, ces vrais Anglais, ils se garent devant le bungalow de leur père disparu, l'esprit aussi léger que l'air conditionné de leur grosse bagnole de location, ils tapotent la carrosserie de la vieille MG bordeaux rangée dans la petite allée, et en voyant leur père sortir ils sourient, d'un sourire magnanime, comme des hommes qui ont fini par réussir dans la vie, et ils disent : « Salut, papa, content de te revoir… »

– Oh, George, bon sang…

– Oh, Brian !

Il la maintint contre l'arbre assez longtemps et avec suffisamment de force pour qu'elle jouisse elle aussi, puis la reposa au sol en la laissant glisser.

– Eh bien, dit-elle, je suis vraiment *très heureuse* que vous soyez parvenu jusqu'à nous.

– Et moi donc, renchérit-il, avant de le répéter, « Et moi donc », séduit par le son de ces mots.

Il s'appuya d'une main contre l'arbre, essoufflé et souriant, ouvertement triomphant. Tandis que George rajustait le bas de sa robe, il prit une profonde inspiration et regarda autour de lui, semblant mettre au défi qui ou quoi que ce soit de contester sa nouvelle souveraineté sur la forêt. Le monde tout entier semblait neuf et propre, comme après un grand nettoyage. Marley contempla son nouveau domaine.

Un peu plus loin dans le bois, il aperçut alors ce qui ressemblait à une palissade. Un drapeau britannique flottait au-dessus en ondoyant doucement dans le vent, ses couleurs passées à peine visibles. Comme si de sa bite, qui ramollissait à présent joyeusement, le sang refluait doublement vers son cœur, Marley sentit soudain sa poitrine se gonfler devant ce vieux drapeau, ému et fier comme il ne l'avait jamais été avant. L'Angleterre. Son Angleterre. *Et moi donc*. Les remparts de bois[1]. Cette forteresse bâtie par la Nature[2]. La palissade, si c'en était bien une, paraissait d'ailleurs bien gardée, à en juger par les têtes de sentinelles qui semblaient se découper sur la forêt obscure.

– C'est ça, le Club de la Porte ? s'enquit-il d'un ton distrait.

– Oui. Le Directeur vous y emmènera plus tard, j'en suis sûre. Venez. Allons lui raconter. Oh, j'ai hâte de voir sa réaction.

Alors qu'ils ressortaient de l'ombre des arbres, George embrassa du regard la Colonie comme pour s'en imprégner une dernière fois.

– Je ne connais que cet endroit, dit-elle simplement. Mais tout ce que nous y avons fait, en fin de compte, c'est nous préparer. Nous préparer à rentrer. En Angleterre. Dites donc, Brian, je viens de penser à une chose : vous allez être assez célèbre, je suppose, pour nous avoir trouvés, n'est-ce pas ? Mince alors, nous allons nous amuser.

1. Expression désignant les navires de la Royal Navy, du temps où ils étaient en bois.

2. À nouveau Jean de Gand sur l'Angleterre, dans *Richard II* de Shakespeare.

– Oui, n'est-ce pas ? dit d'une voix traînante Marley le héros anglais, se tenant fièrement sur le seuil éclatant de son tout nouvel avenir.

Sa vie de raté s'évanouit dans la lumière blanche et brumeuse du soleil, tout son passé se remettant en forme et apparaissant alors clairement comme les détours joyeux d'un homme qui avait toujours su qu'il aurait son heure. Il prit George par la main et l'embrassa à nouveau. À présent, enfin, il allait pouvoir devenir ce pour quoi il était né, ce à quoi il était destiné depuis toujours, ce qu'il avait en fait toujours été.

Enfin il allait pouvoir être réellement et véritablement *anglais*.

– En Papouasie-Nouvelle-Guinée ? Mon Dieu, je suis vraiment obligé d'aller là-bas ?

– J'en ai peur, patron.

– Nous pensons qu'il est *très* important que tu apparaisses à *Une jungle d'enfer 2 : opération sauvetage*. L'émission a réuni vingt-sept millions de téléspectateurs hier soir, tu sais. C'est à peu près deux fois le nombre d'électeurs qui voteront aux législatives.

– Ah. D'accord.

– Bien. De mon côté, je fais *tout* ce qui est en mon pouvoir pour que, lorsqu'on retrouvera son corps, ou qu'on abandonnera officiellement les recherches, tu sois présent. Comme par hasard, bien sûr. Cela peut se révéler très utile pour Channel Seven au moment du renouvellement des licences.

– Sensass, hein, patron ?

– Oui, sans doute.

– Tu pourras poser auprès de son corps si on le retrouve. Naturellement, nous veillerons à ce qu'il ait été désinfecté au préalable. De toute façon, qu'on le retrouve ou pas, tu pourras prononcer le discours que je t'ai écrit sur « l'esprit britannique ». C'est l'idée de l'émission, tu comprends. Ça colle parfaitement. La Grande-Bretagne, c'est notre mot d'ordre, je te le rappelle.

– Oui, je sais.

– Bon, je vais donc dire à Channel Seven que ça marche. Au fait, le chancelier est dehors avec d'autres ministres. Ils veulent te voir.

– Oh, non, quels ministres ?

– Je n'ai pas fait attention. Les nouveaux, je crois.

– Je vais prendre leurs noms, à ces cons-là, vous en faites pas, patron.

– Il faut vraiment que je les voie ?

– Eh bien, il faudrait au moins que tu voies le chancelier. Je peux lui dire que tu lui accordes dix minutes, si tu veux, et je renvoie les autres.

– Ça ne t'ennuie pas ? Merci. Au fait, je me disais, enfin, je sais que ce n'est pas vraiment possible, mais, et si cet homme dans la jungle était toujours en vie ?

– Dans ce cas, tu prononceras le discours sur le capitaine Scott et Livingstone[1] à la place de l'autre. Ce qui compte, c'est que tu cases « Grande-Bretagne » le plus souvent possible.

– Et que vous évitiez « Angleterre », patron.

– Oui, oui, d'accord.

– Ah, et ce serait bien que tu regardes les enregistrements de la première édition, pour que tu aies l'air d'un fan. Il ne faudrait pas donner l'impression de snober ces émissions, n'est-ce pas ? Pas quand elles sont suivies par vingt-sept millions de téléspectateurs.

1. Deux célèbres explorateurs britanniques, le premier s'étant attaqué à l'Antarctique au début du XXe siècle et le second ayant sillonné l'Afrique à la fin du XIXe. Tous deux morts lors d'une expédition.

– Oh là là, c'est vraiment indispensable ? Bon, bon, d'accord.

– Monsieur le Directeur ! Monsieur le Directeur !

– George, mais enfin, que se passe-t-il ?

Marley et George déboulèrent dans la vaste tente du Directeur. Ils le trouvèrent vêtu d'une vieille chemise de soirée et d'un pantalon à rayures, des demi-guêtres au-dessus de ses pieds nus, occupé à choisir un col et un nœud papillon dans une malle en fer cabossée, tandis que Tom Devereux lui boutonnait ses bretelles au dos de la ceinture haute de son pantalon. George serra la main de Marley dans la sienne et lui sourit une dernière fois.

– Monsieur le Directeur, Tom, il a retrouvé la mémoire, n'est-ce pas, mon chéri ?

– Non, c'est vrai, mon gars ?

– Bravo, mon vieux.

– Absolument, se rengorgea Marley. Je m'appelle Brian Marley, je suis millionnaire et je me souviens de tout.

– Eh bien, allez-y, mon gars ; où en est l'Angleterre ?

– L'Angleterre va bien. Nous pouvons rentrer dès à présent.

– Mais d'après le Padre, vous disiez que les Albanais occupaient Maidstone et que nos universitaires devaient laver leur linge.

– Les Albanais ? Ha ha ! Non, non, ce sont eux qui lavent notre linge à nous.

– Le ciel soit loué, hein, monsieur ?

– Oh, monsieur le Directeur, n'est-ce pas fantastique ? L'Angleterre va bien ! Nous pouvons rentrer chez nous !

George sauta au cou du Directeur, dont les yeux verts se mouillèrent.

– Vous l'aviez dit, monsieur, qu'elle s'en sortirait.

– Oui, n'est-ce pas, Devereux ?

– Absolument, monsieur.

Le Directeur et Devereux échangèrent une poignée de main virile. L'espace d'un instant, il sembla même que le vieil homme allait prendre le plus jeune dans ses bras, mais la discipline eut le dessus. Le Directeur se tourna vers Marley et lui serra vigoureusement la main.

– Bon Dieu, oui, nous allons rentrer. Ha ! Eh bien, Marley, allez-y, dites-nous tout. Racontez-nous comment l'Angleterre s'en est sortie.

– Sortie ?

– De la guerre, mon vieux, de la guerre.

– Quelle guerre ?

– Quelle guerre ? Mais la grande, tiens. Celle contre les rouges. La troisième, quoi. Comment ça s'est passé ? Ils ont eu Londres, ces salopards ? Combien avons-nous perdu d'hommes ? Le conflit s'est arrêté à l'Europe, ou a-t-il gagné le monde entier ? Qu'ont fait les jaunes ?

– Ah, ça. Ha ha ! Non, il n'y a pas eu de guerre.

La poigne de fer du Directeur se figea sur la main de Marley.

– Comment ça, il n'y a pas eu de guerre ?

– Elle n'a pas eu lieu. La grande guerre. La Troisième Guerre mondiale. Elle n'a jamais éclaté.

La main de Marley fut libérée. Le Directeur s'écarta d'un pas et se tourna pour s'appuyer sur sa table à tréteaux, comme abîmé dans la contemplation.

– Pas de guerre, hein ? Pas d'attaque des rouges ? Pas de bombe H ?

– Non. L'Angleterre va bien. Nous pouvons rentrer quand nous voulons.

Marley passa son bras autour de la taille de George et regarda le vieil homme avec un sourire indulgent. Le

Directeur continuait de contempler le plateau en pin brut de sa table, comme s'il étudiait les nervures du bois.

– Monsieur le Directeur, dit George, déconcertée. N'êtes-vous pas heureux ?

– C'est tout de même une bonne nouvelle, vous ne trouvez pas, monsieur ?

– Dites-moi, Devereux. Les indigènes ont entendu parler de l'Angleterre, n'est-ce pas ?

– S'ils en ont entendu parler ? Eh bien, oui. « Madame reine », et cetera.

– Exactement, Devereux. Certains d'entre eux ont même quelques notions d'anglais. Ils sont en contact avec d'autres tribus, qui elles-mêmes sont en contact avec d'autres, et ainsi de suite, n'est-ce pas ?

– Eh bien, oui, mais je ne vois pas où vous voulez en venir, monsieur.

– S'il n'y a pas eu de guerre, Devereux, si la civilisation s'est maintenue, les indigènes devraient le savoir, non ? Or ils ne nous en ont jamais rien dit. Chaque fois que nous les rencontrons, je leur demande des nouvelles de l'Angleterre, naturellement, et ces crétins-là secouent la tête et répondent d'un air triste : « Désolé, monsieur Directeur, rien nouveau sur Angleterre. » Chaque fois c'est pareil, année après année. Enfin, quoi, vous les avez entendus, Devereux. Réfléchissez, bon sang.

– C'est vrai, monsieur, vous avez raison. C'est étrange, maintenant que vous le dites.

– N'est-ce pas ? Qu'en pensez-vous, Marley ?

– Moi ? Eh bien, écoutez, je regrette, moi non plus je ne comprends pas, mais…

– Moi, je crois que je comprends. Ceux de votre bande ont cru que tous nos vieux étaient morts, c'est ça ? Vous pensiez que vous pouviez berner les jeunes ?

– Berner ?

Sous le regard hébété de Marley, le Directeur sortit

lentement d'un étui posé sur la table un revolver qui, malgré son grand âge, était manifestement en parfait état de marche, ouvrit la culasse et vérifia que le barillet était vide.

– Euh, écoutez, je ne suis pas sûr de vous suivre, gloussa bêtement Marley.

– Monsieur le Directeur ? fit George.

– Monsieur ? ajouta Devereux.

Le Directeur glissa sans se presser une seule cartouche dans l'une des chambres. Marley, abasourdi par le caractère irréel de la scène, resta sans réaction.

– George, Devereux, il est temps que je vous fasse un aveu. Voyez-vous, les livres que nous avons ici ne vous disent pas tout sur l'Angleterre, j'en ai peur. Et moi non plus, je ne vous ai pas tout dit. Je ne vous ai pas parlé de la pourriture qui commençait à s'installer. J'aurais peut-être dû, et si j'ai eu tort, je m'en excuse. Mais voyez-vous, quand nous avons compris que nous étions ici pour un bout de temps, nous autres, les plus âgés, sommes convenus que, pour le bien du moral, il y avait certaines choses à propos de l'Angleterre qu'il valait mieux taire aux jeunes. Certains noms anglais qu'il valait mieux ne pas prononcer. Des noms comme Burgess et Maclean, hein, Marley ? Des amis à vous, par hasard ?

– Des amis ? Je n'étais même pas né à l'époque.

– Pas de guerre, Marley ? Vous me prenez pour un idiot ? Pas de guerre ? Ce Mig-19 nous a abattus froidement. Nous, un avion civil, bon sang ! Puis nous avons vu les nuages en forme de champignon, quelques semaines plus tard. Et personne n'est jamais venu à notre secours. Pas de guerre, hein ?

– Non, il n'y en a pas eu. Je vous jure.

– Tout le monde savait qu'elle allait éclater. Nous nous y préparions tous. Et nous ne lésinions pas sur les moyens: défense civile, bombardiers V, systèmes d'alerte rapide… Il le fallait bien, nous savions que les rouges dépensaient des fortunes pour essayer d'être mieux armés que nous. Et nous savions aussi qu'il y avait des cinquièmes colonnes. Il y en avait beaucoup, hélas, mes amis. Des canailles, des idiots, des bons à rien prêts à tout pour s'enrichir, qui criaient au scandale quand un fermier anglais défendait sa femme et ses enfants au Kenya, mais qui avaient des tas d'excuses de jésuite quand les rouges entraient avec leurs chars dans Budapest. Et vous voulez me faire croire que Moscou s'en est tenu là, sans se battre ?

– C'est pourtant ce qui s'est passé. Tout ça a fini par… *s'arrêter*, tout simplement. L'Union soviétique, ça n'existe plus, ça s'est, euh, oui, désagrégé.

– *Désagrégé ?* Bon Dieu, vous savez vraiment comment insulter l'intelligence d'un homme. Avouez-le, vous êtes venu nous débusquer pour vos maîtres rouges. Parce que nous sommes tout ce qui reste de l'Angleterre, n'est-ce pas ?

– C'est ridicule. L'Angleterre va bien, enfin, c'est l'Angleterre.

Le vieux et lourd revolver se referma avec un claquement.

– Monsieur, je crois vraiment…

– S'il vous plaît, monsieur le Directeur, je suis sûre que Brian ne nous ment pas.

– Mon père était un officier de la Navy, bredouilla Marley, instinctivement.

Le Directeur cligna des yeux, manifestement déstabilisé.

– Quoi ? Sur quel bâtiment ?

– Je l'ai dit au, euh, pasteur, enfin, au Padre. Il était sur l'*Eagle*. Comme la bande dessinée.

– Votre père était officier sur l'*Eagle* ?

– Oui.

– Quand ?

– Eh bien, attendez, euh, en 1953. Oui. La même année que le couronnement.

– Cinquante-trois ? Moi, j'étais sur l'*Eagle* en cinquante-quatre. En détachement auprès des commandos. Au large de la Malaisie. Et je n'ai jamais connu personne du nom de… bon sang. Attendez un peu. Marley, Marley, Marley. Mais oui. Attention, Marley, j'ai rencontré des rouges bougrement rusés de mon temps, alors répondez-moi, et répondez-moi bien. Si c'était votre père, de quoi avait-il l'air ?

Fiévreusement, Marley sonda les profondeurs obscures de sa mémoire.

– Il était, euh, grand, avec une barbe blonde. Il était sous- lieutenant. Il travaillait dans l'électronique, les radars, je crois. C'est la vérité.

Aucun doute : une lueur passa dans les yeux verts.

– Il avait peur de voler, ajouta Marley, seule autre information dont il disposait sur son père.

À sa grande surprise, celle-ci parut décisive.

– Oui. Oui, je me souviens de lui.

– Vraiment ? Oh, merci mon Dieu ! s'écria George.

– Un grand, un officier subalterne affecté aux radars de pointage. Qui avait peur de voler. Oui. C'est ça. Un gars recruté dans le civil, Devereux. Il a participé aux recherches après le crash du Comet de Naples, et la chaloupe qu'il commandait a repêché un écolier décapité. Il a été très secoué, paraît-il, plus moyen de le faire approcher d'un avion après ça.

– Oui, c'est lui, s'empressa de confirmer Marley, bouleversé de mesurer tout à coup qu'on ne connaît vraiment ses parents que quand il est trop tard pour changer ou dire quoi que ce soit, trop tard pour que cela ait une quelconque importance.

Peut-être que tout ce qu'on sait, on le sait trop tard. Peut-être que le propre du savoir est d'arriver après la bataille : on fait ce qu'on fait et quand c'est fini on sait ce qu'on a fait, mais dans l'intervalle le temps a passé, la page est tournée, le rocher qu'on poussait a déjà basculé dans le puits profond de l'avenir imprévisible, et toutes nos connaissances tardives ne peuvent empêcher le rocher de finir dans l'eau sombre, qu'on le veuille ou non…

– Tout ça, c'est bien joli, Marley, mais un fils peut trahir son père, et nous ne savons toujours pas ce que vous êtes venu faire ici. Qui vous envoie ? Le gouvernement ? Dans ce cas, où est votre unité ?

– Pardon ? demanda bêtement Marley.

Il s'arracha à ses réflexions sur son père inconnu pour revenir à la réalité. En baissant les yeux, il vit les doigts du Directeur qui blanchissaient, inconsciemment crispés sur la crosse et sur la détente du revolver, même si celui-ci n'était pas encore réellement pointé vers lui.

Dernièrement, Marley avait eu un collègue à la London English School, un Irlandais soiffard et larmoyant, amateur de bagarres dans les pubs, qui avait été ordonné prêtre par le pape lui-même à l'occasion de la fameuse visite de ce dernier en Irlande, tout ça pour s'apercevoir vingt ans plus tard que plus personne en Irlande ne s'intéressait à ce que disaient les prêtres, et qu'il avait gâché son irremplaçable jeunesse à s'accrocher vainement aux basques fuyantes de l'histoire, pendant que les autres construisaient des bungalows et des autoroutes ou créaient des entreprises. Pour l'heure, dans les vieux yeux verts du Directeur, Marley sentait se jouer la même lutte intérieure, tandis que le guerrier grisonnant s'efforçait d'écarter l'effroyable possibilité qu'il se soit tout simplement trompé toute sa vie. Les hommes comme ça sont dangereux, Marley le savait. Doucement, il montra les paumes de ses mains, manière séculaire de signifier son innocence.

– Je suis venu pour participer à une émission de télévision, dit-il, le plus simplement et calmement possible. C'était, euh, une sorte de, de jeu, un jeu d'aventures, dans la jungle. Il y a eu un accident et tout le monde est mort. Je suis millionnaire en Angleterre, je vous dis, tout ce que je veux c'est rentrer chez moi, j'ai un fils. Il n'y a pas eu de guerre. Je vous assure. Tout va bien. Nous pouvons rentrer. L'Angleterre sera très étonnée, euh, monsieur, monsieur le Directeur. Et ravie. Vraiment.

– Monsieur, je pense qu'il dit la vérité.

– Je le crois, monsieur le Directeur.

Le Directeur regarda George et Devereux tour à tour, et Marley vit la main qui tenait le vieux revolver trembler légèrement. Le canon s'abaissa pour se retrouver pointé presque vers le sol.

– Bon sang, les amis, je ne suis pas un homme déraisonnable. Marley, si vous dites la vérité, nous sommes tous du même côté, et sans rancune. Mais j'ai déjà interrogé des rouges, et je vous préviens, je suis très fort pour deviner quand un homme ment pour sauver sa peau. Alors allez-y, mon vieux. S'il n'y a pas eu de guerre, comme vous le prétendez, racontez-moi donc ce qui s'est passé depuis notre arrivée ici. Eh bien ?

– Dites-lui, Brian.

Dans le silence lourd d'attente, Marley plongea son regard dans les yeux verts comme dans le puits de la Vérité elle-même. Que s'était-il passé ? Oui, que s'était-il passé, vraiment passé, depuis sa naissance ? Quelles photos sépia, quels vestiges morcelés, quelle trace de l'ère contemporaine de sa vie, sa petite vie terrestre à lui, Brian Marley, les anthropologues ou les archéologues retireraient-ils d'ici trois cents ans des bibliothèques souterraines poussiéreuses, des amas de déchets radioactifs ou des villes englouties par la fonte des glaces ? Ou bien, si la civilisation survivait et que, dans dix générations, les enfants continuaient de passer, médusés, devant le squelette du diplodocus au Natural History Museum, vieux de soixante-dix millions d'années mais d'ici là pas plus mort que ne le serait Brian Marley, qu'apprendraient-ils sur son époque, quels rares faits marquants enseignerait-on dans les écoles sur le dernier tiers du vingtième siècle et les premières années du vingt et unième ? Que s'était-il passé qui eût une importance, si minime soit-elle, dans le miroir sombre de l'éternité ?

– Eh bien, euh, oui, on a beaucoup parlé d'une grande guerre. Je me souviens, tout petit, dans mon lit, je pensais aux bombes atomiques. Mais, en fait, l'une des premières choses dont je me souvienne vraiment, ce sont les funérailles de Winston Churchill.

– Ce bon vieux Winston. On l'a enterré en grande pompe, j'espère ?

– Oh, oui, il me semble qu'on nous a donné la journée de congé à l'école ou quelque chose comme ça. Ç'a été un grand événement, nous avons tous suivi la cérémonie à la télévision. Et quelqu'un est allé sur la Lune, oui, un grand moment, et ça aussi, tout le monde l'a suivi à la télévision.

– Vous vous rendez compte, monsieur le Directeur, un Anglais sur la Lune ?

– Non, je regrette ; sur la Lune, ce n'étaient que des Américains.

– Quoi, pas un Anglais ?

– Hélas, non. Il y en a bien eu une, de guerre, dans un pays qui s'appelle le Viêt-nam, pendant très longtemps. On avait l'impression que ça ne s'arrêterait jamais.

– Je sais très bien où est le Viêt-nam, Marley. J'étais en Corée avec le Gloucestershire Regiment. Avons-nous gagné au Viêt-nam ?

– Ce n'était pas nous. Seulement les Américains. Ils ont perdu.

– Hmm, je veux bien le croire. Coriaces, ces petits Vietnamiens, ils avaient déjà fait cracher leurs escargots aux Français. Ils ont donc battu aussi les Yankees, vous dites ? Mais, et les rouges, les vrais rouges, les Russes et les Chinois, ils n'en ont pas profité pour nous tomber dessus ?

– Eh bien, les Russes ont envahi la Tchécoslovaquie, mais ça n'a pas déclenché de guerre.

– Nous les avons laissés faire ?

– Euh, oui.

– Bon sang, Devereux, je ne vais pas jouer les étonnés. Encore cette foutue politique d'apaisement, comme en Hongrie. Nous ont-ils menacés ?

– Je ne crois pas. J'étais encore petit, et à l'époque, c'était surtout la musique pop qui intéressait la population.

– La musique quoi ?

– Un genre de, euh, des gens qui jouaient de la guitare et qui chantaient. Et nous avions tous nos grandes sœurs et nos grands frères qui se mettaient à porter des vêtements à fleurs, à parler de paix et d'amour et à prendre de la drogue.

– Quoi ? C'était quand, ça ?

– Oh, vers la fin des années soixante.

– Mais que faisaient les honnêtes gens, bon Dieu ? Si c'était dans les années soixante, il devait y avoir des millions de braves types de trente, quarante ans, des types qui avaient vécu la guerre et défendu leur pays. Comment ont-ils pu laisser une telle chienlit se développer ?

– Écoutez, je ne sais pas, je n'étais qu'un enfant, j'étais louveteau chez les scouts, vous voyez ce que je veux dire, je n'ai pas vraiment fait attention. Je crois que tout ça a pris fin assez vite, et ensuite, eh bien, c'est assez difficile à expliquer, quand j'ai commencé à grandir et à prendre conscience du monde, et à réfléchir à ce que j'allais y faire, c'était déjà les années soixante-dix, et il régnait une atmosphère comme si tout était allé de travers sans qu'on sache vraiment comment. La situation semblait chaque année un peu plus grave et un peu plus noire, la vie devenait plus chère de semaine en semaine, il y avait tout le temps des grèves, des tués en Irlande du Nord, des gens qui se retrouvaient au chômage, et le sentiment général, je crois, était que ça n'allait jamais cesser d'empirer et que ce n'était plus la peine de faire quoi que ce soit.

Il y eut un long silence, qui se termina par le bruit sourd du métal contre le bois tandis que le Directeur posait son revolver sur la table à tréteaux.

– Monsieur ?

– Vous le croyez, monsieur le Directeur ?

– Hélas oui, George. C'est, hélas, parfaitement plausible. Nous étions quelques-uns à le sentir venir. Ce pourrissement général. Mais qui était au pouvoir ? Oui, le gouvernement ? Qui a laissé le pays s'enliser sans réagir ?

– Oh, euh, à l'époque, c'étaient surtout les travaillistes.

– Évidemment, les socialistes, qu'ils soient maudits, eux et tous ceux qui n'ont pas su leur tenir tête.

Ensuite, je suis allé à l'université, reprit Marley, pressé de profiter de son apparente position de force pour ajouter le plus de détails vraisemblables possible, et des barbus nous ont enseigné que rien n'avait vraiment de sens et que tous les maux de la terre étaient causés par des privilégiés blancs protestants qui prétendaient le contraire.

– Toujours les mêmes, ces universitaires gauchistes. À l'époque ils voulaient nous faire croire que Nasser était une espèce de héros. Ils font partie de ces gens qui ne voient le bien qu'ailleurs que chez eux.

– Ensuite, Mrs Thatcher est devenue Premier ministre.

– Une *femme* Premier ministre ?

– Et à partir de là, les choses ont encore empiré, le nombre des chômeurs a atteint quatre millions et il y a eu des émeutes dans les grandes villes, il a presque fallu appeler l'armée à Liverpool et à Brixton, puis les mineurs ont fait la grève pendant un an et…

– Arrêtez, bon Dieu, ça suffit. Comment puis-je dire aux nôtres que c'est pour ça que nous nous sommes donné tout ce mal ? Quatre millions de chômeurs ? Des émeutes dans le sud de Londres ? Les mineurs en grève pendant un an ? Le moral va s'effondrer, tout simplement. Ici, nous avons perpétué les valeurs de l'Angleterre. Je leur ai dit, à tous, que l'Angleterre finirait par s'en sortir, qu'un jour on viendrait nous chercher, qu'il nous suffisait de rester anglais, de ne pas devenir des sauvages, de ne pas nous laisser aller à vau-l'eau. Et c'est ce que nous avons fait. Et maintenant vous me dites…

– C'était il y a vingt ans, précisa Marley. Il s'est passé beaucoup de choses depuis, il y a eu…

– Brian, je vous en prie, taisez-vous. Je crois qu'il en a assez entendu. Je, oh, j'aurais presque préféré que vous ne soyez jamais venu.

Ravalant une larme en reniflant, George se précipita auprès du Directeur pour le soutenir. Il la regarda comme depuis une planète lointaine. La conviction qui lui donnait sa force depuis si longtemps semblait s'être dérobée, et il se tenait devant eux, réduit à l'état d'un ancien combattant d'une vieille guerre oubliée.

– Ça alors… Pas de guerre, hein ? Pas d'actes d'héroïsme ? Pas de Fort Alamo ? Rien que quatre millions de chômeurs, des émeutes à Londres et des mineurs en grève, hein ? La gangrène rouge a donc fini par l'emporter. Mon Dieu, pauvre Angleterre.

Il reprit lentement son vieux revolver et le rangea dans l'étui de cuir, puis, sur la table d'une propreté impeccable, posa soigneusement l'étui et la ceinture qui allait avec en les mettant bien à plat, comme s'il savait qu'il n'aurait plus jamais besoin de ces objets mais espérait sans trop y croire que quelqu'un d'autre, un petit-fils pas encore né, peut-être, en aurait un jour l'utilité. Il redressa lentement le dos, ce qui lui demanda manifestement un grand effort de volonté.

– George, ma chère, ne vous en faites pas pour moi. Je peux affronter la vérité. C'est pour les jeunes que je m'inquiète. Je ne sais pas, nous devrons peut-être leur mentir pour préserver le moral. Ce n'est pas bien et ça ne me plaît pas, mais que faire ? Nous ne pouvons pas leur dire tout ça, n'est-ce pas ? Non, non. Mais nous, nous, dans cette tente, oui, nous devons savoir le pire. Alors allez-y, Marley. Je suis prêt. Que s'est-il passé ensuite ? Où en étions-nous, Devereux ?

– Une femme Premier ministre, monsieur.

– Oui. Bon sang, ces foutus socialistes n'ont-ils aucun bon sens ?

– Oh, non, elle était conservatrice. *Très* conservatrice.

– Quoi ?

– Et sa première mesure a été de s'engager dans un conflit avec l'Argentine.

– Mais les Argentins ont toujours été nos copains. Le polo, tout ça. Vous êtes sûr, Marley ?

– Ils avaient envahi les Malouines.

– Ah oui, ça. Ces abrutis n'ont jamais pu se résoudre à s'en défaire. Je suppose qu'ils nous ont battus, en plus ?

– Non, nous y sommes allés et nous les leur avons reprises, par la force.

– Quoi, ça a vraiment chauffé ?

– Oh oui, nous avons perdu des navires et plusieurs centaines d'hommes. Mais nous avons gagné.

– Notre flotte qui va en découdre à l'autre bout du monde et qui en sort victorieuse ? Voilà qui est mieux, hein, Devereux ? Et ensuite ?

– Eh bien, ensuite, elle a écrasé la grève des mineurs et plus ou moins anéanti les syndicats.

– Vraiment ? Mais comment diable y est-elle parvenue ?

– Oh, eh bien, en faisant charger la police montée sur la foule, je crois, principalement.

– Le langage de la mitraille, hein ? Une sacrée bonne femme, dites donc.

– Et elle est restée Premier ministre des années. Les Américains ont commencé à déployer d'énormes camions chargés de missiles nucléaires dans toute l'Angleterre et tout le monde a cru qu'il allait vraiment y avoir une grande guerre contre les Russes. Je me souviens, un jour, on a entendu dire qu'une bombe H avait été larguée sur Kiev. Au début, nous étions tous persuadés que ça y était, que c'était le début de la guerre, et pendant quelques minutes les gens se sont arrêtés de travailler et ont regardé le ciel en s'attendant à voir arriver des missiles et en se demandant quoi faire. Mais en fait, ce n'était qu'une centrale nucléaire russe qui avait explosé, et tout le monde a été rassuré. Enfin, sauf les habitants de Kiev, bien sûr. Et les paysans du nord du pays de Galles, où est passé le nuage radioactif. Ensuite, ah oui, eh bien, les Russes ont envahi l'Afghanistan. Pour ça non plus, nous ne sommes pas intervenus.

– Oui, ces salopards ont toujours voulu l'Afghanistan, que ce soient les rouges ou les simples Russes d'autrefois.

– Ils se sont fait virer.

– Ha ! Des teigneux, ces Afghans.

– Ensuite, eh bien, comme je vous l'ai dit, il y a une dizaine d'années ça s'est désagrégé.

Voyant alors une flamme d'indignation se rallumer dans les yeux verts du Directeur, Marley s'empressa de préciser :

– Pas l'Angleterre. La Russie. L'Union soviétique. Personne ne s'y attendait, surtout pas les universitaires. Le mur de Berlin est tombé, en Roumanie on a exécuté le chef du communisme et ensuite, eh bien, tout s'est... oui, *désagrégé* en quelques mois. Il n'y a pas eu de guerre, ça s'est arrêté comme ça. Et du jour au lendemain, on s'est demandé comment on avait pu avoir peur d'eux, le seul problème étant de décider quoi faire de tous leurs sous-marins et missiles nucléaires rouillés.

– Comment, vous voulez dire qu'il n'y a plus de rouges du tout ?

– Je crois que les Chinois se revendiquent encore communistes, en quelque sorte, mais de nos jours ils se contentent essentiellement de fabriquer des radios, des appareils photo et des jouets.

– Bon sang... Nous avons donc gagné ? Nous avons battu ces salopards de rouges ? Sans tirer un seul coup de feu ? Sans avoir recours à la bombe H ?

– Eh bien, oui, je suppose qu'on peut le dire. Oui, nous avons gagné. Nous avons gagné.

– Devereux ?

– Oui, monsieur ?

– Donnez-moi votre main, l'ami.

– Félicitations, monsieur.

– George ?

– Oui, monsieur le Directeur ?

– Dans mes bras, ma chère enfant.

– Oh, monsieur le Directeur.

– J'avais donc tort, n'est-ce pas ? Bah ! quelle importance, qui avait raison et qui avait tort, si l'Angleterre est vainqueur, hein, ma fille ?

– Aucune, monsieur le Directeur.

– Marley ?

– Oui, euh, monsieur, monsieur le Directeur ?

– Serrons-nous la main, mon vieux. Sans rancune, hein ? Et maintenant, vous tous, écoutez-moi. Je crois que ce soir va avoir lieu un jamboree dont on se souviendra.

– Pas question que je me pose dans cette purée de pois, dit l'Australien qui pilotait l'hélicoptère.

– Mais il m'a semblé voir de la fumée.

– Non, c'est seulement l'air froid du glacier qui remonte en rencontrant le sol. Ou peut-être un geyser. Tout ce qu'il y a sous ces nuages, c'est des rochers. Et les rochers, ça n'aime pas les hélicoptères. Oublie, mon pote.

Au-dessous d'eux, l'étrange et plate couverture nuageuse s'étendait sur une cuvette encaissée entre des sommets abrupts, formant une sorte de carré d'un bon kilomètre de côté. La réverbération du soleil tropical était telle sur cette couche blanche qu'elle la rendait presque aussi lumineuse que le glacier nu qui la dominait.

– Bon, d'accord, se résigna le journaliste de CNN. On rentre.

Et l'appareil fit donc demi-tour. Pour regagner l'étuve de l'immonde capitale côtière, avec ses taudis et ses habitants armés jusqu'aux dents. Là où des dizaines d'autres équipes de télévision arrivaient en ce moment des quatre coins du monde. Là où de nouveaux concurrents venus de tous les continents se préparaient à se lancer aveuglément dans la jungle, chacun de leur côté et avec pour seules provisions du pain, de l'eau, de la quinine et de la vitamine C, leurs petites caméras numériques sous le bras pour enregistrer leur mort probable lors d'*Une jungle d'enfer 2 : opération sauvetage* (les barrières étaient à présent tombées et tout à coup, la terre entière semblait s'être accordée sur le fait que mourir en direct à la télévision, finalement, ne posait pas de problème). Il y avait tellement de candidatures que cela avait permis à Channel Seven et aux nombreuses chaînes à travers le monde qui s'étaient jointes à elle de diminuer considérablement le montant de la récompense.

Tandis que l'hélicoptère du journaliste de CNN piquait pour s'éloigner des sommets coiffés par les nuages, il en croisa un autre qui survolait la forêt en prenant de l'altitude.

– Eux, ils continuent d'y aller, là-haut, dit le journaliste, accusateur.

– Ils n'ont pas encore vu le nuage, rétorqua le pilote d'un ton méprisant. Ils sont cons, ces Rosbifs. Si ça les amuse de gaspiller leur carburant. Ils peuvent même aller se déchirer le cul sur les rochers si ça leur plaît. Écoute, mon pote, cette putain de montagne, c'est le Hindenburg Wall, OK ? On dit que c'est la huitième merveille du monde. T'as vu la hauteur ? Ça grimpe d'un coup de quatre cent cinquante mètres par rapport au sol de la forêt, et ça fait plus de trente bornes de long. Les hélicos se sont crashés en bas, on est d'accord ? Franchement, tu crois qu'un Rosbif de quarante berges en train de crever pourrait arriver en haut sans équipement, en admettant qu'il tente le coup ? Et s'il y arrivait, ce qui est impossible, qu'est-ce que tu crois qu'il y a sous ces nuages à part encore des falaises, la jungle et des moustiques ? Laisse tomber, mec. Allons plutôt s'en jeter une.

Et le pilote s'amusa alors à foutre la trouille à ce connard prétentieux d'Amerloque à côté de lui en rasant le vaste flanc du Hindenburg Wall, à cinq mètres à peine du roc.

– Alors dites-moi, ma chère Consuela, ça vous plaît, l'Angleterre ?
– Ça mé plaît beaucoup. Mais yé n'aime pas votre main si près dé ma yambe.
– Quoi ? Oh, ha, je bougeais ma chaise, ma chère enfant. Baines ?
– Oui, monsieur ?
– Cognac.
– Quatre cognacs, monsieur.
– À votre santé, colonel.
– *Salud*, sir James, *salud* à vous, sir Charles ! Cé livre, *L'Étoffe des héros*, qué c'est oune merveille. Yé lé conserverai précieusement.
– Excusez-moi, monsieur ?
– Qu'y a-t-il, Baines ?
– Les épreuves de l'édition de demain sont arrivées, monsieur. Voudrez-vous les voir ?
– Apportez-les-moi, je vous prie. Navré, colonel, ma chère Consuela, navré, Charles, mais il faut que je veille au grain. J'en ai pour une seconde.
– Bien sûr, Jimmy. C'est un honneur de voir le maître au travail, n'est-ce pas, colonel ?
– Lé dévoir avant tout, sir Charles !
– Papa, yé vais bientôt rentrer à notre hôtel.
– Voyons ça. Ce foutu Premier ministre. Si seulement le parti n'était pas dans un si piteux état, hein ? Ce petit couillon mielleux a les coudées franches, dans la situation actuelle. Hmmm. Les Yankees recommencent à faire du forcing, je vois. On ne peut pas leur en vouloir,

remarquez. Bon, bon, très bien. Hmmm, beau brin de fille, hein, Charles ? Que pensez-vous de cette robe, ma chère ? Vous ne joueriez pas du violoncelle, par hasard ? Ah, la rubrique nécrologique. Beau papier sur O'Connor, j'ai veillé à ce qu'il ait sa demi-page. Un sacré bonhomme, colonel, il vous aurait plu. Il en a fait baver aux rouges quand il était en Malaisie avec les Sarawak Rangers.

– Gloire à lui, sir James !

– Oui. Il faudra que je le mette dans le volume 2 de *L'Étoffe des héros*. Qui ne va pas tarder à sortir, au train où les gars passent l'arme à gauche. Nous aurons bientôt tous droit aux honneurs de l'histoire, mon cher colonel. Quand tous ceux qui ne sont pas morts quand ils étaient jeunes et braves finissent par y passer, quelle importance que certains soient morts au combat il y a cinquante ans et non la semaine dernière dans une maison de vieux à Cheltenham, hein ? Tiens, qui c'est, ce jeune type ? Jamais entendu parler de lui. Qu'a-t-il fait, lui, pour avoir ses deux colonnes ? Une lopette du West End qui a les faveurs de la plèbe, tout ça parce qu'il a montré sa trombine une ou deux fois à la télévision ? Vous voyez, Charles, qu'est-ce que je vous disais ? Dès que j'ai le dos tourné, cet idiot de Harry en profite pour essayer de *plaire aux jeunes*. Qu'ils aillent au diable, les jeunes. Nous sommes bien plus nombreux qu'eux et…

– *Brian !* Papa, régardé, qué c'est mon Brian !

– Aïe. Écoutez, ma chère, je suis vraiment navré, j'ignorais. Baines ?

– Sir James ?

– Mouchoir pour la demoiselle, dépêchez-vous.

– Oui, sir James.

– Ça va, sir James, yé né pleurerai pas. Vous comprenez, yé né crois pas qué il est mort.

– Bravo, mademoiselle, elle a du cran, hein, Jimmy ?

– Une perle, Charles.

– Ah, Consuela, tou né m'avais pas dit qué son père était oune officier dé la marine anglaise !

– Yé né lé savais pas, papa. Il né m'en a yamais parlé.

– Oui, c'est très anglais, ça !

– Quatre cognacs et un stock de mouchoirs, sir James.

– Merci, Baines. Bon, eh bien, à lui, ma chère, vivant ou mort.

– Dieu tout-puissant, Toi qui es un rempart pour Tes serviteurs face à leurs ennemis, nous Te louons et Te rendons grâce pour nous avoir délivrés de ces grands dangers qui nous assaillaient. Nous reconnaissons que c'est par un effet de Ta bonté que nous ne leur avons pas succombé (*très à propos, cette partie-là, hein ?*) et Te supplions de continuer à nous accorder Ta protection, que le monde entier sache que Tu es notre Sauveur et notre puissant Libérateur, à travers Jésus-Christ, Notre-Seigneur. Amen.

– Amen, répondit un mélange de voix en cascade, des voix des deux sexes, de tous âges et de tous timbres, mais toutes incontestablement anglaises, claires, nettes et assurées, les visages baignés par l'étrange luminosité sans ombre de l'après-midi sous le ciel nuageux de la Colonie, à laquelle s'ajoutait une lumière intérieure tandis qu'on attendait que le soleil se couche, que les vents tournent comme chaque jour et que le grand feu de joie soit cérémonieusement allumé par le Directeur lui-même, à l'aide de l'arc et du bâton traditionnels (comme indiqué dans le manuel des scouts de 1958), pour que la fête commence et que chacun chante à nouveau les chants anciens de sa race, dans l'ombre des flammes sous le froid ciel étranger, émaillé de constellations entraperçues que n'avaient célébrées ni Homère ni Shakespeare.

À l'intérieur de la tente, le Directeur patientait en tendant l'oreille.

– Amen, dit-il.

– Amen, s'empressa de l'imiter Marley.

Devereux se tenait prêt pour relever le rabat qui servait de porte à la grande tente de toile du Directeur, afin qu'ils apparaissent publiquement devant la Colonie. George se hâtait de recoudre un bouton sur la manche du smoking croisé de Marley. Dehors, la voix flûtée du Padre continuait sa lecture du livre du rituel anglican.

– Écoutez-moi bien, Marley, dit le Directeur en bouclant sous son habit la ceinture-harnais à laquelle était accroché l'étui de cuir du revolver, aisément et machinalement, comme on boutonne ses manchettes.

– Oui, euh, monsieur le Directeur ?

Marley était heureux de cette interruption, car il avait des problèmes avec le nœud papillon noir que George lui avait allègrement mis entre les mains. Il n'avait pas eu le courage de reconnaître qu'il n'avait pas la moindre idée de la façon de le nouer, et il guettait maintenant secrètement le moment où le Directeur commencerait à mettre le sien, un blanc, sur son col cassé, pour pouvoir le copier, comme un athée à l'affût des gestes de ses voisins à un mariage religieux.

– Le moral, voyez-vous, Marley. Quand les petits gars, ceux qui sont en âge de chasser, sauront que l'Angleterre va bien, ils voudront se précipiter dans la jungle pour aller retrouver les vôtres, sur-le-champ, saison des pluies ou pas. Ils ne prendront pas le temps de se demander ce qui arrivera aux femmes et aux enfants ici s'ils ne trouvent personne et qu'ils n'arrivent pas à revenir. Les jeunes ne pensent jamais à ce genre de chose, n'est-ce pas ? Quand on a vingt ans, trois mois, ça vous paraît dix ans. C'était pareil à Alamein. Bon sang, nous, les jeunes, nous avions hâte que M'ngumry se décide.

– Qui ?

– M'ngumry. Le maréchal M'ngumry d'Alamein, allons. Ne me dites pas qu'on a oublié Alamein ?

– Ah. Oui, non, bien sûr, excusez-moi. *Montgomery*, oui.

– Oui, eh bien, la moitié d'entre nous étaient prêts à l'accuser de lâcheté le temps qu'il se décide à attaquer, *qu'est-ce qu'il attendait pour nous lâcher contre les panzers*, vous voyez le genre. Et il y en avait bien sûr pour dire que c'était parce qu'il n'était pas vraiment de la haute. Il ne pratiquait pas la chasse à courre, vous comprenez. Où en étais-je ?

– Euh, El-Alamein, je crois, euh, monsieur.

– Ah bon ? Pourquoi diable parlions-nous d'El-Alamein ?

– Vous disiez que vous étiez jeune et impatient.

– J'ai dit ça ? Eh bien, oui, évidemment, j'avais vingt ans. Ah oui, les jeunes. Voyez-vous, nous ne nous sommes jamais demandé ce qui se passerait si nous ne battions pas Rommel là-bas à ce moment-là. Et nos jeunes ici sont pareils. Il y en a quelques-uns là-dehors qui ne demandent qu'à foutre le camp pour foncer tête baissée dans la jungle. Il faut leur tenir la bride, voir plus loin.

– Mais enfin, je croyais que tous vous… *vénéraient*.

– Oh, je les ai à l'épate, mais c'est du boulot, croyez-moi.

– À l'épate ?

Enfin, le Directeur s'attaqua à son nœud papillon blanc et Marley se prépara à suivre ses gestes un à un. Mais le vieil homme obtint un nœud parfait à une telle vitesse que Marley eut tout juste le temps de passer la première étape avant de se retrouver complètement perdu. Il abandonna rapidement et fit semblant de continuer à boutonner le col de sa chemise.

– Bien sûr. Tout ça, c'est du cinéma. Ç'a toujours été

ainsi. Comment croyez-vous que nous ayons gardé l'Inde si longtemps ? L'instinct de la comédie, mon vieux. Savoir quand adopter un peu le mode de vie indigène et quand porter une chemise amidonnée et une queue-de-pie alors qu'il fait quarante degrés à l'ombre, même si ce n'est pas de gaieté de cœur. Les Français et les autres n'ont jamais trouvé le bon dosage ; quant aux Américains, ils n'y comprennent rien. Comment croyez-vous qu'on convainque les hommes de troupe de monter à l'assaut ? Pareil. Et comment reste-t-on maître des jeunes gâchettes ? Toujours la même chose. L'épate. Tenez, regardez le début de l'*Iliade*, hein ?

– Eh bien, en fait, je n'ai jamais, enfin…

– Ne me dites pas qu'ils ont cessé d'enseigner les classiques ? Bon, vous avez le jeune lieutenant-colonel Achille qui rentre du front, un habitué des premières lignes, des décorations en veux-tu en voilà, il ne lui manque plus que la Victoria Cross, des hommes qui le suivraient jusqu'en enfer et au-delà, jamais une défaite ; pourquoi ne se met-il pas en marche pour aller régler son compte à ce vieux pisse-froid d'Agamemnon et embarquer toutes les filles qu'il veut ? Pas mal comme question, pour le début de la littérature européenne, hein ? Et pourquoi ne le fait-il pas ? Pourquoi ne peut-on pas le laisser faire ? Parce que Agamemnon est le roi, tiens, son chef de corps, et que si on commence à dégommer les rois et les chefs de corps et à laisser les jeunes faire la loi, c'est la pagaille assurée. À cause de leur jeunesse. Moi aussi, j'ai été jeune, et je sais ce que c'est. On ne croit pas vraiment à la mort quand on a vingt ans, même si on l'a vue de près, parce que la seule chose qui semble *vraiment* réelle quand on a vingt ans, c'est la comédie qu'on se joue dans la tête. L'honneur, les copains et les filles. Non, si on laissait le champ libre aux gamins de vingt ans, nous finirions tous par nous traîner les uns les autres par les chevilles et par nous entretuer pour nous piquer nos femmes, convention de Genève ou pas. Les Grecs le savaient bien et c'est sûrement pour ça qu'ils aimaient tant cette histoire et ont continué à la raconter jusqu'à ce qu'elle leur survive. Le secret, avec les jeunes, c'est d'être juste envers eux sans leur donner de pouvoir. Qu'ils se sentent importants mais comprennent bien qu'ils doivent attendre leur tour avant de mettre leurs sales petites pattes sur certaines choses. C'est tout l'intérêt de la *société*, vous savez, mon vieux : des leurres qui nous permettent d'occuper les jeunes en âge de chasser afin qu'ils restent à leur place. Distribuer les privilèges avec soin et parcimonie, tout est là. Et faire de l'épate.

– Voilà, dit George en rajustant la manche de Marley, avant d'embrasser ce dernier.

Marley laissa tomber son bras négligemment pour la prendre par la taille, sa main reposant délicatement sur la rondeur moelleuse de la hanche de la jeune femme. Elle leva la tête et lui sourit.

– N'oubliez pas votre nœud papillon, mon chéri.

– Non, non, bien sûr.

– Eh bien, bonne chance, messieurs. Je vous laisse, je vais m'assurer que tout le monde est sous les ordres du starter.

Elle sortit discrètement de la tente, sous le regard des trois hommes, des regards d'hommes. Il y eut un court silence tandis que le vieux rabat de toile râpée se refermait derrière elle avec un bruit sourd.

– Vous êtes un sacré veinard, Marley, dit Devereux.

– Ça, oui, approuva le Directeur. J'ai toujours eu un faible pour cette bonne vieille George. Je n'aimerais pas qu'on profite d'elle. Alors comme ça, Marley, vous êtes millionnaire au pays, hein ?

– Oui, en effet.

– Tant mieux pour vous. Personnellement, je n'ai jamais eu le rond. Devereux ?

– Oui, monsieur ?

– Aidez plutôt ce millionnaire à faire son nœud papillon.

– Tout de suite, monsieur. Voilà, mon vieux, par-dessus, par-dessous, un tour, à nouveau par-dessous, la boucle et à travers, vous voyez ?

– Ah oui, euh, bien sûr. Merci, euh, Devereux.

Le Directeur observait attentivement Marley.

– Alors, Marley, plus personne ne porte de nœud papillon en Angleterre ?

– Oh, euh, si, enfin, c'est-à-dire…

– Vous n'êtes pas millionnaire, allons. Ne vous avisez plus de me mentir. Vous n'avez jamais noué un nœud papillon de votre bon Dieu de vie, n'est-ce pas ? Vous avez toujours porté ces foutus nœuds tout faits de bolchevik, je parie. Alors ? Vous n'essaieriez pas de mener cette pauvre George en bateau, dites-moi ?

– Non, mais…

– Pas de « mais » avec moi, mon vieux.

– Bon, bon, écoutez, oui, je viens tout juste de devenir millionnaire. J'ai toujours été pauvre. Je ne suis pas venu ici que pour l'aventure, l'émission de télévision à laquelle je participais était une compétition avec beaucoup d'argent à gagner, un jeu idiot dont le but était de survivre dans la jungle le plus longtemps possible. Il y a eu un accident et tout le monde est mort, mais avant que je me perde et que j'arrive jusqu'à vous, c'est moi qui ai gagné. Du coup, à présent, je suis bel et bien millionnaire. Enfin, je le serai, quand nous serons rentrés. Je vous assure, c'est la vérité. Et j'ai réellement, euh, *des sentiments* pour George, et…

– Pourquoi nous l'avoir caché, bon sang ?

– Au début, je ne m'en souvenais pas, et ensuite,

quand je m'en suis souvenu, eh bien, j'étais avec George, enfin, Georgina, et je, euh, comment dire ? j'étais *intimement* avec elle, vous comprenez, et bon, ce n'était pas un vrai mensonge, et puis elle a tellement de charme, je n'aurais jamais cru qu'une fille comme ça s'intéresserait un jour à moi vu que, enfin, je ne voulais pas qu'elle pense que je n'étais qu'un…

Le Directeur rejeta en arrière sa tête chenue et s'esclaffa.

– Marley, enfin, je vous crois complètement.

– Ah bon ?

– Ne vous inquiétez pas, mon vieux, vous ne serez pas le premier qui, fortune faite, essaie de cacher ses origines. J'ai vu ça cent fois à travers l'Empire. Des gars qui gagnaient deux, trois sous et s'inventaient tout à coup des scolarités dans des collèges privés où ils n'avaient jamais mis les pieds, des diplômes d'Oxford qu'ils n'avaient jamais passés, des régiments dont ils n'avaient jamais fait partie, et cetera. C'est stupide, à vrai dire, on finit toujours par découvrir le pot aux roses, d'une façon ou d'une autre, mais c'est ainsi, beaucoup le font. Je vois, je vois. Donc, en résumé, votre père a réussi à entrer dans l'armée comme officier après la dernière guerre, vous avez grandi dans un milieu un peu audessus du vôtre, où vous avez toujours eu l'impression de ne pas avoir assez, et vous n'avez jamais pu vous résoudre à mener une vie médiocre en travaillant comme gratte-papier. Je me trompe, Marley ?

Marley se sentit rougir jusqu'à la racine de l'âme en voyant l'histoire de sa vie mise à nue devant lui, avec une simplicité enfantine. N'était-ce donc vraiment que ça, depuis le début ? Rien de mystérieux, rien de psychologique, un simple problème mathématique que n'importe qui pouvait résoudre en un instant à condition d'en connaître la clef ?

– Eh bien, je, euh, oui, enfin, non, vous avez peut-être raison. Oui, je suppose.

– Ça arrive à beaucoup de gens. Ce n'est pas une honte. En fait, quand on y réfléchit, ça montre que vous attachez de l'importance à ce qui en a vraiment. C'est une attitude parfaitement convenable. Nous avons toujours besoin de sang neuf, et si un homme n'est pas crédible en gentleman au départ, qu'est-ce que ça peut bien faire s'il l'est quand nous en avons fini avec lui, hein ? Avec ce smoking, vous l'êtes à peu près, alors allons-y, voulez-vous ? Le Padre les a suffisamment barbés ; ils doivent être chauds, à présent. En piste, Marley. Et pour l'amour du ciel, mettez-y un peu de cœur, d'accord ?

Devereux releva d'un coup sec le rabat de la tente, et Marley sortit derrière le Directeur pour apparaître devant la Colonie tout entière. La rumeur se tut et un silence absolu s'abattit, un silence impatient, parmi la foule obscure où scintillaient tous ces yeux anglais.

Ils gagnèrent deux vieux fauteuils de première classe du Comet de la BOAC, installés sur une petite estrade de bois, devant lesquels on avait placé le portrait de la reine et du duc d'Édimbourg que Marley avait vu dans la baraque où il avait été soigné, à présent orné d'étranges fleurs aux couleurs vives et de grandes plumes chatoyantes. Marley s'assit, en veillant à ce que le pantalon du Directeur touche avant le sien le siège du fauteuil. Face à leurs trônes de fortune étaient réunies, en tas et en pyramides, de grandes quantités de légumes exotiques, de grosses noix et de bois à brûler. À des pieux taillés à la main étaient accrochés de nombreux et curieux mammifères arboricoles, de la taille de petits chiens ou de gros chats, saignés mais pas encore dépiautés. Une ribambelle de petits porcs sauvages, poilus et au groin proéminent, eux très vivants, grognaient et s'agitaient dans un enclos de solides branches.

Juste à côté du Directeur et de Marley siégeaient le Padre et les quelques vieux encore en vie, les Fondateurs, les survivants de l'Avion. Devereux rejoignit le groupe d'hommes plus nombreux, de l'âge de Marley, installés derrière eux en demi-cercle. Le reste de la Colonie, dans les cent cinquante personnes au total, estima Marley, était apparemment disposé strictement par ordre d'âges, à l'exception d'une bande de garçons, une vingtaine, qui devaient avoir entre seize et vingt-quatre ans : arborant leurs fraîches blessures rapportées de la chasse, dégageant un mélange d'énergie, de fierté et d'audace, manifestement privilégiés, ils étaient assis au premier rang, sous l'œil du Directeur, avachis d'un air fanfaron, le fusil dans les bras, fumant des rouleaux de feuilles séchées d'où montait une drôle d'odeur.

– Pour-ce-que-nous-nous-apprêtons-à-recevoir, puisse le Seigneur nous remplir de grââââ-tiii-tuuude.

– Bravo, bravo, Padre. Eh bien, mes amis, nous revoici réunis.

Applaudissements.

– Bon, vous avez tous appris la nouvelle, je suppose, et c'est une sacrée bonne nouvelle, à tout point de vue. Marley ici présent s'est remis d'aplomb comme un vrai Anglais et va tout vous raconter sur notre bon pays plus tard, n'est-ce pas, Marley ?

– Euh, oui, tout à fait, monsieur le Directeur.

Applaudissements chaleureux.

– Mais avant tout, quelques mots de ma part.

Vifs applaudissements ; montèrent des « Bravo, bravo ! ».

– Nous avons fait une excellente chasse, dans l'ensemble, de l'autre côté du Sepik, même si ce n'était pas du tout la saison. Je suis heureux de pouvoir dire que nos garçons de sixième et septième année ont fait honneur à la réputation qui est la leur depuis de nombreuses années. Les pluies ne nous ont pas facilité la tâche, mais nous avons tout de même accompli un excellent travail. Vous pouvez être fiers de vous. Nous avons perdu un bon petit gars, Marchmain Junior, mais son nom sera inscrit sur la plaque commémorative et nous ne l'oublierons pas. Et quand nous rentrerons en Angleterre, ce qui ne devrait plus tarder à présent, nous veillerons à ce que sa famille sache qu'il n'a pas faibli quand il a su que nous allions pouvoir partir d'ici, mais qu'il a fait son devoir jusqu'à la fin. Et si nous avons tenu le coup toutes ces années, vous savez, mes amis, c'est grâce à ça : parce que chaque homme et chaque femme, chaque fille et chaque garçon, a fait son devoir.

À nouveau des « Bravo ! bravo ! ».

– Et c'est comme ça que nous devons continuer.

Vifs applaudissements.

– J'ai la joie de vous annoncer que plusieurs garçons de septième année recevront leur blazer plus tard dans la soirée…

Acclamations.

– … et pourront ainsi jouir pleinement des privilèges accordés aux hommes de notre Colonie. J'espère donc, mesdemoiselles, que celles d'entre vous qui ont fait leurs preuves ont chacune repéré le garçon qui leur plaît, parce que, comme on dit, c'est ce soir que ça se passe.

Rires et rougissements.

– Pour les sixième et les septième années, hip hip hip…

– *Hourra !*

– Hip hip hip…

– *Hourra !*

– Hip hip hip…

– *Hourra !*

– Magnifique. Bon, avant de passer au jamboree, je sais que vous êtes tous impatients d'avoir des nouvelles de l'Angleterre. Oui, l'Angleterre. Notre bon vieux pays, Dieu le bénisse.

Acclamations nourries.

– Marley ici présent a gravi la Grande Barrière pour arriver jusqu'à nous, sans équipement, après avoir perdu tous les hommes de ses hélicoptères, et je crois que lui aussi mérite qu'on l'applaudisse.

Des bravos ; on entonna spontanément « For He's a Jolly Good Fellow ».

– Voici donc les nouvelles : les rouges sont battus ! Ils sont finis. Et l'Angleterre va bien.

Vives acclamations et mouvement général d'agitation.

– Attendez, attendez, calmez-vous, les amis. Marlborough Senior, rasseyez-vous.

Mais l'individu en question, un garçon grand et athlétique d'environ dix-sept ans, n'obéit pas et resta effrontément debout devant le directeur, le fusil à la main.

– Dans ce cas, monsieur, pourrons-nous tirer des salves en l'air la prochaine fois qu'un hélico nous survolera ?

– Pas question, Marlborough Senior. Asseyez-vous. Vous aussi, De Lacy.

– Alors quand descendrons-nous dans la jungle, monsieur ?

– Pourquoi ne pouvons-nous pas tirer pour attirer l'attention des hélicos, monsieur ?

– Nous devrions faire un très grand feu pour nous signaler, monsieur.

– Marlborough Senior, vous tous, fermez-la et baissez vos foutus fusils ou vous pouvez faire une croix sur vos promotions et vos blazers. Et vous savez ce que ça veut dire. Ça veut dire pas de filles pour vous. Vous ne tirerez pas au passage des hélicos parce que, contrairement à ce que vous croyez, ils ne vous entendraient pas. Êtes-vous jamais monté dans un hélicoptère, Marlborough Senior ?

– Non, monsieur.

– Eh bien, moi, si, et je me suis fait canarder dans l'un d'eux par des salopards de rouges chinois, et je peux vous dire qu'avec tout le raffut qu'il y a là-dedans, on n'entend même pas la balle qui vient émasculer son voisin, encore moins les autres. Quant à l'idée d'un feu, vous savez aussi bien que moi que notre fumée sera balayée par les courants d'air avant d'avoir traversé la couche nuageuse. Nous pourrions essayer d'en allumer un la nuit, quand le ciel est plus dégagé, mais des feux, tous les indigènes en font ; pourquoi, de là-haut, s'intéresserait-on au nôtre ? Personne ne s'attend à nous trouver ici. Tout ce que vous faites, Marlborough Senior, c'est semer le trouble dans l'esprit des plus jeunes. Nous n'avons vraiment pas besoin de ça, alors asseyez-vous. Obéissez, mon gars. Asseyez-vous maintenant, et on oublie cet incident. C'est valable aussi pour les autres.

– Bien, monsieur.

– Voilà qui est mieux. Bon, qu'est-ce que ça veut dire, ces hélicoptères ? Ça veut dire qu'en bas, dans la jungle, l'Angleterre est à la recherche de notre ami Marley, qui, si modeste soit-il, doit être un personnage d'une certaine importance. Mais nous ne pouvons tout simplement pas prendre le risque de nous mettre en marche en pleine saison des pluies, à la merci de la malaria. Vous, les chasseurs, vous savez très bien comment c'est, en bas, en ce moment. Les rivières continuent de monter, les crocos ont faim et il nous faudrait une semaine pour franchir la moindre gorge. Et où ça nous mènerait ? Dans le pétrin. Nous pourrions passer à trente mètres des gars de Marley sans nous apercevoir de rien. Et pour ceux d'entre vous qui ne sont jamais allés chasser là-bas, le Livre vous dira ce qui s'est produit la dernière fois que nous avons tenté une sortie de ce genre. La moitié d'entre nous sont morts, voilà ce qui s'est produit. Un peu plus, et nous y passions tous. C'est pour ça que nous avons ce livre, bon Dieu, pour ne pas commettre deux fois les mêmes erreurs. Les tout-petits n'auraient aucune chance, donc pas de départ pour l'instant, un point c'est tout. Notre mission est de garder notre sang-froid pendant encore un ou deux mois, de faire sécher et conditionner nos rations, et ensuite, quand les pluies en bas auront cessé, que les rivières seront plus basses, les crocos moins nombreux et ces foutus moustiques un peu moins agressifs, nous lèverons le camp en force, tous ensemble, main dans la main, droits et fiers, en sachant que l'Angleterre nous attend.

Vives acclamations.

– Voilà l'esprit qui doit nous animer. Et à propos de l'Angleterre, Marley ici présent va répondre à toutes les questions que vous vous posez sur notre pays où, très bientôt, nous allons tous rentrer.

Murmures d'excitation.

– Eh bien, mon vieux ?

Marley balaya du regard les visages impatients. Il vit George qui lui souriait. Il prit la parole, d'une voix qu'il reconnaissait à peine, et qui sonnait pourtant tout à fait juste.

– Alors, que désirez-vous savoir, euh, mes amis ?

– Dites, monsieur, excusez-moi, euh, pardon, monsieur le Directeur, puis-je poser une question ?

– Allez-y, Perceval Minor.

– Que lisent les jeunes de nos jours en Angleterre, Mr Marley ? L'*Eagle* existe-t-il toujours ? Et le *Beano* ?

– Le *Beano*, oui, en revanche l'*Eagle* a disparu. La moitié des jeunes Anglais et des jeunes Anglaises, pour ne pas dire la moitié des jeunes gens du monde entier, lisent une série de livres écrits par un professeur d'Oxford sur des nains, des elfes, un anneau de pouvoir, de gentils personnages venus de l'Ouest qui parlent correctement et combattent victorieusement de méchantes petites créatures à la peau foncée, qui, elles, viennent de l'Est et ne parlent pas correctement.

– Excusez-moi, Mr Marley, mais ça ressemble beaucoup au *Seigneur des anneaux*.

– En effet, mais… Oh, pardon, c'est vrai, j'avais oublié que c'était si vieux.

– Ça fait plaisir d'apprendre que cette histoire est toujours populaire, n'est-ce pas, monsieur le Directeur ?

– Absolument, Devereux, une lecture parfaite pour les jeunes troupes.

– C'est épatant, n'est-ce pas, monsieur, quand ils massacrent ces péquenots d'Orques ?

– Euh, ce ne sont pas plutôt les Hobbits, les paysans ? Ah, oui, non, des « péquenots »… Bref, quant à l'autre moitié des jeunes gens du monde entier, ils lisent des livres écrits par une Anglaise sur un pensionnat secret, rempli de fantômes et de choses de ce genre, où on enseigne la magie à des filles et à des garçons qui ont un don particulier.

– Eh bien, monsieur, ils ont l'air rudement bien, ces livres, n'est-ce pas, Mr Devereux ?

– Oui, en effet, Perceval.

– Mr Marley, excusez-moi, les écoliers d'aujourd'hui ont-il des machines avec des cerveaux électroniques pour les aider à résoudre leurs problèmes de mathématiques ?

Rires.

– Voilà qui ne m'étonne pas de vous, Hervey-Thynne.

Rires.

– Oui, à vrai dire, tout le monde à des ordinateurs, de nos jours. Et on a le droit de les utiliser en classe.

Acclamations.

– Possédons-nous une flotte spatiale, Mr Marley ?

– Non, je regrette.

– Mr Marley, lança le garçon plus âgé qui avait brièvement tenu tête au Directeur, beaucoup d'entre nous veulent s'engager dans l'armée quand nous rentrerons. Moi-même, j'aimerais rejoindre les hussards. Mais bon, si les rouges ont été battus à plates coutures, qui allons-nous combattre ?

– Bonne question, Marlborough Senior. Alors, Marley, mon vieux ?

– Ah, eh bien, oui, en effet, quand les Russes ont cessé d'être des rouges, on a commencé à dire que c'était la fin des guerres, et que nous n'avions plus vraiment besoin d'armée. Et puis, il y a quelques années, tout a changé quand des terroristes d'Arabie Saoudite ont détourné des avions et les ont envoyés avec tous leurs passagers dans deux gratte-ciel de New York, tuant des milliers de gens.

– Mon Dieu, pourquoi ont-ils fait ça ?

– Je ne sais pas. Personne ne sait vraiment. À cause du soutien constant de l'Amérique à Israël, je suppose.

– Ah, les Israéliens sont donc toujours dans la bagarre ?

– Et comment !

– Des coriaces, ceux-là. Alors, qu'ont fait les Yankees ? Ils ont bombardé l'Arabie Saoudite ?

– Non, l'Arabie Saoudite est de leur côté. Enfin, du nôtre.

– Mais vous venez de dire que les cinglés qui ont détourné les avions en venaient, d'Arabie Saoudite.

– Oui. Moi aussi, ça m'échappe, ça, désolé.

– Je vois. Donc les Américains n'ont rien fait.

– Oh, si, ils ont envahi l'Irak.

– L'Irak ? Mais pourquoi, bon sang ?

– Je ne sais pas vraiment. Leur président et notre Premier ministre ont dit que c'était parce que l'Irak représentait un danger pour nous. J'ai rencontré un colonel américain qui avait trop bu, et d'après lui, c'est parce que la dynastie saoudienne avait fait chou blanc, que les États-Unis avait besoin d'un partenaire sûr au Moyen-Orient avec tout le pétrole qu'il y a là-bas et qu'ils en avaient marre de devoir soutenir *constamment* Israël, alors que quelques milliers de fanatiques religieux avec des barbes et des chapeaux dictent leur loi là-bas. Ensuite il a dit qu'en réalité, c'était parce que leur président pensait que son père aurait dû le faire en son temps. Et ensuite il s'est écroulé, donc je n'en sais pas plus. En tout cas, ils l'ont fait, nous les avons aidés, et vu que le président irakien était un salaud qui balançait des gaz toxiques sur ses propres populations, la raison, je m'en fiche un peu.

– Oui, quand les indigènes déraillent, il faut savoir les ramener à la raison. Les derniers, c'étaient les Irakiens, hein ? Je me souviens, en cinquante-huit, nous avions déjà des problèmes avec l'Irak. Ça leur apprendra, aux Yankees, de nous avoir coupés dans notre élan à Suez. Ils auraient dû venir avec nous, ces idiots, ça nous aurait évité à tous pas mal d'ennuis. C'est donc eux qui gouvernent l'Irak aujourd'hui ?

– Non, les Irakiens les détestent.

– Évidemment, les Américains n'ont jamais compris les cœurs et les esprits. Et nous nous sommes laissé entraîner dans ce bourbier, hein ?

– Oui, assez profondément. Nous avons envoyé des chars, des avions, des porte-avions, tout. Et nous avons d'autres soldats en, enfin, un peu partout, quoi. Et il y a des fanatiques religieux avec des barbes et des turbans dans la moitié des pays du monde, qui essaient de tout faire sauter.

– Des mollahs siphonnés, hein ? Eh bien, voilà, vous avez votre réponse, Marlborough Senior. On dirait qu'il y a encore beaucoup à faire pour vous, les jeunes. Nous sommes donc toujours copains avec les Américains, Marley ?

– Oh, oui, plus que jamais.

– Avons-nous perdu beaucoup d'hommes en Irak ?

– Non, pas beaucoup. L'aviation américaine en a tué quelques-uns par erreur.

– Comme d'habitude. Je présume que nos grosses têtes ne nous ont pas trouvé de solution miracle qui nous permette enfin de jouer avec les Yankees d'égal à égal ?

– Non, je regrette. Nous faisons plus ou moins ce qu'ils veulent.

– Bon sang. Enfin, on n'y peut rien, je suppose. Winston l'avait annoncé, ça devait arriver, « comme le Mississippi suit son cours[1] », et cetera. Et je vous le dis souvent, mes amis, les Américains sont peut-être des vantards, oui, ils nomment peut-être un peu trop de leurs gars amiraux et généraux à notre goût et leurs aviateurs sont peut-être des cow-boys qui tirent sur tout ce qui bouge, y compris leur propre infanterie la moitié du temps, mais tout bien considéré, en cas de bagarre, à défaut d'avoir un Australien, un Néo-Zélandais ou un Canadien dans la tranchée voisine, on peut être rudement content que ce soit un Ricain, et pas un étranger de malheur. À propos, et les Frenchies ? Nous sommes copains avec les Frenchies de nos jours ?

– Non, pas du tout.

– Le ciel soit loué.

– Ils veulent faire une Europe unie.

– Ils s'acharnent toujours là-dessus, hein ? Une Europe dirigée par eux, bien sûr.

1. Discours prononcé par Churchill le 20 août 1940 devant la Chambre des communes, dans lequel il rendit hommage à la RAF et expliqua la nécessité d'une collaboration entre les États-Unis et la Grande-Bretagne.

– Nous y sommes entrés, en quelque sorte.

– Qu'est-ce que c'est que cette histoire ?

– Mais nous n'avons pas encore renoncé à notre monnaie.

– Il ne manquerait plus que ça. Et avec les Fritz, nous sommes copains ?

– Pas tellement. Au fait, c'est contre eux que nous avons remporté la finale de la coupe du monde de football en 1966.

Tonnerre d'acclamations.

– Ils sont réunis, aujourd'hui.

– Hmmm. Le problème, avec les Fritz, c'est qu'ils sont trop costauds pour l'Europe. Ils peuvent écraser les autres tous à la fois quand ils veulent, à moins que les Ruskoffs ne s'en mêlent. Alors ça y est, les Fritz recommencent à jouer les gros bras ?

– Non, ils se contentent de fabriquer de très bonnes voitures.

– Ils ont toujours été très forts pour les voitures. Pour les chars, aussi. Ce qui ne les a pas empêchés de perdre la guerre. Et vous dites que les Ruskoffs sont redevenus de simples Ruskoffs, hein, finis les bolcheviks ? Non qu'ils soient moins dangereux pour autant, d'ailleurs.

– Oui, la Russie est redevenue la Russie. C'est un peu la pagaille là-bas, je crois. La population chute d'année en année, les gens meurent tous alcooliques. Mais il leur reste pas mal de bombes nucléaires qui rouillent à droite à gauche.

– Une chance que nous soyons encore copains avec les yankees, alors. Bon sang, j'ai oublié de vous demander : qui est sur le trône ? Pour nous, c'est toujours Élisabeth, mais ça ne peut plus être elle, n'est-ce pas ? Est-ce le jeune Charles ?

– Non, non, Élisabeth est toujours reine.

Applaudissements prolongés ; des « Dieu la bénisse » s'élèvent, on entonne « God Save the Queen ».

– Pas possible ! Elle tient bon la batte, dites donc. À la bonne heure. Nous nous sentirons tous d'autant plus chez nous. À propos de batte, qui remporte les Cendres ?

– L'Australie, en général.

– Bon sang.

– Mais nous avons battu les Antillais chez eux la dernière fois.

Vivats enflammés.

– Et le rugby ? Nous ne battons jamais les All Blacks ni les Springboks, je suppose ?

– Oh, si, les deux, assez souvent, ces dernières années.

Très vives acclamations.

– Voyez-vous, il y a aussi une coupe du monde de rugby, de nos jours. Eh bien, c'est nous qui avons gagné la dernière.

La foule exulte.

– Et nous mettons toujours une trentaine de points dans la vue aux Gallois.

Rires et hourras.

– Mais il arrive que les Irlandais et les Français nous battent.

– Oui, je sais, mes amis, on n'a jamais compris comment ces bons à rien de Frenchies pouvaient jouer si bien au rugby. Quant aux Irlandais, je trouve ça très bien qu'ils prennent le dessus sur nous de temps en temps. Je les ai toujours trouvés sympathiques. Ce sont de sacrés soldats, des bagarreurs hors pair. Dommage que nous n'ayons pas tout réglé avec eux avant la Première Guerre, avant que les ennuis commencent, nous les aurions gardés dans la tribu. C'était possible, Winston s'est donné un mal de chien pour ça. Où en étais-je, Devereux ?

– Au rugby, monsieur.

– Ah, oui. Alors comme ça, nous gagnons au rugby ? Tout ça m'a l'air assez encourageant, n'est-ce pas, mes amis ? Ah, le plaisir d'aller à Twickenham en voiture ! Fabrique-t-on encore des Aston Martin et des Jaguar ? Je suppose que non. J'ai toujours rêvé d'avoir une Aston ou une Jag. J'ai dû me contenter d'une petite MG. Assez amusant à conduire, tout de même.

– Rassurez-vous, toutes ces voitures sont encore en vente.

– Formidable. Eh bien, Marley, on dirait que l'essentiel se porte bien. Les tories sont toujours au 10, Downing Street, je présume ?

– Non, ce sont les travaillistes.

– Oh, bon sang.

– Mais ils ont beaucoup changé. Ils détestent les syndicats.

Le Directeur foudroya secrètement Marley du regard.

– Pardon, mon vieux, vous pouvez répéter ? Vous êtes sûr de ne pas vous tromper ? Ce ne serait pas votre mémoire qui recommence à dérailler ? Vous venez de dire que les *socialistes* détestent les *syndicats*.

– Oui. Le Premier ministre travailliste veut tout dénationaliser parce qu'il pense que ce qui est privé est forcément préférable à ce qui est géré par l'État, et il tient à ce que les riches ne soient pas trop lourdement imposés pour aider les pauvres, de sorte que le taux maximum d'imposition est de quarante pour cent et…

Le Directeur se leva précipitamment.

– Bon, eh bien, c'est parfait, Marley. Merci.

– Mais je…

– Non, non, c'est largement suffisant pour l'instant, mon vieux. Alors, qu'en pensez-vous, Devereux ?

– Eh bien, monsieur le Directeur, j'ai l'impression que l'Angleterre s'est enfoncée dans un sale bourbier après que nous nous sommes cassé la figure ici. Mais apparemment, nous avons fini par nous en sortir à peu près vaillants.

– Bien dit, Devereux, bien dit. Allez, tout le monde, pour Marley, hip hip hip…

– *Hourra!*

– Hip hip hip…

– *Hourra!*

– Hip hip hip…

– *Hourra!*

– Padre, faites-leur chanter l'hymne, et ensuite on passera aux réjouissances. Nous nous retirons un moment dans ma tente, Marley a besoin d'un remontant.

– Mais, pardonnez-moi, je, je croyais que vous vouliez…

– Venez, Marley, ne faites pas d'histoires, soyez gentil.

– Bon, euh, d'accord.

– Papa, je t'en prie! Je te l'ai dit, je sais qu'il est vivant.

– Ton amour t'honore, ma fille. Mais nous devons embarquer à la porte 43, et ton devoir est de rentrer chez toi aujourd'hui, pour retrouver ceux qui ne sont pas vivants peut-être, mais assurément, et qui te tiendront la main.

– Très bien, papa. Je ferai brûler un cierge pour Brian tous les jours à l'église Notre-Dame-du-Pilier.

– Dieu te sourira, ma fille. Allez, viens.

– Allô, Tamsin? Allô?

– Grant? Tu m'entends?

– À peu près.

– Comment ça va, chez les Papous?

– Affreusement mal.
– C'est quoi, cette espèce de bruit de tambour ?
– La pluie sur le toit de mon hôtel.
– Quelle horreur.
– Comme tu dis. L'audience ?
– Toujours bonne. Le crash de l'hélico roumain a fait des merveilles. Quand tes alpinistes amateurs japonais doivent-ils tenter d'escalader le mont Machinchose, là, le mont du zeppelin flambé, uniquement avec des lianes ?
– Le Hindenburg. Demain. Sir Ranulph[1] est convaincu qu'ils vont tous mourir.
– Parfait. Grant, en fait j'appelle parce que les avocats de Channel Seven viennent de me dire que puisque Brian est mort, rien ne les oblige à verser la récompense à qui que ce soit.
– Normal qu'ils tentent le coup, c'est dans leur intérêt.
– Dans le nôtre aussi, en fait. Ils sont prêts à nous donner un quart de la somme si on ne monte pas au créneau avec ses héritiers.
– Un demi-million ? À nous ?
– Oui. Il n'était pas question qu'on s'occupe de ses héritiers, si ?
– Hmm. Pas que je sache. Mais ils seraient bien contents d'avoir cette somme, je suppose.
– Écoute, c'est ridicule. Tu te souviens de la mère de Brian ? On l'a vue plusieurs fois, dans le temps. Twin-sets Jaeger, sherry, une femme assez chic. Elle n'est pas dans le besoin. Quant à l'ex-femme, c'est elle qui a récolté la baraque et tout le fric de Brian il y a deux ans, donc le gamin lui aussi est à l'abri.
– Oui, tu dois avoir raison.
– Moi, je pense que ce n'est pas la peine de bouger, et toi ?

1. Sir Ranulph Fiennes, célèbre explorateur britannique.

– Peut-être pas.
– En plus, si on fait un procès, on est presque sûrs de perdre.
– Alors dans ce cas… Bon, génial. C'est réglé.
– Ça fait un paquet, hein ? Un quart de million chacun.
– J'irais bien fêter ça ce soir, mais à Port Moresby, à part écraser les moustiques et essayer de ne pas se faire assassiner par les poivrots les plus effrayants qu'on ait jamais vus, il n'y a pas grand-chose à faire. Il y a toute une bande d'Australiens à l'hôtel, des durs, des hétéros virils. Je pourrais peut-être aller boire avec eux.
– Tu crois qu'ils voudront aller boire avec un Anglais gay ?
– Oh, ils ne verront pas que je suis gay étant donné que je suis anglais, tu comprends. Pour eux, il n'y a pas de différence.
– C'est pratique.
– Oui, assez. Qu'est-ce que tu vas faire, toi ?
– Je crois que je vais me payer un week-end à la clinique de Tintern Abbey. J'ai *vraiment* besoin de faire un break.
– Oui. Et si tu en as marre des bains de boue et de la salade, tu pourras toujours trouver une âme charitable pour t'apporter ce que tu veux, *n'importe quoi*.
– Exactement.
– Bon, eh bien, tout baigne ?
– Tout baigne. Écrase bien les moustiques.

Le Directeur et Devereux conduisirent Marley dans la tente directoriale tandis que l'assemblée entonnait avec entrain « I Vow To Thee My Country ». Dès qu'ils furent à l'abri du regard des Colons sous la fine toile blanchie par le soleil, et leurs voix couvertes par les belles harmonies de l'hymne anglican, le Directeur fit pivoter

Marley avec rudesse pour l'amener face à lui, des éclairs de colère dans ses yeux verts plissés.

– Écoutez-moi, mon vieux, grogna-t-il. C'était pas mal parti, sur le rugby et cetera, tout allait très bien, vous donniez de l'Angleterre une image agréable. Puis vous avez failli tout flanquer par terre, bougre d'idiot.

– Quoi ?

– Pour l'amour du ciel, je vous ai demandé de les épater, pas de leur mentir comme un arracheur de dents ! Ils ne sont pas stupides. Ils ont tous lu les livres de l'Avion et ils ont parlé avec les anciens. On ne peut pas leur faire avaler n'importe quoi. Franchement, toutes ces salades sur un gouvernement travailliste qui déteste les syndicats et n'impose les riches qu'à quarante pour cent ! Qui croyez-vous tromper avec ça ?

– C'est pourtant la vérité.

– Pardon ?

– C'est la vérité. Aujourd'hui, les travaillistes aiment les millionnaires et les entreprises privées, ils détestent tout ce qui est nationalisé, et le Premier ministre adore être photographié en train de s'adresser aux troupes.

– Vous en êtes bien sûr ?

– Naturellement. Je vis là-bas.

– Mais attendez, je ne comprends pas, Marley, les syndicats ne se révoltent pas ? Les mineurs, les chaudronniers, les dockers, les cheminots et *tutti quanti* ? Même Winston a dû s'écraser face à ces salopards.

– Non. On n'entend plus beaucoup parler des syndicats, de nos jours.

– Quoi, plus de grèves, de grèves perlées, de lock-out, de conflits d'attributions et compagnie ?

– Non, c'est fini depuis des années.

– Et tous ces foutus universitaires gauchistes et ces prêtres querelleurs qui nous rebattaient les oreilles de la paix et du désarmement ?

– Oh, non, eux non plus, on n'en entend plus beaucoup parler.

– Bon sang. Vous entendez ça, Devereux ?

– C'est un soulagement, monsieur, à en croire les livres.

– Je vous le confirme. Ça alors ! Quarante pour cent ? Dites-moi, ça recommence à valoir le coup de gagner deux, trois sous. Devereux, je crois que le moment est venu d'ouvrir cette dernière bouteille.

– En effet, monsieur.

– Johnnie Walker, soixante ans d'âge, mon vieux. L'avion était assez bien approvisionné, voyez-vous, et nous nous sommes sévèrement rationnés. Mais l'occasion semble bien choisie. Je vais m'en servir un grand, personnellement. Devereux, à la reine.

– À la reine, messieurs.

– Dieu la bénisse.

– Bon. Donc, finalement, tout le monde doit être assez heureux au pays ?

– Heureux ?

– Eh bien, oui, si nous avons battu les rouges sans tirer un coup de feu, si nous sommes encore copains avec les Yankees, si nous pouvons encore envoyer nos gars avec chars et avions à l'autre bout du monde, si plus personne ne croit à toutes ces sornettes de socialisme et de syndicats, si nous n'avons plus à craindre d'être tous transformés en purée atomique au moindre faux pas, si cette bonne vieille Élisabeth est toujours à Buckingham et si nous gagnons même au rugby ? Je suppose que tous les Anglais sont heureux ?

– Heureux, je ne sais pas. Tout le monde semble un peu, comment dire, inquiet et perdu. Surtout les jeunes. La plupart traînent dans les rues d'un air maussade et passent leur temps à boire et à se droguer.

– Quoi ?

– Oui, vous savez, les teenagers.

– Qu'est-ce que c'est que ce truc-là ?

– Vous n'avez jamais entendu parler des teenagers ? Le terme n'existait pas quand vous vous êtes écrasés ?

– Les *teen-agers* ? Ça vous dit quelque chose, Deveraux ?

– Vaguement, monsieur le Directeur. Le vieux Smithers m'en a parlé quand il était encore en vie. C'était une nouvelle mode américaine, si mes souvenirs sont bons, n'est-ce pas, Marley ? De jeunes bolcheviks désœuvrés qui traînaient à ne rien faire en essayant de ressembler aux Yankees et de parler comme eux, ils avaient les mains dans les poches, mâchaient du chewing-gum, disaient des foutaises, jouaient de la musique bruyante dans des groupes, ne pensaient qu'aux voitures, aux filles et à aller danser, rêvaient d'être des vedettes de cinéma, ne voulaient pas travailler, buvaient et fumaient trop, et ne respectaient rien. C'est à peu près ça, non ?

– Eh bien, euh, oui, en fait, je suppose que c'est ça, plus ou moins.

– Hmmm. Mieux vaut que nos jeunes exaltés n'en entendent pas parler. Et les honnêtes gens ne leur bottent pas le cul, à ces petites merdes ?

– Eh bien, non.

– Les idiots. Les garçons de cet âge ne sont pourtant pas compliqués, tout ce qu'ils veulent, c'est qu'on les occupe, ils ont soif d'action, c'est dans le sang. Pourquoi leurs pères ne les emmènent pas faire du camping ou de l'escalade ?

– Eh bien, beaucoup de pères ont quitté le foyer, et les autres passent leurs nuits à regarder la télévision.

– Diable ! Il n'y a pas plus malléable que les garçons de cet âge. Il leur suffit d'être pris en main par un homme capable de les dérouiller sur un ring de boxe et de leur dire des choses intéressantes sur le monde en les rafistolant. Ensuite, ils lui mangeront dans la main. Et le service national ? Ça doit leur remettre les idées en place, ça.

– Non, on y a mis fin il y a des années.

– Plus de service national ? Et les pères se baladent dans la nature ou restent assis comme des potiches devant la petite lucarne ? Que voulez-vous qu'ils deviennent, les gamins ? Bon Dieu, Devereux, je commence à penser qu'il était temps que Marley nous trouve. On dirait que l'Angleterre a besoin de nous. Enfin, tout de même, si ces syndicats de malheur ont fermé boutique, l'industrie doit au moins bien se porter, pour une fois ?

– En fait, l'industrie elle aussi a quasiment disparu.

– L'industrie ? Disparue ? Mon Dieu, mais combien y a-t-il de chômeurs à présent ?

– Oh, environ un million, c'est tout.

– *C'est tout ?* Un million ? Un million d'individus sur le pavé, prêts à tous les méfaits ?

– Eh bien, plus personne ne semble penser que c'est beaucoup, aujourd'hui.

– Marley, réfléchissez, enfin. Un million de chômeurs, ce n'est *pas beaucoup* ? L'industrie disparue ? Vous êtes sûr, mon vieux ? Mais que font ceux qui travaillent, alors ?

– Oh, eh bien, beaucoup sont employés dans des magasins qui vendent du matériel électrique fabriqué en Chine par des entreprises japonaises. Ceux qui achètent ce matériel, eux, sont employés dans des bureaux qui vendent des assurances et des crédits aux premiers. Plus les seconds gagnent de l'argent en vendant des assurances et des crédits aux premiers, plus ils leur achètent de matériel électrique fabriqué en Chine par des entreprises japonaises, et…

– Ça suffit, vous me donnez le tournis, mon vieux, arrêtez de raconter n'importe quoi. Bon Dieu, Marley, vous ne tenez manifestement pas l'alcool.

– C'est la vérité, je vous assure. Je crois que c'est à peu près pareil pour les États-Unis. Ils doivent je ne sais plus combien de milliards de dollars aux Japonais et aux Chinois. Mais ça ne dérange personne, apparemment, parce que les Japonais et les Chinois se servent de l'argent qu'ils gagnent en nous vendant tout ce qu'ils nous vendent pour acheter aux gouvernements britannique et américain des titres financiers qui permettent à ces gouvernements de continuer à surévaluer leur monnaie, ce qui nous permet de continuer à acheter du matériel aux Japonais et aux Chinois, ce qui leur permet de continuer à nous soutenir pour que nous continuions à leur acheter du matériel.

– Écoutez, Marley, je n'y comprends pas grand-chose à ces histoires de gros sous, mais ça ne me dit rien qui vaille. Ce n'est pas le genre de rafiot dans lequel j'aimerais passer le cap Horn. Les gens ne sont pas *inquiets*, bon sang ?

– Ils ne le montrent pas, mais je pense qu'ils le sont, oui. Chacun a une maison, une télévision, une voiture, et prend l'avion pour aller passer ses vacances à l'étranger et cetera, seulement nous sommes tous endettés jusqu'au cou. Nous savons qu'il nous suffirait de trois mois de chômage pour perdre tout ce que nous possédons, et j'ai parfois l'impression que tout le monde en est conscient mais que c'est tellement effrayant qu'on préfère ne pas y penser.

– Hmm. Il est urgent que nous rentrions, je crois, hein, Devereux ?

– En effet, monsieur.

– Brian ! s'écria George en faisant irruption sous la tente.

Elle tenait la petite caméra jaune de Marley et était suivie d'un homme de petite taille en blazer, qui tirait des bouffées d'une vieille pipe.

– Les piles de cet appareil fonctionnent encore ! s'exclama-t-elle. Pourquoi ne pas nous l'avoir dit, bon sang ?

– Quoi ? Ah. J'avais complètement oublié, je…

– Ça va, Marley ?

Si Marley avait effectivement complètement oublié sa caméra, il la contemplait à présent avec gêne, hésitant à la prendre des mains de George comme si elle contenait une bête féroce. Pourquoi ? Il lui avait parlé avant de tomber, voilà. Il avait enregistré un dernier message à l'attention de Tommy, quand il croyait que c'était la fin. L'espace d'un instant, les horreurs de la jungle resurgirent dans sa mémoire et il sentit un million de petites pattes rampantes parcourir sa peau ; en un éclair il revit son reflet, debout devant la lentille, fou et mourant, en train de dire… en train de dire quoi ? Qu'est-ce qu'il avait dit, bon Dieu ?

– Brian, tout va bien ?

– Oui, oui, ça va, je n'y pensais plus, c'est tout, je, euh…

– Parkins, le professeur de sciences, se présenta le petit homme en serrant la main de Marley. C'est formidablement grisant, Marley. Vous comprenez, nous enseignons un peu les sciences et la biologie à l'aide des livres qui nous restent de l'Avion, mais nous avons rarement l'occasion de mettre nos connaissances en pratique. Je n'ai jamais pu toucher à l'électricité ici. Mais aujourd'hui, c'est formidable, la science a enfin une chance de montrer de quoi elle est capable, n'est-ce pas, monsieur ?

– Je n'ai jamais douté de sa valeur, Parkins. On a toujours besoin des scientifiques. Alors, pourquoi toute cette agitation ?

– Des garçons ont entendu un nouvel hélicoptère au-dessus de nous, répondit George.

– Et il se rapproche de plus en plus, je crois, ajouta le professeur.

Le Directeur, Marley et Devereux levèrent les yeux vers la toile décolorée en haut de la tente et écoutèrent. Pas de doute, c'était bien un hélicoptère.

– Les petits salopards, pesta le Directeur, avant de relever d'un coup le pan droit de son habit pour ouvrir l'étui de son revolver. Ils recommencent leur comédie ?

– Non, non, monsieur le Directeur, dit Parkins. Beauvey m'a simplement rappelé que nous avions ceci, voyez-vous.

– Quoi, bon Dieu ?

Le professeur fit alors apparaître une petite boîte en carton, illustrée d'un dessin aux couleurs vives représentant Dan Dare et son vaisseau.

– C'est l'émetteur-récepteur Dan Dare de son grand-père, monsieur. Il était tout neuf, on lui en avait fait cadeau pour son voyage à Adélaïde. Étant donné qu'il n'avait pas de piles, nous ne nous y sommes jamais intéressés. Mais à présent, voyez-vous, avec les piles de la caméra de Marley…

– Juste ciel, souffla le Directeur, vous croyez vraiment que ça pourrait marcher ?

– Ça vaut le coup d'essayer, monsieur le Directeur.

– Marley, montrez à Parkins comment on sort les piles de ce maudit gadget.

– C'est que, je, je ne, attendez, je ne suis pas très…

Marley, tout en continuant à se demander ce qu'il avait bien pu dire alors qui le rendait si mal à l'aise à présent, prit la caméra et la fit tourner entre ses mains, à la recherche du bouton qui effacerait le message, quelle qu'en soit la teneur, qu'il avait enregistré. Puis il se souvint, avec un désagréable sentiment d'impuissance, qu'un tel bouton n'existait pas, les caméras ayant été spécialement conçues pour interdire aux candidats d'*Une jungle d'enfer* tout contrôle sur les images. Quoi qu'il ait pu dire, c'était enfermé à jamais dans cette coque de plastique inviolable.

– Là, mon vieux, dit Devereux. Là. C'est écrit « accès batterie ».

– Ah oui, bien sûr, je regardais simplement…

– Eh bien, donnez-la à Devereux. Qu'est-ce qui vous prend, bon sang ? Dépêchez-vous, l'hélico ne va pas rester au-dessus de nous éternellement.

Marley céda la caméra. Devereux, George, le Directeur et le professeur de sciences se groupèrent devant la table à tréteaux qui servait de bureau, la pipe du professeur les enveloppant d'un nuage de fumée. En haut, le bruit de l'hélicoptère était maintenant très net. Il serait bientôt juste au-dessus d'eux. Marley les regarda tripoter l'émetteur-récepteur Dan Dare et les accus de la caméra. Qu'avait-il bien pu dire ? Avait-il déliré ? Avait-il fait une déclaration d'amour insensée à son ex-femme ? Des reproches à sa mère ? Un aveu inconvenant à Tommy ? Quelque chose, il y avait quelque chose, stocké sur ce petit disque dur, qu'il fallait cacher, à tout le monde, il le savait, mais…

– Écoutez, messieurs, dit George.

À nouveau, tous écoutèrent. L'hélicoptère se rapprochait encore. Ils se regardèrent, pour s'assurer que ce n'était pas un effet de leur imagination, puis se remirent au travail avec une énergie redoublée. Et tout à coup, Marley sentit un cri gonfler au creux de son ventre, un long cri suppliant qui effaça toute crainte d'éventuelles confessions gênantes cachées dans la caméra. Que lui importait d'être gêné ? C'était leur survie qui était en jeu.

S'ils ne parvenaient pas à entrer en contact avec quelqu'un, il leur faudrait quitter ce paradis et redescendre dans cette forêt infernale. Rien que d'y penser, de se replonger dans ces souvenirs de solitude et d'agonie, il grimaça et eut un haut-le-cœur. Ça n'allait pas être de la rigolade, avant d'atteindre un endroit civilisé ; le Directeur n'exagérait pas, ils pouvaient facilement se perdre, peu importe le nombre de gens à leur recherche, beaucoup risquaient de mourir, peut-être serait-il de ceux-là, peut-être, après tout ce qu'il avait traversé, ne réussirait-il jamais à rentrer en Angleterre et ne reverrait-il jamais Tommy. Ce qu'il avait dit à la caméra risquait, finalement, d'être bel et bien ses derniers mots à son fils. Tout pouvait encore foirer.

– Dépêchez-vous, Parkins, dit le Directeur en regardant à nouveau en l'air et en tendant l'oreille.

– Je crois que ça y est, monsieur. Elles sont bizarres, ces piles, mais je crois que j'ai compris leur fonctionnement.

– Allez, Marley, dit le Directeur en lui donnant un vieux stylo à plume et un petit bout d'une vieille feuille à lignes d'un cahier d'école. Trouvez quelque chose qui, pour vos gars, ne peut venir que de vous. Nous n'aurons peut-être pas d'autre chance, il ne faut pas qu'on doute de l'authenticité du message.

Sur quoi, tous comme un seul homme, ils tournèrent les talons et le plantèrent là. Devereux tint le rabat de la tente ouvert pour les trois autres Colons, qui sortirent en crabe : George portait l'émetteur-récepteur, Parkins veillait à ce que les fils restent connectés au pack des accus, et le Directeur, le pouce à présent glissé sous la sangle près de l'étui du revolver, fermait la marche, se préparant à s'adresser aux siens. Dehors, des acclamations les accueillirent, accompagnées toutefois par des questions rebelles de la part des garçons les plus âgés.

– Je vous demande de vous calmer, vous tous, aboya le Directeur. Cet hélicoptère n'entendra pas vos coups de feu, je vous l'ai déjà dit. Nous allons tenter de lui faire parvenir un message en morse. Alors taisez-vous, et pensez à l'Angleterre. Du nerf, Marley.

– Oui, oui, lança Marley depuis la tente.

Il écrivit à la hâte :

> À l'attention de Grant Brodie de Channel Seven télévision britannique urgent urgent c'est moi Brian c'est bien moi suis vivant me trouve en haut de la grande falaise suis en permanence caché par les nuages sauf la nuit possibilité de voir un feu de camp pour l'amour du ciel viens nous chercher tout un groupe d'Anglais est avec moi pas de problème pour se poser en hélicoptère c'est bien moi je répète c'est bien moi Brian Marley.

Puis il se pressa de sortir.

La Colonie tout entière regardait, figée, le groupe accroupi autour de l'émetteur-récepteur Dan Dare. Tous les regards se levèrent à la sortie de Marley. Devereux vérifia les contacts une dernière fois, puis se tourna vers Marley et tendit la main pour qu'il lui donne le papier. Le Directeur intercepta ce dernier, comme pour y jeter un coup d'œil rapide avant de le passer à Devereux, mais il s'arrêta net et s'écria :

– Vous êtes complètement idiot, ou quoi ? Il faudrait une demi-heure pour envoyer tout ça ! L'hélico ne va pas rester là toute la journée et nous n'avons presque pas de jus. Trouvez autre chose, bon Dieu, qu'on comprenne votre identité et votre position, et que ce soit court !

– Brian, faites un effort, je vous en prie.

– Excusez-moi, euh, eh bien, je…

Marley griffonna rapidement, sous la pression de cent cinquante paires d'yeux braquées sur lui dans le silence. Il donna son papier au Directeur, qui fronça les sourcils.

– *Cul ?* Vous êtes sûr, mon vieux ?
– Écoutez, il comprendra que c'est moi.
– Devereux, envoyez.
– Bien, monsieur. Je peux y aller, Parkins ?
– En avant toute, Devereux.

Les Colons, ainsi que Marley, levèrent alors la tête vers les nuages, en direction du bruit tout proche de l'hélicoptère invisible, comme si l'énergie collective dégagée par leur espoir pouvait renforcer celle des accus. George s'approcha de Marley et le prit par le bras, manifestement incapable de supporter seule un moment pareil. Ensemble ils retinrent leur souffle tandis que le professeur de sciences maintenait les fils en contact avec les accus et que Devereux commençait à envoyer le message à l'aide de l'émetteur marqué « Colonel Dan Dare ». Dans le silence absolu, on entendait clairement monter du vieux jouet les petits couinements des traits et points désespérés tapés par Devereux, au rythme desquels clignotaient les petits voyants des deux antennes de bakélite.

.- - -. .- .- .-. ... . ..- -. -.. . .-. -.-. .-.. - - ..- -.. ..- -.-. .- -
- .. .- - -. -.. ....-.. .- -.

Devereux cessa de taper. Les voyants cessèrent de clignoter. Toujours accroupi, des gouttes de sueur perlant à son front, le professeur de sciences tenait fermement les fils en place, ses doigts blanchissant sous l'effort. Les nuages restaient silencieux. La terre, seule dans son coin, continuait de tourner. Les secondes passèrent, puis les minutes. Aucune réponse. Devereux entreprit de retaper le message, mais après les premiers .- - -. .-, les petites lumières se firent plus faibles, puis s'éteignirent complètement.

– Je crains que les piles ne soient maintenant presque

mortes, monsieur, dit le professeur de sciences, d'une voix calme et néanmoins très claire. Nous ne pouvons plus envoyer. Nous pouvons peut-être recevoir encore quelques minutes, mais c'est tout. Je regrette.

– Beau travail, Parkins, dit le Directeur d'un ton ferme.

Marley regarda autour de lui les visages figés tournés vers le ciel, les mains serrées les unes dans les autres, les lèvres pincées et tremblantes, et il sentit son cœur se joindre à la prière générale. Leur vœu était le sien.

Il *fallait* que l'Angleterre les entende.

Il *fallait* que l'Angleterre leur réponde.

Marley pressa sa main contre celle de George ; la jeune femme frissonnait.

Tout doucement, les jeunes choristes du Padre se mirent à chanter « Jerusalem[1] ». Le bruit de l'hélicoptère s'éloignait, non ? Le garçon presque adulte qui s'était rebellé contre le Directeur fit un mouvement avec son fusil et regarda ses camarades.

– Du calme, les gars, gronda le Directeur en portant sa main à la crosse de son revolver.

Le temps s'étira. *Nor shall my sword sleep in my hand*[2]. Tous, y compris Marley, étaient suspendus au bruit qui s'éloignait dans le ciel, le regard braqué vers l'endroit d'où le message tant attendu devait venir. C'était comme s'ils croyaient que, par la seule force de leur volonté commune, ils allaient pouvoir matérialiser les ondes radio et les rendre visibles à leurs yeux implorants ; comme si, en scrutant le ciel avec suffisamment d'intensité, ils risquaient de voir carrément la réponse à leur appel surgir

1. Chant patriotique britannique composé en 1916 à partir d'un poème de William Blake.

2. « Et mon épée ne dormira pas dans ma main. » Deuxième vers de la dernière strophe de « Jerusalem ».

des nuages et descendre jusqu'à eux dans un bruit de tonnerre, ailée et glorieuse, parole de l'Angleterre portée par des chars de feu. Ils se tinrent immobiles et prièrent, tribu de primates à la peau claire oubliés du monde, suppliant les nuages impassibles de donner un sens à leur vie. Mais le crépitement métallique de l'hélicoptère invisible était maintenant de plus en plus faible, à n'en pas douter.

In England's green and pleasant land[1].

Plus faible.

Plus faible.

Ils étaient tous si concentrés sur le ciel que lorsque l'émetteur-récepteur d'enfant se mit à clignoter et à couiner sur le sol poussiéreux, il leur fallut deux bonnes secondes avant de s'en rendre compte et de se regarder les uns les autres, gagnés par de folles conjectures, source à la fois d'espoir et de peur de l'espoir déçu. Puis, enfin, de se tourner vers le jouet. Le chœur des chanteurs ralentit et bégaya.

– Faites taire vos troupes, Padre ! gronda le Directeur, tandis que Devereux plongeait pour s'arrêter à quelques centimètres de l'appareil et le fixer des yeux.

À mesure que les signaux s'égrenaient, il écrivit d'un doigt fiévreux dans la terre cuite par le soleil. Lorsque les clignotements et les couinements cessèrent, il resta là, figé, contemplant tour à tour le vieil appareil en plastique et le message reçu par celui-ci.

– Eh bien ? s'impatienta le Directeur. Allons, Devereux, qu'est-ce que ça dit ?

– Marley, mon vieux, bredouilla Devereux d'une voix tremblante en lui désignant ce qu'il avait écrit, vous comprenez, vous ? C'est très curieux, monsieur. Je ne sais même pas si c'est bien de l'anglais.

1. « Sur la verte et riante terre d'Angleterre. » Dernier vers de « Jerusalem ».

Marley, le Directeur et George s'accroupirent en hâte pour regarder le message inscrit sur le sol. On lisait :

BOU G PA ON REVI 1

Marley releva la tête et plongea à nouveau dans les yeux verts du Directeur, plus profondément que jamais. Il pouvait à peine parler, et c'est tout juste s'il entendit sa voix quand il parvint à la faire fonctionner, presque couverte dans son oreille par la respiration haletante de George.

– Oui. C'est le langage abrégé d'aujourd'hui, voyez-vous. Ça, euh, ça veut dire, eh bien, ça veut dire qu'ils reviennent.

Il y eut un nouveau silence tandis que la Colonie pivotait vers le Directeur en attendant les ordres. Celui-ci contempla longuement le petit émetteur-récepteur, comme s'il s'interrogeait devant une glace sur la nécessité de se raser. Enfin, Devereux demanda :

– Qu'en pensez-vous, monsieur ?

– Ce que j'en pense, Devereux ? dit doucement le Directeur.

Il fit alors un clin d'œil à Marley, puis se releva lentement, s'épousseta et se tint droit pour s'adresser aux siens.

– Ce que j'en pense, mes amis ? Eh bien, comme l'a dit mon père le 8 mai 1945, je crois que le moment est venu de nous livrer à de bonnes vieilles réjouissances à l'anglaise comme à Mafeking[1] !

Sur quoi, le regard fou, il empoigna son revolver et se mit à tirer cartouche après cartouche en direction du ciel.

1. Ville d'Afrique du Sud et garnison britannique assiégée par les Boers en 1899, libérée après sept mois de siège.

– Tamsin, où es-tu ?
– Grant ? Oh, eh bien, je, euh, tu sais, je me *refais une beauté* dans les toilettes de l'Abbey, figure-toi.
– Bon, appelle l'équipe du Premier ministre. Brian est *vivant*.
– Vivant ? C'est impossible.
– Il a envoyé un message en morse depuis un endroit inexploré dans les montagnes, Dieu sait comment il a fait, mais c'est lui, c'est sûr, il dit : « CUL À AGA SOUS NUAGE POUVEZ ATTERRIR À L'AIDE ». Ça ne peut venir que de lui.
– Et notre demi-million de livres ?
– Enfin, quoi, Tamsin, ne sois pas si salope. C'est notre ami, il est vivant et il va être riche. De toute façon, c'est nous qui menons le bal, d'une manière ou d'une autre on va s'en mettre plein les fouilles. Si on arrive à convaincre le Premier ministre de participer au sauvetage, on sera peut-être même décorés par la reine l'année prochaine. Quoi qu'il arrive, notre avenir est assuré. Alors arrête de te bourrer le pif et mets-toi au boulot.
– D'accord.
Snif.

– Putain, George, allume la télé. Le vieux con, là, l'aut' malade, il s'en est tiré. Balaise, le mec.

– Mon Brian ! Il est vivant !

– Papa ! Papa !

– Brian ? Vivant ? Oh. Ohhh.
– Mary, Mary, ça va, ma chère ? Vite, Janet, allez cher-

cher le sherry. Sous l'évier. Et puis non, prenez plutôt le cognac.

L'hystérie collective avait toujours inspiré à Brian Marley une horreur indicible. Nul au foot et au rugby quand il était gamin, n'ayant eu personne pour lui apprendre à jouer, subissant à chaque fois jusqu'au bout la cruelle et écrasante humiliation de ne pas être choisi dans leurs équipes par les capitaines autoproclamés de la cour de récré, il n'avait pas eu le courage de s'aventurer, sans père, dans les mares de bière et de pisse qu'étaient les trottoirs de Loftus Road dans les années soixante-dix, avant que les pubs n'y installent des tables, et d'y aborder des gens qu'il ne connaissait pas et dont les usages lui étaient étrangers. Adolescent timide, sans succès auprès des filles, il s'était révélé incapable de s'adonner aux joies de la « fièvre disco », et *a fortiori*, plus tard, de se jeter, cheveux en crête, dans une masse de jeunes gens agglutinés, assourdis et couverts de crachats, sans se dire que quelque chose d'imprévisible et terrible allait forcément se passer. Il n'avait jamais réussi à se décider à aller vénérer, parmi dix milliers d'autres, un guignol avec une guitare à l'autre bout d'un stade, ni à laisser une foule hurlante, s'époumonant dans des sifflets, le soulever du sol et l'emporter dans le vacarme ahurissant du carnaval de Notting Hill. L'engouement nationaliste des coupes du monde le laissait froid. Sidéré, il avait regardé les images de l'espèce de partouze géante à laquelle avaient donné lieu, dans les bars d'Édimbourg et de Cardiff, les résultats du référendum sur la décentralisation. Il n'avait jamais connu la joie irréfléchie du groupe décérébré, ne s'était finalement pas senti plus seul durant ses années de voyage à l'étranger que sur le sol de sa prétendue patrie.

Et là, au sommet d'une montagne de Papouasie-Nouvelle- Guinée, tout lui vint d'un coup.

Au « Mafeking ! » du Directeur, toutes les barrières de la retenue anglaise tombèrent. Marley vit George lui sauter au cou et l'embrasser fougueusement. Tout près de son oreille résonnaient les coups de revolver tirés par le Directeur dans les nuages propices, parmi les salves des fusils. Des mains l'étreignaient, lui donnaient des tapes dans le dos, des bras l'enlaçaient, lui passaient des bouteilles d'une boisson épicée et brûlante, des lèvres le baisaient, il sentait des peaux, des cheveux, des traits inconnus sous ses doigts, des souffles tièdes, des joues chaudes, des larmes de joie salées. Puis ce n'était plus que George et lui, bouche contre bouche, ni mots, ni regards, ni questions, elle réduite à une chaleur humide entre les jambes, lui à un désir ardent, leurs mains se serraient, leurs dents se cognaient, ils retombaient ensemble dans l'obscurité originelle où s'emmêlent les langues, et la jungle, la nuit, le sang noir et épais commun à nous tous, ce à quoi nous aspirons toute notre vie, les transports puissants que nous fabriquons vainement à l'aide des drogues et du son des percussions, tout cela accédait à une vérité éternelle tandis qu'autour d'eux, à travers le réseau infini de leurs veines confondues, tous unissaient leurs pouls pour marquer un rythme fort et doux, le nôtre, celui des sources retrouvées, celui de l'Angleterre.

IV

L'ANGLETERRE EN HALEINE

Les histoires du colonialisme oublient souvent de préciser que, de tous les États importants d'Europe occidentale, un seul, au cours du deuxième millénaire, a passé plusieurs siècles sous la domination complète d'une minorité distincte qui n'a pas été, à la fin, renversée par un mouvement de rébellion nationale. Les Maures n'ont jamais contrôlé toute l'Espagne, et ils ont fini par en être chassés. Les Austro-Allemands, les Magyars et les Turcs, à eux tous, n'ont jamais pu éliminer l'identité des Slaves du Sud. La Pologne s'est toujours relevée, quoi qu'elle ait subi de la part des Prussiens et des Russes. L'Angleterre, le plus grand colonisateur de tous, n'a jamais réussi à venir vraiment à bout, malgré tout le mépris qu'elle lui portait, du petit pays de Galles, encore moins de la féroce Écosse, ne parlons pas de la pénible Irlande. Il est, semble-t-il, impossible d'avoir raison d'une nation enracinée. Mais dans un cas et dans un cas seulement, une culture européenne importante et bien établie, reconnue depuis des siècles par les papes et les princes, disposant de tout l'attirail que cela implique – une monnaie solide, des lois écrites, des traductions de la Bible et une jeune littérature profane –, fut *totalement et définitivement effacée* par une petite caste militaire étrangère. La transformation de 1066 [1] fut si profonde, et le fossé entre conqué-

1. Année où Guillaume le Conquérant, duc de Normandie, devint roi d'Angleterre, après avoir remporté la bataille d'Has-

rants et conquis si marqué, que, mille ans après, chaque fois qu'un Anglais prononce un nom à consonance française et difficile à orthographier, ses compatriotes en déduisent qu'il est privilégié.

Si toute société a ses castes et ses échelonnements hiérarchiques, Hastings a ancré la notion de « classe » dans la langue anglaise (et donc, dans l'esprit anglais) même. Ce bouleversement unique a traversé les océans au gré des déplacements de l'Empire. Aujourd'hui encore, le fait même d'acquérir la maîtrise parfaite de *sa propre langue* distingue automatiquement un anglophone de la masse de *son propre peuple*. À l'aune de n'importe quelle norme linguistique, les tabloïdes de la presse anglophone mondiale sont bel et bien écrits dans une langue différente du reste de ses journaux. Le Français, l'Espagnol ou l'Allemand de la rue sait, en l'entendant parler, quand il a affaire à un compatriote plus instruit que lui, certes, mais il reconnaît la langue de ce dernier comme une forme plus élaborée de la sienne, forme que, avec un peu d'effort, il peut comprendre et même apprécier. En revanche, qu'un anglophone ordinaire entende parler un compatriote instruit, il entend un étranger ou un traître s'exprimant dans un jargon pseudo-latin sophistiqué qu'il n'a aucune chance de décoder à l'aide de ses mots à lui, de même l'anglophone instruit ne se sent nulle part aussi étranger que parmi ses compatriotes incultes. Il est donc tout à fait impossible à un politicien anglais, américain ou australien de séduire un large électorat en faisant appel à toutes les ressources de la langue (et donc de la pensée). Il doit à tout prix éviter de « parler maniéré », crime impardonnable aux yeux de ceux qui ne peuvent s'exprimer (et donc penser) que dans la demi-langue misérable qui fut socialement et culturellement décapitée en 1066 ; et à cause de cela, nécessaire-

---

tings contre Harold II, qui venait de succéder sur le trône à Édouard le Confesseur.

ment, il méprisera ses électeurs, comme les barons normands méprisèrent durant des siècles les gueux crottés et soumis qu'étaient leurs vassaux anglais. Aujourd'hui, à l'ère de la démocratie, l'hypocrisie et la démagogie sont donc au cœur de la vie publique « anglo-saxonne » [*sic*] ; on s'aperçoit que la plus grande culture colonisatrice de l'histoire est elle-même encore rongée par une classique haine de soi postcoloniale, dont nous devons tous payer le prix.

Pr Kieran O'Conor,
préface à *The Unconquered Conquest: Englishmen, Normans and Ireland*, Dublin, 2002.

« Dormez, les enfants,
ou l'homme blanc viendra vous prendre. »
Avertissement parental, Papouasie-Nouvelle-Guinée.

ment il [illegible] ses électeurs, comme ce fut le cas pour

et ignorants qu'étaient leurs [illegible] encore aujourd'hui, à
l'exemple de [illegible] l'[illegible] et la démocratie sont

[illegible] de sa [illegible], dont [illegible] payer le
prix.

Dr Kieran O'Connor,
[illegible]
[illegible], Northern Ireland, Dublin, 2002.

« Affamez les enfants,

– Mr Brodie, puis-je considérer que cette ligne est sûre ?

– Faut voir ça avec vos gars des services spéciaux : ce sont eux qui l'ont mise en place.

– C'est juste. Nous allons atterrir dans environ deux heures. Que ce soit bien clair : il faut *absolument* que le Premier ministre soit présent *au moment même* de la rencontre avec ce dénommé Marley. Nous ne vous demandons pas de *mentir*, bien sûr, il n'en est pas question, mais nous serions très heureux si les images pouvaient *laisser entendre* que c'est la présence du Premier ministre lui-même qui a permis de retrouver Mr Marley vivant.

– Vous êtes un peu gourmands, mes cocos.

– Avec Channel Seven aussi, on pourrait l'être quand ils devront renouveler leur p'tite licence après les prochaines élections. Tu veux que je les appelle et que je leur dise que t'es pas gentil avec nous, Grant ?

– Vous me tenez par les couilles, on dirait.

– Question de vocabulaire. Je crois que nous sommes tout simplement *en position de force*. Alors c'est entendu ? C'est vraiment très aimable à vous. Et très responsable, si je puis me permettre, à titre strictement personnel, bien sûr. Un brillant exemple de l'excellence des grands médias de notre pays.

– Ouais. Tu piges tout de suite ce qui compte vraiment, putain.

– Merci.

– Papa, il faut que j'aille en Angleterre !

– Oui, Consuela, c'est l'homme qu'il te faut ! D'autant plus qu'à présent il est riche. C'est une bonne chose.

– Papa, je me moque de son argent.

– Bien sûr. Seuls les pauvres attachent de l'importance à l'argent. C'est justement pour cela qu'il est bien qu'un homme soit riche, pour qu'il n'ait pas à penser à l'argent.

– Papa, tu es sage.

– Ma fille, je suis vieux. Si l'âge n'apportait pas la sagesse, à quoi servirait de vieillir ? Oui, nous allons retourner en Angleterre. Et à présent, regardons les actualités permanentes de la BBC, que nous nous informions des dernières nouvelles.

– Je crois que nous devrions mettre ce Marley en première page, qu'en penses-tu ?

– C'est certain.

– Entre, entre, mon petit chéri.

– Mamie, mamie, mamie, papa va revenir !

– Oui, mon grand, je sais, c'est formidable, hein ? Et tu sais quoi ? Les gens de la télévision nous envoient toi et moi en Australie pour aller le retrouver. Mais tu as grandi, dis-moi, tu deviens fort. Allez, on va boire du Canada Dry pour fêter ça, tu veux ? Avec maman, bien sûr.

– Toi aussi, mamie, tu vas boire du Canada Dry ?

– En fait, je crois que je vais plutôt me servir un sherry. Et vous, ma chère ? Ah. Venez un instant dans la cuisine, je vous prie. On revient tout de suite, mon petit Tommy. Entrez et fermez la porte. Là, vous avez de l'essuie-tout sur le côté, reprenez- vous.

– Je suis désolée, Mary, je ne sais pas, je n'arrive pas à me dire… Tout ce qui me vient à l'esprit, c'est : est-ce que c'est trop tard pour nous, finalement ? Vous croyez, vous ? Vous croyez que c'est trop tard ?

– Quoi, maintenant que mon fils est millionnaire, vous voulez dire ? Bien trop tard. Mais je suis certaine qu'il, comment dit-on de nos jours ? *vous mettra à l'abri*. Pour le bien de Tommy. Allez, ça suffit, arrêtez de vous donner en spectacle devant ce pauvre petit.

– Pardon.

– Eh, George, quatre pintes, et mets-nous le truc de la jungle à la télé, s'te plaît. J'aurais jamais cru qu'il s'en sortirait, ce vieux timbré. J'aurais dû parier sur lui, putain.

– Allez, les gars, venez par ici avec vos torches. Au pas de course !

Un instinct primitif, un vestige de cette connaissance profonde et ancestrale du monde qui fait qu'un bébé peut dormir au milieu de la musique à plein volume et des éclats de rire (signe que la tribu est dans le coin et bien vivante) mais se réveille si quelqu'un tousse discrètement dans le silence ambiant (peut-être le bruit d'une hyène ou d'un congénère ennemi approchant dans la nuit), transmit à Brian Marley l'urgence du cri étouffé de cette voix. Ses hormones répondirent à ce stimulus ancien et il reprit brusquement ses sens, sortant de son sommeil post-coïtal aviné telle une baleine faisant irruption à la surface pour respirer après des heures passées dans l'obscurité des profondeurs.

La nuit, des flammes qui montent et des ombres pressées. Il voulut se redresser, mais son corps ne fonctionnait qu'à moitié ; il avait un bras et une jambe immobiles, cloués au sol. Il retomba sur le dos, et tandis que ses yeux se remettaient de cet afflux de lumière jaune et se réhabituaient à l'obscurité, il découvrit au-dessus de lui, entre les fins nuages nocturnes, un pan d'infinité noire, émaillé d'étoiles inconnues et stoïques. L'affolement s'empara de lui, comme si, au mépris des lois de la pesanteur, il allait être projeté vers le haut et avalé par cette froide éternité. Il chercha son souffle, s'étouffa en essayant de faire franchir sa gorge à sa salive à l'aide de sa langue desséchée, puis ferma aussitôt les yeux, paupières crispées, tandis que sa gueule de bois envoyait un lourd train de douleur s'écraser contre les butoirs de son crâne.

Des pieds passèrent tout près de ses oreilles, foulant bruyamment la végétation sèche du sous-bois. Il vit des torches tenues en l'air par des silhouettes qui couraient et comprit que les bruits qui l'avaient réveillé et les flammes qui l'avaient ébloui n'étaient pas les éléments d'un rêve confus, mais des bribes du monde réel autour de lui.

Il fouilla l'obscurité du regard. Dans la lumière changeante des torches, parmi les ombres qui s'agitaient dans la nuit en riant, il reconnut la silhouette caractéristique du Directeur, la main impérieusement levée, et celles d'une dizaine de jeunes malabars aux yeux bleus. Le groupe des chasseurs. Au loin, il entendait de nombreux moteurs dans le ciel, dont le vrombissement ricochait sur le flanc des montagnes. En se retournant vers les baraques de la Colonie, il aperçut les clignotants blancs et rouges suspendus dans le noir, et les pinceaux irréels des projecteurs qui balayaient les falaises d'encre. Mais rien d'aussi inquiétant que les lueurs qui dansaient au fond des yeux du Directeur lorsque celui-ci découvrit Marley allongé par terre.

– Tiens, tiens. Je me doutais que vous viendriez, mon vieux.

– Quoi ?

– Écoutez-moi bien, Marley, j'ai vu la manière dont vous regardiez votre foutue petite caméra sophistiquée. Je me suis demandé pourquoi vous y teniez tant. Ça m'a mis la puce à l'oreille. Je les connais, ces rapaces de la télévision, et je sais qu'ils ne valent guère mieux que des rouges. Ils vendraient leur grand-mère pour faire un peu de scandale. Et entre nous, Marley, vous êtes un nouveau riche. Vous êtes peut-être millionnaire à présent, mais comme j'ai pu le constater, les nouveaux riches cherchent toujours à s'enrichir encore. Vous n'auriez pas dans l'idée de tourner quelques images de plus à vendre à la BBC, des fois ? À moins que vous n'y travailliez, à la BBC…

– Non, non, ma mère habite à côté, c'est tout, bredouilla Marley, mal réveillé et terrifié. C'est la première fois de ma vie que j'ai quelque chose à voir avec la télé. Cette émission, j'y participais, je ne la fabriquais pas.

– Vous n'avez donc jamais eu envie de venir fouiner par ici avec votre maudite caméra ?

– Je ne comprends pas, gémit Marley, le crâne aiguillonné par sa gueule de bois. Je n'ai jamais eu l'intention de fouiner où que ce soit… pour découvrir quoi, d'abord ?

– Oui, hein ? Vous n'allez donc pas parler ?

– Pardon ?

– Tout de même. Vous dites ça ici, maintenant, mais on ne peut pas prédire le comportement d'un homme quand il se remet à prendre des bains chauds, à lire son petit journal le matin, à fréquenter les salons et à jacasser avec les bonnes femmes. Je connais la chanson. Vous êtes sûr que vous ne parlerez pas ? Ôtez vos pattes de la dame et levez-vous, mon vieux.

Marley regarda à côté de lui et s'aperçut qu'en fait, son bras et sa jambe gauches étaient retenus au sol non pas par la paralysie ou la pesanteur, mais par le corps ronflant de George. Il fut relevé sans ménagement, et George roula sur le côté, grognant et s'étirant légèrement, sans toutefois se réveiller. Le Directeur rit et tira sèchement sur le bas de la robe de la jeune femme pour lui couvrir les cuisses.

– Une sacrée tigresse, pour autant que je me souvienne, gloussa-t-il.

– Quoi ? fit Marley, le regard trouble. Vous voulez dire que, que vous… ?

– Qui déflore les filles, à votre avis, pour vérifier leur fertilité ? Droit de cuissage, mon vieux. Elle ne vous l'a pas dit ? Eh bien, oui. La moitié de ces jeunes gens sont mes fils naturels, quels que soient leurs noms. Ou mes petits-fils. J'oublie parfois qui est de qui. Je ne suis pas un Mr Chips [1], mon vieux. À ce niveau-là, je l'avoue, je n'en aurais jamais profité autant si j'étais resté au pays. Eh bien, quoi, Marley, fermez la bouche. Je m'en doutais. Un rien vous choque. Ça a toujours été le problème, ça, chez nous. Ces pleurnichards bien-pensants qui nous donnaient des leçons sur la « mission » de l'Angleterre sans avoir la moindre idée de ce qu'il fallait faire dans

1. Allusion au roman sentimental de James Hilton, *Au revoir, Mr Chips*, immortalisé au cinéma en 1939 par Sam Wood, et dont le personnage principal, professeur dans un collège privé anglais, se dévoue entièrement à ses élèves après la mort de sa femme tant aimée.

les colonies ne serait-ce que pour ne pas être débordé. Et on peut être sûr d'en voir débarquer des comme ça demain matin. Voilà pourquoi nous faisons un peu de nettoyage à la Porte. Et au cas où vous auriez eu dans l'idée d'aller baver chez vos copains de la petite lucarne, vous allez nous aider. Il faut avoir le courage de ses opinions, comme on dit. Allez, venez. Ne vous inquiétez pas pour elle. Elle a de la ressource.

Devereux empoigna Marley par le bras et l'entraîna avec lui.

– Que nettoyons-nous ?

– La Porte, répondit Devereux.

– Quoi, l'endroit par où vous descendez dans la forêt ?

– C'est ça.

– Qu'y a-t-il à nettoyer là-bas ?

– Demandez au Directeur, mon vieux.

– Nous allons simplement allumer un autre grand feu de joie pour guider les secours, dit le Directeur avec un large sourire. Et si nous pouvons faire un peu le ménage dans le coin par la même occasion, tant mieux, pas vrai, les gars ?

– Oui, monsieur, répondirent en chœur ses acolytes hilares.

– Je vous en prie, Marley, n'essayez pas de jouer au plus fin avec moi. Vous l'avez vue, la palissade. Vous croyez que ça va plaire aux dames et aux fiottes gauchistes de Londres ?

– Mais de quoi parlez-vous ?

– Ah. Alors c'est vrai, vous n'avez rien vu ? Vous m'étonnez. Enfin, bon, c'est trop tard, maintenant. Allez-y, mon vieux, regardez bien.

Le Directeur poussa vigoureusement Marley en avant au milieu des arbres et tint sa torche en l'air. À son signal, toutes les autres torches furent levées.

Marley tituba, trébucha, retrouva l'équilibre, leva les yeux et fit un bond en arrière, horrifié, en étouffant un petit cri de pure terreur animale. Il aurait détalé dans la forêt obscure s'il ne s'était pas immédiatement heurté à deux jeunes gaillards musclés. Il les percuta violemment, mais ils oscillèrent à peine ; c'était comme s'il avait foncé dans deux sacs de patates de taille humaine. Il rebondit contre eux et tomba en arrière, le souffle coupé, s'étalant sur le dos au pied de la palissade.

Ce n'étaient pas les têtes des sentinelles qu'il avait vues là quand il était venu avec George, mais simplement des têtes. Des têtes sur des pieux, des têtes aux cheveux laineux et à la peau foncée, affreusement embrochées sur des pieux qui les transperçaient de la mâchoire au sommet du crâne. La plupart étaient très vieilles ; certaines ne l'étaient pas suffisamment pour avoir eu le temps de prendre un aspect archéologique rassurant, et quelques-unes, spectacle horrible, étaient si récentes, d'une fraîcheur si flagrante, qu'elles affichaient encore les expressions figées de ceux qui viennent de mourir. Marley fut saisi de haut-le-cœur et s'effondra en plaintes inarticulées.

– C'est dur à encaisser, hein ? fit le Directeur. Oui, je suppose qu'il faut plus d'une génération pour obtenir des individus convenables. Levez les yeux. J'ai dit, levez les yeux, Marley. Ce n'est rien d'autre que la réalité, vous savez. Nous ressemblerons tous à ça un jour, à peu de chose près. Les tués par balle sont presque tous mon œuvre. J'ai dit, levez les yeux. Si vous n'êtes même pas capable de regarder, je devrai considérer que vous allez parler une fois rentré. Et je ne peux pas vous laisser faire, vous comprenez.

Marley leva les yeux.

– Grant, tu m'entends ? Ça y est, t'as décollé ?

– Oui, tout juste. Il fait encore à moitié nuit, je suis

mort de trouille, je deviens sourd sans mon casque et je t'entends à peine, alors t'as intérêt que ce soit *vachement* important, Tamsin.

– Ça l'est. Surtout, veille à ce que personne ne dise à Brian qu'il a *gagné le jeu*.

– Quoi ? Et pourquoi pas, bon Dieu ? C'est tout l'intérêt de l'émission.

– Channel Seven a décidé de ne pas verser la récompense. Ils disent qu'il n'a pas gagné.

– Pas gagné ? Bien sûr que si, qu'il a gagné.

– Si tu le dis… La dizaine d'avocats qui représentent Channel Seven disent que non, mais si toi, tu dis que si…

– Comment peut-il ne pas avoir gagné ?

– Eh bien, ils disent que personne ne peut *prouver* que le prof gallois allait abandonner. Et tu sais, Grant, ils n'ont pas tort.

– Attends, tu as vu comme moi les images avant que les hélicos… Franchement, je n'ai pas envie de penser à ça pendant que je suis moi-même en l'air dans une de ces saloperies. *En rampant*, il y allait, le Gallois, vers l'aire d'atterrissage.

– Il voulait peut-être éviter les pales des hélices. Le gars prudent. N'oublie pas d'en faire autant, d'ailleurs.

– Il hurlait.

– Il *chantait*. Pour se donner du courage. C'est classique, tu sais, chez les Gallois.

Il avait la jambe noire.

– Peut-être de la boue. On ne saura jamais, avoue.

– Brian était debout, au garde-à-vous. Il avait l'air d'aller bien.

– Tu trouves que c'est le comportement de quelqu'un qui va bien, toi ? Moi, j'ai plutôt l'impression qu'il avait complètement perdu la boule. Au garde-à-vous, dans la jungle ?

– Ouais, remarque.

– Peut-être que c'était une manière de dire qu'il se *rendait*, tu vois. Le problème, Grant, c'est qu'on *ne sait pas* si c'est lui qui a tenu le plus longtemps, et qu'il *n'a pas* passé une semaine seul dans la jungle.

– Là, tu pousses. Il a même fait quinze jours.

– Mais la balise d'urgence était détruite. Il n'avait pas le *choix*. C'était tout l'intérêt, non ? Où est l'exploit de survivre si on n'a pas le choix ? On n'avait qu'à larguer six couillons dans la jungle sans nourriture, sans eau et sans radio, pour voir qui *survivrait le plus longtemps*. Bonjour le concept. Remarque, c'est pas mal. Très bon marché. Bref, le problème, c'est que pour Channel Seven, il n'y avait plus de paris possibles à partir du moment où les hélicos se sont crashés… Oh, désolée de remettre ça sur le tapis. En tout cas, ils ne plaisantent pas.

– Merde. Ça veut dire qu'on va devoir payer Brian nous-mêmes.

– Attends, on ne va pas lui donner deux millions de livres de notre poche.

– Bon, peut-être pas deux millions, mais…

– Je suis d'accord qu'il faut l'aider, d'une manière ou d'une autre, c'est normal, mais un million, ça ferait, je ne sais pas, près d'*un quart* de la totalité de nos profits.

– Mouais.

– Et ça, c'est des fonds de roulement, faut pas l'oublier. On en a besoin pour développer nos autres émissions. Pour nous, un demi-million aujourd'hui peut en valoir dix dans quelques années. J'aurai peut-être besoin d'une nurse, un jour, tu sais.

– Merde, il a failli y passer, quand même.

– Un paquet de gens sont morts dans cette affaire, Grant. Dont de bons amis à nous. Enfin, des gens qui bossaient pour nous, et ça revient au même, non ? Brian, au moins, il est encore en vie.

– Oui, et c'est ce qui fait qu'il a gagné. Arrête, Tamsin, tu sais que c'est la vérité. Il faut bien qu'on lui donne *quelque chose*.

– Comment ça, *on*, visage pâle ? Mais oui, évidemment qu'on va lui donner quelque chose, mais peut-être pas des *centaines de milliers de livres*.

– Moi, je dis ça, c'est par principe.

– Tu es vraiment grand seigneur. Si tu veux filer à Brian cent mille livres ou je ne sais combien, uniquement parce que le *hasard* a voulu qu'il survive à un accident d'hélico… Merde, voilà que je remets ça.

– Ce serait suffisant, cent mille ?

– Suffisant ? Attends, cinquante mille, pour lui, ce serait déjà inespéré. Franchement, Grant, qu'est-ce qu'il était avant ça ? Prof d'anglais. Et pas dans un lycée, hein, dans une école de langues, putain, c'était un guide touristique amélioré. Cinquante mille, ça lui ferait quoi ? deux ans de salaire ? D'un coup ? Net d'impôts ? Tout ça parce qu'il a eu du bol ? Je serais bien contente, moi, qu'on me donne deux ans de salaire cash pour aller faire quelques semaines de régime dans un endroit magnifique qui n'a pas encore été souillé par la civilisation.

– Oui, remarque.

– Et les profs ont des revenus réguliers. Pas nous. Nous, on n'a pas de congés payés. Ni de fonds de pension subventionnés. D'accord, on s'en sort bien maintenant, mais peut-être que dans cinq ans, cinquante mille livres, on ne crachera pas dessus. Il faut que je pense au bébé-éprouvette que j'aurai peut-être un jour. Une année de salaire, d'un coup, ça changerait sa vie sans nous mettre sur la paille.

– Il n'aurait pas vraiment de raison de s'en plaindre, je suppose.

– S'en plaindre ? Grant, si on appliquait les lois du capitalisme à la lettre, il n'aurait rien du tout. Et pense au battage médiatique qu'il va y avoir autour de lui. Il y aurait eu droit, sans toi ? Bien sûr que non. Il serait resté un prof de merde en mal de gloire. T'es un cadeau des dieux, pour lui ; ce que tu lui as apporté, c'est bien plus important que du fric. S'il a gagné ? Mais il a *déjà* gagné, Grant. Tu lui as offert la chance de sa vie sur un plateau. Il avait foutu sa vie en l'air, c'était un minable prof d'anglais pour étrangers, et toi, tu l'as sorti de là. Si maintenant, il n'est pas capable de se débrouiller tout seul, alors qu'il va être l'homme le plus célèbre du pays pendant *au moins* tout un week-end, pourquoi est-ce que ce serait encore à toi d'intervenir ? J'te comprends pas. D'autant que c'est un homophobe de première.

– Brian ? Homophobe ?

– Tu as entendu ses derniers enregistrements avant le crash. Ses tirades sur son fils et toutes ces conneries réac sur les enfants, comme quoi, en définitive, il n'y avait que ça qui comptait vraiment.

– Et alors, c'est homophobe, ça ?

– Tu ne vas quand même pas me dire que c'est *gay-friendly*. Personnellement, n'étant pas mère de famille, je trouve ça carrément insultant, tu vois. Et si faire des mômes c'est tout ce qui compte à ses yeux, pourquoi il aurait besoin de notre fric ?

– On pourrait peut-être l'aider au niveau de la couverture presse.

– C'est ce qu'on fait, Grant. S'il a un intérêt médiatique aujourd'hui, c'est grâce à nous. Mais bon, oui, on peut le pistonner. Ce qu'on obtiendra pour lui, c'est ça de moins qu'on obtiendra pour nous, mais je vois que tu y tiens.

– On va le brancher avec la boîte de com de Baz Bingley. Comme ça, on sera sûrs qu'il tirera le meilleur prix de son histoire.

– Tiens, tu vois ? À combien de profs ça arrive, ça ?

Avoir une histoire à vendre et Baz, en plus, comme agent ? Tu sais, je connais des *petites stars de séries télé* qui en rêveraient. Bon, alors ça marche, j'appelle Baz ?

– Ouais, vas-y. D'une manière ou d'une autre, ça lui rapportera bien plus qu'une année de salaire, à Brian, non ?

– Évidemment, tu parles ! Bon, je suis contente que ce problème-là soit réglé.

– Pitié… *pitié*, dit Marley, convaincu qu'avec les horreurs qu'il venait de voir, qu'on l'avait forcé à contempler, il était devenu un témoin gênant et que c'était maintenant à lui d'y passer.

Cependant, au lieu de l'abattre sur-le-champ, le Directeur fit simplement signe à ses jeunes disciples de se remettre au travail. Ils les regarda un moment commencer à brûler les pieux de la palissade, vérifia le sens du vent, s'assit à côté de Marley et alluma sa pipe, crachant par à-coups de petits nuages de fumée au parfum suave et curieusement entêtant. Marley resta figé. Tandis que les vieux crânes tombaient en morceaux dans les flammes et que les têtes fraîches se racornissaient en dégageant de la vapeur sous la chaleur, le Directeur lui donna une tape sur l'épaule.

– Il y a des choses qu'on fait au front et qu'il vaut mieux garder pour soi, pas vrai, Marley ? Dites-moi, cette dernière trouvaille à la mode, la psychologie, ça a toujours la cote au pays ?

– La psychologie ? Eh bien, euh, oui… oui, je crois…

– Quelle foutaise, hein ? Je me souviens, après la Corée, ces espèces de crétins à l'accent allemand qui se sont mis à poser des questions aux gars sur leurs sentiments. Leurs *sentiments*, vous vous rendez compte ? Qu'est-ce que les sentiments ont à voir là-dedans, bon

Dieu ? Ce sont les *actes* qui comptent, pas ce qu'il y a derrière. Ces salopards de nazis étaient sûrement persuadés d'être dans le vrai, et ils pouvaient sûrement citer Nietzsche et chanter du Wagner en même temps, pourtant ils ont commis des *actes* qui ont fait d'eux le rebut du genre humain. Pareil pour les rouges. Je suis sûr que Karl Marx était un type intelligent et bien intentionné, et ils devaient tous y croire, à leurs sornettes, que l'histoire était de leur côté, tout ça, mais le résultat, c'est qu'ils ont aligné des malheureux par centaines devant des murs et qu'ils leur ont mis une balle dans la tête. Quelle importance, qui éprouve quoi ? C'est comme ces gauchistes de salon qui dénonçaient les effets psychologiques de la guerre, en s'apitoyant sur les gars traumatisés par ce qu'ils y avaient fait et vu. Mon père et ses frères se sont battus à la Somme, ils ont vécu dans des tranchées remplies des tripes de leurs camarades, ils ont vu leurs copains d'école réduits en bouillie et tout un tas d'horreurs de ce genre, et si ces *psychologues* avaient raison, eh bien, ils seraient tous devenus complètement cinglés, non ? Certains ont perdu la boule, c'est vrai, mais pas tant que ça. Vous savez ce qui s'est passé pour ces gars après la Première Guerre ? Et après la Seconde ? Dans la grande majorité des cas ? Ils ont repris leur vie comme avant en restant d'honnêtes gens, c'est tout. Et sans en chier une pendule.

– Ah, souffla Marley en se concentrant pour garder les yeux fixés sur ses pieds et écarter de sa conscience, et pire, de son imagination, ce qu'il venait d'entendre, ou de croire entendre, tomber, craquer, éclater, quel genre d'éclaboussure, au juste, venait d'atterrir avec force sur sa manche.

– Alors vous voyez, cette histoire de Porte ne signifie pas que nous avons dégénéré en une bande de maudits chasseurs de têtes. Simplement, il y avait certaines choses que nous devions faire pour nous en sortir, nous les avons faites, mais sans les ébruiter pour les cacher aux femmes et aux enfants. Bien sûr, on ne peut pas nier les sensations fortes que procurent la chasse et tout ce qui va avec, surtout aux jeunes. Je me souviens, moi-même, la première fois que j'ai conduit mes hommes à l'assaut, baïonnette au canon, à Alamein. Je n'avais que dix-neuf ans et, oui, c'était sacrément enivrant avec les cornemuses et tout le tintouin, et ça ne nous a pas aidés à faire beaucoup de prisonniers. Mais quand le feu a cessé, nous avons soigné les blessés d'en face comme les nôtres. C'est ça, la guerre. Il y a un moment où ça s'arrête. Non, ça ne pervertit pas l'âme, pas pour la plupart des hommes. Vous comprenez, Marley, la guerre c'est comme le whisky ou les femmes, ou les garçons plus âgés dont on s'éprend à l'école.

– Ah, fit à nouveau Marley, désemparé.

– Dans la plupart des cas, les hommes sont capables de boire un verre ou deux puis de reboucher la bouteille, ou de prendre un peu de bon temps avec une fille de joie avant de rentrer auprès de leur légitime ; dans la plupart des cas, le pelotage entre écoliers leur passe. Et dans la plupart des cas, ils sont capables d'aller à la guerre et de voir des choses qu'aucune personne saine d'esprit ne voudrait voir, puis de rentrer en permission et de faire une partie de golf. Il en va ainsi de la majorité d'entre nous. Ceux qui déraillent à cause de la guerre, du whisky, des garçons ou des bas d'une danseuse, c'est qu'ils devaient dérailler de toute façon, d'une manière ou d'une autre.

– Mais des têtes sur des pieux, ça n'a rien de civilisé, c'est…

– De l'épate, mon vieux. Nous avons tout de suite compris que nous ne pourrions pas défendre la Porte longtemps si les indigènes s'unissaient et décidaient que ce serait bien d'avoir un peu d'homme blanc sur la table au dîner. Il fallait leur faire croire que nous étions des espèces de surhommes. Surtout, il fallait que nous mettions *une* de leurs tribus de notre côté. Voyez-vous, ces têtes ne sont pas celles de n'importe quels indigènes. Ce sont toutes des têtes de Miyanmin. Les Miyanmin sont des cannibales de la pire espèce. Ils se nourrissent de leurs voisins, dont les Altbalmin. Je ne dis pas que nos copains les Altbalmin n'aiment pas déguster un peu de chair humaine de temps en temps, quand l'occasion se présente, mais ici c'est la norme. Alors que les Miyanmin, eh bien, ce sont eux qui occupent le territoire le plus hostile, et ils s'en prennent régulièrement aux autres. Parce que, attention, mon vieux, vous connaissez les mœurs locales ? Vous êtes comme ces gauchistes de salon, je suppose, pour vous il n'y a que de bons sauvages ?

– Non, non, enfin, je n'en sais rien, je…

– Exactement. Moi, je vais vous dire comment ça marche, ici. Les petits gars que vous voyez au bout de ces pieux, les Miyanmin, se rassemblent, tous villages confondus, de l'autre côté du fleuve, le Sepik. Tous les trois ans, d'après nos constatations, le temps d'oublier ce qui est arrivé à la dernière fournée. Ils construisent un pont de corde au-dessus de la gorge, un sacré spectacle, ils sont adroits, les bougres, ça leur prend des semaines, et quand tout est en place, ils passent chez les Altbalmin, de notre côté, vous me suivez ? Ils sont une centaine, en général. Ils trouvent un petit village altbalmin, de préférence un qui soit un peu à l'écart des autres. Ils approchent de nuit, cernent les lieux, et là, à l'aube, c'est toujours le meilleur moment pour attaquer, l'aube, pas besoin d'aller à l'école militaire pour apprendre ça, eh bien, à l'aube, ils donnent l'assaut, ils mettent le feu aux huttes et massacrent tout ce qui en sort, hommes, femmes et enfants. Voilà comment ils s'y prennent, en général, vous voyez ?

– Glaarg, eh là ! protesta Marley en sursautant, avant de se recroqueviller et de se figer tandis que le Directeur l'étranglait de son bras à la peau tannée pour lui appuyer la pointe taillée d'un os entre l'omoplate et la clavicule, lui entamant presque la peau.

– Là, j'enfonce d'un coup sec, ça vous perce les poumons, et votre compte est bon. C'est la méthode des Miyanmin, en tout cas. Ensuite, bien sûr, ils vous tranchent la tête avec un couteau de bambou et l'emballent dans des feuilles de bananier. Puis ils vous coupent les bras et les jambes, vous étripent, vous désossent, vous roulent en boule et vous emmènent en vous portant comme un sac à dos, vos bras et vos jambes en bandoulière. C'est vraiment très efficace, on voit qu'ils font ça depuis toujours. Ils épargnent tout de même les enfants en bas âge, ceux qui sont trop jeunes pour enregistrer ce qui se passe et qui ne grandiront pas en se rappelant comment leurs faux parents ont bouffé les vrais. Ça augmente la population de la tribu, vous comprenez. Par ici, la plupart des enfants n'arrivent pas à leur premier anniversaire, et un petit d'un an qui a survécu aux maladies, c'est précieux. Mais sinon, ils les boulottent tous.

– Et vous, vous les en empêchez ?

– Exactement, Marley. C'est là où nous avons eu de la chance. En cinquante-huit, quand nous sommes revenus ici, moribonds, après avoir tenté de partir par la jungle, le père de Tom Devereux et ses amis ont vu les Miyanmin qui construisaient leur habile petit pont. Nous avons décidé de les observer pour voir ce qu'ils manigançaient. C'est devenu clair assez rapidement. Résultat, quand les Miyanmin ont attaqué le village altbalmin, nous les attendions. L'arroseur arrosé, quoi. Nous en avons zigouillé la moitié avant qu'ils n'aient pu retraverser le fleuve. Vous imaginez l'effet sur les Altbalmin, comme ils étaient reconnaissants. Nous leur avons laissé entendre que nous étions descendus des nuages pour les protéger et que tant que nous étions là, que nous avions à manger et que nous étions contents, l'époque où ils finissaient dans une marmite miyanmin était révolue. Nous avons embroché les têtes sur des pieux pour être plus convaincants, et aussi pour leur faire sentir ce qui risquait de leur arriver s'ils ne nous traitaient pas comme leurs dieux protecteurs. Et ça marche comme ça depuis.

– Mais les, comment les appelez-vous ? les Miyanmin, ils ne se méfient pas, maintenant ? Pourquoi continuent-ils d'attaquer ?

– Eh bien, nous avons cette chance que les tribus locales ne sachent ni lire ni écrire. Du coup, chaque génération croit que tout est l'œuvre de la nature, et pour tous ces abrutis, s'il arrive un malheur, c'est parce qu'on n'a pas fait le bon sacrifice au bon arbre, ce genre de foutaise. Les Altbalmin restent chez eux avec leurs gris-gris et prient pour que ce ne soit pas leur village qui y ait droit la prochaine fois, et pendant ce temps les Miyanmin chantent leurs chants en construisant leurs ponts. Nous, nous les zigouillons, nous mettons leurs têtes sur des pieux, et les Altbalmin continuent de nous apporter nos rations à la Porte. C'est un bon arrangement, finalement.

– Ce sont les indigènes qui vous nourrissent ?

– De quoi croyiez-vous que nous vivions, mon vieux ? De l'agriculture ? Pas nous. Nous ne sommes pas des culs-terreux, allons. À chacun sa place. Nous, nous sommes des soldats. Qui a gagné les deux guerres mondiales ? Nous. Nous n'avons pas fait ça pour tripoter des ignames et élever des poulets. Non, non, nous combattons, ils cultivent la terre, nous les protégeons des méchants, ils paient.

– Vous chassiez… *des gens* ?

– Les Miyanmin, oui. Excellent gibier. Et n'allez pas croire que nous nous battons avec des fusils et eux avec des arcs. Nous n'utilisons presque plus les fusils aujourd'hui, plus assez de munitions. Mais nous nous en passons très bien. Clive[1], en Inde, n'était pas mieux armé que les autochtones, il était simplement meilleur guerrier. Nous nous entraînons dur, nous faisons beaucoup de sport, des exercices de tir et des manœuvres, et surtout nous savons à l'avance que tous les deux, trois ans, les jeunes de l'autre côté du fleuve ressentent le besoin de gagner leurs blazers à eux en remettant la chair humaine au menu de la tribu. Nous savons reconnaître les signes qui montrent qu'ils se préparent à passer à l'action, parce que nous consignons tout dans le Livre et ce, depuis quarante-cinq ans. Alors qu'eux repartent de zéro à chaque fois. C'est simple, en fait : nous sommes plus intelligents, nous sommes moralement plus forts, et nous avons un léger avantage au niveau de l'armement. C'est donc nous qui gagnons.

– Mais, euh, vous avez vraiment besoin de leur couper la tête ?

– Vous savez, à la guerre, si on ne veut pas perdre, il faut employer les mêmes méthodes que l'ennemi. Or, à la guerre, la première des règles, c'est *ne pas perdre*. On a tourné le dos à Harris « le Bombardier »[2] après la der-

1. Général britannique dont la victoire au village indien de Plassey, en 1757, plaça sous la domination de l'Empire le Bengale et le nord-est de l'Inde.

2. Le général Arthur Harris, responsable des forces de bombardement de la RAF à partir de 1942. Avec l'accord de Churchill, il fit bombarder massivement plusieurs villes allemandes, dont Dresde, en 1945, où il y eut près de trente-cinq mille victimes. Incarnant des méthodes très discutées depuis, il ne fut pas médaillé à la sortie de la guerre, et le gouvernement Attlee refusa qu'il soit anobli.

nière guerre, personne ne voulait parler des civils tués par les tapis de bombes incendiaires, mais mon père l'a toujours dit, si le bombardement de Dresde a avancé le départ d'Adolf ne serait-ce que d'une journée, ou que ça a sauvé ne serait-ce qu'un bataillon de nos gars, ça valait le coup. Quant à nous et aux indigènes ici, eh bien, lorsque vous avez affaire à un ennemi qui bouffe ceux d'en face, il faut savoir s'adapter.

– Mais vous, enfin, vous ne… ?

– Grand Dieu, non, pour qui nous prenez-vous ? Non, non, nous les laissons aux crocos. Ça, c'est seulement notre petite salle des trophées. Les Altbalmin adorent ça. Ils ne s'en lassent pas. Ils viennent se moquer des têtes, leur jettent des pierres, et cetera. Ils les empruntent, les jours de fête, pour manger devant eux et montrer aux morts comme on se régale chez les vivants. Ils vont un peu loin, j'en conviens, mais je suis sûr que nos aïeux en faisaient autant il y a trente générations. Toujours est-il qu'il vaut mieux ne pas en parler au pays, vous comprenez ? Ça déplaît, à l'ouest de Suez, ces choses-là, ça a toujours déplu. On ne comprend pas : si on veut avoir un empire, si on veut envoyer des troupes outre-mer pour mettre les autochtones au pas, si on pense que de temps en temps il est bon d'aider certains indésirables à refréner leur folie meurtrière et d'empêcher les hommes de tuer leurs sœurs dès qu'elles deviennent veuves et de se bouffer entre eux, et cetera, et cetera, il ne faut pas s'attendre à y parvenir sans se salir un peu les mains, en se pliant à l'occasion aux mœurs locales. Si on ne veut pas de tout ça, alors très bien, on n'a qu'à rester chez soi comme ces gros lards de Suédois, à fumer la pipe et à jouer au golf, peu importe qui envahit qui et où et qui brûle sa sœur et pourquoi. Pour en revenir à vous, mon vieux, la question est très simple : êtes-vous des nôtres ou pas ? Moi, je crois que oui. Je le sens, ça, quand je regarde les gens dans les yeux. Levez la tête, Marley. J'ai dit, levez la tête.

Marley sentit les yeux verts du Directeur fouiller derrière les siens, scrutant les vastes cavernes de son esprit. Il était incapable du moindre mouvement, même battre des paupières.

– Oui, je crois que vous êtes des nôtres, au fond. Peut-être pas encore. Mais bientôt. Prenez ce pieu et jetez la tête dans le feu. Allez. Conduisez-vous comme un Blanc. Le lever du jour approche, ils ne vont plus tarder. Allez-y. Vous oublierez vite, vous verrez.

– Vous croyez ?

Marley était toujours hypnotisé par le rayonnement des yeux verts.

– Eh bien, si vous n'oubliez pas, ça voudra dire que vous faisiez partie de ceux qui allaient mal finir de toute façon, c'est tout.

– Comment peut-on le savoir ?

– Le savoir ? On ne peut pas. Soit on s'en remet, soit on ne s'en remet pas. C'est comme ça qu'on le sait. Mais je vous garantis que vous ne sortirez pas de ce bois tant que vous ne vous serez pas sali les mains. Quelque chose me dit que notre histoire va plaire, en Angleterre, et depuis le temps que nous attendons, il n'est pas question que je vous laisse parler et tout flanquer par terre. Allez-y. C'est un ordre, Marley.

Marley ferma les yeux et empoigna le pieu le plus proche, qui se laissa arracher de la terre comme une dent pourrie. Il détourna la tête et retint sa respiration, s'efforçant d'isoler hermétiquement sa conscience de ce qu'il sentait pendouiller au bout du pieu. Puis il s'élança et jeta l'horrible chose dans les flammes dévorantes. Le Directeur le prit par l'épaule et le ramena, hébété, à l'écart du feu, de la fumée et des odeurs infectes.

– À la bonne heure ! Vous voyez, ce n'était pas si dur.

Allez. Hardi, Marley, nous rentrons chez nous. Et vous allez être un héros. Regardez, le soleil se lève. Bon Dieu, vous entendez ? C'est un hélicoptère qui descend. Plusieurs, même. Allez. Rendez-vous compte, mon vieux : le prochain lever de soleil que nous verrons, ce sera en Angleterre !

– Grant, c'est quoi, ces images que vous nous balancez ? C'est une blague ?

– Je sais, Tamsin, moi aussi je suis sur le cul.

– Putain, mais si c'est pas des conneries, c'est…

– N'est-ce pas ? Reste en ligne. Sécurité ? Hélico 1, vous me recevez ?

– Cinq sur cinq, Mr Brodie. Aire d'atterrissage dégagée et balise de guidage en place, mais, Mr Brodie, vous avez jamais parlé d'une centaine d'individus armés. Dans ces conditions-là, moi, j'peux pas garantir la sécurité du Premier ministre et, professionnellement, je crois qu'il serait plus sage de…

– Rien à foutre du Premier ministre, il a ses gars des services spéciaux pour s'occuper de lui. Et rien à foutre de la sécurité, ce que je veux, c'est que personne n'ait de matos personnel d'enregistrement. Je veux que tout le monde soit fouillé, une fois sur place et une fois avant de repartir.

– Fouillé, Mr Brodie ?

– C'est l'événement de la décennie, et ici il n'y a que moi qui filme, que moi qui enregistre. Je veux tout, pas question qu'on profite de mon temps et de mon fric pour me piquer quoi que ce soit, image ou son. Veillez-y et vous pourrez vendre votre témoignage.

– Comptez sur moi, Mr Brodie.

– Terminé. OK, tout le monde, écoutez-moi bien, continuez de tourner quoi qu'il arrive. Toute ma vie je n'ai fait que de la merde. Là, je crois qu'on est sur le point d'entrer dans l'histoire. Laissez tourner les caméras jusqu'à ce que les accus soient à plat, et rien à foutre du reste. Et le premier qui parle de victoire à Brian est viré sur-le-champ, c'est clair ? T'as tout entendu, Tamsin ?

– Putain, Grant, qu'est-ce que t'es bon !

– Alors raccroche et appelle les ventes internationales.

– Mamie, fit Tommy, perché sur son gros fauteuil de classe affaires, la tête levée vers le petit téléviseur escamotable en face de lui. C'est qui, tous ces gens qui attendent les hélicoquetères ? Je croyais que papa était perdu dans la jungle.

– C'est extraordinaire. On dirait un grand camp de scouts.

– C'est quoi, un camp de scouts, mamie ?

– Un endroit très agréable, tu iras quand tu seras plus grand. Maintenant on se tait et on regarde si on voit papa là-bas, d'accord ? Oh, oui, ma chère, avec plaisir, donnez-moi donc un autre sherry.

– Euh, je croyais que je devais, vous savez, secourir un mourant, s'étonna le Premier ministre en découvrant, inquiet, le spectacle ahurissant qui prenait forme au-dessous de son hélicoptère, tandis que celui-ci, devancé par deux autres, traversait les dernières couches de nuages.

Toute la Colonie était alignée en rangs parfaitement droits, parmi lesquels flottait un drapeau britannique usé.

– J'ai mal compris ?

– N-non, bredouilla son Meilleur Ami.

Puis, s'adressant au Directeur de la Communication du Premier ministre, qui regardait en bas d'un air soupçonneux, manifestement gagné par la colère :

– Qu'en penses-tu ?

– J'ai pas été consulté pour un décor comme ça, moi. Ça me plaît pas.

– Non, non, je ne crois pas que ce soit un décor.

– Quoi, tu crois que c'est la réalité ?

– Oui. Et nous ne pouvions pas rêver mieux. Regarde-moi ce drapeau.

– Merde, t'as raison.

– Vite, appelle Londres et annonce que nous avançons les élections au maximum.

– OK, super.

– Euh, excusez-moi, mais je me demande : vous êtes sûrs que c'est raisonnable ?

– Absolument.

– Bon. Eh bien, d'accord. Et, euh, que dois-je faire quand nous aurons atterri ?

– Ce que tu dois faire ? Mais ce que tu fais de mieux, bien sûr.

– Ouais, patron, envoyez le sourire !

– Qu'est-ce que c'est que ce cirque, Marley ? Qui est le responsable ? Pourquoi ces abrutis de la télévision font les clowns avec leur fourbi pendant que nous sommes plantés là comme des idiots ? Pour qui nous prennent-ils, pour des comédiens ? Qu'est-ce qu'ils attendent ? Et qui est ce type affreux avec une tête de lèche-cul, dans le dernier hélico ? Vous le connaissez ? On dirait un directeur d'hôtel flanqué de ses grooms. Mais je ne suis pas aveugle, je vois bien que ce sont des gorilles qu'il a autour de lui.

– Je *crois* que c'est le Premier ministre.

– Dites donc, Marley, quelle espèce de grosse légume êtes-vous, à la fin ?

– Ce n'est pas ce que vous croyez. Simplement, de nos jours, si on passe à la télé... Vous comprenez, tous les personnages importants passent à la télé, et les gens finissent par croire que ça marche aussi dans l'autre sens, que si on passe à la télé, c'est qu'on est quelqu'un d'important. Moi, j'y suis passé, et le Premier ministre doit penser qu'on me prend pour quelqu'un d'important.

– C'est vraiment n'importe quoi. À quelle sorte de gens donnons-nous le pouvoir aujourd'hui ?

– Eh bien, à des gens qui pensent ce qu'ils croient qu'on veut qu'ils pensent, je crois.

– Eh bien, moi, je crois qu'il est temps que nous lui disions deux mots, à cet homme-là. Socialiste, hein ? Devereux ?

– Oui, monsieur ?

– Soyez gentil, allez me chercher ma canne, voulez-vous ?

– Tout de suite, monsieur.

Le Premier ministre, un sourire nerveux, presque un sourire de dément, accroché au visage, descendit de son hélicoptère, flanqué de son Meilleur Ami, de son Directeur de la Communication et de plusieurs hommes des services spéciaux portant lunettes noires, pour s'avancer vers les Colons qui, alignés devant lui, souriaient poliment et brandissaient le portrait défraîchi de la reine et du duc d'Édimbourg, tandis que la chorale chantait « Land of Hope and Glory [1] » sous la direction du Padre.

1. Chant patriotique britannique, également connu sous le titre « Pomp and Circumstance », composé en 1902 pour le couronnement d'Édouard VII.

– C'est lequel, Brian Marley ? demanda le Meilleur Ami du Premier ministre, habitué depuis toujours à comploter derrière un sourire figé.

– Le couillon, là-bas, à côté de cette espèce de vieux fou avec la canne. Celui qui tient la p'tite blonde par la taille.

– D'accord. Venez avec moi, monsieur le Premier ministre.

Puis, du coin de la bouche :

– Et n'oublie pas. C'est du direct.

– Ah. Bon, d'accord, très bien.

– Mr Marley, ravi de vous connaître. Puis-je vous appeler Brian ? Tout cela est formidable, le Premier ministre *brûle* d'impatience de vous rencontrer.

– Salut, Brian !

– Oh, bonjour. Écoutez, je crois que le Premier ministre devrait s'adresser au Directeur, pas à moi.

– À qui ?

– Bien dit, Marley. Poussez-vous, soyez gentil. Alors c'est vous, le Premier ministre ?

– Euh, ma foi, oui, en effet. Salut !

– Moi, je suis le Directeur de ce camp. C'est bien vrai ce que m'a raconté Marley, que vous autres travaillistes avez laissé tomber toutes ces foutaises de syndicats, de nationalisations et de désarmement ? Eh bien ? Vous avez fini par reconnaître que vous aviez tout faux depuis le début ?

– Pardon ? Je, euh, eh bien, voyez-vous, en réalité, il ne s'agit pas de *laisser tomber* quoi que ce soit, le projet des nouveaux travaillistes consiste en fait à...

– Répondez à la question, mon vieux.

– Quoi ?

– Merci infiniment de votre intérêt, mais nous allons en rester là pour le moment. Par ici, monsieur le Premier ministre.

– Vous voulez me dire qui vous êtes, vous ?

– Moi ? Oh, je suis simplement le conseiller du Premier ministre. Je suis sûr que le Premier ministre sera ravi de satisfaire votre curiosité plus tard et de répondre à toutes les questions que vous vous posez, mais en attendant, si cela ne vous dérange pas…

– Il va me répondre tout de suite, oui. Ça va faire cinquante ans que nous sommes coincés ici, que nous nous accrochons pour tenir le coup, et j'ai le droit de savoir ce qui se passe en Angleterre.

– Je suis certain que tout cela est passionnant, mais si vous voulez bien, monsieur le Premier ministre…

– Pas de « mais » avec moi, espèce de petit banlieusard visqueux. Je parle au nom de toute ma Colonie. Marley aussi, d'ailleurs. Pas vrai, Marley ?

– Euh, oui, euh, monsieur le Directeur.

– Alors qu'on nous réponde, à la fin, et pas tant de chichis !

Acclamations.

– Je vous en prie, monsieur le Premier ministre, par ici, je crois qu'il est préférable de… Aïe ! Ouille ! Mais qu'est-ce qui vous prend, espèce de vieux… Bon sang, aidez-moi ! Que quelqu'un lui retire sa canne, à ce malade ! Grant, si c'est en direct, je te jure que j'interviendrai personnellement… Aïe, ouille !

– Ha ha ha !

– Bon, c'est pas bientôt fini, ce bordel ?

– Surveillez votre langage, vous, il y a peut-être des enfants ou des dames qui écoutent. On va lui en redonner six, à votre petit copain le lèche-bottes, ça lui fera du bien.

– Aïe, ouille, à l'aide !

– Grant, arrête tes caméras, putain ! Coupez !

– Allons, messieurs les sixième et septième années, lança George. Ce sale petit Écossais jure comme un charretier devant le Directeur. Une mise à l'air s'impose, vous ne croyez pas ?

– Tout de suite, miss Harcourt !

– Ha ha ha !

– Ah, putain, les salauds, eh, merde, mon froc, arrêtez, putain ! Sécurité, amenez-vous, bande de cons, restez pas là à rigoler, aidez-moi !

– Vous, avec vos lunettes noires de Yankees, essayez de sortir vos armes, et mes hommes vous abattent comme des chiens.

– Bien parlé, Devereux. Bravo, George. Vous, là, oui, vous avec le pantalon en cuir ridicule, pointez votre foutue caméra vers moi quand je vous parle. Ce soi-disant Premier ministre n'a *pas* répondu à ma question. Mais il y répondra. À celle-là comme à toutes les autres. Et s'il ne le fait pas maintenant, il a intérêt à le faire quand nous serons rentrés, en Angleterre !

Acclamations.

– Incroyable, hein, Jimmy ? Vous allez mettre ça en première page, je suppose ?

– En première page *et* en page intérieure, Charles. Vous avez vu, cette fille ? Elle est magnifique, dites donc. Il faut à tout prix que nous l'engagions. Ça alors… Regardez, Charles. Cet homme qui se fait appeler le Directeur. Regardez bien ses yeux.

– Ce n'est pas… Hugo Quartermain, c'est impossible…

– C'est pourtant bien lui. Baines ? Baines, où êtes-vous, bon sang ?

– Sir James ?

– Appelez mon assistant, je vous prie. Dites-lui de bloquer la une et de demander à sa clique de me sortir le dossier d'Hugo Quartermain, décoré de la Military

Cross. Nous lui avons consacré un paragraphe ou deux quand ce Comet s'est écrasé en cinquante-sept, ou était-ce en cinquante-huit ? Bref, réveillez-le et dites-lui de se mettre là-dessus. Et apportez-nous deux autres whiskies, s'il vous plaît, vous serez gentil. Bien tassés.

– Oui, sir James.

– Je n'en reviens pas, Jimmy. Regardez-le, ce vieux Quartermain.

– Ce bon vieil Hugo. Coriace, le bougre. Il m'a flanqué de sacrées raclées au collège.

Tandis que le Directeur corrigeait le Meilleur Ami du Premier ministre et que le Directeur de la Communication de ce dernier se faisait dénuder par les garçons de sixième et septième année, Marley s'éloigna instinctivement de ce chaos. Il aperçut Grant Brodie qui hurlait des ordres au micro d'un des hélicoptères, et se dirigea vers lui pour aller le saluer. Il n'avait pas fait deux pas, cependant, qu'il marcha sur sa propre petite caméra jaune, abandonnée dans l'herbe courte et sèche près de la tente du Directeur. On avait dû la jeter là au moment d'envoyer le message en morse.

Un instant, Marley la regarda sans s'émouvoir. Puis son dernier monologue adressé à Tommy lui revint peu à peu, aussi écœurant que des eaux d'égout refoulées. Il commença à comprendre pourquoi il s'était senti si mal à l'aise la veille au soir, en les voyant tous tripoter la caméra. L'Angleterre. Oui, il avait dit des choses sur l'Angleterre, c'était ça. Des choses pas très agréables. Des choses qui ne plairaient pas au Directeur. Ni à George. Il ne s'en souvenait plus très bien, mais quoi qu'il ait pu dire, cela faisait partie des vieilles mochetés du passé, pas des nouvelles merveilles de l'avenir. Il savait qu'il n'avait pas eu le temps d'appuyer sur

ENVOYER avant de tomber ; les choses désagréables qu'il avait dites n'étaient donc pas parties, elles étaient toutes encore enfermées dans le disque dur de la caméra. Il valait mieux les faire disparaître, au cas où.

Il jeta un coup d'œil circulaire, d'un air aussi innocent que possible, et s'aperçut que, naturellement, plus personne ne le regardait. Tous les cameramen et les membres de la Colonie se bousculaient pour profiter du spectacle. Le Meilleur Ami du Premier ministre s'éloignait en claudiquant, tout en s'efforçant de remonter son pantalon et son caleçon sur ses fesses rougies par les coups de canne, et criait, des sanglots dans la voix, aux caméras de le laisser tranquille, tandis que le Directeur de la Communication du Premier ministre, à présent nu, était jeté en l'air par les sixième et septième années dans le vieux drapeau britannique, sous le regard de George, les mains sur les hanches, secouée par l'hilarité.

En un éclair, Marley ramassa la caméra et la cacha sous sa veste. Il se dirigea alors vers le feu qui continuait de flamber à la Porte, d'abord lentement, puis, quand il n'en fut plus très loin, à petites foulées. Serrée contre sa poitrine, la petite caméra jaune lui semblait de plus en plus lourde, comme si tout le passé de raté qui était le sien s'y trouvait concentré sous forme d'une mélasse noire et épaisse. Cette fois, ça y était, il allait en finir avec la médiocrité de sa vie d'avant. Arrivé à l'endroit où se dressait autrefois la palissade, il s'arrêta devant les flammes qui faisaient rage.

Le Directeur avait raison. Personne ne viendrait chercher ici des têtes coupées. Ou un passé détruit. Et tout ce qui serait retrouvé pourrait être justifié. C'était là que la vérité mourait et disparaissait, le bûcher où, tel le Phénix, il pourrait renaître et acquérir la liberté d'un mythe, sans crainte d'être percé à jour. Là, le feu purificateur.

Il jeta la caméra au cœur des flammes, et observa. La coque de plastique brillant resta quelques secondes étrangement intacte. Pendant un instant terrifiant, Marley se demanda s'il était possible qu'elle soit ignifuge. Puis il la vit se craqueler, fondre et perdre forme. Tout à coup, elle atteignit un seuil mystérieux de combustion, et des flammes bleues s'en emparèrent avec un léger crachotement, en dégageant des nuages d'une fumée noire et grasse. De l'odeur intemporelle du bois qui brûle, Marley sentit brièvement se détacher les vapeurs piquantes et toxiques des hydrocarbures modernes, comme un dernier adieu de son passé amer avant de s'élever vers le ciel. Et bientôt, tout eut purement et simplement disparu.

Quoi qu'il ait pu dire ou ne pas dire alors sur l'Angleterre, sur sa vie, sur quoi que ce soit, il n'en restait plus rien. Il pouvait désormais façonner son passé à sa guise, jouer avec comme avec un ballon de baudruche, le faire rebondir jusqu'à ce qu'il soit au diapason de son avenir radieux. Il se retourna et s'éloigna du feu, le visage brûlant, sentant à chaque pas ses épaules se redresser et s'élargir. Enfin libre, il revint à grandes enjambées vers les hélicoptères, où on continuait de s'agiter autour du Directeur. George le cherchait du regard, des larmes de rire ruisselant sur ses joues. Elle lui fit signe et lui sourit en l'apercevant, et vint à sa rencontre en se passant la main dans ses courtes bouclettes blondes.

– Vous voilà, mon chéri. Où étiez-vous passé ? Vous manquez tout le spectacle. Je ne crois pas que ce petit homme ridicule pourra s'asseoir avant une semaine. Le Premier ministre s'est enfermé dans l'un des hélicoptères et il refuse de sortir tant que le Directeur ne lui a pas promis qu'il ne lui donnerait pas six coups de canne à lui aussi.

Les mains de Marley enserrèrent naturellement la taille mince et puissante de George. Comme guidés par un déterminisme gestuel, ses pouces, il le sentit à travers le fin tissu de sa robe, vinrent se poser sur les côtes les plus basses de la jeune femme ; il plongea son regard dans le bleu vif de ses yeux.

– Comme je suis heureuse de rentrer au pays, dit-elle juste avant qu'il ne l'embrasse.

– Et moi donc, sourit le nouveau Marley.

– Putain, les mecs, moi je veux être à Heathrow quand ils rentreront, ces cons-là. Qu'est-ce que vous en dites ?

– Je suis pour, Mikey.

– Moi aussi.

– Ben alors, qu'est-ce que vous attendez pour faire le plein ?

– Ha ha ha !

– Regardez-les, avec leurs pétoires préhistoriques. Ils ont peur de rien. Avec eux, je sens qu'y en a qui vont avoir chaud au cul. Et c'est pas trop tôt, putain.

Les chasseurs altbalmin et yaifo se rencontrèrent par hasard dans la jungle, sur le chemin qui longeait le pied du Hindenburg Wall. Comme il n'existait à ce moment entre les deux tribus aucune querelle particulière, aucun conflit territorial ni aucune ambition culinaire, et que les deux groupes en présence, de force à peu près égale en nombre et en armes, ne pouvaient raisonnablement espérer repartir avec les têtes adverses sans s'exposer à des blessures assez graves pour les condamner à rester handicapés à vie, voire à mourir lentement d'infection, on parvint rapidement à la conclusion tacite d'un pacte de non-agression. Bientôt, tous se partagèrent avec prudence le contenu de leurs petits sacs de peau, des variétés recherchées de feuilles amères, vaguement coupe-faim et un rien hallucinogènes.

Les deux groupes possédaient chacun une langue unique et ancienne, au moyen de laquelle ils pouvaient énumérer les lignées sans fin de leurs aïeux, scander d'étranges poèmes épiques sur la création et la perte du monde, sur les exploits des héros et la jalousie des esprits, et chanter les vastes encyclopédies formées par leurs connaissances ancestrales de la forêt. Cependant, leurs territoires avaient beau n'être séparés que par un simple ravin, ils parlaient deux langues qui n'avaient rien à voir entre elles, si bien que lorsqu'ils souhaitaient, comme à présent, discuter de l'arrivée des hélicoptères et de la triste fin de la politique étrangère commune qui, aussi loin que remontaient les souvenirs de leurs anciens respectifs, avait presque toujours uni leurs tribus, ils devaient le faire dans un idiome moins poétique mais plus commode.

En fait, les mots qui composaient ces échanges lents et solennels n'étaient guère différents de ceux des millions d'e-mails et de textos numérisés qui traversaient, à l'insu de ces vaillants guerriers de l'âge de pierre, l'infinité des cieux impies au-dessus d'eux.

– *Homme blanc en haut montagne rentrer chez lui.*

– *Oui. Monsieur directeur rentrer voir madame reine.*

– *Moi penser monsieur directeur entendre Angleterre aller bien. Maintenant lui rentrer.*

– *Yaifo lui dire quelque chose ?*

– *Non. Altbalmin lui dire quelque chose ?*

– *Non. Altbalmin aimer lui rester longtemps. Altbalmin rien lui dire.*

– *Yaifo rien lui dire. Yaifo regretter lui partir.*

– *Oui. Altbalmin regretter lui partir. Monsieur directeur bon. Monsieur directeur bien bousiller Miyanmin.*

– *Oui. Lui bien tuer Miyanmin. Ha ha !*

– *Ha ha ! Lui bien mettre têtes à eux sur bâtons !*

– *Ha ha !*

– *Ha ha !*

La joie provoquée par l'évocation du passé s'évanouit et laissa place à un silence maussade.

– *Bon temps terminé maintenant.*

– *Oui. Mal aller maintenant.*

– *Monsieur directeur rentrer, Altbalmin être bousillés.*

– *Monsieur directeur rentrer, Yaifo être bousillés.*

– *Miyanmin pouvoir manger Altbalmin et Yaifo.*

– *Oui. Recommencer mal aller comme avant.*

– *Oui.*

Il faut être fou pour s'attarder à Port Moresby ; les jeunes blancs grands et bronzés, nourris au bœuf, venus faire de la plongée en « vacances aventure », repartent aussitôt de l'aéroport dans de petits avions à hélices à destination de plages et de récifs lointains, où rien ne leur gâchera la vue sinon leurs bungalows à deux cents dollars la nuit réservés par Internet, tandis que ceux qui arrivent, armés jusqu'aux dents de vaccins et d'insecticides, promis à d'éreintantes mais photogéniques rencontres dans la jungle avec des tribus encore récemment cannibales, fuient tout aussi vite la réalité hideuse de cette ville trop moderne et redécollent pour s'enfoncer vers l'intérieur des terres, devenu pénétrable.

Marley et les Colons n'avaient de toute façon pas eu le choix, car, emmenés en quatrième vitesse dans des hélicoptères après avoir réuni leurs rares biens dans leurs bagages des années cinquante (Marlborough Senior avait été secrètement mais sévèrement corrigé par le Directeur pour avoir tenté de dissimuler une tête humaine réduite, subrepticement sauvée des flammes, dans son cartable d'écolier de cuir marron), ils avaient tous été débarqués à Port Moresby pour être répartis, sans délai ni aucune formalité de douanes, dans de petits

Fokker qui faisaient route à présent vers Darwin. Il s'agissait non pas de leur être agréable, mais de satisfaire Channel Seven et son partenaire presse exclusif, l'Anglo-Australian-American Tabloid News Company, déterminés à ce qu'aucun journaliste concurrent ne puisse adresser la parole à Marley ou aux Colons avant qu'ils n'aient franchi le contrôle douanier d'Heathrow, s'octroyant ainsi une fenêtre de trente-six heures pour exploiter mondialement le scoop. Le Meilleur Ami du Premier ministre leur avait facilité la tâche, cette fenêtre de trente-six heures lui permettant de réfléchir à la façon de désamorcer le scandale de la fessée cul nu que lui avait administrée, en direct à la télévision devant près d'un demi-milliard de téléspectateurs, un vieux monsieur à coups de canne et sous les moqueries de beaux jeunes gens bronzés en short, armés de vieux fusils. Il rédigeait déjà sa lettre de démission, au motif d'« une grave erreur de jugement » qu'il regrettait « amèrement », afin de décharger le Premier ministre. Il pourrait être réintégré discrètement d'ici quelques mois.

Dans son petit avion bruyant, Marley rêvassait. Il venait de refuser un accord d'exclusivité pour deux cent cinquante mille livres, sur le conseil d'un certain Baz Bingley, qu'il avait eu au téléphone sur le portable de Grant Brodie, et qui, apparemment, négociait déjà avec des éditeurs la publication de son témoignage. Il n'avait donc rien dit aux journalistes et, assis à côté de George, il sirotait tranquillement son champagne en grignotant des amuse-gueules. De temps en temps, il voyait, ou plutôt sentait, le Directeur qui l'observait, mais Marley n'avait aucune intention d'ébruiter l'affaire des têtes coupées ; il ne voulait même pas y penser. Il parvenait en fait à se convaincre que, en admettant que cette horreur ait bel et bien existé, c'était il y avait longtemps, loin de lui et de son pays. Son pays. L'Angleterre. Il ferma les yeux et rêva avec bonheur de sa nouvelle vie.

La plus nette des visions douces et dorées qui lui apparurent se situait dans ce lieu qui fait l'objet des rêves et des cauchemars de tous les Anglais, cet établissement devant lequel tous ceux nés après 1960 se sont si souvent arrêtés pour se planter devant sa vitrine, n'en croyant pas leurs yeux, leur étonnement mêlé d'un ravissement sournois ou d'une indignation désespérée : une agence immobilière.

À l'intérieur de celle-ci (plus spacieuse et claire que toutes celles dont il avait jamais osé pousser la porte dans la réalité), entrait d'un pas nonchalant le nouveau Brian Marley, vêtu d'un pantalon en velours côtelé lourd et doux, d'une veste d'un de ces tweeds mystérieux et soyeux, presque aussi doux mais plus lourd encore, et chaussé de magnifiques chaussures de cuir. Il était accompagné de George, qui respirait le bien-être anglais. Ensemble, ils parcouraient les photographies alignées en rangs serrés, lisant d'un œil distrait les descriptions de maisons à cinq ou six chambres avec studio indépendant et autres, jusqu'à ce qu'un des employés demande à Marley d'un ton agréablement servile s'il avait *besoin d'un renseignement, monsieur ?* Au lieu de rougir en disant *Non, merci, je regarde, c'est tout* (comme il l'avait fait si souvent), Marley, dans son rêve, pivotait lentement sur ses talons richement semelés, regardait l'employé d'un air un peu surpris, comme s'il ne s'attendait pas à trouver quelqu'un dans un endroit pareil, et souriait, avec l'aisance naturelle de celui qui sait qu'il peut à présent répondre à la question tant redoutée *Et vous avez une idée de la somme que vous désirez y mettre ?* par un *Oh, autour d'un million, je dirais. Comptant, naturellement.*

– Pardon, Brian ? dit George en bâillant, le ronronnement du petit avion l'obligeant à élever la voix. Vous m'avez parlé ?

– Oh, sourit-il, je pensais simplement à la maison que je vais acheter.

– Vous n'en avez pas déjà une ?

– En fait, non, je n'ai qu'un appartement.

– Ah, oui, je crois avoir lu dans l'un de nos livres que les hommes qui n'étaient pas mariés n'avaient que des appartements en ville. Je suppose qu'il en va de même pour les divorcés.

– En tout cas, je veux acheter une vraie maison à présent.

Elle ouvrit pleinement ses yeux bleus et l'observa attentivement.

– Cela veut-il dire qu'il est possible, à votre avis, que vous ne restiez pas sans être marié très longtemps ?

– J'y pensais.

– Et pensiez-vous ne pas rester sans être marié avec quelqu'un en particulier ?

– Oui, à vrai dire.

– Mmm. Parlez-moi un peu de cette maison que vous comptez acheter.

– Eh bien, j'étais tenté par le Kent.

– Pas trop près de cette espèce d'autobahn dont vous m'avez parlé, j'espère.

– Oh, non. Je n'aurai pas à faire le trajet tous les jours jusqu'à Londres, et rien ne nous, enfin, ne m'empêche de m'excentrer un peu. Je verrais bien une vieille maison avec six ou sept chambres.

– Ce serait agréable.

– Et un grand jardin.

– Cela s'impose. Dans le « jardin de l'Angleterre ».

– Oui. Et des dépendances. J'y aménagerai des sortes de cottages pour loger les amis, un grand garage à l'ancienne pour ma future voiture anglaise de collection…

– Ah, je vois, c'est donc ainsi que l'on dit ?
– Quoi ? Voiture de collection ?
– Non, *Garèdge.*
– Garage ?
– Je croyais qu'on prononçait *garâge*[1]. Je suis certaine que les Professeurs prononçaient ce mot ainsi quand ils nous le lisaient dans les Livres. Nous parlons bien de l'endroit où l'on remise les voitures, n'est-ce pas ?
– Euh, oui.
– Oh, eh bien, les Professeurs ont dû se tromper. Comme c'est étrange. Il faut que j'en parle au Directeur. Il va rire. *Garèdge*, pas *garâge*, il faut que je m'en souvienne.
– Non, enfin, oui, enfin, non, je crois qu'en effet il y a des gens qui disent *garâge.*
– Ça a l'air compliqué, dites donc. Quelle sorte de gens ? Je croyais que tous les Anglais respectables s'exprimaient de la même manière. Je ne parle pas des cuisinières, des nurses et des gens comme ça, bien sûr, qui ont leur parler à eux, un parler, comment dire ? *amusant*, n'est-ce pas ? Ce sont peut-être eux qui disent *garâge* ? Et je sais qu'il y a d'affreux individus, sales et malodorants, qui ne s'expriment pas correctement, à l'exemple des méchants dans *Le Club des cinq*, mais eux, ils ne comptent pas, vous êtes d'accord ? Alors est-ce que les vraies gens, les gens qui comptent, disent *garèdge* ? Il faut me le dire, Brian, je ne voudrais pas commettre un impair et qu'on m'entende parler comme une horrible parvenue ou une négresse de Jamaïque. Y a-t-il autre chose de ce genre que je doive savoir ? Ou n'y a-t-il que *garèdge* ? Brian ? Vous vous sentez bien ? Vous avez l'air

1. Les deux prononciations existent en anglais britannique. *Garèdge* est aujourd'hui la plus commune, *garâge* étant considéré comme snob et vieilli.

tendu, tout à coup. Vous avez le mal de l'air ? Mon Dieu, vous êtes tout blanc. Pauvre chou. C'est ça, fermez les yeux. Ça va passer. Oh, regardez, nous descendons. Est-ce l'Australie ? Oh là là ! Et dire que c'était là que l'Avion devait aller au départ ! Vous croyez que nous allons voir des kangourous ?

– On va voir des kangourous, mamie ?
– Je suppose, mon chéri.
– On est bientôt arrivés ?
– Il n'y en a plus pour très longtemps. Oh, regarde, il y a un autre dessin animé qui commence sur ta petite télévision. Remets ton casque. Voilà. Moi, je vais me mettre ce drôle de petit bandeau sur les yeux et je vais dormir un peu, je crois…

> Monsieur le Premier ministre,
> Ce fut un honneur et un immense plaisir que de vous apporter ma collaboration pour servir le peuple britannique au cours de ces dernières années. Je n'ai, peut-être, pas toujours agi avec sagesse, mais si j'ai commis des erreurs, ce n'est que par excès de zèle dans la mise en œuvre du grand chantier que vous avez entrepris pour réformer et rajeunir la Grande-Bretagne…

– Vous voyez, j'ai mis l'accent sur la notion de Grande- Bretagne.
– C'est sensass.
– Écoute, merci. Je ne sais pas quoi dire.
– Moi, je sais, laisse-moi faire.
– Avec joie !
– Et ce qui suit n'est pas mal non plus.

– Ouais, vas-y.

J'ai eu le tort de vouloir entretenir rationnellement de *votre* grand projet une bande de violents réactionnaires affamés et coupés du monde. J'aurais dû vous laisser vous charger d'eux, vous qui avez toujours été notre guide. *Vous* auriez su leur ouvrir les yeux, contrairement à *moi*, qui n'ai été qu'un jouet entre leurs mains sordides. Mon initiative vous a empêché de régler la situation comme vous n'auriez pas manqué de le faire et, de ce péché par omission, je dois payer le prix. C'est pourquoi je vous demande aujourd'hui, le cœur lourd, d'accepter ma démission, et soyez certain que si, à l'avenir, malgré les grands problèmes d'État qui vous occupent dans votre croisade pour la Grande-Bretagne, vous jetez par hasard un coup d'œil vers les bancs derrière vous, vous trouverez, en moi, au moins une voix discrète qui peut s'enorgueillir de vous être loyale.

– Hé hé hé !

– Papa, regarde, voici mon Brian en Australie ! Oh, oh, mais c'est impossible !

– Aha ! Il a trouvé une Anglaise.

– Non, je refuse de le croire !

– Ma fille, il l'embrasse.

– C'est impossible !

– Ton Brian est un homme, ma fille.

– Mais elle ressemble à un garçon !

– Les Anglais sont étranges, tu sais. Victorieux, mais étranges.

– Il faut que je le rejoigne !
– Non, ma fille. Il a trouvé une femme parmi les siens. C'est dans l'ordre des choses.
– Oh, papa !
– Viens, ma fille, viens près de moi. Tout ira bien. Il a trouvé une femme parmi les siens, et toi, tu trouveras un homme parmi les tiens. Il y a de nombreux jeunes officiers en Argentine. Demain soir aura lieu un bal à la base de l'armée de l'air. Je vais t'acheter une nouvelle robe. Oui, il est temps. Il te faut un mari courageux qui aime les vraies femmes, et avec qui tu auras beaucoup d'enfants.

Escortés par des malabars en costume au service de Channel Seven ou de l'Anglo-Australian-American, ils traversèrent rapidement la zone de transit de l'aéroport de Darwin, telle une petite tribu blanche égarée. Les femmes tenaient les plus jeunes nerveusement serrés contre elles. Les enfants plus âgés portaient fièrement devant eux le portrait de la reine et du prince Philip, comme des paysans arborant une icône en temps de peste. Les jeunes hommes scrutaient les environs, à présent désarmés mais toujours sur le qui-vive, tandis que Devereux et ceux de son âge affichaient un air digne et que les vieux, les rares survivants de l'Avion, partageaient leur étonnement devant les changements du monde. Le Directeur avançait à grands pas, les yeux fixés sur son idéal intemporel, conscient du caractère superficiel de ce qu'il leur était donné de voir.
– Ce n'est pas vraiment comme dans les Livres, commenta George.
– Non, mais n'ayez pas peur.
– Oh, je n'ai pas peur. Tout cela est tellement amusant.

Marley l'entoura d'un bras protecteur et ils poursuivirent leur parcours. De temps en temps, quelques photographes ou journalistes isolés parvenaient à s'introduire dans les couloirs de transit, mais on les éloignait rapidement. On ne laissa passer qu'une personne : un petit gros à la peau luisante, le visage animé par l'appétit vengeur d'un homme qui a été pauvre et méprisé, et qui découvre la carte d'un grand restaurant avant de dîner aux frais de quelqu'un d'autre.

– Brian, Baz Bingley. Content de te connaître, mon pote. Alors, t'as pas fait de conneries, t'as pas signé avec les autres ? Génial. On peut obtenir le double si on se démerde bien. Désolé, Frankie, non, t'as pas d'exclu. Pas encore. Allez, Brian, viens avec moi. Oui, toi aussi, ma cocotte, tu feras une belle potiche…

– Brian ? Qui diable est cet homme ?

– Oh, c'est seulement, enfin, c'est, il m'aide, euh…

– Bon, Brian, les caméras attendent. Contente-toi d'avoir l'air étonné et heureux.

– Étonné et heureux ? Pourquoi ?

– C'est ton quart d'heure de gloire, mon pote. Si tu veux faire du blé, c'est maintenant, alors écoute-moi. C'est parti.

– D'accord, d'accord, je… Oh là là. Tommy. Maman. *Papa ?*

– Papa ! Tu es vivant !

– Tommy !

– Heureuse de te revoir, mon chéri, j'ai toujours su que tu t'en sortirais.

– Parfait ! Comme ça, s'il vous plaît. Et comme ça. Très bien. Souriez.

– Papa ?

– Écoute, Brian, je t'ai vu à la télé, et je, enfin, j'ai tout dit sur toi à Gudrun.

– Mieux vaut tard que jamais, n'est-ce pas, Frank ?

– Elle m'a fait une sacrée scène, tu peux me croire.

– Mon pauvre Frank.

– Je voulais, tu comprends, j'avais envie de te revoir, quoi.

– Papa, si c'est ton papa, ça veut dire que c'est mon papi ?

– Oui, euh, oui, c'est ton papi.

Marley, hébété, étreignit Tommy. Lui-même sentit le bras de son père sur son épaule, un bras devenu frêle, levé vers lui, dont le poids était étranger à ses souvenirs. Puis la séance photo prit fin, et, sous l'escorte polie mais ferme du service de sécurité, comme des célébrités de second plan à la cérémonie des Oscars, toute la famille repartit vers la porte d'embarquement de British Airways.

– C'est donc votre fils, hein ? dit le Directeur en venant à leur hauteur. Un bon petit gars. Et vous devez être Mrs Marley. Bravo.

– Oh, merci. Brian, tu veux bien faire les présentations ?

– Pardon. Maman, je te présente monsieur le Directeur. Et voici, euh, George.

– Enchantée, Mrs Marley.

– Oh, moi de même, ma chère.

– Ah, et Marley Senior, je suppose ? Eh bien alors, mon vieux, vous ne me reconnaissez pas ? Moi aussi, j'étais sur l'*Eagle*, en cinquante-quatre. Ah, ça y est, ça vous revient, hein ? Attendez, ce n'est pas vous que nous avons déculotté à Singapour pour avoir fait circuler le porto dans le mauvais sens ? Mais oui, c'est vous. Ha ha, c'était le bon temps, hein ? Il faudra que nous discutions de tout ça devant une bouteille.

– Oh, ben ouais, bredouilla Frank Marley, l'air horrifié par les souvenirs qui semblaient lui revenir.

Avec désinvolture, le Directeur saisit alors Tommy

entre son père et ses grands-parents pour le jeter haut dans les airs.

– Nous allons en faire un bon soldat de celui-là, pas vrai ?

– Doucement, euh, monsieur, monsieur le Directeur, vous comprenez, il n'a pas l'habitude, et…

– Maman, maman ! hurla Tommy, terrifié par le visage de cet homme à la moustache et aux cheveux grisonnants, ainsi que par la hauteur vertigineuse.

Reposé aussitôt par le Directeur surpris et déçu, il jeta un regard affolé autour de lui et fonça vers les jupons les plus proches, ceux de George en l'occurrence. Il la percuta juste au-dessus des genoux tandis qu'elle marchait, lui enserrant vigoureusement les jambes à la manière d'un rugbyman tentant un plaquage. Déséquilibrée, elle faillit tomber sur lui et, l'ayant relevé par le col, elle lui donna une tape assez sèche sur les fesses.

– On ne se jette pas ainsi sur les dames, mon grand, ça ne se fait pas.

Tommy resta bouche bée plusieurs secondes, le visage figé par le choc que venait de lui causer sa découverte du châtiment corporel.

– La vache, souffla le père de Marley.

– Oh là là, oh, George, fit Marley.

Tommy jeta des yeux désespérés vers son père, son supposé protecteur. Trouvant là un écho et une forme de légitimité à son indignation, il laissa échapper un horrible cri de douleur, d'injustice et de soif de vengeance.

– Tout de même, dit George d'un ton moqueur.

– Allons, allons, mon grand, inutile de te mettre dans un état pareil, s'émut Mrs Marley.

Elle-même avait tout naturellement reçu quelques légères corrections durant sa jeunesse, elle avait conservé l'usage occasionnel de la tape sur les cuisses pour élever

Brian et, n'étant pas totalement convaincue par les principes de l'éducation moderne, elle ne sut comment réagir autrement au geste de George qu'en consolant son petit-fils. Marley regarda droit devant lui et continua d'avancer, et il laissa George lui prendre la main comme si de rien n'était. Il n'osait pas se retourner et regarder Tommy. Ce n'était pas le moment, de toute façon. Mais ça s'arrangerait, il pourrait lui expliquer plus tard, Tommy était assez grand pour comprendre, il oublierait vite, ce n'était rien de méchant, seulement une tape sur les fesses, pas de quoi…

– *Papaaaa!*

– Ce n'est rien, mon grand. Viens là, viens là.

– Quelle petite nature, gloussa George. Il a intérêt à s'endurcir un peu avant d'aller au pensionnat, n'est-ce pas, Tommy ? Ça alors, mais il est énorme cet aéroplane ! C'est le nôtre ? Hé, Tom, les amis, regardez un peu la taille de ce coucou !

– Ça alors !

– Brian, fiston, moi, je m'arrête là. Je dois rentrer. N'oublie pas de t'asseoir à l'avant si tu peux, hein ?

Avec précipitation, comme à la sauvette, Frank Marley embrassa son fils à la porte d'embarquement.

– Excuse-moi, mon grand. Salut.

Gêné, ne sachant quoi faire, Marley sentit une larme sur la joue de son père s'attarder un instant sur la sienne, avant de disparaître. Il savait qu'il ne le reverrait pas. Lorsque ses yeux se désembuèrent, le vieil homme s'était déjà fondu dans la foule et Marley et les autres entraient dans le manchon d'accès au gros porteur qui les attendait. Sur son autre joue, en revanche, les larmes de son fils continuaient de couler à flots.

– Pourquoi je dois aller au pensionnat, papa ? Je m'excuse, je me jetterai plus jamais sur les dames. S'il te plaît, papa, m'envoie pas au pensionnat !

– Mais non, mais non, ne t'en fais pas, tout va bien, oh bon Dieu…

– Tu sais, je crois quand même que tu devrais le dire à Brian avant qu'il s'en aperçoive.

– Ouais, sûrement. Et toi, tu peux pas ?

– C'est ton ami à toi, et c'est toi qui vas prendre l'avion avec lui.

– Ouais, c'est vrai. Et si on rencardait quelqu'un pour qu'il lui annonce la nouvelle à notre place ? On pourrait toujours faire comme si on n'y était pour rien, non ?

– Mais on n'y *est* pour rien, Grant. Ce n'est pas nous qui avons décidé qu'il n'avait pas gagné la récompense. C'est Channel Seven.

– Ah oui, j'oublie tout le temps.

– Je vais mettre quelqu'un sur le coup. N'oublie pas de déplier tes jambes de temps en temps.

– Elles seront dépliées pendant tout le vol, en première, non ?

– Ah oui. Eh bien, *plie*-les de temps en temps, alors. Tu as récupéré tout ce qui a été tourné là-bas ?

– Tout. J'ai fait fouiller tout le monde par la sécurité.

– Parfait. J'ai déjà négocié les droits d'édition et d'exploitation audiovisuelle.

– Ah, très bien.

– L'équipe du Premier ministre est furieuse contre nous, tu t'en doutes.

– On en a quelque chose à foutre ?

– Non, je ne crois pas. On est quand même *les médias*, non ? Et les élections approchent. S'il y a la moindre incertitude sur l'issue du scrutin, c'est à eux d'être gentils avec nous, pas le contraire, pas vrai ?

– Si, sûrement. Et c'est le cas ? Il y a une incertitude ?

– Écoute, je n'en sais rien, mais ils ont l'air vachement nerveux, tout à coup.

– Tant mieux. Je les préfère de loin comme ça.

Ils se trouvaient quelque part au-dessus de montagnes blanches. Le Tibet, peut-être. Toujours est-il qu'ils n'avaient rien survolé d'autre depuis maintenant une heure, et Marley scrutait les sommets enneigés, curieux de voir combien de temps il faudrait attendre avant que n'apparaisse le moindre signe, si anecdotique soit-il, de l'existence de l'homo sapiens sur la planète terre.

Dans la rangée de derrière, sa mère et Tommy dormaient, tout comme George, pelotonnée à côté de lui à la manière d'un chat sur son gros fauteuil de luxe. Il somnola. Se réveilla, picola, somnola, se réveilla. Plongea encore et encore son regard dans le bleu angélique et inhumain, observa la courbure impossible et pourtant indéniable de la terre. Écouta le ronronnement incessant des réacteurs. Passa son doigt autour de l'encadrement du hublot à la recherche d'éventuelles microfissures semblables à celles qui avaient causé la perte des premiers Comet. Se demanda quel ridicule petit défaut se révélerait avoir fait s'écraser cet appareil-ci, s'il s'écrasait. Songea avec inquiétude aux effets des radiations solaires sur le petit cerveau de Tommy. À la tape sur les fesses que George avait donnée à l'enfant.

Elle n'y pouvait rien, bien sûr, les coups étaient monnaie courante chez les Colons. Si étonné qu'il en fût à présent en y repensant, même lui, chez eux, avait trouvé ça naturel. Oh, il lui expliquerait, à George, et elle comprendrait. Quant à Tommy, eh bien, ça prendrait peut-être un peu de temps pour qu'il s'habitue à George, surtout après cet incident, mais bon, il fallait bien qu'il s'habitue à quelqu'un un jour, non ? Marley n'allait tout de même pas rester éternellement célibataire rien que pour lui faire plaisir. De toute façon, quand ils seraient installés dans leur somptueuse nouvelle maison, George allait vite plaire à Tommy. Qui pouvait résister à George ? Leur nouvelle vie serait fantastique, et c'est ce que retiendrait Tommy au bout du compte. Rassuré, Marley baissa les yeux vers les incroyables bouclettes blondes de la jeune femme. Pour elle non plus, la pauvre, ça n'allait pas être facile. Elle allait être sacrément perdue en arrivant en Angleterre. Il fallait quelqu'un pour s'occuper d'elle. C'est lui qui se chargerait de ce rôle, il serait fort, il serait anglais. Dans une grande maison de style géorgien. Avec des tonnes de fric. Et ce serait le bonheur.

Ce qu'il regrettait, c'est que George ne mesurerait jamais l'ampleur du changement que cela représentait pour lui. Il ne s'agissait pas de s'appesantir sur le passé. Le passé était mort et enterré, Dieu merci. Simplement, d'une certaine manière, eh bien, il aurait aimé pouvoir lui dire combien il en avait bavé avant. Combien il revenait de loin. Mais il ne pouvait pas. Bien sûr que non. *Comme c'est étrange*, dirait-elle, sans qu'aucune émotion ne perturbe le bleu cristallin de ses yeux. Et elle bâillerait. Avec splendeur. Il voulait la perdre, ou quoi ? Il voulait la dégoûter de lui, avec ses… ses *foutues jérémiades* ? Non, non, non. À présent tout baignait, bon Dieu, peu importe ce qui s'était passé avant. D'ailleurs, il aurait tout le loisir de s'expliquer, s'il le souhaitait, à travers les nombreuses interviews qu'il allait devoir donner. Oui, ça, ce serait bien. Une grande explication de tout ce qu'il avait fait et pourquoi, un message pour qui comprendrait. Non pas des *jérémiades*, oh non, il expliquerait simplement avec le sourire pourquoi il se sentait parfois, eh bien, vous savez, un peu sonné et…

L'éblouissante Georgina à ses côtés et son charmant petit garçon, Tommy, sur ses genoux, Brian Marley sourit en évoquant son enfance petite-bourgeoise, discrète et sans père, son adolescence timide et loin des modes, ses années trop vite gâchées entre vingt et trente ans et celles, stériles, entre trente et quarante. Aujourd'hui, il peut se permettre de sourire, certes, mais c'est avec une franchise ô combien touchante qu'il reconnaît avoir été un bon à rien toute sa vie, d'une lâcheté pathétique devant tout ce qui ressemblait de près ou de loin à la réalité ou…

Non, non, non.

Marley cligna des yeux, le regard perdu dans le vide glacial derrière la fine petite vitre du hublot. À quoi ça l'avancerait ? À rien. D'accord, mais l'important, c'était que ça sorte. Il étouffa un grognement. Il se leurrait. À quoi sert de parler si personne n'entend, si personne ne *comprend* ? Il s'était miraculeusement évadé de son passé, il s'en était sorti indemne, et à présent, comme un braqueur habile ayant réussi le casse de sa vie sans se faire prendre, il était torturé par le besoin impérieux de se confier, de mettre le grappin sur quelqu'un au comptoir d'un bar discret et, en buvant à longs traits, de tout lui raconter, pour voir s'éclairer l'étrange lueur d'un regard qui comprend. Raconter ce qu'il avait fait, ce qu'il avait été, ce qu'il était devenu. Raconter son parcours. Et tout à coup, tandis qu'ils franchissaient enfin la Manche et que les Colons enthousiastes, dont George, se pressaient aux hublots pour découvrir les falaises blanches dont tous avaient entendu parler dans les Livres mais que la plupart n'avaient jamais vues, Marley sut qu'il y avait une personne qu'il devait retrouver, une personne à qui il pouvait se confier, une personne qui comprendrait.

Le nouvel an était passé, à présent, elle avait dû reprendre les cours. Si elle était revenue. C'était encore le matin, en Angleterre. Il consulta sa montre. À cette heure-ci, elle devait être sur Piccadilly, à la London English School. Il revit ses yeux noirs, et il sut que oui, elle comprendrait. Puis elle rentrerait chez elle, bien entendu, ils se diraient au revoir pour toujours et il n'aurait plus ce poids sur le cœur, il serait heureux, il pourrait alors être anglais à jamais, en compagnie de George. Aucun doute. C'était la meilleure solution. Un simple au revoir, rien de plus, histoire de s'assurer que rien ne puisse troubler son idylle anglaise à venir.

Aussi, lorsque George se détourna du hublot pour s'extasier « C'est donc vrai qu'elles sont blanches ! Oh, comme c'est beau ! Brian, dites, Brian chéri, où allez-vous nous emmener à Londres ? », il la regarda avec un sourire joyeux, plein d'innocence et du bonheur de sa mission, et répondit :

– Eh bien, je me demandais, avez-vous entendu parler du Ritz ?

– Oui, dans les Livres. C'est un restaurant, n'est-ce pas, dans une avenue du nom de Piccadilly ?

– Oui, c'est ça.

– *Le Ritz de Piccadilly*. Ces mots m'ont toujours amusée. On croirait entendre *piccaninny*[1]. Comment est-ce, à l'intérieur ? L'endroit est-il aussi charmant que le nom qu'il porte ?

– Allons-y, nous verrons bien.

– Oui, allons-y. Je suis si contente que vous soyez là pour nous servir de guide, Brian.

– Moi aussi, George.

1. Négrillon.

– C'est vrai, Tamsin ? T'en es sûre ? Il va pas toucher un rond ? Et il est pas au courant ? Tu veux dire qu'on peut lui apprendre la nouvelle *en direct* ? Putain, merci du tuyau. Je te revaudrai ça. Salut ! Vite, Sid, donne-moi une équipe de tournage pour Heathrow, priorité numéro un. Et appelle toutes les rédacs. On a un scoop.

À Heathrow, les Colons furent conduits à l'Immigration ; le passeport de Marley avait été détruit lors du crash des hélicoptères, et lui aussi dut attendre. Il dit au revoir à sa mère et à Tommy.

– Eh bien, mon garçon, dis-moi, elle a l'air très sympathique, ton amie.

– Elle l'est.

– Non, c'est pas vrai, je la déteste, elle m'a tapé, je vais la tuer, elle veut m'envoyer au pensionnat !

– Bon, allez, rentrez bien. On se revoit tous les trois demain.

– Oui, détends-toi et profites-en, mon chéri. Tu l'as bien mérité.

– Merci, maman. Salut, mon grand.

Il les embrassa tous les deux, et ils s'éloignèrent en lui faisant des signes de la main. Tandis qu'il se dirigeait vers l'Immigration, tout en prêtant une oreille distraite à Baz Bingley qui lui parlait de contrats, de chiffres et de tactique, Marley cherchait secrètement une cabine téléphonique et se demandait s'il allait pouvoir passer un coup de fil sans se faire remarquer, pour appeler Consuela. Puis il aperçut George à nouveau, d'une splendeur indescriptible, debout à côté du Directeur penché sur le Heckler & Koch automatique d'un policier antiterroriste, celui-ci lui ayant effectivement remis son arme sous l'influence de ce qui ressemblait à une forme d'hypnose atavique.

– Alors on fait comme ça, OK, Brian ?

– Hein ? OK, euh, Baz.

– Bon. Signe ici.

– Quoi ?

– Mon contrat. Quarante pour cent de tout ce qu'on ramasse. C'est le tarif habituel dans le métier. Super, merci.

– Euh, Baz, je peux avoir un peu d'argent tout de suite, s'il te plaît ? Je n'ai rien sur moi, évidemment, et je dois…

– Désolé, mon pote, j'avance pas de liquide aux clients. Question de déontologie. Je t'appelle.

– Bon. Au revoir. Grant ! Eh, Grant, Grant ! Hou hou !

– Ah, Brian, excuse-moi, je t'avais pas entendu. Écoute, j'ai pas trop le temps, là, il faut que je…

– Grant, je sais que c'est idiot, mais t'aurais pas un peu d'argent ?

– Quoi ? Pardon ? De l'argent ?

– Ça ne t'ennuie pas de m'en prêter un peu en attendant qu'on fasse le nécessaire pour la récompense ? C'est dingue, mais je dois emmener du monde au resto, au Ritz, putain, et j'ai pas un flèche.

– De l'argent ? Au Ritz ? Écoute, euh, je sais pas, moi, t'es sûr que tu veux aller là-bas, au Ritz ?

– Ben quoi, je n'ai jamais pu y aller avant. Je veux au moins voir une fois de quoi ça a l'air. Je dois pouvoir me permettre de me lâcher un peu un soir, non ? Avec deux millions de livres…

– Ha ha ! Évidemment. Attends voir, de l'argent, de l'argent… Tiens, prends ça. Oui, oui, prends tout. Bon, il faut que je file, mais je, non, non, ça passe en frais généraux, t'inquiète pas, prends, prends. Bon, allez, à plus…

– Merci, Grant, dit Marley en prenant le gros rouleau de billets précipitamment proposé, mais Grant Brodie approchait déjà du guichet de l'Immigration en agitant son passeport, presque au pas de course.

Marley rangea les billets dans la poche profonde de son short long et regarda autour de lui. George avançait à grands pas vers lui, belle à tomber comme toujours.

– Vos amis de la télévision nous ont été d'un grand secours, vous savez : ils nous ont obtenu à tous des papiers en règle. Mais les passeports d'aujourd'hui sont loin d'être aussi beaux que ceux des Fondateurs, n'est-ce pas ? Et puis, à quoi ça rime, tout ça ? Franchement, que diable pourrions-nous être d'*autre* qu'anglais ? Et l'un des inspecteurs était un nègre, vous vous rendez compte ? Il a eu le culot de nous *interroger*. Tom Devereux a bien failli lui flanquer une raclée, à ce foutu bamboula.

– Ah. Voyez-vous, George, aujourd'hui ça ne se dit plus, ces choses-là.

– Quoi, « foutu » ?

– Non, euh, « nègre ». Ni « foutu bamboula », d'ailleurs.

– Ah bon ? Et comment dit-on, de nos jours ?

– Oh, euh, « noir », tout simplement. C'est une question de...

– Très bien. J'avoue que je ne vois pas la différence, et c'est tout de même un comble qu'un noir ait l'insolence de demander à un homme comme le Directeur s'il peut *prouver qu'il est anglais*.

– Oui, enfin, oh là là, bon, bon, nous pouvons donc prendre nos passeports et y aller ?

– Oui. Au Ritz ?

– Oui.

– Oh, monsieur le Directeur ?

– Ah, George, vous voilà.

– Brian nous emmène au Ritz, vous venez avec nous ?

– Au Ritz ? C'est bien, Marley. Non, non, je vais aller

directement à mon club, dès que tout sera réglé. J'ai hâte de retrouver mon vieux fauteuil, de voir si… Bon sang ! Jimmy ?

– Hugo ! Je le savais bien, nom d'une pipe.

– Jimmy, ça alors !

– Hugo, je te félicite pour l'autre jour. Nous étions tous ravis quand tu as donné six coups de canne à ce petit… Mais dis-moi, tu ne me présentes pas à ta charmante amie ?

– George, je vous présente Jimmy, un ancien camarade d'école.

– Enchantée, Jimmy.

– Pas autant que moi, jeune fille.

– Mais que diable fais-tu ici, Jimmy ?

– Eh bien, figure-toi que je dirige un grand journal.

– Pas possible !

– Amusant, n'est-ce pas ? Le jeune homme que voici va devenir assez célèbre, pas vrai, Marley ? Et nous avons aussi besoin de toi, Hugo. Nous avons tous adoré la façon dont tu as corrigé cette misérable petite larve. Ça a fait du bruit, crois-moi. Nous avons lancé un appel de fonds pour vous autres, au cas où certains d'entre vous se retrouveraient sur la paille. Les dons affluent déjà, et nous pressons le citron de ce foutu soi-disant gouvernement pour que lui aussi mette la main à la poche.

– Ne t'en fais pas pour moi, Jimmy, j'ai bien profité de la vie. Je me contenterai d'un coin tranquille où planter ma vieille tente et d'une bonne bouteille de scotch. Occupe-toi de mes troupes d'abord.

– Bien sûr, Hugo, bien sûr. Et vous, ma chère George, avez-vous jamais songé à écrire pour un journal ? Écoutez-moi, tous les trois, ma voiture est dehors, permettez que je vous dépose.

– Une seconde, Jimmy. Devereux, hé, Devereux ?

– Oui, monsieur ?

– Tout est réglé pour vous autres, transport et cantonnement ?

– Oui, monsieur. Les journalistes ont mis des voitures à notre disposition. Quelques-uns d'entre nous vont au Ritz, n'est-ce pas, Marley, mon vieux ?

– Euh, oui, oui.

– On nous a installés au Dorchester. Des nurses pour les enfants, le grand jeu. Apparemment, les Américains ont tellement peur de se faire dynamiter par les Arabes qu'ils n'osent plus venir à Londres, et du coup tous les grands hôtels sont vides.

– Pfft, aucun cran, ces Yankees. Enfin, tant mieux pour nous. Le Dorchester n'est pas trop mal, si mes souvenirs sont bons. Très bien, Devereux, je file avec Jimmy. Retrouvons-nous au bar du Dorchester à, disons, vingt heures.

– Entendu, monsieur.

– Nous te suivons, Jimmy.

Le Rédacteur en Chef les conduisit à sa Bentley et, dans le cocon feutré de la berline, ils gagnèrent l'autoroute en direction de Londres.

– C'est ça, votre fameuse autobahn, Brian ? s'enquit George.

– Oui.

– Quelle horreur !

– Oui, en effet.

– Dis-moi, Hugo, sais-tu que les élections législatives approchent ?

– Ne me dis pas que ce petit couillon veut rempiler ?

– Si, justement. C'est tout le problème. Le fait est, vois-tu, que le parti est un peu dans les choux, mais nous n'allons pas rester les bras croisés. Je vais appeler des amis à moi, si tu veux bien. Des types bien, haut placés au sein du parti… Jenkins ?

– Oui, sir James ?

– Je crois qu'on nous suit. Des gens de la télé, apparemment. Il m'a semblé les voir nous prendre en chasse quand nous avons démarré. Soyez gentil, semez-les, voulez-vous ? Je ne veux pas qu'ils soient dans les parages quand Hugo rencontrera mes amis. C'est encore un peu tôt, n'est-ce pas, Hugo ?

– Qu'as-tu derrière la tête, à la fin ?

– L'Angleterre, Hugo, l'Angleterre. Mais parlons plutôt de vous, ma chère George. Vous ne joueriez pas du violoncelle, par hasard ?

– Consuela Martínez ? répéta la secrétaire de la London English School. Dans quelle classe est-elle, Brian ? Elle n'est plus chez nous. Elle est partie à Noël et il n'est pas prévu qu'elle revienne.

– Ah. Bon, mais est-ce que, euh, est-ce qu'elle a laissé un message ? Pour moi ? Quelque chose ?

– Nnn-on, pas de message.

– Écoute, Sandra, tu ne pourrais pas faire une exception, pour une fois, tu ne voudrais pas me dire… ?

– Je regrette, Brian. Tu le sais, on ne peut pas révéler l'adresse des étudiants aux profs de l'école, encore moins aux *anciens* profs de l'école. Même s'ils sont millionnaires ! Une dizaine d'hommes par an me posent la question, tu connais les profs d'anglais langue étrangère, et avec la rotation de personnel qu'on a ici, on ne peut pas être derrière tout le monde. Si on commençait à donner l'adresse des filles, on sait bien comment ça finirait, non ? Des Anglais miteux entre deux âges, aveuglés par la passion, qui iraient frapper à la porte de jolies demoiselles à Acapulco. Avoue que ce ne serait pas bon pour la réputation de l'école.

– Tu sais, moi, je voulais lui dire au revoir, c'est tout.

– Je sais, bien sûr. Mais je regrette, Brian, je ne peux rien pour toi. Allez, tu ne te morfondras pas longtemps. Pas avec tout cet argent. Moi, à ta place, je m'en remettrais vite, crois-moi. Je suppose qu'en tout cas on n'est pas près de te revoir parmi nous, ha ha !

– Non, sans doute pas. Écoute, il n'y a vraiment pas moyen… Bon, bon, excuse-moi.

– Dépense bien, Brian ! D'ailleurs, tu ne crois pas que tu devrais aller t'acheter des vêtements, demain matin ? Ton short est un peu… long, non ?

Marley sortit sur le perron de la London English School. Il avait froid aux genoux sous son short. Les cours du soir allaient bientôt commencer, et un flot de jeunes étrangers s'écoula devant lui, à peine rompu pour le contourner, des jeunes gens fortunés de tous pays, de toutes croyances et toutes couleurs de peau, unis par le seul désir de passer leur temps exclusivement en compagnie d'autres jeunes gens fortunés, vœu simple qu'ils exprimaient dans le baragouin international dont ils se contentaient, n'ayant ni le besoin ni l'envie d'acquérir une langue plus perfectionnée.

– Ça te plaît d'aller au spectacle Beatles ?

– Ouais, ça me plaît super. Et vous, vous allez ?

– Ouais, nous allons ce soir. Ça te plaît de venir ?

– Ouais, super.

– C'est très cool, j'ai avis.

– J'ai avis, moi aussi.

– Ouais, très cool.

– *She love you yeah yeah yeah.*

– Cool.

– Oh, moi aussi, ça me plaît iPod.

– Ouais, iPod 128.

– Cool.

– Nous allons en taxi ensemble.

– Cool.

Marley se tourna vers le Ritz, de l'autre côté de la large avenue. Il distinguait nettement George à travers les vitres immenses, ses cheveux scintillant sous les lustres, la tête renversée en arrière dans un éclat de rire. Elle était entourée de nombreux jeunes hommes, grands, le teint rose, la mâchoire carrée, des jeunes hommes richement vêtus qui n'avaient cessé d'apparaître, appelés par Dieu sait quel instinct ou réseau, depuis que George et lui étaient arrivés. Un serveur leur apportait encore un nouveau magnum de champagne.

Il traversa l'avenue, prit une profonde inspiration et replongea dans le brouhaha qui résonnait sous le haut plafond de la salle chaude et lumineuse.

– Bonjour, mon chéri, avez-vous vu vos amis ? Laissez-moi vous présenter mes nouveaux amis à moi. Charles, Tarquin, Drogo et Ivo. Tous dans les régiments de la Garde. Messieurs, je vous présente Brian. Son père à lui était dans la Navy.

– Enchanté, dirent tour à tour Charles, Tarquin, Drogo et Ivo. Félicitations.

Ils étaient tous plus grands que Marley d'au moins cinq centimètres, plus jeunes de dix ans, et bien plus athlétiques.

– Enchanté, répondit Marley d'un ton viril.

Tout à coup, George lui donna un baiser sur la joue comme elle ne l'avait encore jamais fait. Il se demanda à quoi tenait la différence, avant de comprendre qu'elle souriait à quelqu'un derrière lui tout en l'embrassant. Elle continua de sourire et le fit pivoter doucement en le tenant par les épaules. Des flashes l'éblouirent tandis qu'elle l'embrassait à nouveau.

– Ne vous inquiétez pas, mon chéri. Ce ne sont que des gens de *Tatler* et de *Harpers & Queen*[1]. Comme

1. Mensuels mondains britanniques.

quoi, ces magazines existent encore. Reprenez du champagne. Je ne connaissais pas cette boisson, mais ça me plaît assez, je crois. Amusant, n'est-ce pas, la façon dont les bulles vous picotent le nez ? À votre santé, mon chéri. Oh, oui, il semblerait que j'aie des centaines de cousins et autres parents, n'est-ce pas épatant ? L'un d'eux est comte, il sera bientôt là, je suis sûre que vous allez l'adorer, il avait l'air très amusant au téléphone. Saviez-vous qu'aujourd'hui tout le monde a un petit téléphone qu'il emporte partout avec lui ? Ce cher vieux Jimmy va m'en obtenir un très vite pour que nous puissions bavarder à tout moment. Je suis si contente que vous nous ayez amenés ici, mon chéri, vous avez été très bien inspiré, et je dois dire que c'est un soulagement.

– Un soulagement ?

– Mmmm. Vous savez, quand nous roulions sur cette espèce d'autobahn, puis que nous avons traversé tous ces affreux quartiers, comment s'appellent-ils ? Southhall, Ealing, Acton, Shepherd's Bush… Eh bien, pour tout vous dire, j'avoue que ça m'a fait drôle. Comme si l'Angleterre n'avait rien à voir avec ce qui était dit dans les Livres, vous voyez ? C'est un peu bizarre, je sais, mais ça m'en a mis un coup au moral. Et puis ça s'est amélioré, j'ai commencé à reconnaître des monuments que j'avais vus en photos, Marble Arch, Buckingham Palace, et cetera. Vous vous rappelez combien j'étais heureuse quand ce cher vieux Jimmy nous a emmenés là-bas dans sa voiture, mon chéri ?

– Oui, oui, je me rappelle.

– Et à présent nous voilà ici et, comment dire ? tout est bien comme dans les Livres, finalement, n'est-ce pas ? En tout cas, en ce qui me concerne, je ne vois guère de différence.

Marley cligna des yeux, puis regarda à nouveau, avec un regard neuf, les tablées innombrables de riches qui riaient, les hordes de serveurs serviles, la bouteille vide devant lui qui avait dû coûter ce que le gouvernement estimait suffire à une petite famille sans revenus pour se nourrir et se loger pendant une semaine.

– Non. Non, vous avez raison, rien n'a beaucoup changé.

– Ah, au fait, mon chéri, vous pouvez me répéter ce que vous m'avez dit sur les garages et les nègres ?

– Pardon ?

– Eh bien, j'ai peut-être mal compris, mais il m'a semblé vous entendre dire qu'il *fallait* dire *garèdge* et qu'il *ne fallait pas* dire *nègre*. Or tout le monde ici dit *garâge*, et en parlant de notre Colonie et de nos rapports avec les indigènes, j'ai laissé échapper *nègre* une ou deux fois, et personne n'a eu l'air de le remarquer. Je suis même sûre que Drogo l'a dit, lui aussi. C'est très compliqué, n'est-ce pas ?

– Oui. Oui, c'est compliqué.

– Peu importe, je finirai bien par m'y faire. Jimmy m'a proposé de travailler pour son journal, vous vous rendez compte ? Il veut me confier une rubrique où je devrai parler de tout ce qui m'horripile dans l'Angleterre d'aujourd'hui et de ce qui me paraît y être plutôt dans l'ordre des choses. Je sens que ça va être follement amusant, pas vous ?

– Si, j'en suis sûr.

– Nous allons à son club, après. Vous, vous y êtes sûrement déjà allé, mais moi, j'en suis tout émoustillée. D'ordinaire, les femmes n'y sont pas admises, et on va faire une exception ce soir, rien que pour moi, avouez que c'est grisant. Vous venez avec nous, n'est-ce pas ?

– Oui, bien sûr. Écoutez, George… Je vais peut-être retourner en face d'abord, je, euh, j'ai oublié de dire une chose à mes vieux amis. Je vous rejoindrai plus tard.

– Ça va, Brian ? Vous avez l'air bien… *sérieux*, ce

soir. Vous avez bu trop de champagne ? Je vous en prie, mon chéri, ne soyez pas rabat-joie. Nous sommes chez nous. En Angleterre. Et tout va bien. Oh, regardez, c'est encore moi qui ai terminé la bouteille. Belle descente, la demoiselle, hein ? Nous pouvons en prendre une autre ?

– Oui, oui, bien sûr.

– Merveilleux.

– Merveilleux, répétèrent Drogo, Ivo, Tarquin et Charles.

Marley but. Puis il but encore, en s'efforçant de ne pas s'affoler à l'idée du prix que ça allait lui coûter. Il avait du mal à se souvenir que ça n'avait pas d'importance, plus maintenant, du moins pas ce soir. Tout allait bien se passer. Tout. Là. Voilà.

Mais il se leva alors si brusquement, en vidant son verre fraîchement rempli, qu'il projeta le champagne d'Ivo sur Drogo.

Ça alors !

– Ça alors !

– Vous vous sentez bien, mon chéri ?

– Oui. Très bien, je vais simplement aller prendre un peu l'air. Désolé, Ivo.

– Alors, nous pouvons redemander une bouteille ?

– Si c'est vous qui payez, oui, Drogo.

– Oh.

Brian ?

– Je reviens, George.

Marley partit à grands pas en direction de la porte qui donnait sur Piccadilly, les genoux un peu ramollis par l'alcool. Mais à la porte, il s'arrêta. Ça n'avait pas de sens. Il était soûl. Il ne pouvait décemment pas s'enfuir et laisser George plantée là, seule dans le monde moderne. Lentement, il fit demi-tour et revint sur ses pas. Alors qu'il approchait de la table, sans que les autres l'aient encore remarqué, il vit Tom Devereux se pencher vers la jeune femme.

– Eh bien, George, qu'est-ce qui lui prend, à Marley ?

– Je l'ignore, Tom. Mais il est d'un rabat-joie, ce soir…

– Ah. Voyez-vous, George, comme il nous l'a confié, au Directeur et à moi-même, sa fortune est toute récente. Le problème, c'est qu'à présent que nous sommes rentrés on voit qu'il n'est pas vraiment des nôtres.

– Oh, Tom.

– Ah, firent Drogo, Ivo, Charles et Tarquin.

– Ne vous inquiétez pas, ma chère, d'après le Directeur c'est courant ces choses-là. Un homme peut avoir l'air tout à fait sortable à l'est de Suez, et ne plus être crédible une fois chez lui. Ce que je trouve culotté, si vous voulez mon avis, c'est de vouloir tromper les dames.

– Oh, mon Dieu. Que dois-je faire, Tom ?

Marley se pressa de tourner à nouveau les talons, et c'est presque en courant cette fois qu'il se dirigea vers la porte, et avec un sourire de soulagement. Voilà qui changeait tout. Il n'avait plus à se sentir coupable. Plus rien ne l'empêchait de s'enfuir.

S'enfuir où ? Dans un pays normal, tiens. Dans n'importe quel endroit où la langue n'était pas une barrière pour lui, c'est-à-dire à peu près n'importe où en Europe, là où les gens vous jugent à ce que vous dites, et non à l'accent avec lequel vous le dites. D'accord, il y serait éternellement étranger, mais pas plus qu'il ne l'était ici, dans sa prétendue patrie. Quant à son ex-femme, il la connaissait : s'il lui demandait de choisir entre rester seule en Angleterre avec son boulot et Tommy, et toucher, disons, un demi-million de livres pour venir s'installer près de chez lui, par exemple en Espagne, et profiter de la mer, il savait bien où irait sa préférence.

C'était décidé, il la soudoierait donc. Il achèterait la liberté de Tommy en l'arrachant à l'Angleterre. Son fils apprendrait à parler anglais, bien sûr, comme n'importe quel Européen instruit, mais la langue de son identité, de ses pensées, ce serait le français, l'espagnol, l'italien, l'allemand, le néerlandais. Tout sauf l'anglais.

L'espagnol. Oui, l'espagnol. Parce qu'en Espagne, Consuela suivrait Marley. Et il allait la chercher de ce pas, il était déjà au milieu de Piccadilly, où il slalomait hardiment entre les voitures en se déhanchant tel un torero habile, ayant repris la direction de la London English School. Et cette fois on ne lui dirait pas non. Cette fois, il corromprait, menacerait, supplierait, hurlerait, s'assiérait par terre, boufferait la moquette et donnerait des coups de pied jusqu'à ce qu'il obtienne les coordonnées de Consuela, et si ça ne marchait toujours pas, il prendrait le premier avion pour l'Argentine, puis mettrait le cap sur la Patagonie, il louerait une voiture, passerait des annonces dans les journaux, accrocherait des affiches aux poteaux télégraphiques et roulerait, roulerait jusqu'à ce qu'il la retrouve. Il connaissait son nom, il savait que son père était officier de l'armée de l'air, ça l'aiderait, peu importe qu'il dépense dix mille livres pour la retrouver, vingt mille, plus, il s'en foutait, il…

– Brian Marley ?

– Oui ?

Une des jeunes et jolies journalistes, accompagnée de toute son équipe, cameraman, éclairagiste et perchiste, s'était mise en travers de sa route. Il poussa un soupir. Baz Bingley lui avait conseillé de se soumettre à ces petites interviews télé, sans lâcher aucune info, pour que les journaux soient demain plus avides de son témoignage. Qu'à cela ne tienne. Après tout, plus il ferait de fric demain, plus il en aurait pour soudoyer son ex-femme, pour acheter une maison en Espagne, pour retrouver Consuela, pour enfin commencer à *vivre*…

– Joli short, Brian ! Pas trop froid aux genoux ? gazouilla la journaliste.

– Ha ha ! Eh oui, les joies de notre climat. Écoutez, je suis désolé, mais je suis un peu pressé…

– Juste une question, Brian : vous l'avez fait uniquement pour l'argent ?

– Quoi ?

– *Une jungle d'enfer* ? C'était uniquement pour l'argent ?

– Pour l'argent ? Mon Dieu, non, pas du tout, embraya Marley d'une voix traînante, se préparant à raconter les salades suggérées par Baz Bingley. J'ai voyagé presque toute ma vie, vous comprenez. C'était l'aventure que je recherchais. Le défi. L'expérience.

– D'accord. Donc, vous ne l'avez pas fait uniquement pour l'argent ?

– Encore une fois, non, pas vraiment.

– Vous l'auriez fait même s'il n'y avait pas eu d'argent à la clef ?

– Comment ? Oui, oui, je vous l'ai dit. Maintenant, soyez gentille, il faut vraiment que j'y aille.

– Donc, finalement, ça ne vous dérangera pas si vous ne le touchez pas ?

– Si je ne touche pas quoi ?

– L'argent.

– Ha ha ! Allez, bonne soirée. Excusez-moi.

– Mais si ça arrive, Brian ?

– Écoutez, c'est peu probable, vous ne croyez pas ?

– Comment, vous n'êtes pas au courant de la rumeur ?

– Quelle rumeur ?

– Je suis la première à vous en parler ?

– De quoi ?

– Channel Seven refuse de payer, Brian.

– Quoi ?

– Alors, quelle est votre réaction ?

– Comment ça, ils refusent de payer ? Ce n'est pas sérieux.

– Si, si. Ils disent que vous n'avez pas gagné.

– Quoi ?

– Ils disent que personne n'a gagné.

– C'est ridicule. J'ai gagné, c'est évident.

– Pas pour eux. Ils disent qu'ils ne paieront pas.

– Ça ne tient pas debout. C'est…

– Nous sommes en ligne avec Channel Seven, Brian. Vous voulez leur demander ? Vous pouvez leur poser la question tout de suite si vous voulez. Brian ? Brian ? Quelle est votre réaction ?

V

UN AUTRE PAYS

Il se peut que nous devions nous considérer à l'avenir non pas comme une puissance européenne tournée vers l'est, mais comme l'extension orientale d'un bloc occidental ayant pour centre l'Amérique du Nord.

Clement Attlee,
Conseil des ministres, 1946.

L'inacceptable réalité était que, dès 1941, nous étions une nation vaincue que ses conquérants n'avaient pas pris la peine d'envahir. Appauvris, battus en Flandres et en Malaisie, manifestement condamnés à de sombres années de sacrifice au but incertain, c'était par nos alliés que nous étions envahis.

Peter Hitchens,
The Abolition of Britain,
Londres, Quartet Books, 1999.

Nos ennemis prétendent que notre supériorité, à nous, Occidentaux, n'est due qu'à la haute technologie de notre armement et à notre productivité. Certes, ce sont là deux piliers de notre force. Dans l'Histoire, ce sont souvent les bataillons les mieux équipés qui ont triomphé, et nous avons montré une telle efficacité pour équiper les nôtres que nous avons rarement eu besoin d'une « idéologie mobilisatrice » pour l'emporter. Mais quand nous avons été réellement mis en danger ou défiés – l'Angleterre en 1940, les États-Unis en 1941 et le 11 Septembre –, nous n'avons jamais manqué de répondant. C'est pourquoi je dis à nos ennemis, méfiez-vous : si un jour votre haine meurtrière nous pousse vraiment à bout, vous trouverez un autre Winston Churchill, un autre John Fitzgerald Kennedy, un autre Martin Luther King, qui fera résonner notre langue à travers le monde comme le tonnerre. Vous verrez alors de quoi l'Occident est capable, lorsqu'à sa haute technologie et à sa productivité, s'ajoute une idéologie mobilisatrice appelée liberté. Alors vous tremblerez, et c'en sera fini de vous comme c'en fut fini jadis de Sodome et de Gomorrhe.

Le général W. Paul Jones Locksmith,
discours prononcé à son départ
de West Point en mars 2003,
repris dans le magazine *Prospect* en juin 2003.

Angleterre, deux mois plus tard

– Putain, les mecs, laissez tomber, on va pas se cogner dessus à une heure pareille, grommela la voix d'ivrogne à l'accent mi-irlandais, mi-jamaïquain.

Il n'y avait pourtant ni Irlandais ni Jamaïquains présents ce soir-là dans Godolphin Road, ni personne ayant une filiation même lointaine avec l'une ou l'autre de ces deux ethnies, ni aucun ivrogne. La seule personne du côté en question de la rue londonienne du W12 ce soir de mars était Brian Marley, qui rentrait tard mais sobre chez sa mère, et s'il se parlait ainsi à lui-même, c'était parce que, dans la lumière des réverbères à vapeur de sodium, entre deux massifs d'une haie, il venait d'apercevoir quatre silhouettes masculines imposantes qui ne lui disaient rien qui vaille.

– Putain de bordel de merde, essaya Marley avec une pointe étrange de grasseyement bas-écossais, tandis qu'il continuait de travailler l'accent au moyen duquel il espérait convaincre les quatre inconnus, au cas où ils auraient l'intention d'en découdre, qu'il était en réalité un ouvrier dur à cuire et boit-sans-soif, d'origine ethnique indéterminée mais crédible, qui ne rechignait pas à se dégourdir les poings de temps en temps en sortant du pub, et que ce n'était qu'un hasard s'il portait ce soir-là une veste de tweed, une chemise sans cravate, un jean classique, des chaussettes noires et des chaussures de cuir assez coûteuses.

Si seulement il avait gardé son foutu bleu de travail taché de peinture ! Mais il n'avait pas voulu rentrer sale et puant, imprégné de la pollution industrielle bas de gamme inhérente à l'Amélioration de l'Habitat, dans le petit monde bien ordonné de sa mère (Tommy dormait chez elle cette fois encore), et il avait donc revêtu la tenue de prof d'anglais qu'il devait porter le lendemain.

Ces deux codes vestimentaires, tweed d'occase et bleu dégueulasse, définissaient aujourd'hui la vie de Marley. Il avait repris son poste à la London English School, où il avait à présent plus ou moins cessé d'être l'objet d'une sollicitude condescendante, et enseignait à nouveau Oxford, Shakespeare et compagnie. Il consacrait tout son temps libre à faire un nid douillet à Tommy, apparemment la seule chose qui le retenait encore de tout laisser tomber pour aller au pub un après-midi et y rejoindre pour toujours les nombreux autres désespérés de Londres. Au lieu de détester et d'éviter son appartement, en regrettant, comme dix millions de ses concitoyens, de ne pas posséder une grande « demeure victorienne avec nombreux aménagements d'origine », Marley avait relevé le défi viril des travaux de rénovation et prodiguait à son bien, sans y être attaché, chaque seconde de ses loisirs et chaque penny de ses économies, en asseyant ses transformations, du moins en théorie, sur les dernières modes en matière de design d'intérieur. Un beau logement moderne pour Tommy. Il n'était pas découragé par le fait que la valeur de son appartement risquait fort de stagner, voire de chuter encore, malgré l'argent qu'il y investissait, car ce n'était pas la revente qui le motivait. Son but était de donner à son fils un « espace moderne » où « se forger une identité ». Certes, pour l'instant, le résultat de ses efforts n'était qu'un chantier inhabitable, mais Marley s'en moquait. Il sciait, abattait, mesurait, inlassablement. Certes, il lui arrivait également de lâcher tout à coup la gâchette de l'outil surpuissant et mal maîtrisé qu'il se trouvait avoir en l'occurrence entre les mains et, tandis que la cacophonie électromécanique s'interrompait soudain, de regarder fixement son travail, hébété, comme s'il venait de rentrer de plein fouet dans une porte vitrée, en se demandant ce qu'il foutait là et à quoi ça rimait. Mais, dans ces cas-là, il réagissait en se faisant remarquer à lui-même que la question est valable pour n'importe qui, qu'importe l'ouvrage ou le moment. De l'effet, il remontait alors habilement à la cause et déduisait que s'il passait tout ce temps à rénover son appartement, c'était que, forcément, il avait un avenir. Et il se remettait au boulot.

La mère de Marley participait pleinement à son projet. Sa brève rencontre avec son ex mari en Australie lui avait apparemment donné un regain d'énergie, peut-être parce que, ayant vu ce vieux monsieur toujours aussi timide, toujours aussi anglais, dominé par sa compagne, elle n'était plus hantée par le fantôme d'un ancien officier jeune et beau menant une vie joyeuse d'assouvissement sexuel sous un soleil à profusion. De plus, ses craintes que son fils ne soit qu'un bon à rien étaient à présent totalement dissipées, remplacées par la certitude légitime que le sort s'acharnait contre lui. Pleine d'une vitalité nouvelle, elle était ravie que Tommy reste dormir chez elle pendant que papa « vaquait à ses occupations ». Ces soirs-là, Marley venait la retrouver, lavé et changé, et ils prenaient le sherry ensemble. Puis, lorsqu'elle était couchée, il se mettait à quatre pattes sur la moquette et partait en plongée sous la petite table à abattants édouardo-élisabéthaine, en se frayant un chemin à travers la forêt des fins pieds de chêne torsadés, le visage effleuré, comme trente-cinq ans plus tôt, par les franges de la nappe de chenille qui recouvrait le plateau de chêne verni. Il branchait son modem à la prise téléphonique de sa mère et surfait sur eBay à la recherche d'albums d'*Eagle* et de jouets «collectors» qu'il avait possédés enfant. Grâce à eBay, son passé n'était plus perdu: il était là, entreposé dans les greniers des autres, prêt à en redescendre pour être ressuscité. Dans ce nouveau monde, rien ne disparaissait jamais vraiment, le passé était indestructible. Tout était là, à la disposition de qui en voulait, moyennant finances. Tout pouvait être possédé à nouveau. Lorsqu'il n'était pas occupé, soi-disant pour son fils, à reconstituer son enfance, il cherchait des sites sur le porte-avions *Eagle*, ou consultait d'étranges petits forums consacrés à la Papouasie-Nouvelle-Guinée et aux mœurs de ses indigènes. Comme n'importe qui, n'importe où dans le monde, à chaque fois qu'il allait faire un tour sur Internet, Marley se sentait moins triste, moins bizarre et moins paumé, en constatant qu'après tout il y avait bel et bien des gens quelque part qui partageaient ses centres d'intérêt. Il n'était pas tout seul. D'accord, ce n'étaient peut-être que quelques centaines d'individus sur un demi-milliard, n'empêche que…

Mais pour l'heure, ici, ce soir, à Shepherd's Bush, pas question d'échapper à la réalité. Tandis qu'il essayait de regarder à travers la haie squelettique, laissée dégarnie par l'hiver, pour observer les quatre hommes qui approchaient de sa trajectoire, Marley sentait la non-virtualité du monde peser sur lui de tout son poids.

Il continua d'avancer d'un pas faussement décidé, tout en surveillant la petite rue qu'il allait bientôt couper. Son cœur commença à s'emballer, ses poils se hérissèrent, ses couilles rentrèrent. Il aperçut à nouveau les quatre silhouettes l'espace d'une seconde, avant qu'elles ne redisparaissent derrière d'autres massifs de troènes, hauts et bien taillés. Mais ce fut suffisant pour voir les quatre têtes changer de forme : leur profil laissa la place à quatre paires d'oreilles à contre-jour, qui dépassaient nettement de tempes aux cheveux coupés ras. Ils s'étaient tournés vers lui. Il ne distinguait pas leurs yeux, mais il savait qu'ils regardaient dans sa direction. Il sentait leurs regards invisibles, binoculaires et prédateurs, converger vers lui, et devina au changement de rythme à peine perceptible de leur pas qu'ils se resserraient légèrement. Ils avaient vu qu'il les avait vus. Ils savaient à présent qu'il savait qu'ils savaient qu'il savait que leurs chemins allaient se croiser. Marley sentit s'ébranler dans son esprit des rouages anciens tandis que ses capteurs de dérivé de primate se réveillaient.

Marley n'était équipé que du radar humain de base, lequel ne date que de quelques centaines de milliers d'années, conçu par la nature pour permettre à des espèces de singes de calculer leurs chances de survie dans de vaines guerres de territoire contre leurs congénères. En place dès la naissance dans la tête de Marley, il s'était développé culturellement à l'école britannique publique des années soixante et soixante-dix, dans les cruels petits coins discrets des cours de récréation, avant de s'affiner dans des bars malfamés à travers toute l'Europe durant les deux dernières décennies du deuxième millénaire. C'est ce même radar qui entrait à présent en action, ses supraconducteurs naturels en effervescence, analysant la situation par une triangulation de toutes les données mathématiques et sociologiques à sa disposition, avec la vivacité intuitive d'un champion de tennis lisant la trajectoire d'un service canon. Le cerveau de Marley, ainsi instinctivement informé, parvint rapidement à un faisceau de conclusions corrélatives peu encourageantes mais incontournables :

a) les quatre hommes n'étaient pas réunis là par hasard, mais formaient un groupe solidaire,

b) ce conglomérat d'individus inconnus (et donc *a priori* hostiles) allait déboucher de la ruelle dans Godolphin Road juste avant que Marley n'ait atteint le carrefour en question, et

c) une petite bande d'homo sapiens adultes de sexe masculin qui traînent la nuit dans les rues quand les honnêtes gens sont couchés ont de fortes chances,

i) logiquement, d'être en état d'ébriété,

ii) statistiquement, d'appartenir aux couches « rugueuses » de la société, et donc,

iii) structurellement, de décider que, étant manifestement capables, sans qu'aucun d'eux n'encoure de danger physique réel, de casser la gueule au type seul, sensiblement plus âgé et moins agressif qu'eux, qui vient de sortir du noir dans la rue adjacente, ils auraient tort de s'en priver.

Se battre étant hors de question dans de telles conditions, Marley considéra alors ses options défensives. Tout d'abord, il songea à passer de l'autre côté de la rue pour éviter le moment autrement inéluctable où il les rencontrerait sur le trottoir et où il devrait leur céder le passage, l'occasion rêvée pour eux de lui lancer les provocations d'usage. Mais il savait qu'il n'y gagnerait rien : de même que ses capteurs défensifs lui avaient signalé la menace de ces quatre hommes, leur exploration offensive à eux ne manquerait pas de repérer cette dérobade et de l'interpréter (à juste titre) comme de la peur. Il se priverait seulement de la maigre chance qu'il avait de se faire passer pour un mec bourré (victime moins motivante) qui, ne les ayant même pas remarqués, n'avait pas cherché à se protéger de leur attaque éventuelle. En se conduisant comme une proie, il se condamnait à en devenir une.

Ensuite, il envisagea la possibilité de rebrousser chemin dans la petite rue mal éclairée pour regagner l'artère principale de Shepherd's Bush. Il pouvait, s'il le voulait, faire celui qui avait oublié quelque chose. Mais la fuite flagrante que constituerait ce demi-tour serait si humiliante, elle serait un tel coup à sa fierté d'homme et à son amour-propre, qu'il n'était pas sûr de pouvoir s'en relever, malgré le peu d'orgueil qui lui restait.

Les deux derniers mois n'avaient pas été tendres avec Marley.

Il n'y avait à présent plus aucun espoir qu'il touche un jour les deux millions de livres. Il avait consulté tous les avocats de Shepherd's Bush prêts à n'être payés qu'en cas de victoire, et il en ressortait qu'aucun d'eux, sachant combien de ténors du barreau représenteraient Channel Seven, ne pensait que cette affaire valait la peine d'y consacrer du temps, quelle que soit l'importance des gains potentiels. Quant au lot de consolation que devaient lui apporter l'attention médiatique et les ventes lucratives d'articles écrits par des nègres sur « Comment j'ai survécu à l'enfer vert » ou même « Comment on m'a volé ! », il était lui aussi tombé à l'eau, le public, gavé depuis si longtemps des prestations savamment orchestrées et présentées comme extraordinaires de ces prétendues stars d'émissions de téléréalité, s'étant rué sur l'histoire des Colons, des gens qui, pour une fois, étaient vraiment singuliers et à qui il était arrivé quelque chose de vraiment exceptionnel.

Les premiers jours, le témoignage de Marley avait été éclipsé par une suite sans fin de mélodrames familiaux, tandis que de lointains cousins se retrouvaient, qu'on rouvrait de vieux testaments et que des successions étaient remises en question par la réapparition d'individus réputés morts. Mais même tout cela était tombé dans l'oubli quand le Directeur, ayant appris, après quelques soirées passées à son ancien club en compagnie du Rédacteur en Chef de l'*Intelligencer* et de plusieurs personnages influents, que le parti conservateur, dans sa configuration actuelle, n'avait manifestement aucune chance de remporter les prochaines élections, s'était déclaré prêt à se présenter lui-même contre le Premier ministre (qu'il avait immédiatement pris en grippe), si les conservateurs voulaient bien l'accepter sur-le-champ comme leur président.

Les fidèles du parti s'étaient empressés de forcer la main à leurs représentants parlementaires pour obtenir leur accord. Le Directeur, qui n'avait disposé que de trois semaines pour faire campagne, avait tout misé sur un simple slogan, « Retroussons-nous les manches », refusant obstinément de parler de son programme sinon pour dire qu'il y était question de bon sens et de savoir-vivre. Cette tactique, qui, au départ, avait simplement amusé l'habile Meilleur Ami du Premier ministre, s'était retrouvée au centre du mémorable débat télévisé diffusé en direct, considéré par de nombreux spécialistes comme l'élément qui avait fait basculer le scrutin, et au cours duquel l'attaque moqueuse du Premier ministre s'était désastreusement retournée contre lui.

– Écoutez, excusez-moi, mais enfin, qu'entendez-vous, au juste, par « bon sens » et « savoir-vivre » ? Qu'entendez-vous par « se retrousser les manches » ? Ce ne sont que des paroles creuses.

– Bien sûr, mon vieux, vous, ça vous échappe. Mais moi, je sais ce que c'est que le bon sens et le savoir-vivre, je sais pourquoi il faut se retrousser les manches, et le peuple anglais aussi, le sait, et si le Premier ministre ne le sait pas, alors pauvre de nous ! N'importe lequel de mes écoliers qui ne connaîtrait pas le sens de ces mots recevrait six coups de canne, et si un jour vous osez vous présenter seul à mon bureau, c'est ce qui vous arrivera, espèce de petite raclure fourbe et prétentieuse.

Les rires et les acclamations qui avaient fusé spontanément parmi les spectateurs présents dans le studio avaient mis la puce à l'oreille au Meilleur Ami du Premier ministre quant à la possibilité d'une catastrophe, mais, comme toute avalanche, celle-là ne s'était fait entendre que trop tard. Le débat avait suscité de nombreuses réactions enthousiastes de la part de la presse, des milieux financiers et de l'armée. Certains dénoncèrent le manque de fair-play de la lettre officielle adressée juste avant les élections à ses trois millions de membres par le National Trust, la société nationale pour la conservation des sites et des monuments, avec un appel à peine déguisé du duc de Norfolk à voter pour le Directeur, mais des observateurs plus âgés se souvenaient que l'émission satirique de la BBC *That Was The Week That Was* en avait fait à peu près autant dans les années soixante pour le compte d'Harold Wilson. Tout cela ne suffisait pas, cependant, à expliquer le revirement de situation en faveur du Directeur. Personne n'en connaissait la raison profonde. Peut-être était-ce que, sur le marché de l'immobilier, le « fléchissement de la conjoncture » du chancelier de l'Échiquier continuait de fléchir, que le Directeur était le premier candidat à la fonction de Premier ministre depuis Churchill à pouvoir être photographié s'adressant aux troupes de la Garde royale, depuis la tourelle d'un char dans un endroit sensible à l'étranger, sans avoir l'air ridicule, ou tout simplement que l'Angleterre en avait ras le bol et qu'elle était prête pour le changement, comme en quarante-cinq, en soixante-dix-neuf et en quatre-vingt-dix-sept. Difficile également de déterminer le rôle exact joué par la dernière intervention télévisée du Directeur, dont celui-ci profita pour prononcer un discours direct et sans fioritures, entouré de toute l'équipe de rugby anglaise championne du monde, laquelle lui avait unanimement accordé son soutien après avoir appris, au cours d'un bref entretien, qu'il avait joué numéro sept dans l'armée et qu'il aurait lui aussi été sacré champion du monde en cinquante-quatre s'il n'avait pas été retenu par d'autres obligations dans les jungles de Bornéo.

Eh bien, voilà. Cela fait bientôt cinquante ans que mes amis et moi-même avons été abattus par cet avion de chasse communiste. Durant toutes ces années nous avons cru que l'Angleterre livrait un combat sans merci contre un ennemi terrible et fort, contrainte, une nouvelle fois, de s'interposer, avec ses filles et ses fils, entre cet ennemi et son sinistre rêve. Quel était le rêve de l'ennemi ? nous demandions-nous. C'était le même, évidemment, qu'avaient nourri tous les grands ennemis de l'Angleterre, depuis l'apparition de l'Invincible Armada au large des côtes du Devon. Le rêve de Philippe II d'Espagne, du roi Louis de France, de Napoléon Bonaparte, de Guillaume II d'Allemagne, d'Adolf Hitler, de Joseph Staline. Le rêve d'un empire continental qui engloberait l'Europe entière et dominerait le monde. Voilà l'adversaire avec lequel, dans notre petite clairière perdue au milieu de la jungle, nous imaginions l'Angleterre une nouvelle fois aux prises, sans savoir s'il avait eu raison d'elle, ou si, aux côtés de ses fidèles cousins et de ses puissants alliés, le vieux Commonwealth et les États-Unis d'Amérique, elle continuait de se battre, bec et ongles, pour la liberté.

Et nous nous disions qu'un jour elle aurait peut-être besoin de nous. C'est ce qui nous a permis de tenir le coup. C'est pour cela que nous ne nous sommes pas laissés aller. Pour être en mesure de répondre présent, le jour où l'Angleterre nous appellerait.

Eh bien, nous voici de retour, et on pourrait croire que nous nous sommes trompés. On pourrait croire qu'en effet nous nous sommes ménagés, et entraînés, pour une bataille qui s'est jouée et gagnée sans nous. Car après tout, le rêve rouge d'un empire socialiste a été vaincu, non pas par la force des armes, si dissuasive qu'ait été l'éternelle et implacable menace d'y recourir, mais par celle de sa pure et intrinsèque impossibilité. Notre pays, que depuis notre petite redoute tropicale, notre petit coin d'Angleterre, nous pensions en guerre, serait donc en réalité sain et sauf, ses frontières sûres, ses cieux sans nuages, son peuple en sécurité ?

Non, nous ne nous sommes pas trompés. L'Angleterre est bel et bien en danger, en danger de mort. Plus que la défaite, c'est l'extinction qu'elle risque ! Notre Parlement, mère de la liberté, ne sera bientôt plus qu'une assemblée de subalternes inutiles, notre armée, la plus glorieuse du monde, est condamnée à recevoir ses ordres d'une bande de soi-disant généraux du Luxembourg et de Belgique, notre jadis fière jeunesse, dont les grands-pères vainquirent les sombres cohortes nazies et écrasèrent à l'Imjin[1] des hordes communistes vingt fois plus nombreuses qu'eux, se drogue, semaine après semaine,

1. Fleuve coréen, théâtre d'une bataille en avril 1951, pendant la guerre de Corée, entre l'armée chinoise et les forces britanniques, sous le commandement des Nations unies.

et se complaît dans une léthargie indigne pour échapper à la triste perspective d'un avenir désœuvré. C'était peut-être nous les plus heureux. Notre vie dans notre petite clairière tropicale, loin de chez nous, sans savoir si nous reverrions un jour l'Angleterre, était dure, spartiate, et parfois courte, c'est vrai, mais c'était peut-être bien nous les plus heureux. Notre petit groupe a échappé à ce qu'il a été donné aux autres, à vous, nos frères et nos sœurs, d'endurer. Dois-je être plus explicite ? Dois-je nommer ce dont nous ne voulons plus entendre parler ?

Je crois, hélas, que c'est nécessaire. Les années soixante. Les années soixante-dix, mon Dieu. L'envahissement du désespoir. La propagation de ce malaise qui ronge le cœur. Le renoncement à des jours meilleurs. Se réveiller chaque matin pour constater que le pouvoir en place a permis qu'on bafoue encore une nouvelle valeur, qu'on adopte encore une nouvelle imbécillité, qu'on nie encore une nouvelle évidence, qu'on laisse impunie encore une nouvelle corruption, qu'on esquive encore un nouveau problème, et encore un, et encore un. Nous voilà aujourd'hui au troisième millénaire, et cela continue, immuablement. Oui, c'était bien nous les plus heureux, car nous avons pu conserver notre foi. Notre foi dans l'honnêteté et dans le savoir-vivre. Notre foi en nous-mêmes. Notre foi en l'Angleterre. Nous l'avons conservée alors et la conservons aujourd'hui encore. Mais nous savons qu'au fond de votre cœur, vous, comme notre fière équipe de rugby, partagez cette foi. Rejoignez-nous. Croyez, avec nous. Et avec l'aide de Dieu, ensemble, pour le bien de l'Angleterre, *retroussons-nous les manches*.

Début avril, par une journée pluvieuse, dans tous les comtés d'Angleterre au sud de Chester, quatre-vingt-huit pour cent des plus de quarante ans inscrits sur les listes électorales s'étaient rendus aux urnes. Et, naturellement, ça n'avait pas fait un pli. Suite à plusieurs promptes (mais vaines) tentatives de retournement de veste de la part d'anciens nouveaux travaillistes de premier plan, le Directeur avait trouvé logique de rebaptiser son administration « gouvernement national ». Depuis, la vie avait beaucoup changé en Angleterre.

Sauf pour Brian Marley. Lui, avait à peine vu passer les élections. En quoi ça le concernait ? Ce n'était que de la politique. Lui, tout ce qu'il voulait, c'était gagner sa vie et faire un nid douillet à Tommy. Dans l'espoir de régulariser ses revenus et de toucher un jour une retraite, il avait déposé une demande de formation pour entrer dans l'Éducation nationale. Il s'était alors aperçu de la difficulté d'échapper à la politique, car l'enseignement, que Marley, aussi loin que remontaient ses souvenirs, avait toujours connu comme la voie de garage où terminaient ceux qui estimaient un simple travail productif indigne de leurs compétences intellectuelles, mais dont personne ne partageait la haute opinion qu'ils avaient d'eux-mêmes, était subitement devenu un secteur très convoité.

Le gouvernement national avait aussitôt mis en place dans chaque établissement scolaire au moins un responsable de la discipline à plein temps, généralement un ancien militaire (« Mieux vaut une MC qu'un MA[1] », comme l'avait formulé le Directeur), qui, situé hiérarchiquement juste au-dessous du chef d'établissement,

1. Military Cross, équivalent de la croix de guerre ; Master of Arts, équivalent de la maîtrise.

avait le pouvoir d'exclure sur-le-champ tout élève de plus de treize ans et de le confier aux bons soins du service pénitentiaire local, sans aucune possibilité de recours. Deux heures d'éducation physique par jour avaient été décrétées pour tous les élèves (soulageant de plusieurs heures hebdomadaires les professeurs des autres disciplines), ainsi que l'obligation de dîner au réfectoire. On avait décidé d'un menu de référence pour toutes les écoles du pays, un simple et nourrissant plat de viande ou de poisson mijoté, accompagné de légumes, dont la recette avait été approuvée comme kascher et halal par les autorités barbues respectives, à qui le Directeur, avec ses yeux verts impénétrables au doute, sa moustache hérissée et son absence totale d'instinct discriminatoire, avait fait l'effet d'un interlocuteur respectable. (« Je me suis battu aux côtés de beaucoup d'hommes, avait-il déclaré lors de sa première conférence de presse après son élection. Des blancs, des marron, des noirs, des jaunes et divers mélanges intermédiaires, et je me fiche pas mal du nom qu'un homme donne à son Dieu, du moment qu'il Le craint, Lui et rien d'autre ; je me fiche pas mal de la couleur de sa peau, du moment qu'il est prêt à la risquer, et avec le sourire, pour sa reine et pour sa patrie. En revanche, je refuse d'être à la tête d'un pays où on laisse proliférer une génération de tire-au-flanc bouffis qui n'ont pas d'autres dieux que leur estomac et leur portefeuille, ni d'autres héros qu'une bande d'effeuilleuses et de gigolos hilares qui se pavanent dans la petite lucarne. ») Pour finir, on avait attribué aux établissements scolaires le statut d'associations en participation, et ils fonctionnaient à présent un peu comme les cabinets médicaux de l'Assistance publique ; de nombreuses tâches administratives secondaires, comme la tenue des registres, revenaient à des enseignants non certifiés, et les « professeurs associés » devaient porter la toge chaque fois qu'ils entraient dans une classe. On savait que parfois, sans prévenir, le Directeur en personne faisait une descente dans une école, canne en main, n'ayant cure des directives sur l'usage du châtiment corporel. L'enseignement avait retrouvé du prestige et tous les stages de formation au professorat étaient pleins à ras bord, d'autant plus qu'à présent on les savait complètement débarrassés de l'ignoble blabla pédagogique que s'étaient vu infliger les stagiaires des quatre dernières décennies. Personne ne voulait donc d'un prof d'anglais langue étrangère de quarante et quelques années, merci beaucoup. Pour Marley, c'était râpé. Il était condamné à enseigner l'anglais à des étrangers jusqu'à la fin de ses jours.

Il avait alors songé à s'inscrire au chômage, et à se consacrer pleinement à ses travaux d'intérieur. L'idée était séduisante. Mais quand Marley s'était renseigné sur les indemnités auxquelles il pouvait prétendre, il avait constaté que, dans ce domaine-là aussi, les choses avaient changé. Le gouvernement national avait coupé toutes prestations sociales aux célibataires en bonne santé, reportant les fonds ainsi épargnés sur le développement massif des structures d'aide à la petite enfance, et sur le versement de généreuses allocations familiales sous forme de bons d'achat pour des produits alimentaires spécifiques, approuvés par le gouvernement. Les chômeurs célibataires se voyaient à présent immédiatement affectés à l'armée territoriale ou incorporés dans les contingents du nouveau « service national civique », où ils étaient hébergés dans des casernes et passaient leurs journées à planter des chênes et des hêtres (mesure qui à elle seule avait gagné la sympathie de l'ensemble du mouvement écologiste), à tailler les haies ou à bêcher les jardins des retraités, avec pour contrepartie la camaraderie, une activité physique saine et un certain nombre des fameux bons d'achat alimentaires sélectifs. Depuis, le nombre de candidats à la carrière militaire avait fortement augmenté, et celui des jeunes célibataires étrangers de sexe masculin arrivant en Angleterre pour demander l'asile politique, fortement baissé. Même s'ils pouvaient prouver que leur vie était réellement en danger dans leur pays, ces derniers n'avaient en effet plus aucune chance d'obtenir satisfaction, car, comme l'avait expliqué le Directeur, « si c'est si dangereux que ça chez eux, comment des jeunes gens en bonne santé peuvent se débiner en laissant tous les leurs dans le pétrin ? » La loi prévoyait donc que les jeunes célibataires de sexe masculin qui arrivaient en Angleterre, sans argent, en provenance de pays dont le régime était jugé « mauvais » par le gouvernement national, recevraient six semaines d'instruction militaire avant d'être renvoyés chez eux, si besoin en parachute, équipés sous certaines conditions d'armes légères, non sans avoir reçu l'assurance personnelle du Directeur que le gouvernement de Sa Majesté, et par extension l'OTAN, seraient ravis de les aider, économiquement et militairement, à mettre en place un nouveau régime une fois qu'ils se seraient « retroussé les manches pour régler eux-mêmes leurs problèmes ».

En sortant du bureau de la PEN (Participation à l'Effort National, le nouveau nom des agences pour l'emploi), Marley avait marqué un temps d'arrêt, hébété par l'impression soudaine d'appartenir à l'histoire ancienne. Le monde avait connu un bouleversement aussi rapide que durant les semaines suivant la chute du mur de Berlin. Hier semblait tout à coup bien loin, et c'était à ce passé qu'appartenait Marley, pas au présent. Il était tout simplement resté en carafe. Son habitat avait disparu, le climat avait changé et, incapable de s'adapter, il était biologiquement condamné à disparaître. Mais avant ça, selon toute probabilité, il allait se faire casser la gueule.

Et puis allez-y ! lança-t-il intérieurement à ses probables futurs agresseurs. Ça m'arrange.

Oui, ça le reposerait, une semaine ou deux à l'hôpital, ce serait un peu comme chez les Colons, quand il était au lit, bordé par George…

George.

Consuela.

Ces deux noms lui rappelèrent soudain tout ce qu'il avait perdu, et il faillit tomber à genoux, terrassé.

– Reprends-toi, Marley, espèce de petite mauviette et de père indigne ! trancha dans sa tête cette voix qu'il connaissait bien.

Voilà. Ça, c'était mieux. Il allait travailler, travailler, travailler, sa seule mission dans la vie était de maintenir un semblant de normalité pour Tommy jusqu'à ce que ce dernier soit assez grand pour voler de ses propres ailes, à la découverte de son propre avenir, loin du phénomène socio-archéologique très secondaire qu'avait été son père. Marley allait accomplir son devoir, un point c'est tout. Et ce devoir consistait dans l'immédiat à préserver son intégrité physique. Il fallait qu'il évite de se faire trop salement amocher, quelle que soit la part de simulation ou de servilité qu'il devrait déployer.

Il analysa à nouveau la situation pour voir s'il était toujours condamné à croiser le chemin des quatre malabars. Il ne distinguait leurs silhouettes qu'en pointillé dans la lumière des réverbères, derrière la haute haie de troènes, mais les vecteurs demeuraient inchangés et inéluctables. Tandis que les hommes approchaient du croisement, la haie qu'ils longeaient laissa place à un muret qui leur arrivait à la taille. Les capteurs primitifs de Marley purent alors procéder à une exploration complète des agresseurs potentiels, et ce qu'ils découvrirent était très légèrement rassurant.

La démarche des quatre hommes ne comportait pas les signes de menace caractéristiques, ce pas relevé et un peu saccadé, ce roulement des épaules ; sans aucun des habituels mouvements trop rapides de la tête et du cou, ils échangeaient des mots incompréhensibles mais audibles, et leurs voix étaient bien installées dans les graves, loin de dérailler vers les affreux cris de chimpanzé des petits morveux encore en cours de dressage. C'était plutôt encourageant. D'accord, c'étaient des hommes, et ils portaient tous des blousons de cuir sombre avec beaucoup de poches, cependant ce n'étaient pas des *jeunes* hommes. C'étaient des individus adultes, déjà établis. Ils étaient en bande et traînaient tard le soir, certes, mais même s'ils avaient le crâne rasé et l'air agressif, quelles que soient les raisons qu'ils auraient de trouver Marley ridicule ou antipathique, ils ne feraient usage de la violence que pour confirmer un statut déjà acquis. D'un point de vue anthropologique, on pouvait négocier avec eux. Marley devrait encaisser quelques vannes sur ses fringues de bourge et courber légèrement, bien qu'indéniablement, l'échine, mais il ne lui arriverait sans doute rien de plus méchant que de perdre la face, de recevoir éventuellement une claque ou deux et de se faire botter avec dédain son supposé cul de bourge tandis qu'il s'enfuirait avec reconnaissance. Bien moins dangereux que s'il avait eu affaire à un vrai groupe de chasseurs, une bande de jeunes guerriers n'ayant pas fait leurs preuves, décidés à tester, montrer et ressentir leur force. Ce n'était pas une situation agréable, loin de là, néanmoins il y avait finalement assez peu de chances pour que ça se termine par un voyage titubant et en sang jusqu'aux urgences de l'hôpital le plus proche.

Les quatre hommes étaient maintenant presque au

coin de la rue, et toujours sur une trajectoire de collision avec lui. Marley déglutit, baissa la tête et se mit à siffloter un vieil air ringard, s'efforçant d'avoir l'air d'un homme dépourvu de tout standing et donc d'intérêt. Puis, juste avant lui, les hommes atteignirent le carrefour et, à la grande surprise et au grand dam de Marley, se déployèrent aussitôt dans le but manifeste de l'intercepter, exécutant une sorte de mini-manœuvre de parade pour barrer toute la largeur du trottoir d'un solide rempart viril. Alors ils s'arrêtèrent et l'attendirent, leurs blousons de cuir identiques reflétant sans éclat la faible lumière de la rue.

Marley n'avait pas envisagé un mécanisme offensif aussi intentionnel et bien huilé. Sa gorge se serra à nouveau. Il s'était complètement planté. Un élément essentiel manquait aux conclusions de sa dernière analyse. Là, il était mal barré. Quand un groupe d'hommes adultes décident, consciemment, délibérément, d'attaquer un congénère solitaire, non pas en réponse à un vague instinct d'adolescents provoqué par un afflux de testostérone, mais mus par la volonté réelle de mettre en œuvre leur pouvoir, il est peu probable qu'ils s'en tiennent à quelques coups de pied approximatifs. Marley garda la tête baissée et essaya de rester rationnel.

Que pouvaient-ils vouloir ? Pourquoi l'avoir choisi lui ? Des visions de viol homosexuel collectif, de dépeçage méthodique, de mort lente au fond d'une cave, s'infiltrèrent sournoisement à travers les persiennes de son esprit. Oui, il était vraiment mal barré.

Un objet dur et noir claqua dans la paume de l'un d'eux. Puis dans celle d'un deuxième. Puis plus rien. Face au silence, Marley finit par se sentir obligé de lever la tête. Sur les quatre blousons il vit inscrites les lettres *NPR*. Une puissante lampe torche l'aveugla, et il s'empressa de baisser les yeux à nouveau, pour éviter le faisceau lumineux et ne pas risquer de croiser un regard.

Il s'aperçut alors que les quatre hommes portaient tous un short kaki long et ample avec des revers au pli impeccable, d'épaisses chaussettes de laine grise qui leur montaient jusqu'aux genoux, où elles étaient repliées pour laisser pendre élégamment une petite languette rouge, et de lourds brodequins noirs cirés.

– Bonsoir, monsieur, dirent-ils d'une seule voix.

Soulagé, Marley éclata de rire.

– Pardon, monsieur ? Y a quelque chose de drôle, monsieur ?

– Non, non, excusez-moi, j'avais complètement oublié les patrouilles du Noyau Participatif de Réserve.

– Oublié ? Vous étiez où, monsieur ?

– Oh, je, j'étais très occupé, vous comprenez.

– Vous ne seriez pas de ceux qui n'aiment pas le NPR, des fois ?

– Non, pas du tout. Bonsoir. Brian Marley. Je viens voir ma mère, elle habite un peu plus haut dans la rue, au numéro 48. Je, euh, je ne crois pas qu'on se connaisse.

– Non, je ne crois pas. Bonsoir, voisin. Vous permettez qu'on vous demande votre carte d'identité ?

– Oh, euh, oui. Oui, bien sûr.

Avec un sourire vague, Marley commença à fouiller ses poches à la recherche de son passeport.

– Belle soirée, dit-il.

– Comme vous dites, voisin.

Le printemps était en effet bien présent dans l'air, déjà les jonquilles fanaient et les fleurs s'épanouissaient sur les arbres fruitiers, mais ce printemps-là n'était pas qu'un printemps climatique. L'Angleterre se délectait d'elle-même, elle s'admirait avec une pointe d'incrédulité, encouragée à se regarder sous un jour un peu déconcertant par les hordes de représentants des médias étrangers qui, quel que soit leur sentiment personnel sur les récents événements, montraient indubitablement, ne serait-ce que par leur présence et leur fascination ébahie, qu'enfin, pour la première fois depuis les Malouines, l'Angleterre faisait à nouveau quelque chose ayant une importance réelle au niveau mondial. Oui, il y avait à nouveau un vrai printemps dans l'histoire de l'Angleterre.

Tandis que Marley fouillait ses poches avec une inquiétude grandissante et sentait l'avant-goût métallique de l'affolement lui gagner les bords de la langue, trois des membres de la patrouille du Noyau Participatif de Réserve attendaient tranquillement face à lui. Tous, ainsi que l'exigeait la loi, étaient de solides et athlétiques accédants à la propriété, âgés de plus de vingt-six ans, et ne recevaient en rétribution de leurs rondes que la satisfaction de se sentir respectés et utiles, et d'habiter un quartier où, celui-ci étant classé en zone NPR, les primes d'assurance auto étaient substantiellement diminuées et la valeur de l'immobilier sensiblement accrue. Armés seulement de grosses lampes torches, ils étaient également munis, Marley le savait, d'alarmes radio reliées au commissariat de police le plus proche, permettant à ce dernier de les localiser. Elles garantissaient une réponse immédiate de la police régulière, laquelle avait beaucoup plus de temps pour faire la chasse aux individus réellement dangereux depuis que les réformes de Devereux, ministre de l'Intérieur, l'avaient soulagée d'une grande partie de sa mission de dissuasion et de la quasi-totalité des tâches administratives. Le quatrième membre de la patrouille, « l'archiviste », filmait toute la scène à l'aide de sa petite caméra numérique à infrarouge, qui était (comme l'annonçait un autocollant fluo bien en vue) la propriété de la police. Cette caméra, Marley s'en souvenait à présent, était équipée d'un système d'horodatage inaltérable ; chaque patrouille avait l'obligation de filmer en intégralité les deux heures de sa ronde et de remettre à la fin le disque de l'enregistrement au commissariat local, sous peine de radiation immédiate. Le but était de rassurer ceux qui craignaient les abus, mais Marley ne parvenait pas à se débarrasser d'un désagréable sentiment de menace.

– Elle habite juste un peu plus haut, vous voyez. Ma mère. Au numéro 48.

– Oui, vous nous l'avez dit, monsieur. Ça fait plaisir de voir un homme qui vient voir sa vieille mère, même à une heure pareille. Vous l'avez bien, votre carte, hein, voisin ?

– Oui, bien sûr, attendez simplement que…

Puis, avec un rire soulagé :

– Ah ! Voilà, excusez-moi.

Le premier homme du NPR examina quelques secondes le fin passeport européen rouge de Marley. Puis, sans rien dire, il le donna à ses collègues et se tourna à nouveau vers Marley, lentement, calmement.

– Je croyais que vous aviez une carte d'identité, monsieur ?

– En fait, non, mais bon, ha ! le passeport, c'est toujours valable. Euh, non ?

– Vous n'avez pas de carte d'identité ?

– Mais, je, le passeport, c'est bien toujours valable, non ? répéta Marley comme un idiot.

– Oh, oui, monsieur, pas de problème. C'est encore *légal* pour un bon mois. Mais vous devriez vraiment vous faire faire une carte d'identité, vous savez.

– Moi, j'y mets du mien, et vous ? lança en plaisantant un autre membre de la patrouille, le doigt pointé vers Marley pour citer le slogan de la campagne d'affichage du gouvernement national.

– Mais bon, vous n'avez pas vraiment l'air d'un immigré illégal, je le reconnais.

– Ha ha ha !

– Vous n'aviez pas dans l'idée de vous tailler en Europe, hein, monsieur ?

– Ha ha ha !

– Mon Dieu, non, s'esclaffa Marley d'un rire forcé.

– Vous ne seriez pas gallois ou écossais, hein, monsieur ?

– Pensez-vous.

– Vous comprenez, y en a, chez les Gallois et les Écossais, ils ne veulent pas qu'on leur enlève leur vieux passeport européen. Allez savoir pourquoi. Ils doivent penser qu'ils pourront faire appel à la Cour européenne des droits de l'homme ou un truc comme ça.

– Ha ha ha !

– Non, non, dit Marley. C'est juste que je, je n'ai pas trouvé le temps de… d'effectuer le changement. Mais je suis anglais. Tout ce qu'il y a de plus anglais. Ça fait un moment que je veux me faire faire une carte d'identité, je vais m'en occuper dès demain.

– C'est tellement plus *anglais*, pas vrai, monsieur ?

C'était le moins qu'on puisse dire. La nouvelle carte d'identité anglaise n'était pas n'importe quel papier d'identité. Imposante, délibérément grande, bleu foncé et reliée en cuir, elle visait, comme l'avait déclaré le ministre Devereux, à « redonner aux gens un sentiment de fierté quand ils la sentiront, là, présente dans leur poche. Ainsi qu'elle devra l'être dorénavant à tout moment dans tout lieu public ». Cette carte d'identité était non seulement plus grande que les passeports européens rouges, mais elle était appelée à les remplacer bientôt complètement, l'Angleterre s'étant retirée de l'Union européenne dix jours plus tôt.

Seule l'Angleterre s'était retirée, car lorsque les nationalistes gallois et écossais et leurs alliés avaient déposé un recours constitutionnel contre le retrait du Royaume-

Uni (avec l'appui, bien évidemment, des Français), le gouvernement national de Londres avait unilatéralement proclamé l'indépendance du pays de Galles, de l'Écosse et de l'Irlande du Nord, lui-même ne se définissant désormais plus que comme le gouvernement de l'Angleterre, d'Anguilla, des Bermudes, du territoire britannique de l'Antarctique, du territoire britannique de l'océan Indien, des îles Vierges britanniques, des îles Caïmans, des îles Malouines et de leurs dépendances (Géorgie du Sud et Sandwich du Sud), de Gibraltar, de Montserrat, de Pitcairn, d'Henderson, des îles Ducie et Oneo, de Sainte-Hélène et de ses dépendances (Ascension et Tristan da Cunha), et des îles Turques et Caïques. Le Commonwealth avait été dissous, mais la plupart de ses anciens membres avaient déjà demandé à rejoindre la nouvelle « Communauté de langue anglaise ».

La reine Élisabeth avait d'abord été portée à prendre vaillamment la défense du Royaume-Uni, puis, devant l'engouement soudain et suspect de son fils pour les pays celtes, et s'étant vu souligner que son cher titre de reine d'Écosse demeurait héréditaire et donc constitutionnellement indépendant de l'acte d'Union, et que nul ne savait vraiment comment, quand, pourquoi ou même si l'Angleterre et le pays de Galles avaient jamais été réunis au départ, elle n'avait pas tardé à donner publiquement sa bénédiction à cette nouvelle organisation politique. Pendant près de deux jours grisants, Édimbourg, Cardiff, Belfast et Dublin avaient vécu dans l'attente fiévreuse d'un important soutien financier de la part de l'Europe (Paris avait clairement laissé entendre qu'ils l'obtiendraient), ainsi que d'un élan de sympathie en leur faveur en Angleterre même. Ils n'avaient vu venir ni l'un ni l'autre, et ils pouvaient maintenant faire une croix dessus, car ces derniers jours les électeurs allemands avaient compris que sans l'Angleterre ils allaient devoir supporter seuls les frais de toutes les oliveraies grecques, de toutes les fermes laitières normandes et de tous les champs de betteraves polonais. Berlin avait exigé la fin immédiate et complète de la politique agricole commune, ce qui avait poussé un délégué français aviné à accuser l'Allemagne de vouloir perpétrer un génocide contre les agriculteurs français, et un Italien passionné à rappeler aux nombreux membres de sa délégation que beaucoup de leurs grands-parents avaient été massacrés par les Allemands en quarante-quatre. Afin d'échapper lui-même à la vindicte populaire, le gouvernement allemand avait suivi la veille l'exemple de l'Angleterre et s'était à son tour retiré de l'UE. Voilà où on en était. Le chancelier allemand négociait avec le Directeur, sous l'égide de l'OTAN, des accords commerciaux et militaires bilatéraux, et la plupart des petits pays européens se bousculaient pour faire de même. Quant aux principaux membres de ce qui restait de l'UE, ils n'étaient guère en bonne posture : la France, fidèle à son habitude historique, avait accueilli ce nouvel effondrement d'une grande politique étrangère en replongeant dans une quasi-guerre civile, l'Espagne reconsidérait en hâte l'idée d'une culture hispanique transatlantique, et l'Italie, au cours de la semaine qui venait de s'écouler, avait vu entrer en fonctions puis démissionner trois gouvernements successifs. Seule l'Irlande, parmi les anciens proeuropéens convaincus, avait tiré un profit inattendu du retrait anglais, car, le Royaume-Uni n'existant plus, les « loyalistes » d'Irlande du Nord ne savaient plus envers qui être loyaux. Ils savaient parfaitement qu'ils n'étaient pas de sales petits Anglais perfides, et même eux mesuraient l'absurdité d'une loyauté homicide à longue distance envers une Écosse indépendante. Ils avaient donc fini par se résoudre à reconnaître qu'ils étaient finalement peut-être un peu irlandais sur les bords, et avaient permis à cette petite île verdoyante d'accéder pour la première fois depuis huit cents ans à une unité autonome. Dublin avait toutefois vite déchanté en s'apercevant que, n'étant plus un refuge fiscal européen pour les entreprises allemandes et hollandaises, et privée des aides massives que la Grande-Bretagne versait jusque-là au Nord, l'Irlande allait se retrouver dans une merde noire. Avec le pays de Galles et l'Écosse (tous deux sur la paille, respectivement rongés par des conflits linguistiques et de religion), elle tentait désespérément de fonder ce qui s'était donné pour nom la « Fédération de l'archipel anglo-celte ». Londres n'avait à ce jour montré aucun intérêt pour ce projet.

– Ah, oui, Mrs Marley, au 48, confirma le premier membre de la patrouille, en trouvant enfin le nom de Marley dans le ridicule petit carnet rougeâtre. On vient de s'occuper de ses voisins qui faisaient du bruit. On leur a confisqué une chaîne stéréo du tonnerre. Elle devrait rapporter deux, trois sous au fonds de charité du Directeur à la prochaine vente aux enchères du NPR.

– Ah, très bien, merci, dit Marley.

– Vous voulez bien nous montrer ce que vous avez dans vos poches, Mr Marley ? Ça ne vous dérange pas, n'est-ce pas ?

Le deuxième homme tint ouvert un solide sac de fin tulle de nylon, et le cameraman se rapprocha légèrement tandis que Marley vidait ses poches afin de montrer qu'il n'avait pas sur lui de tabac clandestin, de stupéfiants, ni plus de cent livres en liquide. Cette dernière interdiction s'inscrivait dans la nouvelle législation de lutte contre la drogue mise en place, avec le soutien non déguisé des banques et des autorités fiscales, par le Directeur, et selon laquelle toute personne surprise en possession de plus de cent livres en liquide donnait *ipso facto* à la police, sans que celle-ci ait besoin d'en référer à qui que ce soit, le droit de procéder à la fouille immédiate de son domicile, de son véhicule et de ses orifices corporels. Si cette mesure était très impopulaire auprès des chauffeurs de taxi et des artisans du BTP, l'argument du Directeur était difficilement contestable : « Franchement, c'était quand, la dernière fois que vous avez donné à quelqu'un plus de cent livres en liquide, hein ? Si ce n'est pour échapper à la TVA ? Alors bon, qu'on arrête de se plaindre et qu'on fasse ce qu'il faut pour chasser la drogue de la ville. »

Il s'avéra que Marley n'avait sur lui que quinze livres soixante-treize, et donc tout allait bien. La patrouille décida qu'à en juger par sa tenue vestimentaire, son âge et son comportement général, il était inutile de lui demander de se soumettre sur place à un contrôle de dépistage multistupéfiants. Toute personne à qui une patrouille du Noyau Participatif de Réserve formulait poliment cette requête, et qui, devant la caméra, refusait d'y accéder, s'exposait à se voir arrêter sur-le-champ par ladite patrouille pour être remise à la police et contrainte à un examen complet et intrusif, en application des nouvelles lois selon lesquelles le simple fait de se trouver « sous l'empire de substances interdites » hors de sa résidence principale constituait désormais un délit, dont la responsabilité s'étendait, avec les sanctions de saisie de biens qu'elle entraînait, à tout propriétaire, copropriétaire ou actionnaire de tout lieu réunissant des personnes trouvées dans l'état délictueux susmentionné, trois ou plus pour les locaux résidentiels et les véhicules, dix ou plus pour les terrains et locaux non résidentiels. Le gouvernement avait montré sa détermination en la matière le vendredi soir précédent, en envoyant, à deux heures du matin, cinq cents policiers équipés de chiens et appuyés par deux compagnies de grenadiers de la Garde royale, pour interpeller, fouiller et contrôler tous les clients de la discothèque le Ministry of Sound. Plusieurs milliers de personnes avaient reçu un avertissement officiel, informées de manière convaincante que la prochaine fois ce serait la taule. Au cours des derniers jours, des centaines de clubs à travers tout le pays avaient annoncé leur fermeture pour une durée indéterminée, devant l'évidence notoire qu'aucune de leurs innombrables sous-catégories de musique électronique n'avait le moindre intérêt pour quiconque n'était pas sous l'emprise de la substance idoine. Alors que les billets pour le prochain festival de Glastonbury se trouvaient à la pelle et bien au-dessous du prix de départ, les vols pour Corfou et Ibiza étaient tous complets pour plusieurs mois à venir. L'Angleterre était redevenue un pays calme. Même les laitiers renouaient avec les distributions matinales, puisque, désormais, on craignait moins de se faire piquer son lait par des bandes de jeunes assoiffés traînant dans les rues à cinq heures du matin.

– Merci de vous être arrêté, monsieur, dit le premier homme du NPR, avant d'ajouter, en chœur avec ses collègues : « Rentrez bien, voisin », tandis que tous reprenaient leur ronde aléatoire dans ces rues qui étaient les leurs et qu'ils connaissaient bien.

– Ha ! Oui, merci, répondit Marley.

La caserne du Kent récemment rendue à l'armée était froide et humide et puait le pet. Pour autant, elle n'était pas dénuée d'une certaine gaieté.

– Le sergent a dit qu'on aurait les six premières pintes à l'œil. Cadeau du gouvernement.

– Et d'après le capo, à Maidstone ça grouille de poules qu'ont pas froid aux yeux. Des putes albanaises, et tout.

– Pour ça, faut qu'on passe le parcours demain.

– On le passera, putain.
– On en crèvera, mais on le passera.
– Il est dur, ce con de sergent.
– Dur mais juste.
– Ouais, sûrement.
– Eh, Macksie, tu te souviens quand tu l'as appelé « monsieur », le premier jour ?
– Ha ha ha !
– Ha ha ha !
Le plus costaud des cinq jeunes gens arrivés ensemble ici la semaine précédente sourit et tira sur la clope qui lui servait de veilleuse, se préparant à régaler une nouvelle fois ses joyeux camarades de la célèbre anecdote.
– Ouais, putain. « M'appelle pas "monsieur", p'tit con, qu'il m'a fait. J'ai gagné ces trois putains de chevrons, c'est pas pour me faire traiter de pédé par un petit branleur. »
– Ha ha ha !
– Trop fort, putain.
– « Moi, c'est "sergent", p'tit con. Garde ton "monsieur" à la noix pour le lieutenant Rupert Montmorency de mes deux et les aut' pédés de ce genre-là. Maintenant, tu vas me faire cinquante pompes et me laver les chiottes, ou alors on oublie les grades et on s'explique ici tout de suite, sans rien dire à personne. »
– Et tu t'es pas dégonflé, Macksie. T'y es allé, putain.
– Ouais. Et il m'en a foutu plein la tronche, ce con-là.
– N'empêche, depuis, il est sympa avec nous.
– Ouais. Vous savez, les mecs, je pensais que je pourrais pas la saquer, cette taule. Ça me faisait vraiment chier de venir. Mais finalement, c'est pas si mal. Vous avez vu comment ils nous ont regardés en ville, ce matin, quand on est passés en ordre serré ? C'était le pied, putain.
– Eh, Macksie, t'en penses quoi de ce qu'on dit, qu'on

va nous envoyer nous colleter avec les flics français si y laissent pas passer nos camions ?

– Le plus tôt sera le mieux, putain. Des connards, ces Français. Moi, je veux gagner mon premier chevron. Mais avant, vivement vendredi. Les six premières pintes à l'œil ! Bon, allez, je vais pioncer un peu. Le premier qui me réveille en se tirant sur la nouille, j'ui coupe.

– Ha ha ha !

– Ha ha ha ! Bonne nuit.

– Bonne nuit.

Tandis que Marley approchait du petit escalier qui descendait à la porte de chez sa mère, il se demanda qui dans le quartier pouvait bien se payer la grosse Bentley vert anglais dernier cri garée le long du trottoir, basse sur roues, toute en courbes et en chromes, avec grille de calandre grillagée et autres références aux grands modèles de la fin des années cinquante. Bon sang, dire que lui aussi, il aurait pu avoir une tire comme ça, si seulement ces enfoirés de Channel Seven... Non, non, non, inutile de remuer le couteau dans la plaie. La page était tournée. Mais il ne put s'empêcher, malgré tout, en passant, de donner une tape mélancolique sur la carrosserie.

– Un vrai bolide, mon vieux, vous pouvez me croire. Je dois dire que les autos se sont *drôlement* améliorées pendant notre absence.

Marley se figea, et il lui fallut plusieurs longues secondes avant d'oser baisser les yeux vers l'endroit d'où la voix était montée, comme surgie des entrailles de la terre. Sur le seuil de chez sa mère, le Directeur débourrait sa pipe contre son talon. Derrière lui, Mrs Marley avait l'air de sortir d'une soufflerie mentale, les yeux brillants, le sourire raide, tenant distraitement contre sa poitrine la photo en noir et blanc du père de Marley comme si c'était une sorte d'icône.

– Monsieur le Directeur. Enfin, monsieur le Premier ministre. Enfin, monsieur le Directeur.

– Merci pour le sherry, Mrs Marley, et pour m'avoir montré la photo. Ça m'a rappelé des souvenirs. C'est un brave petit-fils que vous avez là. Je vous ramène votre fils dans un instant, nous devons avoir une petite conversation.

– Oui, oui, je vous en prie.

– Maman, ça ne te dérange pas, tu… ?

– Non, non, répondit avec empressement la mère de Marley. Vas-y.

– Allez, montez, Marley. À l'avant. Je conduis toujours moi-même, vous savez, et, la plupart du temps, je ne dis même pas à mes gorilles où je vais. Je n'aime pas être mis sous cloche. Je vais où je veux, en voiture ou à pied, je pousse la porte de n'importe quelle école, et si un petit malin veut me descendre, libre à lui d'essayer, j'ai sur moi mon vieux revolver d'ordonnance, et si je tire plus vite que lui, il finira castrat, voilà tout. Personnellement, j'ai déjà bien profité de l'existence. Ne vous embêtez pas avec la ceinture de sécurité, mon vieux, moi je ne la mets jamais.

Marley s'assit précautionneusement sur le large siège de cuir. Le craquement et l'odeur lui rappelèrent son enfance. Il avança une main rêveuse et, pour la première fois depuis trente-cinq ans, toucha du vrai bois massif sur le tableau de bord d'une voiture.

– Qu'est-ce que vous, enfin, euh, pourquoi êtes-vous, est-ce qu'il y a quelque chose… ? bredouilla-t-il.

– Une femme bien, votre mère, très avisée sur la question de la télévision. Elle a été enchantée quand je lui ai appris que nous allions interdire la musique pop et exclure des émissions pour la jeunesse les présentateurs de moins de vingt-six ans. Channel Seven va perdre sa licence de diffusion demain, au fait. La qualité de ses programmes nous a paru insuffisante. Et elle était beaucoup trop complaisante envers le gouvernement précédent. J'ai pensé que ça vous consolerait un peu. Votre mère était ravie. Vous savez, Marley, je n'en reviens toujours pas, de la réaction des gens à notre égard. À croire que pendant des années, personne ne s'est préoccupé de ce qu'ils voulaient. Les politiciens étaient sûrement trop occupés à se faire mousser auprès de leurs affreux petits copains des médias. C'est très étrange. Mais bon, c'est fini, tout ça, pas vrai ? Tiens, voilà le Noyau Participatif de Réserve. Heureux de constater qu'ils contrôlent tout le monde.

– Bonsoir, voisin, merci de vous être arrêté. Belle bagnole, si je puis me permettre, on n'en voit pas beaucoup des comme ça dans le quartier. Ça ne vous dérange pas qu'on vous demande votre… Oh, excusez-nous, monsieur le Directeur, on est vraiment désolés.

– Ne le soyez pas. Vous faites un excellent boulot. Ce sera signalé. Allez, je vous laisse.

– Bien, monsieur. À vos ordres, monsieur le Directeur.

La grosse voiture repartit en douceur.

– Bonne idée, ces gars-là, hein ? Une réussite, je dois dire. Mais bon, venons-en au fait, mon vieux.

– Je n'ai parlé à personne des têtes coupées, je vous jure, je n'ai rien dit.

– J'ai décidé qu'il vous fallait un travail, Marley.

– Un travail ?

– Une situation, plutôt. Aux Affaires étrangères.

– Au ministère des Affaires étrangères ?

– Oui. Vous serez secrétaire suppléant à la Commission de la relation spéciale[1].

1. Expression due à Churchill, désignant les rapports privilégiés entre la Grande-Bretagne et les États-Unis.

– Moi ? Mais je ne, enfin…

– Oh, ne vous en faites pas, nous n'avons pas besoin d'un de ces foutus technocrates de haute volée. C'est un peu une planque, pour être honnête. Du reclassement de personnel au QG, si vous voyez ce que je veux dire. Ce n'est pas mieux payé qu'un emploi de bureau moyen, mais les conditions de retraite sont paraît-il avantageuses, si ce genre de chose vous intéresse.

Marley resta face à la route. Du coin de l'œil il devinait le profil aquilin du Directeur, éclairé par la lueur blafarde des grands cadrans blancs. Il se racla la gorge et regarda droit devant lui, au loin dans la nuit.

– Est-ce que, enfin, est-ce que c'est parce que je n'ai pas, vous savez, parce que je n'ai rien dit ? Sur les têtes coupées ?

– Pas du tout, mon vieux, s'esclaffa le Directeur. Je n'ai jamais pensé une seconde que vous risquiez de parler. Et si vous l'aviez fait, nous le saurions, n'est-ce pas ? Non, non, je n'ai aucune crainte que quelqu'un parle. Plus maintenant. Mais c'est vrai, vous n'êtes pas au courant. Le premier jour de mon administration, j'ai fait envoyer l'armée là-bas aux aurores. Il se trouve qu'il y avait des gadgets assez secrets à bord de l'Avion, c'est pour ça que les rouges nous ont abattus. Il ne faudrait pas que ça s'ébruite, ça, hein ? Et nous voulons préparer le terrain pour les touristes fortunés. C'est incroyable, nous avons eu une bande de jeunes énergumènes qui ont manifesté à Trafalgar Square contre notre nouvel héliport, soi-disant qu'il nuirait à la culture indigène. Nos prédécesseurs nous ont laissé des forces très utiles de police spéciale, et nous allons nous occuper de leur cas s'ils s'avisent de bloquer à nouveau la circulation. Avez-vous jamais entendu pareille absurdité, Marley ? Enfin quoi, l'Empire romain est tombé en quenouille, le nôtre aussi, d'ailleurs, et ça n'a pas eu l'air d'empêcher l'humanité de poursuivre son petit bonhomme de chemin, alors on ne va tout de même pas s'émouvoir pour deux malheureuses huttes de terre, vous ne croyez pas ? C'est du sentimentalisme. Où en étais-je, déjà ?

– À l'armée. À la Colonie qu'elle prépare pour les touristes.

– Oui, oui, bien sûr. Nous en profitons pour *nettoyer un peu le secteur*. Le responsable de l'opération est un type très bien, un cousin éloigné à moi, figurez-vous, il s'est fait la main à Londonderry au début de sa carrière, un type très compétent. Tout est fin prêt pour les touristes, à présent. Alors vous voyez, si quelqu'un cherchait à se distinguer en buvant un verre de trop avec un de ces foutus journalistes de gauche et se laissait aller à des confidences compromettantes, il scierait la branche sur laquelle il est assis, n'est-ce pas ? Mais bon, ça m'étonnerait que ça arrive. Nous sommes une famille, Marley, une famille unie, et nous vous considérons à part entière comme l'un des nôtres. Alors, qu'en dites-vous ?

– Oh, eh bien, euh… Un travail, oh là là, c'est que…

– George est enceinte, mon vieux, de vous.

– George ? Enceinte ?

– Oui, vous imaginez sa joie. Apparemment, elle avait raison quand elle disait qu'elle avait besoin de sang neuf d'Angleterre. Le patrimoine héréditaire n'était peut-être en effet plus très riche, là-bas, et je n'y serais pas pour rien. Enfin, voilà, elle va avoir un enfant de vous. Naturellement, vous allez l'épouser.

– Pardon ?

– Vous voulez que votre enfant ait un père et porte votre nom, je présume ?

– Eh bien, oui, bien sûr, mais, enfin, George, est-ce qu'elle veut, est-ce qu'elle… ?

– Elle veut avoir une vie convenable et élever son

enfant avec le père de celui-ci, ça va de soi, mon vieux.

– Mais j'ignore si nous, enfin, si elle et moi, nous…

– Écoutez, Marley, vous n'allez pas me sortir le grotesque couplet petit-bourgeois sur l'amour et le mariage, j'espère ?

– Eh bien, non, enfin, si, enfin…

– Je n'ai jamais compris ces foutaises-là. L'amour est une chose très respectable, et pour moi, un homme qui n'a pas risqué un coup de couteau au souk pour conter fleurette à sa fatma n'est pas un homme, et le mariage est une institution fantastique et mon gouvernement fait tout ce qu'il peut pour l'encourager, mais il n'y a que les poètes élégiaques et les veules employés de bureau pour confondre les deux. Je ne pense pas une seconde que George ait l'intention de jouer les femmes au foyer parmi la petite bourgeoisie du Kent, elle a beaucoup trop de caractère pour ça, enfin, après tout, quelle importance ? Je suis sûr que vous vous arrangerez entre vous pour vivre en bonne intelligence, sans faire de vagues, *pas devant les enfants*[1], tout ça. Mais oui. Le problème, c'est que, bien sûr, cette bonne vieille George n'a ni argent ni biens. Je crois que son cousin compte lui faire don d'une vieille bicoque à peu près en bon état qu'il a sur son terrain, un presbytère ou je ne sais quoi, mais en dehors de ça, elle n'a que le salaire que lui verse Jimmy. C'est pourquoi nous avons jugé utile de vous tirer discrètement d'affaire. Je ne me doutais pas qu'un Premier ministre pouvait caser tant de monde en douce, cela dit, je ne m'en plains pas, avec tous mes foutus rejetons qui se retrouvent le bec dans l'eau maintenant que nous sommes rentrés. Bref, cette planque-là, elle est pour vous, mon vieux, alors félicitations et tout et tout. Vous trouverez les détails là-dedans si ça vous amuse de lire ces paperasses.

1. En français dans le texte.

Marley prit l'enveloppe que lui tendait le Directeur, une grande et épaisse enveloppe de papier kraft où était écrit MINISTÈRE DES AFFAIRES ÉTRANGÈRES, et il la retourna bêtement plusieurs fois entre ses mains avant d'en extraire un contrat imprimé en caractères imposants sur un papier lourd et neigeux. Il voulut le lire, mais les lettres entamèrent une danse tourbillonnante sur le vélin d'une blancheur aveuglante, accompagnées d'images d'Aga, de presbytère, de verger et des yeux bleus de George, valse endiablée d'espoir tardif et inattendu, rythmée par la voix du directeur.

– Bien évidemment, personne ne vous demande d'arriver tous les matins à neuf heures et demie, nous ne sommes pas à cheval là-dessus. À vrai dire, vous n'aurez pas grand-chose à faire si vous venez tous les matins. Alors moi, à votre place, je ne prendrais pas ma tâche trop à cœur. Nous vous préviendrons s'il y a un coup de bourre et que nous ayons besoin d'hommes pour garnir les tranchées, mais je doute que ça arrive. Vous n'avez qu'à signer ici, mon vieux. Eh bien, Marley, vous dormez ou quoi ?

– Non, non, c'est juste que, vous comprenez, tout ça est un peu soudain, enfin, est-ce que je peux y réfléchir ?

– Réfléchir à quoi, mon vieux ?

– Je ne sais pas, j'aimerais simplement… réfléchir, je…

– Vous figurez sur les rôles comme actif et êtes rémunéré à compter d'aujourd'hui. Votre premier salaire devrait arriver sur votre compte la semaine prochaine.

– Ah. Mais, euh, comment avez-vous obtenu mes coordonnées bancaires ?

– Comment ? Quelle question ! Nous sommes le *gouvernement*, mon vieux.

– J'aimerais seulement, seulement, avoir un peu de temps pour réfléchir.

– Écoutez, Marley, George est enceinte. Je ne vois pas ce qui demande réflexion. Sans compter que nous vous offrons la possibilité d'être *vraiment* des nôtres. Franchement, je trouve votre hésitation un peu insultante. Peut-être étiez-vous sincère quand vous avez sorti toutes ces foutaises ?

– Des foutaises ? Quelles foutaises ?

– Ça, Marley, ça.

Marley se sentit nettement pâlir lorsque le Directeur fit apparaître un mini-CD.

Non, oh non, bon Dieu, c'était impossible, il l'avait brûlée, la caméra, il l'avait vue fondre et s'enflammer, tout avait été détruit, brûlé, tout était…

– Votre copain Brodie, la fiotte de la télé, l'a rapporté de la Colonie. Ses gars de la sécurité l'ont trouvé dans votre petite caméra. Laquelle a ensuite disparu. Je me demande où elle est passée, pas vous ? Franchement, Marley, qu'est-ce qui vous a pris de sortir toutes ces foutaises gauchistes ? Vous ne vous en souvenez plus ? Oui, c'est bien ce que je pensais, même si Devereux est plus sceptique. Regardons, voulez-vous ? Détendez-vous, mon vieux. Il y a toutes sortes de gadgets sophistiqués dans cette guimbarde. Voilà, ça se met là-dedans. Nous sommes tous bien installés ? Alors commençons.

Marley s'appuya timidement au dossier de son siège et déglutit avec peine. Sur le vaste tableau de bord en noyer verni de la Bentley, un petit écran s'alluma.

– Je trouve que le tweed te va à ravir, Grant. Et *j'adore* tes brodequins.

– Tu peux, au prix où je les ai payés. La vache, Tamsin, tu sais ce que ça me fait de sortir comme ça, à *une heure du mat'* ? Ha ! ha ! J'en reviens pas.

– Qu'est-ce que ça te fait ?

– Ça me file le trac. Moi, j'ai le trac à nouveau ! C'est le pied. J'ai une de ces niaques, grrrr ! C'est fou ce que je suis bien dans ma peau.

– Je sais. Ça soulage, hein ? Après toutes ces années à jouer les pseudo-Californiens. Mon poète islandais dit qu'il se sent vraiment comme chez lui, de nos jours, en Angleterre. Il faut que j'aille le retrouver, mon pauvre petit iceberg.

– *Toi ? Tu rentres ? À une heure ?*

– Oui, ça surprend, hein ? Mais en réalité, c'est parce que je vais avoir un bébé.

– *Toi ? Un bébé ?*

– Ça te la coupe, hein ? On compte même en avoir plusieurs. C'est devenu presque *lucratif*, tu sais. Ce n'est pas moi qui critiquerai la politique gouvernementale en la matière.

– Bon sang, Tamsin, tu as bien réfléchi ? Tu ne pourras plus jamais sortir.

– Tu sais, je commençais à en avoir un peu marre, pour être honnête. Je ne sortais plus que par conformisme. Mais maintenant, je ne sais pas, on dirait que tout a changé d'un coup. Une rupture dans l'air du temps. C'est un peu comme tous ces Hongrois et tous ces Russes, ou les loyalistes en Irlande du Nord, qui ont arrêté de se reproduire, comme si quelqu'un leur avait dit que ça ne valait plus le coup. Sauf que là, c'est dans l'autre sens. Maintenant, bizarrement, on a l'impression que ça vaut le coup. Non, amuse-toi bien, moi je vais rentrer boire du Horlicks[1] et couver au calme. Le pire, c'est que j'en frétille d'avance. Tu ne vas pas t'ennuyer ici ?

– Penses-tu. C'est le paradis, ici. Regarde-le, lui, là-

1. Boisson énergétique à base de lait malté, qui, prise avant le coucher, est réputée favoriser le sommeil.

bas, je suis *sûr* qu'il en est. Ma main au feu. Il m'a maté. Et ce smoking, il n'y a qu'une pédale pour porter ça, il en est forcément. Mon Dieu, mais c'est Lucas. Je l'avais pas reconnu, sans ses fringues de cuir. *Salut, Lucas, comment vas-tu, mon vieux ?*

– Salut, Grant. Tu es très chic. Salut, Tamsin, super, ton twin-set.

– Tu l'as fait toi-même, ton nœud pap, Lucas ?

– Bien sûr, pour qui me prends-tu, une fiotte de gauche ? Il y avait un article dans *Real Men*, la semaine dernière, sur la manière de les nouer. Je ne te dis pas le cauchemar, ça m'a pris des heures. Mais je crois que je m'en suis pas mal sorti. Tu ne trouves pas ?

– Nickel. C'est génial, ici, hein ?

– Le bonheur. On se croirait à un bal masqué, putain. Je ne reconnais personne. Il y a du mystère, du danger, ça donne tellement de piquant. Eh bien, oui, on ne sait pas *vraiment* à qui on a affaire. C'est drôle, non ? Toutes ces années de salles obscures et de jeux compliqués, alors que la solution nous crevait les yeux depuis le début : le comble de la perversion, c'est la répression.

– Je sais, tu m'étonnes que les victoriens ont conquis la moitié de la planète. Ce devaient être de sacrées terreurs.

– Bon, je vais faire un petit tour au bar. Je vous rapporte quelque chose, cher ami ? Te marre pas, Grant. Garder son sérieux, c'est primordial, ça et entretenir son plancher pelvien.

– Bonne nuit, les garçons. Je vous laisse entre vous.

– Bonne nuit, Tamsin chérie. Pouponne bien.

« C'est papa », commença l'enregistrement, le petit écran plat baignant d'une lumière douce l'habitacle sombre de la voiture et faisant briller les yeux du Directeur. Marley se vit lui-même dans la jungle, épave dégueulasse en train de crever dans l'infâme demi-jour verdâtre.

C'est papa. Je n'ai pas beaucoup de temps. Je, euh, écoute, je regrette de ne pas avoir pu passer Noël avec toi, mon grand. Mais bon, je voulais surtout t'expliquer pourquoi tu n'as pas de papa. De père. Merde, reprends-toi, mon gars, bon, bon, allez, je vais essayer, je… En tout cas, tu devrais avoir de l'argent, ça te sera plus utile que je ne l'aurais été. Enfin, quand même, j'aurais bien voulu te voir grandir. T'apprendre à faire du vélo. T'apprendre à nager. T'écouter parler. Sentir ta main s'élargir, jusqu'à ce que tu ne veuilles plus me la donner, puis qu'un jour tu me la serres et que tu aies plus de poigne que moi. Mais si j'étais resté, ça n'aurait pas été comme ça. Tu aurais compris que j'étais un minable. Ici, c'était ma dernière chance d'avoir une autre chance, et celle-là aussi, je suis passé à côté, et maintenant je suis foutu. Merde, excuse-moi, je vais me reprendre, pardon, pardon… Enfin, voilà, Tommy, tu auras au moins deux, trois sous derrière toi. Deux, trois sous. Bon Dieu, plus personne au-dessous de quarante ans ne parle comme ça, mais ça se disait quand j'étais petit, tu vois, et ça m'est resté. Des sous, tu parles. Écoute, je ne voulais pas mourir. Je voulais vivre. Je serais devenu quelqu'un de meilleur. Pour toi, pour Consuela. Ah, oui, Consuela. Tu ne la connaîtras jamais, maintenant. Bon sang, Consuela… Excuse-moi, Tommy, c'est plus fort que moi. Là, ça va aller. Pouah ! saloperies de sangsues. Pardon. Écoute, Tommy, tout ce que j'ai à te dire, c'est : par pitié, je t'en supplie, n'achète pas une maison géorgienne ni une Aga. Tu me le promets ? Oh, merde, c'est tellement injuste, pourquoi faut-il que je meure maintenant alors que je viens tout juste de comprendre ce qui n'allait pas dans ma chienne de vie. Pardon. Voilà. C'était l'Angleterre, mon problème, Tommy. L'Angleterre. Je parie qu'elle ne le reconnaîtra pas aujourd'hui, mais quand j'étais petit, ma mère, ta grand-mère, disait : L'Angleterre ne sera jamais libre tant qu'il ne poussera pas des chênes sur les ruines de Buckingham Palace. Demande-lui. Je ne sais pas. Peut-être que quand tu auras ce message, tout sera différent. Putain, la vache, pardon, pardon, je n'arrivais plus à respirer. Tommy, Tommy, mon petit Tommy, ça vient peut-être de moi et du bourrage de crâne auquel on a eu droit quand on était gamins, peut-être que tout ira bien pour toi, que l'Angleterre sera enfin un pays normal, qu'on ne s'acharnera plus à nous faire croire qu'il faut parler d'une certaine manière et qu'on vaut plus que le reste du monde, bon Dieu, qu'est-ce que ce serait bien ! Peut-être que ce sera ça, ton Angleterre. Mais je ne sais pas. J'ai parfois l'impression qu'on est allés trop loin, qu'on ne peut plus revenir en arrière. Si je m'en étais sorti vivant, j'aurais essayé de t'emmener à l'étranger, pour que tu n'aies pas ce fardeau sur les épaules. On aurait pu… Hou là, oh, putain, merde, pardon, hou, mmh, pas facile de se relever. Non, attends, ne pars pas. Je suis toujours là, attends un peu. Oh, la vache. Ouais, bon, écoute, Tommy, si je veux que tu aies ce message, je ferais mieux d'y aller maintenant, avant que… tu sais. Excuse-moi encore, et adieu.

N'oublie pas de vivre, c'est tout. J'ai failli oublier, moi, tellement j'étais occupé à être anglais. Remarque, je serai au moins arrivé ici, à la fin, c'est toujours ça. Salut, Tommy. Je t'aime.

L'image disparut. Un silence d'église se fit dans la grosse voiture qui sentait le cuir. Marley tenta de déglutir sans bruit. Il échoua, lamentablement. À quoi le Directeur répondit en reniflant.

– Si c'est pas malheureux d'entendre des foutaises pareilles ! Bien sûr, il ne faut pas oublier que vous n'étiez pas au mieux.

– J'étais malade, j'avais des hallucinations, j'étais presque en train de mourir, je...

– De la part de votre mère, en revanche, j'avoue que ça me surprend.

– Elle n'a jamais dit ça, je ne le pensais pas, j'étais seulement, j'étais amer, j'avais peur, j'ai dit n'importe quoi, c'est vrai, je n'allais pas bien, tout ça, c'est, c'est, oui, de la foutaise.

– N'est-ce pas ? De la pure foutaise. Enfin, au moins, vous en convenez. Et vous savez, je ne crois pas que ce soit propre à vous, Marley. J'ai l'impression que depuis notre départ, c'est un peu toute l'Angleterre qui s'est laissé embobiner. Mais à présent, notre cher vieux pays a recouvré la raison et vous aussi, pas vrai ? À la bonne heure. Bon, alors, maintenant que nous savons dans quel camp vous êtes, voulez-vous que je vous prête mon stylo, mon vieux ?

Marley repensa aux yeux verts. Aux têtes au bout des pieux. Il réfléchit à sa vie telle qu'elle était à présent, et telle qu'elle était vouée à devenir. Un arrangement à l'anglaise avec George. Sans faire de vagues. Était-ce ça ou rien ? Des yeux noirs lui revinrent un instant en mémoire, des yeux remplis de sentiments profonds et forts.

Puis il réfléchit à nouveau, à une vie où il n'aurait plus jamais à s'inquiéter vraiment pour ses factures, pour les traites de son appart, pour son boulot, pour les vieux jours de sa mère ou l'avenir de son fils. Où il aurait une femme magnifique, admirée des autres hommes, et un nouvel enfant à aimer. Où il serait libre de penser à, eh bien, simplement de *penser* pour une fois, de se détendre, d'arrêter de s'agiter dans son bocal et de se demander calmement, pour une fois, ce qu'il voulait faire de sa vie. Et tout à coup il fut pris d'une sueur froide à l'idée qu'il risquait de passer à côté de tout ça pour rien, à cause d'une crainte vague et insensée de perdre sa liberté (*ta liberté de quoi, espèce d'adolescent attardé ? ta liberté d'être pauvre ? d'être rejeté et méprisé ?*), ou pour se ménager des possibilités affectives (*des possibilités de quoi, monsieur La Profondeur ? des possibilités de t'apitoyer sur ton sort ? de t'abîmer dans la contemplation de ton nombril ?*). Le con, il était sur le point de remettre ça. Une nouvelle fois *ne pas* faire du droit, *ne pas* trouver un emploi stable tout de suite après la fac, *ne pas* se dépêcher, tant qu'il était encore jeune, d'acheter un appart à crédit et de capitaliser pour sa retraite. C'était reparti pour un tour. Aujourd'hui encore, à plus de quarante balais, il n'avait toujours rien compris à la triste réalité du monde. Incroyable : il était encore capable, à son âge, d'envisager tout à fait sérieusement de ne pas épouser une beauté enceinte de lui. Et pourquoi, je vous prie ? Uniquement parce qu'il ne pensait pas qu'ils s'*aimaient* vraiment. Un malade ! Non mais, qu'est-ce qu'il avait dans le crâne ? Pour qui se prenait-il ? Était-ce déjà trop tard, encore une fois ?

– Oui, oui, s'il vous plaît, monsieur le Directeur, avec plaisir, ha ! merci, merci beaucoup, oh, beau stylo, vous comprenez, c'est, ouah ! une telle surprise, je, attendez…

– Ici. Là. Et là. Et là. Parfait. Ça, c'est votre exemplaire. Et ça, oui, c'est le mien. Bon, eh bien, voilà. Bienvenue à bord.

– Euh, merci, monsieur le Directeur, monsieur. Ha !

– Passez quand vous voudrez, aucune urgence. Il faudra appeler George, bien sûr. Pas ce soir, elle doit dormir à l'heure qu'il est. Essayez demain matin.

– Oui, bien sûr, monsieur le Directeur. Oh, euh, quand je passerai, pour prendre mon poste, quel bureau dois-je demander ? Comment avez-vous dit, déjà, la Commission de la relation spéciale ?

– Oh, ça ? Tout est dans le dossier. Ce n'est pas encore public, ça reste confidentiel, mais vous avez signé la clause d'habilitation au secret-défense et vous êtes l'un des nôtres à présent, pas vrai ? Oui, les Yankees nous ont à la bonne. Ils voulaient que nous prenions les rênes de l'UE pour eux, apparemment, mais maintenant que l'UE est moribonde, nous nous sommes installés avec eux à la table des négociations pour tenter de mettre sur pied quelque chose d'un peu plus solide. Et vous savez, je crois que nous avons réussi. Nous nous appellerons la *Vieille*-Angleterre, voyez-vous.

– La Vieille-Angleterre ?

– Amusant, n'est-ce pas ? Nous serons l'État d'outre-mer le plus grand de l'Union, ce qui nous donnera droit à au moins autant de sénateurs et tout le toutim que l'État de New York ou la Californie, et ils devront nous verser des subventions avant chaque élection, c'est-à-dire à peu près tout le temps, vu la façon dont ils procèdent là-bas. Je sais que c'est un peu effrayant au début, mais entre nous, Marley, faisons-nous aujourd'hui beaucoup de choses sans les consulter ? Nous sommes pieds et poings liés, vous êtes d'accord ? C'est comme ça depuis la dernière guerre. Il faut voir la réalité en face. Nous nous serions épargné bien des efforts et des dépenses inutiles dans les années cinquante si, à l'époque, nous avions bien voulu ouvrir les yeux sur notre situation. Voyez-vous, Marley, à bien y réfléchir, on s'aperçoit que nous aurons mille fois plus de liberté et de poids en tant qu'État d'Amérique plutôt qu'au sein d'une Europe unie. Et comme ça, au moins, nous aurons affaire à des gens qui nous ressemblent, qui parlent notre langue, et non à ces satanés Français, avec des macaronis pour interprètes. Vous savez, je crois que nous l'avons échappé belle, avec cette histoire d'UE. Un peu plus, et c'était reparti comme en 1805 et en quarante. Alors oui, cette fois, nous allons jouer à fond la carte américaine. Ç'a toujours été le vœu de Winston, d'ailleurs. Les Écossais et les Gallois feront tout pour nous suivre, évidemment, et je n'y vois personnellement aucun inconvénient, du moment qu'ils se mettent au pas. Ils sont très bien, mais ils ont tendance à oublier qui est le chef quand il s'agit de passer à l'action.

– Mais, enfin, euh, et la reine, tout ça ?

– Oh, nous gardons Sa Majesté, bien sûr. Vous pensez ! Les Américains l'adorent. Elle sera reine de la Vieille-Angleterre, je vous rassure tout de suite. Ils ont de vieux textes de loi poussiéreux à Yankeeland pour les chefs indiens et compagnie ; constitutionnellement, ça ne pose aucun problème. Il semblerait que le prince de Galles ait envisagé un temps de monter l'affaire en épingle. Il avait l'air de croire qu'il pouvait encore compter sur le soutien d'une certaine presse, mais la patronne lui a vite fait comprendre qu'il n'avait pas intérêt à la ramener. Du coup, il s'est écrasé.

– Mais les Américains, ils veulent de nous ?

– Eh bien, oui, figurez-vous. De vous à moi, je crois que ce qui les intéresse, c'est surtout l'idée d'une trentaine de millions d'électeurs anglophones blancs supplémentaires. Ça pourrait les aider à « reconquérir l'Amérique », a dit le Président. Et nous estimons qu'environ un million des membres de nos classes moyennes, comment les technocrates les appellent-ils de nos jours, déjà ? Ah oui, les *C1*. Eh bien, ils seraient près d'un million, d'après nos spécialistes, à vouloir émigrer sur-le-champ en Floride pour pouvoir mâcher du chewing-gum à longueur de journée et boire du Coca-Cola mélangé à cet infâme whisky américain sucré. Chacun ses goûts. En tout cas, ça fait très plaisir au Président et à sa famille. La Floride ne leur est pas totalement acquise, apparemment, et ils ont l'air de penser que le C1 anglais moyen est un électeur républicain naturel. Les Yankees fortunés de la côte Est, qui ont déjà une maison de famille en Nouvelle-Angleterre, voudront naturellement, si ce n'est pas déjà le cas, avoir une agréable bicoque géorgienne en *Vieille*-Angleterre. Ainsi, voyez-vous, nous allons donner un régiment ou deux de nos hommes de troupe, avouons-le, assez miteux, pour gagner quelques bataillons de leurs éléments d'élite, capables d'apprécier un cheval de bonne race, un bon fusil de chasse et un vieux single malt tourbé. Je crois que nous ne perdrons pas au change. Inutile de vous dire que les Américains se frottent les mains à l'idée que nous délaissions Airbus pour Boeing. Vous imaginez la tête des Français ? Notre armée profitera de tous les derniers gadgets yankees, et nous fournirons quant à nous des hommes qui acceptent de se battre même s'ils n'ont pas la maîtrise totale du ciel, et qui savent subir quelques pertes, si besoin est, sans en faire un fromage. Le Canada, l'Australie et la Nouvelle-Zélande envisagent déjà de nous rejoindre. Et ça m'étonnerait que les Irlandais restent longtemps à l'écart. Avec tous les New-Yorkais qui se disent irlandais, ce serait à n'y rien comprendre. Et je m'en réjouis, ce sont de très bons soldats. Et bien sûr, nous avons hâte d'adopter les lois américaines sur l'immigration et sur le droit d'asile, c'est-à-dire, si j'ai bien compris, ne laisser entrer personne.

– Donc…

– Eh bien, oui, Marley. Tout va redevenir comme au bon vieux temps. La tribu à nouveau réunie, qui va se serrer les coudes. Libre-échange entre nous, plus grand monde à craindre ni économiquement ni militairement, et, ma foi, selon toute vraisemblance, je crois qu'on peut s'attendre à ce que le monde s'en tienne là, non ?

– Eh bien, je, enfin…

– Encore une fois, inutile de prendre votre tâche trop à cœur. Et motus et bouche cousue pour l'instant, hein ? Passez quand vous vous sentirez d'attaque. À la réflexion, mieux vaut téléphoner d'abord si vous décidez de venir, pour vérifier que votre bureau est prêt, ça risque de prendre un peu de temps pour vous trouver de la place. Non, tenez, c'est nous qui vous appellerons quand nous aurons besoin de vous, ça vous va ? Vous parlez beaucoup de langues étrangères, non ?

– Comment le savez-vous ? Ah, oui, c'est vrai. Vous êtes le gouvernement.

– Vous commencez à comprendre, mon vieux. Oui, je suis sûr que ça peut servir, aux Affaires étrangères, pour amadouer les métèques en colère aux cocktails, vous voyez ce que je veux dire. Ça leur plaît, ça, hein, qu'on leur cause dans leur patois, alors qu'ils parlent tous très bien l'anglais. Allez comprendre. Nous ferons peut-être appel à vous de temps en temps pour ce genre de mondanités. Enfin, en tout cas, je me félicite que vous nous ayez trouvés, Marley. Vous vous souvenez, quand vous êtes arrivé chez nous ? Jusque-là, nous pensions vraiment que l'Angleterre avait rendu l'âme. Nous nous mettions sacrément le doigt dans l'œil, l'histoire nous l'a montré. Oui, le pays vous doit une fière chandelle, et il ne l'oubliera pas. Tenez-moi au courant pour la date du mariage. Je tâcherai de me libérer, pour vous et cette bonne vieille George. Nous ferons un peu la bamboula, hein ? Eh bien, voilà, nous y sommes, retour chez votre mère. Arrosez ça avec elle. Et remerciez-la encore pour moi, voulez-vous ? Une femme très sensée, j'ai trouvé. Ça m'étonne qu'elle ait vraiment dit ça sur Buckingham. Mais bon, vous l'avez reconnu vous-même, vous disiez n'importe quoi. Oublions ça. Mais finies les foutaises, hein, mon vieux ? Au revoir, Marley. Et félicitations. Une sacrée perle, George.

– Merci. Au revoir, monsieur le Directeur.

Marley s'écarta en titubant de la grosse berline verte et la regarda se fondre dans l'obscurité ; le moteur était d'un silence irréel, on n'entendait que l'étrange frottement des larges pneus, comme le bruit d'un long parchemin lentement déchiré en deux.

– Eh bien ? dit la mère de Marley, à croire qu'elle était restée tout ce temps sur le pas de sa porte.

Marley se tourna vers elle, hébété, son contrat pendant lourdement au bout de sa main.

– Euh, tu nous sers un sherry, maman ? Cette fois-ci, c'est la bonne.

– C'était amusant, n'est-ce pas, Harry ?

– Mon Dieu, oui, absolument, George.

– Voulez-vous que j'appelle le room-service pour qu'on nous monte un peu plus de champagne ?

– Vous croyez que c'est raisonnable ? Tout de même, si vous êtes enceinte…

– Non, vous devez avoir raison. Je deviens rabat-joie, n'est-ce pas ? À propos, je vais épouser Brian. Le Directeur va lui donner un travail à peu près correct. Nous allons nous installer dans le Kent.

– Je vous vois mal vivre heureuse avec Marley.

– Oh, je pense qu'il fera un bon père. J'en suis même sûre. Et il est tout de même arrivé jusqu'à nous, vous savez, depuis la jungle, il n'est donc pas totalement dénué d'intérêt. Il est parfois un peu rabat-joie, c'est tout. Trop *intense*, vous voyez ? Il a dû passer trop de temps à l'étranger. Mais ce n'est pas une raison pour que vous et moi cessions de nous amuser ensemble, qu'en pensez-vous ?

– Mon Dieu, non. Absolument. Ne cessons pas. Vous êtes tellement, je ne sais pas, on dirait que vous venez de, eh bien, oui, d'un *endroit meilleur*.

– Moi ? Allons, Harry. Je ne suis qu'une bonne vieille Anglaise traditionnelle.

– Voyez-vous, c'est un peu étrange, mais je crois que c'est exactement ce que je veux dire. Oh là là ! Mon Dieu, George !

– Bonsoir, Baines.

– Bonsoir, sir James. Vous n'avez pas besoin de votre voiture, sir James ?

Non, je ne crois pas. Je crois que je vais marcher. Les rues sont tout à fait sûres la nuit depuis qu'il y a le Noyau de Réserve et, pour tout vous dire, Baines, j'aime assez passer devant le 10, Downing Street quand il fait noir, ces temps-ci. J'aime voir les lumières allumées et me dire que ce bon vieil Hugo est à l'intérieur, qui veille sur nous, batte en mains pour l'Angleterre. Ça me donne le sentiment que tout va bien à nouveau. Et voyez-vous, je crois vraiment que c'est le cas. Je le crois vraiment, Baines.

Marley, copieusement imbibé de sherry, s'allongea sur le canapé-lit de sa mère, sous les couvertures de laine des années cinquante, en bon état malgré leur âge, de sa mère, dans l'appartement de sa mère, tandis que celle-ci, enfin satisfaite de la vie de son fils, lisait à la lumière d'une petite lampe dans la pièce à côté, et que son fils à lui, à présent le fils d'un homme qui n'était plus pauvre ni méprisé, un fils qui allait avoir un demi-frère ou une demi-sœur, une nouvelle mère et une nouvelle vie, dormait juste derrière une fine cloison en placo, les bras en croix, abandonné à l'inégalable relâchement du sommeil enfantin. Marley posa sa tête sur son oreiller et passa à nouveau la main dessous pour sentir son contrat.

On ne pouvait pas lui en vouloir. Après tout, George était enceinte. Il fallait qu'il pense à elle. Pour Tommy aussi, c'était la bonne décision. Il assurait son avenir. Et sa mère était enfin contente de lui. Il l'avait eue, son heure. Finis les soucis. Bravo, Brian Marley. D'accord, ce n'était pas à proprement parler de l'« amour », mais ça ne l'empêchait pas d'épouser George. Pourquoi s'en priver ? C'était comme s'il avait passé une annonce dans l'*Intelligencer* :

> Anglais normal (petite quarantaine), haut fonctionnaire (ministère des Affaires étrangères), ayant beaucoup voyagé, aujourd'hui heureux d'être fixé en Angleterre, fécondité prouvée, aimant les Aga, sociable, cherche belle Anglaise normale avec qui se promener sur le chemin de la vie, un verre de sherry à la main, et assurer sa descendance.

Et comme si la femme idéale y avait répondu. Que demander de plus ? Quant à Tommy, il s'habituerait. De toute façon, Marley n'avait pas le choix. Bon, ça, ce n'était pas tout à fait vrai, bien sûr, on a toujours le choix, oui, oui, très philosophique, très première année de fac, mais lui, il avait quarante-trois ans, sa mère devenait vieille, et il avait perdu Consuela de toute façon. Bon, d'accord, il n'était toujours pas allé en Patagonie pour essayer de la retrouver. Peut-être était-ce encore possible ? Oui, et pour lui offrir quoi ? Il avait vu les yeux verts du Directeur, il savait qu'il pouvait dire adieu à son boulot s'il n'épousait pas George. Ainsi, il irait en Patagonie, fauché, la quarantaine, il sonnerait à sa porte, et il lui offrirait quoi ? Un appart avec une porte en PVC blanc ? Non, il n'avait pas le choix. Et puis George était enceinte, il était coincé, on ne pouvait pas lui en vouloir…

– Notre chère George est donc casée, monsieur ?

– Oui. Je suis content. Ç'aurait été dommage de devoir s'occuper de Marley autrement. C'est tout de même lui qui nous a trouvés.

– C'est bizarre, ces gars-là, monsieur. Presque à la hauteur, mais pas tout à fait.

– Ça prend une ou deux générations, Devereux, c'est tout. George veillera à ce que les enfants aillent dans une école correcte. D'ici à ce qu'ils soient adultes, personne ne voudra savoir si leur grand-père était un ministre socialiste, un lieutenant du contingent, un prêteur sur gages arménien ou un général. Ils parleront comme de bons Anglais, et c'est ce qui compte. Parce que la manière dont on parle, c'est le reflet de ce qu'on pense, et donc de ce qu'on est. Peu importe qu'un homme n'ait pas le sou, du moment que c'est un bon Anglais. C'est pour ça que nous devons préserver nos valeurs, Devereux, pour que ceux qui viendront après nous deviennent à leur tour des individus dignes de ce nom. Ce n'est finalement pas plus compliqué que d'intégrer de nouvelles recrues dans un régiment. C'est tout le problème des

Américains, voyez-vous ? À force de se complaire dans le sentimentalisme, de dépouiller l'Église de son rituel, ça a fini par leur monter à la tête et, résultat, ils ne sont plus capables de subir quelques pertes sans se lamenter. Aucune tenue. Ils ont donc besoin de nous, pas vrai ? À quelle heure est mon avion pour Washington ?

– À sept heures du matin, monsieur le Directeur.

– Heureusement que nous avons remis le Concorde en service, hein ? Sacré coucou. Et puis maintenant, nous aurons l'autorisation de le faire atterrir n'importe où chez les Yankees. Et vous, Devereux, des projets pour demain ?

– Oh, je dois prononcer ce discours où je déchire la rubrique « professions sociales » des offres d'emploi du *Paper*, pour annoncer que les budgets qui finançaient ces foutaises serviront désormais intégralement à combler le dégrèvement d'impôts pour les familles stables.

– Ah oui, ça. Un beau spectacle en perspective. Vous savez, Devereux, on n'imagine pas combien c'est facile de diriger un pays démocratique de nos jours, avec la petite lucarne et tout ça. En fait, il suffit de traiter le peuple comme nous traitions les autochtones dans les colonies. Rien de très compliqué : un peu d'épate, et ne jamais montrer de signes de faiblesse. Bon, je ferais peut-être bien d'aller me coucher. Vous allez boire un dernier verre à côté ?

– Au 11 ? Non, ils font une réunion d'experts, ce soir, sur le passage au dollar, je crois. À moins que ce ne soit sur le dernier coup tordu de l'OPEP. Pas du tout ma tasse de thé.

– Ni la mienne. Laissons ça aux experts, et bonne chance à eux. Quel que soit le problème, il finira bien par se résoudre. J'ai potassé l'histoire récente. Prenez cette Thatcher, elle a été le Premier ministre le plus impopulaire de tous les temps. Quatre millions de chômeurs. Puis elle est partie en guerre, elle a gagné, et tout est rentré dans l'ordre. Alors si un conflit, quel qu'il soit, commence à prendre trop d'ampleur, nous saurons quoi faire. Après tout, c'est là que nous sommes les meilleurs, pas vrai, Devereux ? Et ça plaît toujours à la populace. Je pensais que l'Irak leur avait servi de leçon, à ces foutus émirs du pétrole, mais peut-être que non. Ah, un peu d'air frais, c'est agréable. Vivifiant, ce soir. C'est drôle, je n'aurais pas cru qu'il y avait ici un jardin à peu près correct, mais c'est plutôt le cas, non ?

– Absolument, monsieur. Je vous fais envoyer un chocolat chaud à votre tente avant de filer ?

– Vous êtes gentil, Devereux.

Mrs Marley embrassa son appartement d'un regard satisfait. Deux générations de son sang profondément endormies. Un travail intéressant au ministère des Affaires étrangères. Elle s'approcha sans bruit du canapé-lit où dormait son fils, sous la photo de son père à bord du porte-avions. Comme il se débattait un peu, elle attendit qu'il s'immobilise pour retirer son contrat de dessous son oreiller. Elle n'eut aucun mal. Elle s'y prit exactement comme elle l'avait fait si souvent, dans ce même appartement, pour subtiliser une dent de lait, avant de la remplacer par une pièce de six pence. Il ne bougea même pas. Elle emporta la grande enveloppe dans sa petite chambre, se remit au lit avec et s'installa pour l'ouvrir. Confidentiel ? Non mais ! Il ne lui en voudrait pas. Il ne pouvait pas lui refuser le droit de partager son plaisir. C'était son fils. C'était pour ça qu'elle avait évité les bombes volantes, qu'elle ne s'était jamais remariée et avait travaillé, travaillé, travaillé. Le *ministère des Affaires étrangères*. Oui, il y avait tout de même de quoi jubiler un peu…

Marley, encore englué dans ses rêves par le sherry, se débattait les yeux fermés pour se débarrasser des couvertures trop chaudes, le visage enfoui avec force dans l'oreiller devenu humide.

Il rêvait que le petit Tommy se trouvait derrière la porte de sa chambre, une chambre qu'il n'avait jamais eue, une pièce haute de plafond, à la peinture écaillée et à l'enduit taché. Tommy cognait à la porte à coups redoublés en appelant son père. Il y avait quelque chose là-dehors avec lui, quelque chose de terrible, mais Marley était incapable de se lever de son lit pour gagner la porte, ses membres étaient engourdis, ses mains s'agitaient vainement devant ses yeux. *Papa ! Papa !* Puis la porte s'ouvrait et Tommy apparaissait, transi de peur. Derrière lui, une silhouette immense et d'une maigreur horrible surgissait dans la pièce, avec des yeux verts brillants et une canne dépassant du sommet de son crâne fracassé.

– Rebonjour, mon vieux. Il est temps que votre fils aille au pensionnat. Qu'on en fasse un homme. Qu'on en fasse un soldat !

Marley se réveilla en articulant muettement des paroles terrifiées, et il s'aperçut que c'était le matin. La pluie tambourinait sur la bay-window semi-souterraine de l'appartement en sous-sol de sa mère. Un matin gris, un de plus. Une nouvelle journée d'enseignement de l'anglais. Une nouvelle gueule de bois. Tandis que, sans bouger, il clignait des yeux et remuait sa bouche pâteuse, encore aux prises avec des restes de son cauchemar, sa mère sortit de sa petite cuisine, une tasse de thé fumant à la main.

– Ça va, mon chéri ? Tu faisais un de ces raffuts, dis donc. Enfin, tu n'as pas réveillé Tommy. Nous avons encore le temps d'avoir une petite discussion.

– Hein ? fit Marley, le regard trouble, en prenant machinalement la tasse de thé, comme un nombre incalculable de fois auparavant. Une discussion ?

– Oui, mon chéri, au sujet de ton travail.

– Bon sang, j'avais oublié ! Ha ! Mon travail, oui.

Le cauchemar de Marley fut balayé telle une brume d'été, ne laissant qu'un panorama de hauteurs ensoleillées. Son travail. Son avenir. Ha ! Il but une gorgée de thé. Mmm ! Ah, sa nouvelle vie, bon Dieu, comment avait-il pu oublier ? George. George dans son lit. Tralala, les fleurs qui s'ouvrent au printemps. Il allait foncer en ville, filer sa dèm' à la London English School, se balader sur Piccadilly, homme libre au plan épargne-retraite avantageux, Marley des Affaires étrangères. Il s'engagerait d'un pas allègre dans Jermyn Street et se paierait, enfin, une vraie veste de tweed, neuve et sur mesure, et un pantalon de flanelle assorti. Mmh, il ferait peut-être mieux, d'abord, de faire quelques séances dans une salle de sport, il avait un peu de poids à perdre, car maintenant, oui, maintenant, ça *valait le coup* de le perdre. Bon, d'accord, il attendrait avant de s'acheter de nouveaux vêtements, oui, aujourd'hui il emmènerait sa mère en acheter pour elle. Ils iraient chez Jaeger, Tommy manquerait l'école, ils feraient un tour dans un gros bus rouge, en dehors des heures de pointe, ils donneraient à manger aux pigeons, ils iraient voir le squelette du diplodocus…

Mais avant qu'il n'ait pu soumettre ce programme à sa mère, une grande et épaisse enveloppe de papier kraft tomba sur ses genoux, sur sa couverture, dans un silence lourd de reproche. Il regarda sa mère par-dessus le bord de sa tasse.

– Eh bien, Brian ? La Commission de la relation spéciale, hein ?

– Quoi ?

– Tu ne l'as pas accepté, ce travail, dis ? Allons, Brian.

– Mais, je… Maman, tu es allée fourrer ton nez dans mon contrat ?

– Pas sur ce ton, je te prie.

– Pardon, pardon, mais…

– J'y ai jeté un petit coup d'œil, oui. Et bien m'en a pris. Je sais, Brian, je sais, c'est difficile de leur résister. Ce vieux filou m'a fait faire un tel effort d'élocution hier soir qu'à la fin j'essayais presque d'avaler mes amygdales. C'est leur arme secrète, ça, tu vois. C'était pareil à mon époque, nous devions tous apprendre à parler comme eux pour espérer arriver à quelque chose dans la vie, les fumiers. Je t'en foutrai, du monsieur le Directeur !

– Maman ? Tu te sens bien ?

– Maintenant, oui. Je reconnais que pour l'instant il a plutôt fait preuve de bon sens. Mais je vois clair dans son jeu, à présent. Ce n'est qu'un vieil aristo sadique au cœur noir comme du boudin. J'ai toujours dit que ce qu'il faut à ce pays, c'est enfin une vraie révolution bourgeoise. Là-dessus, Karl Marx avait raison, même si, évidemment, il se trompait totalement sur tout le reste.

– Quoi ? Écoute, maman, je…

– Ne fais pas cette tête-là, mon chéri. De quoi crois-tu que nous parlons, à l'Esperanto Café ? De la recette de la génoise ? Allons, Brian, ne me dis pas que toi aussi, tu t'es laissé berner par ce discours moderne imbécile qui fait passer les vieux, et en particulier les vieilles, pour des gens inutiles et ignorants ? Mon cher enfant, j'ai vu des bombes tomber, des chars rouler, des États s'effondrer et des hommes se carapater en Australie. J'en ai retiré quelques leçons, et je suis *encore* largement plus jeune qu'un secrétaire général du Parti communiste chinois, je te remercie.

– Bien sûr, maman, je n'ai jamais…

– Et je sais que tu n'accepteras pas ce travail ridicule. Fusionner avec les États-Unis ? C'est absurde. Non, non, plutôt mourir.

– Mais, maman, c'est un bon poste, c'est le ministère des Affaires étrangères, c'est…

– Tu ne l'accepteras pas, Brian.

– Non ?

– Non. Qu'est-ce que tu as sur ce vieux salaud ? Allez, ne me mens pas. Je le vois toujours quand tu mens. Je suis ta mère, c'est moi qui te changeais tes couches, tu te souviens ? Alors dis-moi pourquoi ce vieux militariste sanguinaire essaie de te soudoyer. Il essaie de te faire taire, n'est-ce pas ? Eh bien ? Que s'est-il vraiment passé là-bas ?

– Non, maman, écoute, c'est, c'est parce qu'il veut que j'épouse George.

– George ?

– Georgina. La fille que j'ai rencontrée là-bas.

– Ah, oui. Elle avait l'air bien. Mais aujourd'hui, elle écrit cette infâme rubrique de potins snobinards dans l'*Intelligencer*. Oh, rien de dramatique. Qu'attendre d'un pays où on est censé se rouler par terre et sourire comme des idiots chaque fois qu'on entrevoit une vieille chouette qui ne s'intéresse qu'à ses corgis et à ses chevaux de course ? Où en étais-je, Brian ?

– Maman, maman, écoute-moi, je t'en prie. George est enceinte. De moi.

– Oh. Oh, non, Brian. Ne me dis pas qu'il s'agit encore d'un de tes « petits accidents » ?

– Eh bien, si, en fait, mais…

– Naturellement, je serais très heureuse d'avoir de nouveaux petits-enfants, mais rien ne t'oblige à l'épouser, pas de nos jours. À moins que tu l'aimes, évidemment. C'est le cas ?

– Comment ?

– Tu m'as entendue, Brian.

– Oh, je l'aime bien, euh, elle est très, tu sais…

– Je vois. Tu ne l'aimes pas. Franchement, Brian, tu es vraiment trop faible.

– Quoi ?

– C'est donc ça, ils essaient de t'acheter pour préserver la respectabilité de cette petite pimbêche ? Non, non, non. De toute façon, je vais appeler le *Paper* immédiatement pour cette histoire absurde de Vieille-Angleterre. Nous ferons des manifestations. S'il y a une chose que ces fumiers n'aiment pas, ce sont les vieilles peaux qui manifestent. Nous, ils ne peuvent pas nous cogner dessus à coups de matraque, tu comprends.

Mrs Marley se dirigea vers le téléphone en brandissant l'enveloppe devant elle comme si c'était un document énonçant une loi à laquelle on ne pouvait se soustraire. Marley bondit de son petit canapé-lit et, s'apercevant qu'il était nu, lui arracha l'enveloppe des mains pour s'en couvrir l'entrejambe, tout en s'efforçant de l'empêcher de décrocher le combiné.

– Maman, arrête, il ne faut pas, la supplia-t-il en montrant le logo du ministère qui cachait à présent son intimité. Ce n'est pas n'importe quel boulot, bon sang. J'ai signé la clause d'habilitation au secret-défense.

– Non, Brian, tu n'as pas fait ça ? Écoute, je regrette, mais tant pis.

– Quoi ? Maman…

On sonna à la porte.

– Tiens, qui ça peut bien être, de si bonne heure ? Si c'est encore ce vieux fumier, tu dois absolument lui dire que tu ne veux pas de son travail. Je t'en foutrai, des Américains ! Ils nous ont fait payer rubis sur l'ongle jusqu'à la dernière de nos balles pendant la guerre, et il a fallu que nos caisses soient vides et que, par-dessus le marché, les Japonais les attaquent, pour qu'ils daignent enfin nous donner un coup de main. Pour l'amour du ciel, Brian, passe une serviette autour de toi.

– N'ouvre pas. Maman, tu ne comprends pas. Si cette affaire s'ébruite, j'irai en prison.

– J'ai parfaitement compris, Brian. Comment crois-tu que les gens du peuple comme nous ont obtenu le droit de vote un jour ? En allant en prison. Pourquoi crois-tu que nous ne sommes pas dirigés par une bande de dictateurs prussiens balafrés ? Parce que les gens étaient prêts à bien pire qu'à la prison. La prison, tu parles ! Mon cher enfant, je te l'ai déjà dit, ce pays ne sera libre que lorsqu'il poussera des chênes sur les ruines de Buckingham…

– D'accord, d'accord, mais, maman, je t'en prie, arrête. Pense à Tommy. Il a besoin d'un père.

– Justement. Il aura un père dont il sera fier. C'est très important pour un garçon. Toi, ça n'a pas été ton cas, et regarde le résultat. Il faut voir la réalité en face, Brian : j'ai toujours espéré que tu ferais quelque chose de ta vie, mais tu as toujours été un peu, un peu timoré. Ce n'est pas ta faute, tu n'avais pas de père sur qui prendre exemple. Je t'avouerai que j'ai été soulagée que tu ne deviennes pas homosexuel.

– Vraiment ?

– Mais à présent, Tommy sera fier de toi et moi aussi. Oui, mon chéri, je crois que cette fois-ci, ton heure est vraiment venue. Va t'habiller avant que je ne le fasse entrer.

– Maman, merde, il n'est pas question que j'aille en taule pour une de tes lubies, je suis trop vieux, c'est ma dernière chance. Bon Dieu, maman. Je suis à poil, je, attends, je…

– Oui ? Oh, bonjour. Je regrette, mademoiselle, nous n'avons besoin de rien.

– Vous êtes la mère dé Brian, *señora* ?

Marley resta figé une fraction de seconde, puis il sortit en trombe de la pièce et se plaqua contre le mur du couloir, les côtes ébranlées par les battements frénétiques de son cœur. Désespérément, sans bruit, il se glissa jusqu'à la salle de bains, pour aller au moins chercher une serviette où s'envelopper.

– Oh, toutes mes excuses, ma chère. Vous êtes une amie de Brian ?

– Oui. Yé l'étais. Il est ici, oui ?

– Eh bien, oui, attendez… Brian ? Brian ? Je ne veux pas crier trop fort, vous comprenez, mon petit-fils dort encore et je, un petit instant… non, non, c'est ridicule, entrez, je vous en prie, vous n'allez pas rester là sous la pluie, vous avez une mine de déterrée. Ça fait longtemps que vous êtes là-dehors, ma pauvre ?

– Y'attendais à l'enceinte.

– Enceinte ? Quoi, vous aussi ? Oh, non. Brian, viens ici immédiatement !

– Non, non, Mrs Marley, qué yé parle dé l'enceinte dé chez vous. Y'attendais, et y'espérais.

– Ah. Je vois. Eh bien, euh, ha ! *Entrir in me domo*, dit la mère de Marley en rougissant, tout émoustillée de tester son espéranto.

– D'abord, yé vous en prie, Mrs Marley, qué vous dévez mé dire la vérité. Yé me souis enfouie dé chez mon père, qué il est toute ma vie, parce qué yé né crois pas qué Brian il aime la fille anglaise qué elle réssemble à oune garçonne. Yé souis allée à l'English School dé Piccadilly Street et y'ai pleuré, y'ai pleuré, yousqu'à ce qué ils mé donnent votre adresse. Y'ai attendou déhors pour rassembler mon couraye. Avant, y'étais soure, madame, mais maintenant yé doute, et il faut qué yé sache.

– Brian, que fais-tu, bon sang ? Allez, dépêchez-vous d'entrer avant d'attraper mal. Quant à la jeune femme dont vous parlez... il faut m'excuser, ma chère, je suis un peu tourneboulée, je vais devoir me rendre à l'Esperanto Café pour dire à tout le monde qu'il faut faire quelque chose.

– À propos dé quoi ?

– Nous ne sommes pas de foutus Américains. Les fusils, les bibles, les hamburgers ? J'aimerais voir ça, tiens. Nous, les Britanniques, nous sommes des Européens. C'est évident. En tout cas, moi, c'est ce que je suis, nom d'un chien. Nous avons remporté le référendum à trois pays contre un, vous savez.

– Désolée, qué yé né comprends pas, Mrs Marley.

– Brian ? Brian ? Il doit être avec Tommy, il n'en a pas pour longtemps. En attendant, asseyez-vous, retirez vos vêtements mouillés et... Qui peut bien encore sonner, à présent ? Non mais, c'est pire qu'à la gare d'Euston, ici, ce matin, c'est... Tiens. Bonjour. Georgina, n'est-ce pas ?

– Bonjour, ma chère Mary. Vous permettez que j'entre ? Le taxi nous attend. Je suis venue chercher Brian pour aller prendre le champagne au Ritz. Nous fêtons nos fiançailles, voyez-vous.

– J'ai appris ça.

– Vous venez avec nous, naturellement. Tiens. Bonjour. Laissez-moi deviner. Vous devez être... Consuela.

– Oui, qué cé moi. Et vous, votré nom ?

– Moi ? Mais, c'est George.

– Qué cé oune nom dé garçonne.

– Comme elle est amusante ! Et quelle robe charmante ! Les couleurs sont très... *vives*. Vous êtes au courant, n'est-ce pas, que Brian et moi allons nous marier ?

– Yé n'y crois pas.

– Brian, tu es là ? Tu ferais bien de te dépêcher, je crois. Il ne va plus tarder, ma chère. *Mes* chères, devrais-je dire. Où en étais-je ? Il est trop tôt pour vous offrir un sherry ? Oui, bien sûr. Du thé, peut-être. Brian ?

Marley, l'entrejambe à présent à l'abri, les reins ceints d'une longue serviette, mais le cerveau toujours bloqué par la panique, se tenait à nouveau plaqué contre le mur du couloir.

Au mur en face de lui, dans un sous-verre, était accrochée une grande photo en noir et blanc. Elle avait toujours été là. On l'y voyait lui-même, âgé de six ans, vêtu d'un pull tricoté maison, d'un short et de chaussettes montantes, posant timidement, à côté de sa mère, devant les cavaliers cuirassés de Whitehall, sa main d'enfant serrée sur le manche d'un petit drapeau où était écrit I'M BACKING BRITAIN[1]. Marley la regarda fixement et, flottant comme un fantôme sur la plaque de verre poli, il vit le reflet de son visage d'aujourd'hui, son visage d'homme de quarante-trois ans, qui le contemplait, les yeux écarquillés, en filigrane sur l'image figée de sa mère à une trentaine d'années et de lui à six ans. Détail absurde, il s'aperçut qu'il ne lui était jamais venu à l'idée de se demander qui avait pris cette photo, et que c'était sans doute son père. Ce qui voulait dire que son père avait assisté à cette même scène, à ce même moment.

Le temps se brouilla et se referma sur lui à nouveau, et il comprit qu'il en serait toujours ainsi, chaque fois qu'il se laisserait aller, parce que le passé est tout ce que nous connaissons, l'avenir est toujours masqué par les nuages, nous nous y frayons un chemin à coups de machette sans savoir où nous allons, et chaque fois que nous sommes fatigués de cette exploration sans fin, et il y a de quoi l'être, chaque fois que la vie nous semble ridiculement courte et l'horizon toujours aussi loin qu'à

1. « Je soutiens la Grande-Bretagne ». Slogan de la campagne lancée en 1968 par Harold Wilson pour inciter les consommateurs britanniques à acheter des produits fabriqués chez eux.

notre départ il y a tant d'années, nous sommes tentés de nous retourner vers le passé, où nous savons que nous attend un terrain défriché, chaud et sûr, seul vrai refuge que nous aurons jamais. Un nid douillet où nous blottir.

– Papa ?

À l'autre bout du couloir, Tommy apparut, mal réveillé, et le regarda en clignant des yeux, encore à moitié dans le monde de ses rêves.

– Papa ?

– Salut, mon grand. Viens là, tout va bien.

– C'est qui, les dames qui parlent avec mamie ?

– Ah, euh, ha ! oui, on devrait peut-être aller voir, tu ne crois pas ?

Marley souleva son petit garçon dans les airs et serra contre lui son corps encore tout chaud de sommeil, puis, l'écartant sur le côté pour l'asseoir au creux de son bras, il avança dans le couloir, en direction des trois femmes. Il se sentait dans la peau d'un homme allant bravement affronter le peloton d'exécution de la Gestapo. Puis il se demanda ce qu'il en savait, de ce que ça ressent, un homme qui va se faire fusiller par la Gestapo. Puis il se demanda ce qui lui prenait de penser à des trucs pareils. Mais à présent, il était trop tard pour se poser plus de questions, car il était arrivé au bout du couloir. Encore un pas, et il serait dans le salon, face à son destin.

– Qu'est-ce que vous racontez, toutes les deux ? Il doit entrer au ministère des Affaires étrangères et m'épouser. Tout est organisé.

– Qué touyours il mé parle dé quitter l'Angléterre. Avec loui, qué y'irais n'importe où.

– Mon fils, quitter l'Angleterre ? Jamais il n'abandonnerait son fils ni sa mère.

– Et il n'est pas près de me laisser tomber *moi*, ma pauvre petite. Il est des nôtres, à présent.

– Il trouvéra lé moyen dé faire cé qué il faut pour tout,

Mrs Marley. Parce qué cé oune homme bien, votré fils, yé lé sais.

– Oui, oui. En tout cas, pour ce qui est de vous et de ce *bébé*, ma chère, et de ce *travail*, permettez-moi de vous dire…

Mr Brian Marley

Brian Marley, qui s'est fait lyncher hier par des femmes, vit le jour en Angleterre au début des années soixante, ce qui équivalait en l'occurrence à la fin des années cinquante. Né dans un pays culpabilisé par ses responsabilités coloniales et en même temps porté à ne se préoccuper que de lui-même, appartenant à une génération tiraillée entre l'allégresse d'un progrès effréné et la crainte d'un cataclysme imminent, et à un sexe ne sachant pas s'il devait se préparer à mourir pour la patrie ou à s'épanouir à la californienne, il peina à trouver sa place dans la société. Il vécut tant bien que mal durant plusieurs décennies sans jamais avoir su vraiment quelle était sa voie, et ne fit donc jamais grand-chose qui aurait pu donner à qui que ce soit une raison quelconque de l'aimer. Il laisse derrière lui un fils, et la honte de lui-même.

Marley sortit du couloir et, franchissant la porte ouverte du salon, les rejoignit en tenant Tommy haut contre sa poitrine, comme si la présence de son fils et cette démonstration d'amour paternel pouvaient lui servir de bouclier affectif. Les trois regards féminins convergèrent vers lui, tous trois brillants d'espoir. Il redressa fièrement les épaules, rentra le ventre et ouvrit la bouche pour parler d'un ton calme et ferme. C'est alors, ô horreur, qu'il s'aperçut que sa serviette, libérée de la pression de son ventre, se desserrait et commençait à se détacher de sa taille. Il s'empressa de relâcher sa bedaine et tenta de rattraper la serviette de sa main libre, manquant dans sa hâte de faire tomber Tommy. Mais c'était trop tard. Le doux coton blanc glissa lourdement sur les poils de ses jambes, sur ses chevilles, puis termina par terre.

– Oh, pardon, euh, merde, oh, bon Dieu, George, Consuela, quelle joie que, euh, que tu sois revenue, tu, maman, tu veux bien… ? George, écoute, il faut qu'on… *Lo siento, Consuelita*, euh, Tommy, tu veux bien te mettre ici, non, *ici*, devant moi, le temps que je, oh, bon sang, maman, pardon, je voudrais seulement passer derrière le sofa, enfin, le canapé, oh, et puis qu'est-ce qu'on en a à foutre de comment ça s'appelle ? Pardon, Tommy, ce n'est pas après toi que je crie, c'est après moi, pardon, pardon à tous…

L'idée de ce récit est née d'une conversation avec mon frère Robert, lequel m'a fait profiter ensuite de nombreuses suggestions judicieuses. L'enthousiasme de Dan Franklin, alors que je n'en étais encore qu'à cette idée de départ, m'a énormément motivé. Stephanie Cabot m'a apporté un soutien inestimable, ses annotations m'ont évité bien des sources d'embarras, et c'est elle qui m'a parlé du livre de Tim Flannery dont je me suis inspiré pour la question des raids cannibales et des massacres en Papouasie-Nouvelle-Guinée (*Throwim Way Leg : tree-kangaroos, possums and penis-gourds – on the track of unknown mammals in wildest New Guinea*, New York, 1998). Nerys Lloyd a été, comme toujours, d'une grande lucidité dans ses remarques. Ce livre lui est dédié, ainsi qu'à mes parents, Maurice et Janet, qui, en plus de tout le reste, m'ont été d'une aide précieuse en me donnant des détails sur le monde dans lequel ils nous ont fait naître, mes frères et sœurs et moi.

COMPOSITION : PAO EDITIONS DU SEUIL

GROUPE CPI

Achevé d'imprimer en mai 2008
par **BUSSIÈRE**
à Saint-Amand-Montrond (Cher)
N° d'édition : 97850. - N° d'impression : 80779.
Dépôt légal : juin 2008.
Imprimé en France

Collection Points

DERNIERS TITRES PARUS

P1754. Je te retrouverai, *John Irving*
P1755. L'Amant en culottes courtes, *Alain Fleischer*
P1756. Billy the Kid, *Michael Ondaatje*
P1757. Le Fou de Printzberg, *Stéphane Héaume*
P1758. La Paresseuse, *Patrick Besson*
P1759. Bleu blanc vert, *Maïssa Bey*
P1760. L'Été du sureau, *Marie Chaix*
P1761. Chroniques du crime, *Michael Connelly*
P1762. Le croque-mort enfonce le clou, *Tim Cockey*
P1763. La Ligne de flottaison, *Jean Hatzfeld*
P1764. Le Mas des alouettes, Il était une fois en Arménie *Antonia Arslan*
P1765. L'Œuvre des mers, *Eugène Nicole*
P1766. Les Cendres de la colère. Le Cycle des Ombres II *Mathieu Gaborit*
P1767. La Dame des abeilles. Le Cycle du latium III *Thomas B. Swann*
P1768. L'Ennemi intime, *Patrick Rotman*
P1769. Nos enfants nous haïront *Denis Jeambar & Jacqueline Remy*
P1770. Ma guerre contre la guerre au terrorisme *Terry Jones*
P1771. Quand Al-Quaïda parle, *Farhad Khosrokhavar*
P1772. Les Armes secrètes de la C.I.A., *Gordon Thomas*
P1773. Asphodèle, *suivi de* Tableaux d'après Bruegel *William Carlos Williams*
P1774. Poésie espagnole 1945-1990 (anthologie) *Claude de Frayssinet*
P1775. Mensonges sur le divan, *Irvin D. Yalom*
P1776. Le Sortilège de la dague. Le Cycle de Deverry I *Katharine Kerr*
P1777. La Tour de guet *suivi des* Danseurs d'Arun. Les Chroniques de Tornor I, *Elisabeth Lynn*
P1778. La Fille du Nord, Les Chroniques de Tornor II *Elisabeth Lynn*
P1779. L'Amour humain, *Andreï Makine*
P1780. Viol, une histoire d'amour, *Joyce Carol Oates*
P1781. La Vengeance de David, *Hans Werner Kettenbach*
P1782. Le Club des conspirateurs, *Jonathan Kellerman*
P1783. Sanglants trophées, *C.J. Box*
P1784. Une ordure, *Irvine Welsh*
P1785. Owen Noone et Marauder, *Douglas Cowie*

P1786. L'Autre Vie de Brian, *Graham Parker*
P1787. Triksta, *Nick Cohn*
P1788. Une histoire politique du journalisme
Géraldine Muhlmann
P1789. Les Faiseurs de pluie.
L'histoire et l'impact futur du changement climatique
Tim Flannery
P1790. La Plus Belle Histoire de l'amour, *Dominique Simonnet*
P1791. Poèmes et proses, *Gerard Manley Hopkins*
P1792. Lieu-dit l'éternité, poèmes choisis, *Emily Dickinson*
P1793. La Couleur bleue, *Jörg Kastner*
P1794. Le Secret de l'imam bleu, *Bernard Besson*
P1795. Tant que les arbres s'enracineront
dans la terre et autres poèmes, *Alain Mabanckou*
P1796. Cité de Dieu, *E.L. Doctorow*
P1797. Le Script, *Rick Moody*
P1798. Raga, approche du continent invisible, *J.M.G. Le Clézio*
P1799. Katerina, *Aharon Appefeld*
P1800. Une opérette à Ravensbrück, *Germaine Tillion*
P1801. Une presse sans Gutenberg,
Pourquoi Internet a révolutionné le journalisme
Bruno Patino et Jean-François Fogel
P1802. Arabesques. L'aventure de la langue en Occident
Henriette Walter et Bassam Baraké
P1803. L'Art de la ponctuation. Le point, la virgule
et autres signes fort utiles
Olivier Houdart et Sylvie Prioul
P1804. À mots découverts. Chroniques au fil de l'actualité
Alain Rey
P1805. L'Amante du pharaon, *Naguib Mahfouz*
P1806. Contes de la rose pourpre, *Michel Faber*
P1807. La Lucidité, *José Saramago*
P1808. Fleurs de Chine, *Wei-Wei*
P1809. L'Homme ralenti, *J.M. Coetzee*
P1810. Rêveurs et nageurs, *Denis Grozdanovitch*
P1811. - 30°, *Donald Harstad*
P1812. Le Second Empire. Les Monarchies divines IV
Paul Kearney
P1813. Été machine, *John Crowley*
P1814. Ils sont votre épouvante, et vous êtes leur crainte
Thierry Jonquet
P1815. Paperboy, *Pete Dexter*
P1816. Bad city blues, *Tim Willocks*
P1817. Le Vautour, *Gil Scott Heron*
P1818. La Peur des bêtes, *Enrique Serna*
P1819. Accessible à certaine mélancolie, *Patrick Besson*
P1820. Le Diable de Milan, *Martin Suter*

P1821. Funny Money, *James Swain*
P1822. J'ai tué Kennedy ou les mémoires d'un garde du corps
Manuel Vázquez Montalbán
P1823. Assassinat à Prado del Rey et autres histoires sordides
Manuel Vázquez Montalbán
P1824. Laissez entrer les idiots. Témoignage d'un autiste
Kamran Nazeer
P1825. Patients si vous saviez, *Christian Lehmann*
P1826. La Société cancérigène
Geneviève Barbier et Armand Farrachi
P1827. La Mort dans le sang, *Joshua Spanogle*
P1828. Une âme de trop, *Brigitte Aubert*
P1829. Non, ce pays n'est pas pour le vieil homme
Cormack Mc Carthy
P1830. La Psy, *Jonathan Kellerman*
P1831. La Voix, *Arnaldur Indridason*
P1832. Les Nouvelles Enquêtes du juge Ti, vol. 4
Petits meurtres entre moines, *Frédéric Lenormand*
P1833. Les Nouvelles Enquêtes du juge Ti, vol. 5
Madame Ti mène l'enquête, *Frédéric Lenormand*
P1834. La Mémoire courte, *Louis-Ferdinand Despreez*
P1835. Les Morts du Karst, *Veit Heinichen*
P1836. Un doux parfum de mort, *Guillermo Arriaga*
P1837. Bienvenue en enfer, *Clarence L. Cooper*
P1838. Le Roi des fourmis, *Charles Higson*
P1839. La Dernière Arme, *Philip Le Roy*
P1840. Désaxé, *Marcus Sakey*
P1841. Opération vautour, *Stephen W. Frey*
P1842. Éloge du gaucher, *Jean-Paul Dubois*
P1843. Le Livre d'un homme seul, *Gao Xingjian*
P1844. La Glace, *Vladimir Sorokine*
P1845. Je voudrais tant revenir, *Yves Simon*
P1846. Au cœur de ce pays, *J.M. Coetzee*
P1847. La Main blessée, *Patrick Grainville*
P1848. Promenades anglaises, *Christine Jordis*
P1849. Scandale et folies.
Neuf récits du monde où nous sommes, *Gérard Mordillat*
P1850. Un mouton dans la baignoire, *Azouz Begag*
P1851. Rescapée, *Fiona Kidman*
P1852. Le Sortilège de l'ombre. Le Cycle de Deverry II
Katharine Kerr
P1853. Comment aiment les femmes. Du désir et des hommes
Maryse Vaillant
P1854. Courrier du corps. Nouvelles voies de l'anti-gymnastique
Thérèse Bertherat
P1855. Restez zen. La méthode du chat, *Henri Brunel*
P1856. Le Jardin de ciment, *Ian McEwan*

P1857. L'Obsédé (L'Amateur), *John Fowles*
P1858. Moustiques, *William Faulkner*
P1859. Givre et sang, *John Cowper Powys*
P1860. Le Bon Vieux et la Belle Enfant, *Italo Svevo*
P1861. Le Mystère Tex Avery, *Robert Benayoun*
P1862. La Vie aux aguets, *William Boyd*
P1863. L'amour est une chose étrange, *Joseph Connolly*
P1864. Mossad, les nouveaux défis, *Gordon Thomas*
P1865. 1968, Une année autour du monde, *Raymond Depardon*
P1866. Les Maoïstes, *Christophe Bourseiller*
P1867. Floraison sauvage, *Aharon Appelfeld*
P1868. Et il y eut un matin, *Sayed Kashua*
P1869. 1000 mots d'esprit, *Claude Gagnière*
P1870. Le Petit Grozda. Les merveilles oubliées du Littré
Denis Grozdanovitch
P1871. Romancero gitan, *Federico García Lorca*
P1872. La Vitesse foudroyante du passé, *Raymond Carver*
P1873. Ferrements et autres poèmes, *Aimé Césaire*
P1874. La Force qui nous manque, *Eva Joly*
P1875. Enfants des morts, *Elfriede Jelinek*
P1876. À poèmes ouverts, *Anthologie Printemps des poètes*
P1877. Le Peintre de batailles, *Arturo Pérez-Reverte*
P1878. La Fille du Cannibale, *Rosa Montero*
P1879. Blue Angel, *Francine Prose*
P1880. L'Armée du salut, *Abdellah Taïa*
P1881. Grille de parole, *Paul Celan*
P1882. Nouveaux poèmes *suivi de* Requiem, *Rainer Maria Rilke*
P1883. Dissimulation de preuves, *Donna Leon*
P1884. Une erreur judiciaire, *Anne Holt*
P1885. Honteuse, *Karin Alvtegen*
P1886. La Mort du privé, *Michael Koryta*
P1887. Tea-Bag, *Henning Mankell*
P1888. Le Royaume des ombres, *Alan Furst*
P1889. Fenêtres de Manhattan, *Antonio Muñoz Molina*
P1890. Tu chercheras mon visage, *John Updike*
P1891. Fonds de tiroir, *Pierre Desproges*
P1892. Desproges est vivant, *Pierre Desproges*
P1893. Les Vaisseaux de l'ouest. Les Monarchies divines V
Paul Kearney
P1894. Le Quadrille des assassins. La Trilogie Morgenstern I
Hervé Jubert
P1895. Un tango du diable. La Trilogie Morgenstern II
Hervé Jubert
P1896. La Ligue des héros. Le Cycle de Kraven I
Xavier Mauméjean
P1897. Train perdu, wagon mort, *Jean-Bernard Pouy*
P1898. Cantique des gisants, *Laurent Martin*

P1899. La Nuit de l'abîme, *Juris Jurjevics*
P1900. Tango, *Elsa Osorio*
P1901. Julien, *Gore Vidal*
P1902. La Belle Vie, *Jay McInerney*
P1903. La Baïne, *Eric Holder*
P1904. Livre des chroniques III, *António Lobo Antunes*
P1905. Ce que je sais (Mémoires 1), *Charles Pasqua*
P1906. La Moitié de l'âme, *Carme Riera*
P1907. Drama city, *George P. Pelecanos*
P1908. Le Marin de Dublin, *Hugo Hamilton*
P1909. La Mère des chagrins, *Richard McCann*
P1910. Des louves, *Fabienne Jacob*
P1911. La Maîtresse en maillot de bain. Quatre récits d'enfance
Yasmina Khadra, Paul Fournel,
Dominique Sylvain et Marc Villard
P1912. Un si gentil petit garçon, *Jean-Loup Chiflet*
P1913. Saveurs assassines. Les Enquêtes de Miss Lalli
Kalpana Swaminathan
P1914. La Quatrième Plaie, *Patrick Bard*
P1915. Mon sang retombera sur vous, *Aldo Moro*
P1916. On ne naît pas Noir, on le devient
Jean-Louis Sagot-Duvauroux
P1917. La Religieuse de Madrigal, *Michel del Castillo*
P1918. Les Princes de Francalanza, *Federico de Roberto*
P1919. Le Conte du ventriloque, *Pauline Melville*
P1920. Nouvelles chroniques au fil de l'actualité.
Encore des mots à découvrir, *Alain Rey*
P1921. Le mot qui fait mouche. Dictionnaire amusant
et instructif des phrases les plus célèbres de l'histoire
Gilles Henry
P1922. Les Pierres sauvages, *Fernand Pouillon*
P1923. Ce monde est mon partage et celui du démon
Dylan Thomas
P1924. Bright Lights, Big City, *Jay McInerney*
P1925. À la merci d'un courant violent, *Henry Roth*
P1926. Un rocher sur l'Hudson, *Henry Roth*
P1927. L'amour fait mal, *William Boyd*
P1928. Anthologie de poésie érotique, *Jean Paul Goujon (dir.)*
P1929. Hommes entre eux, *Jean-Paul Dubois*
P1930. Ouest, *François Vallejo*
P1931. La Vie secrète de E. Robert Pendleton
Michael Collins
P1932. Dara, *Patrick Besson*
P1933. Le Livre pour enfants, *Christophe Honoré*
P1934. La Méthode Schopenhauer, *Irvin D. Yalom*
P1935. Echo Park, *Michael Connelly*
P1936. Les Rescapés du Styx, *Jane Urquhart*

P1937. L'Immense Obscurité de la mort, *Massimo Carlotto*
P1938. Hackman blues, *Ken Bruen*
P1939. De soie et de sang, *Qiu Xiaolong*
P1940. Les Thermes, *Manuel Vázquez Montalbán*
P1941. Femme qui tombe du ciel, *Kirk Mitchell*
P1942. Passé parfait, *Leonardo Padura*
P1943. Contes barbares, *Craig Russell*
P1944. La Mort à nu, *Simon Beckett*
P1945. La Nuit de l'infamie, *Michael Cox*
P1946. Les Dames de nage, *Bernard Giraudeau*
P1947. Les Aventures de Minette Accentiévitch
Vladan Matijeviç
P1948. Jours de juin, *Julia Glass*
P1949. Les Petits Hommes verts, *Christopher Buckley*
P1950. Dictionnaire des destins brisés du rock
Bruno de Stabenrath
P1951. L'Ère des dragons. Le Cycle de Kraven II
Xavier Mauméjean
P1952. Sabbat Samba. La Trilogie Morgenstern III
Hervé Jubert
P1953. Pour le meilleur et pour l'empire, *James Hawes*
P1954. Doctor Mukti, *Will Self*
P1955. Comme un père, *Laurence Tardieu*
P1956. Sa petite chérie, *Colombe Schneck*
P1957. Tigres et tigresses. Histoire intime des couples présidentiels sous la Ve République
Christine Clerc
P1958. Le Nouvel Hollywood, *Peter Biskind*
P1959. Le Tueur en pantoufles, *Frédéric Dard*
P1960. On demande un cadavre, *Frédéric Dard*
P1961. La Grande Friture, *Frédéric Dard*
P1962. Carnets de naufrage, *Guillaume Vigneault*
P1963. Jack l'éventreur démasqué, *Sophie Herfort*
P1964. Chicago banlieue sud, *Sara Paretsky*
P1965. L'Illusion du péché, *Alexandra Marinina*
P1966. Viscéral, *Rachid Djaïdani*
P1967. La Petite Arabe, *Alicia Erian*
P1968. Pampa, *Pierre Kalfon*
P1969. Les Cathares. Brève histoire d'un mythe vivant
Henri Gougaud
P1970. Le Garçon et la Mer, *Kirsty Gunn*
P1971. L'Heure verte, *Frederic Tuten*
P1972. Le Chant des sables, *Brigitte Aubert*
P1973. La Statue du commandeur, *Patrick Besson*
P1974. Mais qui est cette personne allongée
dans le lit à côté de moi ?, *Alec Steiner*